HEYNE BÜCHER

SCIENCE FICTION

Herausgegeben
von Wolfgang Jeschke

BRUCE STERLING

SCHWERE WETTER

Roman

Aus dem Amerikanischen übersetzt
von
NORBERT STÖBE

Deutsche Erstausgabe

WILHELM HEYNE VERLAG
MÜNCHEN

HEYNE SCIENCE & FANTASY
Band 0605490

Titel der amerikanischen Originalausgabe
HEAVY WEATHER
Deutsche Übersetzung von Norbert Stöbe
CoverArt von doMANSKI

Umwelthinweis:
Dieses Buch wurde auf
chlor- und säurefreiem Papier gedruckt

Redaktion: Wolfgang Jeschke

Erstveröffentlichung
by Millenium/Orion Books Ltd, London
Mit freundlicher Genehmigung des Autors
und Thomas Schlück, Literarische Agentur, Garbsen
(# T 38512)

Printed in Germany 1996
Umschlaggestaltung: Atelier Ingrid Schütz, München
Technische Betreuung: M. Spinola
Satz: Schaber, Satz- und Datentechnik, Wels
Druck und Bindung: Ebner Ulm

ISBN 3-453-10930-9

In der Suite waren smarte Geräte versteckt, deren Kontrolleuchten in der abgeschlossenen Dunkelheit den kleinen roten Augen von Fledermäusen ähnelten. Die Geräte hockten in den Nischen der weißen mexikanischen Stuckwände: ein Ionisator,

ERSTES KAPITEL

ein Fernseher, ein Rauchmelder und eine Reihe von Bewegungssensoren. In der Ecke zischte und brodelte leise ein Luftbefeuchter, von dem ein kräftiger Geruch nach Öl, Ginseng und Eukalyptus ausging.

Alex ruhte auf einem Lager aus Seidenkissen, seine Füße und Knie beulten die gestärkten Baumwollaken aus. Sein Körper fühlte sich an wie nasser Ton, wie etwas Schmieriges, Feuchtes und völlig Unbewegliches. Schon seit dem Morgen atmete er schnaufend durch die schwarze Neoprenmaske des Inhaliergeräts neben dem Bett, und jetzt waren seine Fingerspitzen so bleich wie Wachs und zitterten leicht, schienen mit der Maske zu verschmelzen. Alex überlegte kurz, ob er die Maske an den Haken aus rostfreiem Stahl am Medikamentenregal hängen sollte. Er entschied sich dagegen. Die wohltuende Maske außer Reichweite zu befördern, erforderte zuviel Aufwand.

Die Schmerzen in Lungen und Hals waren nicht wirklich besser geworden. Ein solches Wunder war vielleicht zuviel verlangt, selbst wenn man in einer mexikanischen Schwarzmarktklinik lag. Trotzdem hatten sich die Schmerzen nach zweiwöchiger Behandlung in der *clínica* auf subtile Weise verändert. Das Brennen der Entzündung hatte einem interessanten neuen Gefühl Platz gemacht, etwas Substanzlosem und ziemlich Abstraktem. In der Suite war es so kühl wie in einem Goldfischglas, und Alex fühlte sich so behaglich und apathisch wie ein Karpfen. Er lag schlaff im Halbdunkel da und blinzelte träge, während ganz allmählich eine tiefere Schicht seiner Krankheit zum Vorschein kam. Unter den gestärkten Laken wurde Alex allmählich warm. Erst wurde ihm schwummerig. Dann verspürte er leichte Übelkeit, die übliche Abfolge der Symptome. Er fühlte, wie sich die dunkle Woge in seiner Brust aufstaute.

Dann schwemmte sie durch ihn hindurch. Er meinte, seine Wirbelsäule würde schmelzen. Er schien in die Matratze zu sickern.

Diese Anfälle hatte er in letzter Zeit öfter, und sie wurden immer heftiger. Andererseits brachten ihre dunklen Strömungen Alex an so manch interessanten Ort. Ohne zu atmen trieb Alex eine Weile vergnügt jenseits des Bewußtseins dahin.

Dann setzte der Atem, ohne daß er es wollte, wieder ein. Sein Geist durchbrach die Oberfläche des Deliriums. Als sich seine Augen wieder öffneten, wirkte das Zimmer um ihn herum äußerst unwirklich. Zerfließende Wände aus mexikanischem Stuck, eine wirbelnde Stuckdecke, ein dicker, wimmelnder Teppich von einem giftigen Blaugrün. Knollige, ausgeschaltete Keramiklampen hockten auf kunstvoll geflochtenen Korbtischen. Die Kommode, der Spiegelschrank und der hölzerne Bettrahmen waren alle mit der gleichen wimmelnden Verschwörung blaugrüner Achtecke überzogen … An metallenen Angeln befestigte Fensterläden aus Holz schirmten die mit Fensterkitt versiegelten Scheiben ab. In einem Terrakottatopf stand eine verdorrende tropische Topfpflanze, das ausgezehrte, gummiblättrige Monster, das zu seinem verläßlichsten Gefährten geworden war, sanft vergiftet von der ständigen Dunkelheit und der verordneten nebligen Feuchte …

Neben dem Bett erklang ein scharfes Summen. Alex verdrehte seinen verfilzten Haarschopf auf dem Kissen. Das Gerät summte erneut. Dann noch einmal.

Alex wurde sich mit dumpfer Überraschung der Tatsache bewußt, daß das Gerät ein Telefon war. Bislang hatte er noch keinen einzigen Anruf aufs Zimmer bekommen. Er hatte nicht einmal gewußt, daß er ein Telefon hatte. Das veraltete, einfache Gerät war inmitten seiner Maschinenkollegen nicht weiter aufgefallen.

Alex betrachtete lange Zeit benommen die veralteten Druckknöpfe des Geräts mit ihrem jämmerlichen Design. Abermals summte das Telefon. Alex ließ die Inhaliermaske fallen und beugte sich übers Bett, mit einer Drehung, einem Rascheln, einem Knacken und einem Stöhnen. Er drückte den winzigen Knopf, der mit ESPKER beschriftet war.

»Hola«, schnaufte er. Sein verklebter Kehlkopf krächzte und schrillte, daß ihm auf einmal Tränen in die Augen schossen.

»¿Quien es?« antwortete das Telefon.

»Niemand«, krächzte Alex auf englisch. »Falsch verbunden.« Er fuhr sich übers Auge und starrte das Telefon an. Er hatte keine Ahnung, wie man die Verbindung unterbrechen konnte.

»Alex!« sagte das Telefon auf englisch. »Bist du das?«

Alex blinzelte. Das Blut strömte durch seinen

betäubten Körper. Unter dem Laken begannen seine Waden und Zehen vorwurfsvoll zu prickeln.

»Ich möchte mit Alex Unger sprechen!« beharrte das Telefon. *»¿Dónde está?«*

»Wer ist da?« fragte Alex.

»Hier ist Jane! Juanita Unger, deine Schwester!«

»Janey?« fragte Alex verblüfft. »Mann, ist etwa Weihnachten? Tut mir leid, Janey ...«

»Was!« schrie das Telefon. »Wir haben den *neunten Mai!* Herrgott noch mal, du scheinst wirklich fertig zu sein!«

»Hey ...«, meinte Alex schwach. Sonst rief seine Schwester höchstens zu Weihnachten an. Es entstand ein drückendes Schweigen. Alex studierte benommen die geheimnisvollen Knöpfe des Freisprechtelefons. EDIAL, FLAS, PROGMA. Keinerlei Hinweis, wie man auflegte. Die offene Telefonverbindung hockte da und lauschte auf ihn; eine quälende Erwartung ging von ihr aus. »Alles okay«, protestierte er schließlich. »Wie geht's dir, Janey?«

»Weißt du überhaupt, welches *Jahr* wir haben?« wollte das Telefon wissen. »Oder wo du *bist?*«

»Äh ... Klar ...« Verschwommene, schuldbewußte Panik durchdrang den Medikamentennebel. Selbst in seinen besten Zeiten war es ihm nicht leichtgefallen, mit seiner älteren Schwester zurechtzukommen, und jetzt fühlte er sich zu schwach und zu benommen, um sich zu verteidigen. »Janey, ich bin im Moment gerade nicht in der Stimmung ... Ich rufe dich zurück ...«

»Wag es bloß nicht aufzuhängen, du alter Trickser!« schrillte das Telefon. »Was, zum Teufel, machst du da drinnen? Hast du vielleicht 'ne Ahnung, wie hoch die *Rechnungen* sind?«

»Hier wird mir geholfen«, sagte Alex. »Ich bin in Behandlung ... Laß mich in Ruhe.«

»Ein Haufen betrügerischer Quacksalber! Die werden dir noch den letzten Cent abnehmen! Und dann bringen sie dich um! Und begraben dich auf irgendeiner gottverfluchten verseuchten Müllkippe an der Grenze!«

Juanitas schrille Vorwürfe schwirrten wie Hornissen in seinem Schädel herum. Alex ließ sich auf den Kissenhaufen zurückfallen und stierte zum sich langsam drehenden Deckenventilator hoch, versuchte seine Kräfte zu sammeln. »Wie hast du mich hier gefunden?«

»Leicht war's nicht, das kannst du mir glauben!«

»Gut ...«, knurrte Alex.

»Und die Verbindung hinzukriegen, das war auch kein Zuckerschlecken!«

Alex sog langsam die Luft ein, entspannte sich, atmete wieder aus. Tief in seinem Innern gurgelte unangenehm irgend etwas Zähes.

»Verdammt noch mal, Alex! Das kannst du doch nicht machen! Ich habe drei Wochen gebraucht, um dich ausfindig zu machen! Diesmal konnten dich nicht mal Dads Leute finden.«

»Tja, nun«, murmelte Alex. »Deshalb hab ich's ja so gemacht.«

Als seine Schwester wieder das Wort ergriff, war ihre Stimme voll grimmiger Entschlossenheit. »Pack deine Sachen, Alejandro! Du mußt dort raus!«

»Nerv mich nicht. Laß mich in Ruhe.«

»Ich bin deine *Schwester!* Dad hat dich abgeschrieben – kapierst du das nicht? Du bist jetzt erwachsen, und du hast ihm zu oft weh getan. Ich bin die einzige, die sich noch was aus dir macht.«

»Mach dir doch nicht ins Hemd«, krächzte Alex erschöpft. »Nimm's leicht.«

»Ich weiß, wo du steckst. Und ich komme dich holen. Und jedem, der mich daran hindern will – du eingeschlossen –, wird das noch leid tun!«

»Du kannst gar nichts machen«, erwiderte Alex. »Ich hab die ganzen Klinikformulare unterschrieben... die haben Rechtsanwälte.« Er räusperte sich, lang anhaltend, rauh und schmerzhaft. Wieder vollständig wach zu werden, war alles andere als angenehm; verschiedene Körperteile – die obere Wirbelsäule, Gelenke, Sehnen, Diaphragmen – äußerten schmerzhaft-scharfen Protest und einen tiefen Widerwillen, zu funktionieren. »Ich will schlafen«, sagte er. »Ich bin hergekommen, um mich zu erholen.«

»Mir machst du nichts vor, Alejandro! Wenn du unbedingt abkratzen willst, dann nur zu! Aber verschleudere nicht das Familiengeld an einen Haufen Gauner.«

»Du warst schon immer ein verdammter Dickkopf«, sagte Alex. »Und jetzt hast du mich aufgeweckt, und ich fühle mich beschissen!« Er setzte sich auf. »Es ist mein Geld und mein Leben! Ich mache damit, was ich will! Geh zurück zu deiner Kunstakademie.« Er griff übers Bett, packte das Telefonkabel und riß es heraus, wobei der Plastikstecker zerbrach.

Alex hob das schweigende Telefon hoch, untersuchte es, dann stopfte er es unter die Kissen. Der Hals tat ihm weh. Er griff nach hinten zum Nachttisch, langte auf ein Tablett aus mexikanischem, getriebenem Silber hinunter und brachte eine Schlaftablette nach vorn. Er packte sie aus und zermalmte sie bedächtig zwischen den Backenzähnen.

An Schlaf war jetzt nicht mehr zu denken. Sein Verstand arbeitete wieder und verlangte nach Betäubung. Alex rutschte auf Händen und Knien aus dem Bett und suchte auf dem dicken, feudalen, häßlichen Teppich umher. Vor Anstrengung pochte ihm der Schädel, und es wurde ihm schwindelig. Doch daran war Alex gewöhnt, und er gab nicht auf.

Die Fernbedienung des TV war zusammen mit den ganzen anderen schlauen Kinkerlitzchen für leblose Gegenstände auf einen zusammenbrechenden Haufen mexikanischer, auf True Crimes beruhender *fotonovelas* gefallen. Alex fiel auf, daß die Bettfedern nach drei Wochen ununterbrochener Feuchtigkeit angefangen hatten, sanft, aber beharrlich zu rosten.

Alex kniete sich hin und schob sich, seine Beute umklammernd, mit arthritischer Langsamkeit wieder unter die Laken. Er wartete, bis sich sein Atem wieder beruhigt hatte, schneuzte sich und plazierte die beiden kalten Tropfen medizinischer Kochsalzlösung sorgfältig auf die Augäpfel, dann durchkämmte er mit minimalen Daumenbewegungen das Angebot des Kabelprogramms der Klinik. Sentimentale mexikanische Melodramen. Eine Quizsendung. Kids, in einer gewaltigen unterirdischen Mall auf der Jagd nach Robotsauriern. Die unvermeidliche thailändische Popmusik.

Und ein paar englischsprachige Plaudernachrichten. Spanische Plaudernachrichten. Japanische Plaudernachrichten. Alex, geboren im Jahr 2010, hatte im Laufe seines einundzwanzigjährigen Lebens erlebt, wie die Nachrichten immer überdrehter und fröhlicher geworden waren. Mittlerweile hatte er Hunderte blutgetränkter Filmstunden über sich ergehen lassen: Epidemien, Massensterben, verzweifelte Aufstände, die grauenhaft verstümmelten Opfer von Militäreinsätzen, alles vor dem beunruhigenden Hintergrund der bedrohlichen, unerbittlich voranschreitenden Umweltzerstörung. All das gab es dort draußen immer noch, so wie jeder Aspekt der modernen Realität irgendwo im Netz widergespiegelt wurde, doch heutzutage mußte man mühsam danach suchen, und die Leute, die darüber redeten, gehörten nicht gerade zu den Wohlhabendsten. Irgendwann im Laufe der Entwicklung war das ganze globale Dorf in eine neurotische Verweigerungshaltung verfallen.

Heute, als Erwachsener, fand Alex das gläserne Röhrensystem des Netzes vollgestopft mit Jet-Set-Heiraten und niedlichen Hundegeschichten. Naßforsche Heroinen und Helden mit kantigen Kiefern wurden irgendwie immer noch schnell reich. Starlets gewannen bei Lotterien, und Lotteriegewinner wurden Starlets. Kleine Kinder, deren Köpfe in versiegelten Cyberspace-Helmen steckten, mimten freudige Überraschung und schwenkten angesichts der imposanten Halluzinationen ihre kleinen, behandschuhten Hände. Alex war eigentlich nie ein so großer Fan der aktuellen Strömungen gewesen, doch mittlerweile hatte er den Eindruck, die munteren Klugschwätzer mit den makellosen Zähnen seien die eigentliche Quelle allen Übels.

Alex stieß auf ein mexikanisches Dokudrama über Ufos und blieb dabei hängen; auf spanisch hießen sie *los OVNIS*, und am 9 de mayo, 2031, war ein Großteil der Einwohner Südamerikas offenbar von einem heftigen Anfall von *ovnimanía* befallen worden. Eine Zeitlang sickerte Alex' Leben träge aus ihm hinaus, während ihn der Bildschirm mit Bildern vollpumpte: mit gewaltigen nächtlichen Feuerbällen, Zwergen in Overalls aus Silberfolie, deren Köpfe an Löwenzahnblüten erinnerten, und mit einer Videoprophezeiung irgendeiner Jungfrau von Guadelupe samt eigener Internet-Adresse und gebührenfreier Telefonnummer …

Die Tagesschwester klopfte an die Tür und betrat eilig den Raum. Die Tagesschwester hieß Concepción. Sie war eine stämmige, nüchterne Frau in den Vierzigern, mit einer Vorliebe für Fettabsaugung, Facelifting und Brustvergrößerung.

»¿Ya le hicieron la prueba de la sangre?«

Alex schaltete den Fernseher aus. »Der Bluttest? Ja, heute morgen wurde einer gemacht.«

»¿Le duele todavía el pecho como anoche?«

»War eine ziemlich schlimme Nacht«, räumte Alex ein. »Jetzt geht's schon viel besser, seit ich die Maske benutze.«

»Un catarro atroz, complicado con una alergia«, meinte Concepcíon mitfühlend.

»Wenigstens habe ich keine Schmerzen«, sagte Alex. »Ich bekomme die allerbeste Behandlung.«

Concepcíon seufzte und bedeutete ihm, sich zu erheben. »*Todavía no acabamos, muchacho, le falta la enema de los pulmones.*«

»Ein *Lungen*-Einlauf?« fragte Alex verwirrt.

»*Si.*«

»Heute? Jetzt gleich? *¿Ahora?*«

Sie nickte.

»Muß das sein?«

Concepcíon machte ein ernstes Gesicht. »*¡El doctor Mirabi le recetó! Fue muy claro. ›Cuidado con una pulmonía.‹ El nuevo tipo de pulmonía es peor que el SIDA, han muerto ya centenares de personas.*«

»Schon gut, schon gut«, meinte Alex. »Klar, kein Problem. In letzter Zeit geht's mir schon sehr viel besser. Ich brauche nicht mal mehr den Rollstuhl.«

Concepcíon nickte, half ihm beim Aufstehen und schob ihm ihre kräftige Schulter unter die Achselgrube. Gemeinsam schafften sie es aus der Tür und etwa zehn Meter den mit Teppichboden ausgelegten Korridor entlang, dann bekam Alex weiche Knie. Der Rollstuhl, ein Gerät mit beschränkter, aber hochspezialisierter Intelligenz, befand sich unmittelbar hinter Alex, als dieser stolperte. Er gab den Kampf anmutig auf und setzte sich in das Gerät aus Chrom und Leder.

Concepcíon ließ Alex im Behandlungszimmer auf Dr. Mirabi warten. Alex war sich ziemlich sicher, daß Dr. Mirabi nichts Wichtiges zu tun hatte. Alex allein in einem abgeschlossenen Raum warten zu lassen, gehörte einfach zur medizinischen Etikette, um zu zeigen, wessen Zeit kostbarer war. Während Dr. Mirabis Angestellte – zumal die schwer schuftenden Pharmazeuten – ständig umherhetzen mußten, schien Dr. Mirabi selbst kaum unter der Bürde seiner Pflichten zu leiden. Soweit Alex das den Dienstplänen entnehmen konnte, gab es in der ganzen *clínica* nur vier Langzeitpatienten. Alex war sich ziemlich sicher, daß der größte Teil der Klinikeinkünfte von Yankees stammte, die tageweise von Laredo herüberkamen. Als er sich im April angemeldet hatte, hatten die Amerikaner, die mexikanische Geheimmittel gegen die neuen ultraresistenten TBC-Erreger ergattern wollten, fast bis zur nächsten Straßenecke angestanden.

Dr. Mirabis Behandlungszimmer war lang und rechteckig und vollgestopft mit großen, mit Tüchern abgedeckten Geräten. Wie auch an jedem anderen Ort in der *clínica* erzeugte die Klimaanlage eine Eiseskälte, und es roch nach scharfen und wirkungsvollen Desinfektionsmitteln. Alex bedauerte, keine *fotonovela* aus seinem Zimmer mitgenommen zu haben. Er gab zwar vor, die plumpe und gewaltdurchtränkte Pornographie der *novelas* zu verachten, ihr komisch verzerrtes Gossenspanisch war jedoch von einigem philosophischem Interesse.

Concepcíon öffnete die Tür und trat ein. Hinter ihr kam Dr. Mirabi, in der Hand das allgegenwärtige Notepad. Alex hegte den starken Verdacht, daß Dr. Mirabi trotz seines entfernt islamischen Nachnamens in Wirklichkeit Ungar war.

Dr. Mirabi tippte mit einem schicken schwarzen Stift auf die Glasoberfläche des Notepads und betrachtete das Ergebnis. »Nun, Alex«, meinte er munter in nicht akzentfreiem Englisch, »wie es aussieht, haben wir diesen elenden Streptokokkus ein für allemal besiegt.«

»Das stimmt«, sagte Alex. »Ich hatte schon ewig lang keinen Nachtschweiß mehr.«

»Das ist ein guter Schritt nach vorn, ja wirklich«, meinte Dr. Mirabi in aufmunterndem Ton. »Selbstverständlich war diese Infektion nur das Krisensymptom Ihres Syndroms. Im nächsten Stadium Ihrer Genesung« – er konsultierte das Notepad – »geht es um Ihre chronische Verschleimung. Wir müssen uns mit der chronischen Schleimabsonderung befassen, Alex. Zu Anfang war nicht ausgeschlossen, daß es sich um eine schützende Schleimabsonderung handelte, aber jetzt ist Ihr Stoffwechsel belastet. Wenn der chronische Schleim verschwunden ist und die Tuberkel bereinigt… gereinigt sind…« Er zögerte. »Sagt man eigentlich ›bereinigt‹ oder ›gereinigt‹?«

»Geht beides«, sagte Alex.

»Danke«, sagte der Arzt. »Wenn der chronische Schleim erst einmal von der Lungenoberfläche abgekratzt wurde, können wir die Membranen direkt behandeln. Ihre Lungenmembranen sind natürlich geschädigt, schwer zellular geschädigt, aber wir kommen an die geschädigten Oberflächen erst heran, wenn der Schleim entfernt ist.« Er blickte Alex ernst über den Brillenrand hinweg an. »Ihr chronischer Schleim ist stark kontaminiert, wissen Sie! Von jahrelang eingeatmeten schädlichen Gasen und Partikeln. Von Umweltgiften, allergieauslösenden Pollen, Rauchpartiklen, Viren und Bakterien. Die haben sich alle mit dem chronischen Schleim verbunden. Wenn Ihre Lunge mit dem Intubationskatheter saubergeschabt ist, dann wird sie wieder wie die eines Neugeborenen sein!« Er lächelte.

Alex nickte wortlos.

»Zunächst wird es unangenehm für Sie sein, aber anschließend werden Sie sich ganz herrlich fühlen.«

»Brauche ich eine Betäubung?« fragte Alex.

»Nein, Alex. Es kommt darauf an, daß Sie während der Prozedur richtig atmen. Das Reinigungsmittel muß bis in die äußersten Lungenspitzen vordringen. Verstehen Sie?« Er legte eine Pause ein, tippte auf das Notepad. »Sind Sie ein guter Schwimmer, Alex?«

»Nein«, sagte Alex.

»Dann kennen Sie ja das Gefühl, wenn man sich an Wasser verschluckt«, sagte der Arzt mit einem triumphierenden Nicken. »Den Erstickungsreflex. Wissen

Sie, Alex, der Grund, warum die Natur einen dann würgen läßt, ist der, daß das Wasser nicht genügend Sauerstoff für die Lungen enthält. Die Flüssigkeit jedoch, mit der das Intubationskatheter ihre Lungen füllt, ist kein Wasser, Alex. Es ist eine dichte Silikonflüssigkeit. Da ist viel Sauerstoff drin gelöst, eine Menge Sauerstoff.« Dr. Mirabi lachte in sich hinein. »Wenn Sie still daliegen, ohne zu atmen, können Sie es mit dem Sauerstoff eines einzigen Lungeninhalts dieser Reinigungsflüssigkeit eine halbe Stunde aushalten! Es ist soviel Sauerstoff darin, daß Sie zunächst das Gefühl haben werden, zu hyperventilieren.«

»Ich muß das Zeug irgendwie inhalieren, stimmt's?«

»Nicht ganz. Es ist zu dicht, um es zu inhalieren. Wir wollen auch nicht, daß es in Ihre Nebenhöhlen eindringt.« Der Arzt runzelte die Stirn. »Wir müssen die Flüssigkeit in Ihre Lunge einfüllen, ganz langsam.«

»Ich verstehe.«

»Wir führen einen dünnen Schlauch ein, durch den Mund und am Kehldeckel vorbei. Am Ende des Schlauchs befindet sich ein örtliches Betäubungsmittel, so daß der Schmerz am Kehldeckel nicht lange anhält... Sie müssen während der Prozedur ganz still liegen, müssen sich vollständig entspannen und dürfen nur auf meine Anweisung hin atmen.«

Alex nickte.

»Das Gefühl ist zunächst sehr ungewohnt, aber es besteht keine Gefahr. Sie müssen sich darauf einstellen, die Prozedur innerlich zu akzeptieren. Wenn Sie die Flüssigkeit aushusten, müssen wir wieder von vorn anfangen.«

»Doktor«, sagte Alex, »Sie brauchen mir nicht zuzureden. Ich habe keine Angst. Das können Sie mir glauben. Ich breche die Prozedur nicht ab. Ich breche niemals etwas vorzeitig ab. Wenn ich das täte, wäre ich jetzt nicht hier, oder?«

»Sie werden einige Unannehmlichkeiten haben.«

»Das ist nichts Neues. Davor habe ich auch keine Angst.«

»Ausgezeichnet, Alex.« Dr. Mirabi tätschelte Alex' Schulter. »Dann fangen wir jetzt an. Bitte legen Sie sich auf den Behandlungstisch.«

Concepcíon half Alex, sich auf den Tisch mit den Lederscharnieren zu legen. Sie tippte mit dem Fuß auf ein Pedal. Unter dem Fußboden winselte ein Schnekkengetriebe. Der Tisch senkte sich in Höhe von Alex' Hüften und hob sich unter seinem Rücken, bis er einen rechten Winkel bildete. Alex hustete zweimal.

Dr. Mirabi streifte transparente Handschuhe über, packte energisch eines der stoffverhüllten Geräte aus und machte sich an den Schaltern zu schaffen. Er öffnete einen Schrank, holte zwei hellgelbe Aerosol-Behälter hervor und schob diese in die entsprechenden Sockel an der Oberseite des Geräts. Er befestigte durchsichtige Plastikschläuche an den Behältern. Als er diese öffnete, vernahm man ein kurzes pneumatisches Zischen.

»Wir erwärmen die Flüssigkeit auf Bluttemperatur«, erklärte Dr. Mirabi. »Damit die Tuberkel keinen Wärmeschock erleiden. Die Wärme hilft auch dabei, die chronische Verschleimung effektiver aufzulösen. Effizienter? Sagt man ›effektiver‹ oder ›effizienter‹?«

»Das sind Synonyme«, meinte Alex. »Könnte es passieren, daß ich mich übergebe? Das ist mein Lieblingspyjama.«

Concepcíon zog ihm den Pyjama aus, dann legte sie ihm energisch ein papierenes Op-Hemd um. Sie schnallte ihn mit Stoffgurten am Tisch fest. Dr. Mirabi näherte sich ihm mit dem weichen Plastikrüssel des mit rosa Paste beschmierten Katheters. »Öffnen Sie weit den Mund, kosten sie nicht vom Betäubungsmittel«, warnte er. Alex bekam trotzdem eine reichliche Portion von der Paste auf die Zungenwurzel ab, die augenblicklich so taub wurde wie eine abgeschnittene Rinderzunge auf dem Hackblock eines Metzgers.

Der Rüssel bahnte sich schmerzhaft einen Weg durch seine Kehle. Alex spürte, wie das dicke Ventil in seiner Brust hüpfte und flatterte, als der Schlauch Kontakt bekam und sich weiterzwängte. Dann setzte die Betäubung ein, und ein großer Fleischklumpen hinter seinem Herzen wurde einfach gefühllos, ging ein ins Nichts wie ein Kerngehäuse, das mechanisch aus einem Apfel gestanzt wurde.

Tränen traten ihm in die Augen. Er hörte eher, wie Dr. Mirabi Schalter drückte, als daß er es sah. Dann kam die Hitze.

Er hatte gar nicht gewußt, daß Blut so heiß war. Die Flüssigkeit war heißer als Blut und viel, viel schwerer, wie zischendes, weiches, geschmolzenes Blei. Alex sah, wie die Flüssigkeit durch den Schlauch in ihn hineinfloß. Sie hatte eine künstliche, blaugrüne Färbung. »Atmen!« rief Dr. Mirabi.

Alex schnappte nach Luft. Ein schauerlicher Rülpser löste sich tief in seiner Kehle, etwa wie der Schrei eines überdimensionalen Ochsenfroschs. Einen Moment lang wollte er lachen; sein Zwerchfell stemmte sich vergeblich gegen das flüssige Gewicht in seinem Innern, dann erschlaffte es.

»El niño tiene un bulto en la garganta«, meinte Concepcíon im Plauderton. Sie legte ihm ihre latexumhüllte Hand auf die Stirn. *»Muy doloroso.«*

»Poco a poco«, sagte Dr. Mirabi gestikulierend. Das Schneckengetriebe unter dem Tisch arbeitete, und Alex wurde in eine sitzende Haltung emporgehoben, wobei sich die Flüssigkeit in ihm mit der darmblähenden Trägheit eines Mahls mit neun Gängen verlagerte. Die Luft platzte zwischen seinen von Klammern gehaltenen Lippen hervor, und heißer, gummiartiger Schaum stieg zum oberen Gaumen hoch.

»Gut«, sagte Dr. Mirabi. »Atmen!«

Alex versuchte es erneut, mit hervorquellenden Augen. Sein Rückgrat knackte hörbar, und er fühlte, wie noch mehr dieser großen, widerlichen Luftblasen aufstiegen, stinkende alte Blasen wie vom Grund von LaBrea.

Dann, auf einmal, erreichte der Sauerstoff das Gehirn. Alex' Hals und Wangen röteten sich wie bei einem Orgasmus. Einen köstlichen Moment lang vergaß er, was es bedeutete, krank zu sein. Er fühlte sich wundervoll. Er fühlte sich frei. Er fühlte sich losgelöst. Er war sich ziemlich sicher, daß er jeden Moment sterben würde.

Er versuchte zu sprechen, irgend etwas daherzuplappern – einen Dank vielleicht, oder wenigstens ein paar Worte oder einen wilden Schrei nach mehr –, doch es kam nichts heraus. Seine Lunge war wie aus Gips und Knochenmehl gegossen, bis zum Rand angefüllt mit heißem Flüssiggummi. Seine Muskeln stemmten sich gegen die beiden straff gespannten Beutel voller Flüssigkeit wie Fäuste, die zwei Tennisbälle umklammerten, und in seinen Ohren war ein Dröhnen, und dann wurde es schwarz um ihn. Auf einmal hörte er sein mühsam schlagendes Herz, *wumm-wumm, wumm-wumm,* wobei jede Erschütterung der Herzkammern durch die mit Flüssigkeit gefüllten Lungenflügel mit dröhnender Unterwasserklarheit weitergeleitet wurde.

Und dann hörte das Schlagen auf.

Am Abend des 10. Mai erkundete Jane Unger ihr Ziel unter dem Vorwand, Heroin kaufen zu wollen. Sie verbrachte eine halbe Stunde in der Schlange vor der Klinik, in Gesellschaft elender, asthmatischer Yankees von der anderen Seite der Grenze. Die vor der Klinik schlangestehenden Kunden waren die schäbigsten, gruseligsten, erbärmlichsten Leute, die sie je gesehen hatte, ohne daß sie Kriminelle gewesen wären. Das

Aussehen wirklicher Krimineller war Jane vertraut, denn das weitverzweigte Netzwerk der ehemaligen texanischen Gefängnisse hatte man von Verbrechern geleert und in Quarantäne-Zentren und Notunterkünfte umgewandelt. Die ehemaligen Insassen des texanischen Gulag, die wirklichen Kriminellen, wurden heutzutage mittels Software in Schranken gehalten. Die verurteilten Verbrecher mit ihren manipulationssicheren Haftverschonungs-Manschetten konnten nicht nach Nuevo Laredo kommen, denn sie waren durch die Ortungssoftware der Regierung aufs andere Ufer des Rio Grande verbannt. Niemand in der Schlange vor der Klinik trug eine Ortungsmanschette. Man sah ihnen jedoch deutlich an, daß sie unter den Trägern viele gute Freunde hatten.

Die amerikanischen Kunden trugen ausnahmslos unheimlich wirkende Atemmasken. Wahrscheinlich um sich nicht anzustecken. Oder damit sie niemanden ansteckten. Oder vielleicht auch nur, um beim Drogenkauf ihre Identität zu verbergen.

Die älteren Kunden trugen schlichte gerippte Atemmasken in antiseptischem Weiß. Die jüngeren bevorzugten kompliziert geriffelte Umschnallmasken in bunten Designerfarben.

Die Schlange der Amerikaner rückte stetig vor, abgeschirmt von zwei mexikanischen Cops, die der zahlenden Kundschaft die einheimischen Straßengauner vom Leibe hielten. Jane rückte geduldig bis zur Eingangstreppe der Klinik vor, durch die Doppeltür hindurch und bis zu der vergitterten, kugelsicheren Glasscheibe der Medikamentenausgabe.

Dort erfuhr Jane, daß die Klinik kein ›braunes mexikanisches Heroin‹ verkaufte. Offenbar hatte man überhaupt kein Heroin auf Lager, da für diesen legendären Stoff bei Leuten mit Erkrankungen der Atemwege nur sehr wenig Nachfrage bestand.

Jane schob eine private Kreditkarte durch den

Schlitz unter dem Fenster. Der Apotheker zog Janes Karte durchs Lesegerät, studierte die Meldung des Netzwerks und zeigte auf einmal echtes Interesse. Jane wurde höflich aus der Schlange herausgebeten und dem Vorgesetzten des Apothekers vorgestellt, der sie in sein Büro hinaufgeleitete. Dort zeigte er ihr ein Fläschchen mit einem moderneren Analgetikum, ein Designer-Endorphin, tausendmal wirkungsvoller als Morphium. Als er ihr eine kostenlose Probeinjektion anbot, lehnte Jane dankend ab.

Daraufhin kam Jane zögernd auf das Thema Bestechung zu sprechen, worauf sich das Gesicht des Angestellten verdüsterte. Er rief einen Schläger eines privaten Sicherheitsdienstes herbei, der Jane aus dem Hintereingang der Klinik geleitete und ihr verbot, die Klinik noch einmal zu betreten.

Kurz Und Simpel, Schätzchen. Das berühmte KUSS-Akronym war seit jeher Janes liebster Leitfaden. Wenn man irgendwo Zugang finden wollte, mußte man den kurzen und simplen Weg beschreiten. Jemanden vom Klinikpersonal zu bestechen, war ihr als einfachste Lösung erschienen. Doch das war es nicht.

Wenigstens einer der Angestellten hatte sich bereitwillig bestechen lassen. Bei einem Ferngespräch aus Texas war es Jane gelungen, sich die Dame an der Vermittlung gefügig zu machen. Die Angestellte hatte Janes elektronisches Geld im Austausch gegen zehn Minuten interne Telefonverbindung mit Freuden entgegengenommen.

Und auch an den Grundriß des Gebäudes war sie ziemlich leicht herangekommen; es hatte sich gezeigt, daß die Pläne öffentlich zugänglich waren. Außerdem war es nützlich gewesen, sich unter dem simplen Vorwand, Drogen kaufen zu wollen, in das Gebäude einzuschleichen. Dadurch hatte Jane ihre Vorstellungen von den inneren Räumlichkeiten bestätigt.

Aber wenn es um Alex ging, war nichts jemals einfach. Das Telefonat mit Alex hatte Jane klargemacht, daß Alex, der eigentlich ihr Verbündeter auf feindlichem Boden hätte sein sollen, wie gewöhnlich vollkommen nutzlos war.

Carol und Greg – Janes liebste Vertraute innerhalb der Storm Troupe – hatten sie gedrängt, sich möglichst einfacher Mittel zu bedienen. Diese ganze muskelprotzende Ninja-Nacht-und-Nebel-Romantik zu vergessen. Diese Masche funktionierte selbst dann so gut wie nie, wenn die U.S. Army sie probierte. Schlauer war es, persönlich in Nuevo Laredo aufzukreuzen, eine nicht zurückzuverfolgende elektronische Lastschriftkarte vorzulegen und dem Nachtwächter zu sagen, entweder Alejandro Unger, oder *No hay dinero*. Die Chancen standen gut, daß der Nachtwächter Alex gegen etwa drei Monatsgehälter in Landeswährung herausrücken würde. Später konnte man so tun, als habe der Patient das Gebäude aus eigener Kraft verlassen. Das war ein netter und geradliniger Plan. Eine strafrechtliche Verfolgung wäre kaum möglich. Und wenn alles schiefging und in einem totalen Debakel endete, würde es so später erheblich besser aussehen.

Andererseits war das Vorhaben, in eine mexikanische Schwarzmarktklinik einzubrechen und einen Patienten zu entführen, genau die Art überkompliziertes Manöver, das später niemals besser aussah.

Es gab einmal eine Zeit in Jane Ungers Leben, als sie sich viele Gedanken über ›später‹ gemacht hatte. Aber diese Zeit war vorbei, und das ›Später‹ hatte seinen ganzen Reiz verloren. Sie war zwölfhundert Kilometer an einem Tag gereist, und jetzt war sie allein in einer dunklen Gasse in einem fremden Land und bereitete sich darauf vor, ohne fremde Unterstützung in ein Krankenhaus einzubrechen. Und wenn sie nicht auf frischer Tat ertappt wurde, war sie ziemlich sicher, daß sie damit durchkommen würde.

Diese Gegend von Nuevo Laredo wurde von den Einheimischen treffenderweise ›Salsipuedes‹ oder ›Lauf-weg-wenn-du-kannst‹ genannt. Abgesehen von Alex' properer, aber bescheidener Klinik gab es hier noch zwei weitere mit naiven Gringos vollgestopfte florierende Krankenhäuser, außerdem ein grauenhaftes öffentliches Krankenhaus, eine große, infizierte Todeszone, die von den Überresten der mexikanischen Verwaltung äußerst schlecht gemanagt wurde. Jane beobachtete, wie ein mit einem abblätternden roten Kreuz beschrifteter ramponierter Robotlaster vorbeirumpelte. Dann schaute sie zu, wie ihre Hände zitterten. Ihre unlackierten Fingernägel zeigten eine elfenbeinerne Blässe und vibrierten nervös. Den gleichen Bammel hatte sie immer vor einer Sturmjagd. Jane war froh über diesen Bammel, die Angst und die durch ihre Nerven strömende Energie. Sie wußte, daß der Bammel wie Trockeneis wegschmelzen würde, wenn es endlich losging. Das hatte sie im letzten Jahr über sich gelernt. Es war gut, das zu wissen.

Jane überprüfte ein letztes Mal ihre Ausrüstung. Klebstoffpistole, Dekupiersäge, Bleistifttaschenlampe, Handy, Brecheisen aus Keramik – alles mit Haken und Schnallen an ihrem Webgürtel befestigt und unter dem weiten Rettungsanzug aus Papier verborgen. Sie schloß den Reißverschluß des Anzugs über den kurzen Jeans und dem T-Shirt aus Baumwolle bis zum Hals. Sie streifte sich eine reinweiße Atemmaske über.

Dann durchtrennte sie die Hauptstromleitung der Klinik.

Oben am Strommast zischelte kurz Thermit, und im halben Stadtteil fiel das Licht aus. Jane fluchte hinter der Maske. Offenbar hatte es im städtischen Stromnetz von Nuevo Laredo in letzter Zeit Veränderungen gegeben. Jane Ungers erster Anschlag war alles andere als chirurgisch gewesen.

»Nicht meine Schuld«, murmelte sie. Ständig lungerten mexikanische Starkstromtechniker herum; und die Leute stahlen auch städtischen Strom, das Netz wurde hier auf alle möglichen Arten illegal angezapft. – Die Stromklauer wurden *diablitos* genannt, auch wieder ein treffender Name, in Anbetracht der Tatsache, daß die ganze Welt dabei war, zum Teufel zu gehen. – Jedenfalls würde es keine große Sache sein, den Schaden zu beheben.

Gregs Thermitbombe hatte tatsächlich funktioniert. Alle paar Wochen ließ Greg irgendwelche machohaften Andeutungen über seine militärische Vergangenheit fallen, in der er angeblich Anschläge gegen Gebäude durchgeführt hatte. Bis jetzt hatte Jane ihm nicht ganz geglaubt.

Jane streifte Dekontaminationshüllen aus Papier über ihre Wanderstiefel. Sie zurrte die Stiefelhüllen über den Knöcheln fest, dann huschte sie über die dunkle, mit glänzenden Pfützen bedeckte Straße. Sie stieg die drei Stufen einer Steintreppe empor, betrat den nun stockdunklen Alkoven, in dem der Hintereingang der Klinik verborgen war, und musterte die Straße. Keine Autos, keine Menschen, keine sichtbaren Augenzeugen … Jane zog sich eine transparente Regenkapuze über den Kopf und verknotete sie. Dann riß sie eine Papiertüte auf und holte ein Paar fester OP-Handschuhe aus Plastik heraus.

Sie klatschte mit der flachen Hand auf den stählernen Türrahmen.

Die Kliniktür öffnete sich bebend.

Jane hatte die Tür bereits geöffnet, als sie die Klinik verlassen hatte. Sie hatte ihre Eskorte zwei entscheidende Sekunden lang abgelenkt und das Tastaturschloß des Ausgangs geschickt mit einem raschen, geheimen Schuß Klebstoff blockiert. Jane hatte die Aerosoldose in der hohlen Hand verborgen gehabt, ein winziges Ding, kaum größer als ein Pistolenmagazin. Klebstoffspray war einer von Carols Lieblingstricks, das hatte Jane von ihr. Was Carol alles mit Klebstoffspray anstellte, grenzte schon an Hexerei.

Ungeachtet des Stromausfalls wurde das Tastaturschloß noch immer über Batterie mit Energie versorgt – die Tür nahm fälschlicherweise bloß an, daß es funktionierte. Smarte Geräte waren smart genug, manchmal wirklich dämliche Schnitzer zu machen.

Jane machte die Tür behutsam hinter sich zu. Im Innern des Gebäudes war es kühl, stockdunkel und still wie in einer Gruft. Das war gut, denn sie hatte mit den luftundurchlässigen Handschuhen, der Kapuze, dem Overall, der Atemmaske und den Stiefeln augenblicklich wie verrückt zu schwitzen begonnen. In ihren Achselgruben prickelte Angstschweiß, als würde sie dort tätowiert. Bullen – oder schlimmer noch, Privatschnüffler der Industrie – reichten heutzutage schon die winzigsten Beweismittel. Fingerabdrücke, Schuhabdrücke, ausgefallene Haare, ein Stoff-Fussel, ein lausiges Fitzelchen DNA …

Jane griff durch einen Schlitz hinter der Gesäßtasche ihres Papieroveralls. Sie löste die Bleistifttaschenlampe vom Webgürtel. Die kleine Lampe klickte zuverlässig unter ihrem Daumen, und ein rötlicher Strahl erhellte den Flur. Jane trat einen Schritt in den Korridor vor, zwei, drei, dann fiel die Angst vollkommen von ihr ab, und halb rutschte, halb hüpfte sie in ihren feuchten Stiefelüberzügen über die Keramikfliesen.

Sie hatte nicht damit gerechnet, daß ein Einbruch so erregend sein würde. Sie war schon in vielen verfallenen Gebäuden gewesen – wie jeder ihrer Generation –, aber sie war noch nie in ein benutztes eingebrochen. Eine verruchte Freude überkam sie wie ein langer, kalter Kuß auf den Nacken.

Jane probierte die erste Tür zu ihrer Linken. Der Knauf gab unter ihren latexumhüllten Fingern nach – abgeschlossen. Jane hatte eine akkubetriebene Dekupiersäge am Gürtel befestigt, die das Schloß durchschneiden würde wie ein Messer eine Hochzeitstorte, und einen Moment lang arbeitete ihre linke Hand unter dem Papieroverall, und sie berührte den angenehmen Noppengriff der Säge. Dann hielt sie inne. Klugerweise widerstand sie dem Impuls, aus einer Laune heraus in den Raum einzudringen. Daß man Alex die Nacht über einschloß, war bei einem Nachtschwärmer wie Alex eher unwahrscheinlich. Der dickköpfige, unausstehliche Nachtschwärmer Alex. Nicht mal an der Schwelle des Todes würde Alex davon ablassen.

Die nächste Tür. Unverschlossen. Leer.

Die nächste Tür. Sie war ebenfalls unverschlossen. Irgendwelcher Hausmeisterbedarf, Putzlappen, Kannen und Papier. Ein guter Ort, um gegebenenfalls zur Ablenkung Feuer zu legen.

Die nächste Tür. In diesem Raum stank es. Wie nach Hustensaft mit Absinth. Kleine rotäugige Geräte an den Wänden und auf dem Boden, von Akkus für den Standby-Betrieb mit Strom versorgt. Janes trübes rotes Licht schwenkte über ein großes leeres Bett, dann fiel es auf ein erschreckendes Gewirr von Schatten – eine halb verdorrte, riesenhafte Topfpflanze.

Sie hatte ihren Bruder noch nicht gefunden, spürte aber seine Nähe. Sie machte die Tür behutsam hinter sich zu und lehnte sich mit dem Rücken dagegen. Der Gestank reizte ihre Schleimhäute wie billiger Whisky. Jane hielt den Atem an und schwenkte die Taschenlampe. Ein Fernseher. Ein großer Kleiderständer, der an eine überdimensionale Mangel erinnerte … eine Garderobe … verstreute Tonbandkassetten und Zeitschriften …

Irgend etwas tropfte. Ein öliges, zähes Tropfen, in Bodenhöhe. Es kam von der großen Hosenmangel. Jane näherte sich dem Gerät und leuchtete über den Boden. Da war eine Art Bettpfanne.

Jane ließ sich auf ein Knie nieder. Es war ein weißer Keramiktopf, zur Hälfte mit einer dunklen, widerlichen Flüssigkeit gefüllt, eine Art zähes Schmieröl. Eine körnige Substanz wie feiner Kaffeesatz war auf den Boden gesunken, während sich oben wie bei einer Suppe mit Eiereinlauf ekliger weißer, organischer Schaum gebildet hatte ... Vor Janes Augen plumpste plötzlich ein dünner Batzen von dem Zeug in den Topf.

Sie schwenkte die Lampe nach oben. Sie erblickte zwei weiße menschliche Zahnreihen. Einen menschlichen Mund, mit verzerrten weißen Lippen und einer steifen blauen Zunge. Der Kopf war bandagiert, ein dicker, gepolsterter Gurt hielt die Stirn. Zwischen die klaffenden Kiefer hatte man eine Art weiches Gummigeschirr gesteckt ...

Sie hatten ihn mit dem Kopf nach unten an ein Gestell gebunden. Beide Schultern waren festgegurtet, beide Arme mit Handschellen an den Seiten fixiert, der Oberkörper war auf der gepolsterten Oberfläche festgeschnallt. Seine Knie waren gefesselt, seine Knöchel steckten in Handschellen. Das ganze Gestell war auf zwei verchromten Federscharnieren aufrecht gekippt. Seine bleichen, nackten Füße waren wie zwei magere Tiere. Unmittelbar über dem Boden hing sein bandagierter Kopf.

Sie ließen ihn auslaufen.

Jane trat rasch zwei Schritte zurück und schlug sich die plastikumhüllte Hand vor den Mund.

Einen Moment lang kämpfte sie gegen die Angst an und drängte sie zurück. Und dann wehrte sie sich gegen den Ekel und besiegte auch den.

Jane zwang sich, wieder ans Gestell zu treten, dann legte sie Alex die behandschuhte Hand seitlich an den Hals. Er war fiebrig heiß und glitschig von Schweiß.

Er war am Leben.

Jane untersuchte eine Weile das Gestell, wobei sich

ihre Augen vor Zorn verengten. Die Angst und der Ekel waren verschwunden, doch gegen den jähen Ansturm von Haß kam sie nicht an. Die Vorrichtung war für die Schweinehunde, die ständig damit umgingen, wahrscheinlich leicht zu bedienen. Jane hatte keine Zeit, die Bedienung zu erlernen.

Sie löste die Sperriegel an den unteren Walzrädern, schob das ganze Gerät neben das große Bett und warf es mitsamt Alex mit einem wütenden, heftigen Stoß aufs Bett.

Die Brustgurte machten keine Schwierigkeiten. Bloß Klettverschlüsse. Die gepolsterten Schnappriegel an Arm- und Fußgelenken bereiteten schon größere Schwierigkeiten: ein komplizierter, mies konstruierter Flip-Flop-Schließmechanismus. Jane riß die Säge heraus und hatte alle vier Vorrichtungen in jeweils zehn Sekunden durchtrennt. Dabei ertönte ein Höllenlärm – ein Winseln und ein gedämpftes Rattern, und es roch durchdringend nach versengtem und geschmolzenem Plastik. Eigentlich kein besonders durchdringender Lärm, aber in einem lichtlosen Gebäude klang er höllisch laut. Jemand könnte nachsehen kommen. Jane tastete nach der Klebstoffpistole im Holster hinten am Gürtel.

Als der letzte Gurt durchtrennt war, rutschte Alex von dem Gestell auf ihren Schoß. Sie drehte ihn auf den Rücken und hob seine Augenlider an. Kalt, so kalt wie eine Makrele, auch wenn seine fiebrige Haut so heiß war wie die rasierte Haut eines Laborkaninchens... Sie würde ihn nach draußen tragen müssen.

Nun, als sie Alex das letzte Mal getragen hatte, war er ziemlich leicht gewesen. Damals war er fünf gewesen und sie zehn. Jane kniete sich aufs Bett und befestigte die Säge sorgfältig wieder am Gürtel unter dem Papieroverall. Und dann überlegte sie düster, wieviel Kraft sie das kosten würde.

Jane wälzte sich vom Bett auf die Beine, packte

ihren Bruder bei den schlanken Handgelenken und wuchtete ihn hoch.

Er rutschte wie eine leere Hülse über die Laken. Jane rammte ihm die linke Schulter unter die Taille und schulterte ihn im Feuerwehrgriff, indem sie ihren linken Arm hinten um seine Knie schlang ... Als sie ihn oben hatte, wurde ihr klar, daß ihre Kraft mehr als ausreichte. Ihr Bruder war nur noch Haut und Knochen.

Mit lautem Gurgeln floß etwas aus ihm heraus und bespritzte die Rückseite ihrer Beine.

Jane taumelte durch die Tür und auf den Korridor hinaus. Von oben vernahm sie das Geräusch von Schritten und in der Ferne halblaute verwunderte Stimmen ... Sie stürmte über den Korridor zum Ausgang und zog mit der rechten Hand die aufgebrochene Tür auf. Als sie hindurchtaumelte, knallte der kraftlos herabbaumelnde Kopf ihres Bruders gegen den Türrahmen.

Sie zog die Tür hinter sich zu, dann kniete sie auf dem Pflasterboden des Alkovens nieder. Alex lag in seinem schwarzen Krankenhaushemd wie knochenlos über ihrer Schulter. Sie ließ ihn aufs eiskalte Steinpflaster gleiten.

Schwer atmend tastete Jane am Webgürtel herum und riß das Handy heraus. Sie drückte mit dem Daumen kleine leuchtende Ziffern.

»Hallo«, meldete sich munter ihr Wagen. »Hier spricht Verfolgungsfahrzeug Charlie. Im Moment habe ich keine Passagiere, aber wenn Sie über eine ID verfügen, können Sie mir mündliche Anweisungen erteilen. Hinterlassen Sie andernfalls eine Nachricht nach dem Piepton.«

Jane drückte die Ziffern 56033.

»Hallo, Juanita«, antwortete der Wagen.

»Hol mich ab«, keuchte Jane. »Du weißt, wo. Beeil dich!«

Sie hatte ganz vergessen, wie schnell Charlie war, wenn er keine Passagiere an Bord hatte. Befreit von der Bürde, Menschenkörper vor zu großen Fliehkräften bewahren zu müssen, bewegte sich der Robotwagen wie eine wahnsinnige Fliege.

Begleitet vom scharfen Zischen der Pneumatik landete Charlie nach einem Zwanzig-Meter-Sprung vor ihr auf der Straße. Dann bewegte er sich geräuschvoll seitlich über das Pflaster.

»Hör auf, seitlich zu gehen«, befahl Jane. »Mach die Türen auf.« Sie preßte sich an die Wand des Alkovens, wuchtete Alex in der Hocke auf ihre noch unbenutzte und schmerzfreie Schulter und taumelte die Treppe hinunter. »Dreh dich um«, schnaufte sie.

Charlie wirbelte auf seinen sich ruckartig hin und her bewegenden kolbenbetriebenen Radspeichen mit mikroprozessorgesteuerter Präzision herum.

Jane schob ihren Bruder auf den Beifahrersitz, schloß die Tür und trat keuchend zurück. Ihre Knie zitterten so sehr, daß sie meinte, zu schwach zum Gehen zu sein.

»Dreh dich noch mal um!« befahl sie. Charlie schwenkte auf der feuchten, unbeleuchteten Straße akkurat herum. Jane kletterte zittrig auf den Fahrersitz. »Und jetzt beeil dich!«

»Erst, wenn du dich angeschnallt hast.«

»Na gut, dann fahr eben mit mäßiger Geschwindigkeit, solange ich mich anschnalle«, ächzte Jane. »Und hör auf, bei mir Jerrys Sprachinterface zu benutzen.«

»Wenn ich mich außerhalb der Reichweite des Uplinks der Truppe befinde und im Normalmodus arbeite, muß ich Jerrys Sprachinterface benutzen«, sagte der Wagen und rollte in gemächlichem Tempo die Straße entlang.

Jane bemühte sich, den schlaffen Körper ihres Bruders mit den Wagengurten festzuschnallen. Sein blondschopfiger Kopf hing kraftlos zur Seite wie ein

Gänseblümchen, und seine Arme waren wie zwei Strümpfe aus Wachs. Es hatte keinen Sinn, es war einfach zu eng im Wagen.

Jane ließ sich frustriert auf den Sitz zurückfallen. »Kannst du denn mein Interface benutzen, wenn du auf Normalmodus umschaltest?« fragte sie.

»HMMMMMMMM…«, machte der Wagen volle fünfzehn Sekunden lang. »Ich glaube, das wäre möglich, wenn wir anhalten und ich neu boote.«

»Nein, nein!« sagte Jane. »Komm bloß nicht auf die Idee, neu zu booten! Bring uns einfach auf dem Weg aus der Stadt, den du gespeichert hast.«

»Okay, Juanita, das werd ich machen.«

»Allmächtiger«, sagte Jane. Sie klappte das Lenkrad ein, um mehr Platz zu haben, und schaffte es, ihren Bruder aufrecht an die Beifahrertür zu zwängen. Daraufhin hustete er zweimal, und blauer Speichel trat auf seine Lippen.

Jane pellte sich die Plastikhandschuhe von den Händen, dann streifte sie die Regenkapuze ab. Das schweißnasse Haar klebte ihr am Schädel – sie zupfte mit feuchten Schwitzfingern daran. Bis sie Alex hatte schleppen müssen, war alles gut gegangen.

Sie riß sich die Papierhüllen von den Stiefeln, dann schälte sie sich zur Verwunderung der späten Passanten auf der Avenida Guerrero unter Verrenkungen aus dem Papieroverall, bis sie in Hemd und Shorts dasaß.

Jane stopfte Stiefelüberzieher, Handschuhe und den Papieroverall systematisch in die Regenkapuze. Sie zog das Zugband der Kapuze fest an und knüllte die Beweismittel mehrmals zusammen. Sie entledigte sich des Sägeblatts – an dem jetzt belastende Plastikspuren hafteten – und vorsichtshalber auch des Klebstoffbehälters. Falls die Krankenhausleute über den Einbruch erbost genug waren, einen guten Privatschnüffler anzuheuern, könnte es ihnen gelingen, die Klebstoffcharge zurückzuverfolgen. Jane warf gute Hardware nur ungern weg, aber bei reiflicher Überlegung war das weniger ärgerlich, als unten im *juzgado* in mexikanische elektronische Handschellen gelegt zu werden.

Sie löste sämtliche Werkzeuge vom Gürtel und verstaute Werkzeuge und Gürtel sorgfältig im metallenen Werkzeugkasten auf dem Rücksitz.

Der Wagen überquerte vor der Mercado Maclovia Herrera eine Kreuzung und hielt auf die alte internationale Brücke zu. Sie hoffte, niemand nähme Notiz von Charlie. In einer dunklen Nacht mochte der Wagen durchaus als gewöhnliches Schmugglerfahrzeug durchgehen, die hier zu häufig waren, als daß sie in den Städten beiderseits der Grenze sonderlich aufgefallen wären.

Jane steuerte den finstersten Winkel eines Parkplatzes an, der neben einem gigantischen, florierenden Tabaksupermarkt lag. Selbst zu dieser späten Stunde qualmten sich noch Trauben von Yankee-Süchtigen die Lungen voll. Jane riß einen weiteren Rettungsanzug aus Papier aus dem Karton der U.S.-Regierung und hatte es nach siebenminütiger Anstrengung geschafft, Alex' Arme und Beine im Overall unterzubringen und den Reißverschluß bis zum Hals zu schließen. Sie hatte keine Schuhe für Alex. Sie hätte an die gottverdammten Schuhe denken sollen.

Als sie den Hochwasser führenden Rio Grande überquerten, packte Jane den Überrollbügel, stellte sich auf den Sitz und warf sämtliche Beweismittel über das Geländer. Ihretwegen konnte man sie ruhig wegen Umweltverschmutzung verhaften. Oder wegen illegaler Entsorgung in einem Wasserlauf.

Jane fuhr an der amerikanischen Zollabfertigung vor. Ein ältlicher Zollbeamter kam heraus, mit langem, schneeweißem Haar, einem Walroßschnurrbart und einem handgeschnitzten Spazierstock aus Mahagoni. Er kam zu ihrem Wagen gehumpelt.

Als Jane sah, wie stolz und liebevoll der alte Herr die Uniformjacke gestopft und gestriegelt hatte, fand sie ihn spontan sympathisch.

»Hübscher Wagen«, meinte er gedehnt.

»Danke, Sir.«

Der Beamte tippte mit dem Spazierstock auf Charlies federgelagerte Antennen. »Aus alten Militärbeständen?«

»Yeah!« antwortete Jane vergnügt. »Eigentlich ist das ein ehemaliges Geländefahrzeug der American Special Forces.« Jane zögerte. »Es wurde dann ein wenig umgebaut.«

»Das sieht man...« Der Mann nickte, bewegte sich flink um das Fahrzeug herum. Charlie hatte nicht genug Platz für Schmugglerware. Im Gegensatz zum gewöhnlichen Schmugglerfahrzeug hatte Charlie keinen Rumpf. Er hatte eine kurze, flache Karosserie, und der Antrieb war in die Radachsen, Speichen und Naben eingebaut. Charlie ähnelte praktisch einem doppelten Glassarg, der auf einer Spinne mit Rädern montiert war.

»Sie lassen den Wagen heute nacht alleine fahren, Miss?«

Der alte Mann hatte tatsächlich ›Miss‹ zu ihr gesagt. Jane konnte sich nicht erinnern, daß jemand sie seit ihrem zwölften Geburtstag mit ›Miss‹ angesprochen hätte. Der würdevolle Anachronismus des Mannes schmeichelte ihr. Sie lächelte ihn an.

»Ich habe einen Führerschein dafür«, sagte Jane. »Möchten Sie ihn sehen?«

»Schon gut«, grummelte er. »Was ist mit dem Junior hier?«

»Große Party in der Stadt«, sagte Jane. »Er hat's zu toll getrieben, und jetzt ist er weggetreten. Sie wissen ja, wie das heute mit den Kids ist.«

Der Zollbeamte schaute sie mitleidsvoll an. »Das haben Sie doch bestimmt nicht so gemeint, Miss? Sie wollten bei der Wahrheit bleiben und mir erzählen, er sei krank, hab ich recht?«

Jane spürte, wie ihre Miene erstarrte.

Der alte Mann runzelte die Stirn. »Miss, damit kenne ich mich aus. Gott ist mein Zeuge, wie oft ich hier so etwas sehe. Ihr Freund ist krank, und er hat zuviel von wer weiß was für 'nem Zeug genommen… So was dulden wir nicht auf amerikanischem Boden… Und dafür haben wir verdammt gute Gründe…«

Jane sagte nichts.

»Ich erzähl Ihnen das nicht, bloß weil ich mich selber gern reden höre, wissen Sie.«

»Hören Sie, Officer«, sagte Jane. »Wir sind amerikanische Bürger. Wir sind keine Kriminellen.« Sie hielt ihr blankes Handgelenk hoch. »Wenn Sie uns hier abweisen, dann fahren wir zurück nach Mexiko. Aber wenn ich etwas vor Ihnen zu verbergen hätte, dann hätte ich doch wohl nicht hier gehalten, oder? Ich hätte nicht mal die Straße genommen. Das ist ein *Gelände*wagen, okay? Ich kann damit den Fluß an jeder beliebigen Stelle überqueren und in zwei Stunden in San Antonio sein.«

Der Zollbeamte tippte mit dem Spazierstock gegen die Spitze seines polierten Schuhs.

»Wenn Sie mir einen Vortrag halten wollen, Officer, dann nur zu. Ich höre Ihnen zu. Aber bleiben Sie auf dem Boden der Tatsachen.«

Er schaute ihr kurz in die Augen, dann sah er weg und rieb sich über den Schnurrbart. »Der Wagen schwimmt auch, hm?«

»Natürlich schwimmt er. Ich weiß, das sieht aus wie massiver Stahl, aber das Metall ist überall geschäumt. Ohne die Batterien wiegt der ganze Wagen nur neunzig Kilo. Ich kann ihn ganz allein hochheben!«

Jane brach ab. Der alte Mann wirkte so niedergeschmettert, daß er ihr auf einmal leid tat. »Ach, kommen Sie, Officer. Ich erzähle Ihnen hier doch nichts

Neues, oder? Haben Sie denn noch *nie* so ein Ding geschnappt?«

»Um die Wahrheit zu sagen, Miss, wir sind da gar nicht mehr hinterher. Lohnt sich nicht.« Er pellte einen Aufkleber von der Unterlage und klebte ihn auf Charlies vorderen Überrollbügel. »Nehmen Sie sich in Zukunft in acht.« Er winkte sie weiter.

Jane ließ den Wagen fahren. Kurz darauf hatten sie Laredo durchquert und befanden sich auf dem Highway. Obwohl sie eine Zehn-Stunden-Fahrt im Dunkeln vor sich hatte, fühlte sich Jane zu aufgedreht, um schlafen zu können. Sie wußte aus Erfahrung, daß sie wieder mal eine Nacht durchmachen würde. Bis acht Uhr morgens würde sie hellwach sein, dann vielleicht drei Stunden lang dösen und gleich wieder weitermachen, ohne daß es schlimmere Folgen hätte als eine leicht aufgekratzte Stimmung. Sie hatte noch nie gut geschlafen, und das Zusammenleben mit Jerry Mulcaheys Leuten hatte sie auch nicht gerade ruhiger werden lassen.

Als die Lichter von Laredo hinter ihr verblaßten, traten am Himmel die Sterne hervor. Es war eine klare Frühlingsnacht, am westlichen Horizont sah man kleine Federwölkchen. Sie hatte Jerry mal sagen hören, es sei ihm unangenehm, im Stockdunkeln autozufahren. Jerry war zweiunddreißig, und er erinnerte sich noch an die Zeit, als die Leute das Fahren größtenteils selbst erledigt hatten und als sogar die Roboter noch die Scheinwerfer anließen. Jane hingegen fand die Dunkelheit tröstlich. Wenn an Nachtfahrten irgend etwas langweilig war, dann die lästige Anstrengung, ein Lenkrad zu umklammern und mit steifem Nacken stundenlang in den schmalen Scheinwerferkegel hineinzustarren. Nachts sah man den freien Himmel. Den weiten, dunklen Himmel von Texas, diesen gewaltigen Abgrund.

Und man hörte. Abgesehen vom stetigen Rauschen

des Fahrtwinds war Charlie nahezu lautlos; da waren nur die Laufflächen aus Plastik, die sanft den Highway küßten, das reibungslose Dahingleiten auf Wellen aus Diamant. Jane hatte alles verklebt und festgezurrt, was am Wagen klappern konnte. Jane duldete es nicht, daß ihre Maschinen klapperten.

Jane hörte, wie Alex gurgelnd atmete. Sie schaltete die Innenbeleuchtung ein und untersuchte ihren Bruder ein zweites Mal. Im schwachen, bernsteinfarbenen Schein der Lampe sah er sehr schlecht aus. Selbst in Topform war Alex kein attraktiver Mann; hager, hohlbrüstig, glubschäugig, mit einer messerscharfen Nase und geschickten, schmalen, klauenartigen Vogelhänden. Aber so elend hatte er noch nie ausgesehen. Alex hatte sich in ein abstoßendes Wesen, einen zusammengebrochenen kleinen Gnom verwandelt. Das verfilzte, blonde Haar stand ihm wirr zu Berge, außerdem stank er. Nicht bloß nach Schweiß – Jane war an Leute gewohnt, die nach Schweiß und Rauch stanken. Der Körper ihres Bruders verströmte einen schwachen, aber deutlich wahrnehmbaren Geruch nach irgendwelchen Chemikalien. Man hatte ihn mit Betäubungsmitteln mariniert.

Sie berührte ihn an der Wange. Seine Haut war jetzt kühl und feucht, wie die Haut eines Tapioka-Puddings. In dem papierenen Rettungsoverall, den sie zwar frisch ausgepackt hatte, der aber bereits arg zerknüllt war, sah er aus wie ein Katastrophenopfer unter Schock, wie ein frisch geborgenes Unfallopfer. Wie jemand, der vollkommen auf die sofortige Hilfe anderer angewiesen war – was möglicherweise die eigenen Kräfte überstieg.

Jane stellte das Radio an, hörte sich eine Menge kryptischer Verkehrshinweise von Straßenüberwachungsanlagen, Navigationssendern und Amateurfunkern an, und stellte es wieder ab. Komisch, was aus den ganzen Sendern geworden war. Sie schaltete die Musikanlage des Wagens ein. Darin war jedes einzelne Musikstück gespeichert, das ihr jemals etwas bedeutet hatte, einschließlich der Stücke aus ihrer frühen Kindheit, die zu löschen sie sich nie aufgerafft hatte. Trotz der digitalen Sechzehn-Bit-Präzision umfaßten ihre sämtlichen Aufnahmen lediglich ein paar hundert Megabyte, nur ein Klacks im unermeßlichen Speicher einer modernen Musikanlage.

Jane spielte ein bißchen Thai-Pop ab, ein munteres, energiegeladenes Gedröhn und Geklimpere. Als sie noch Design studiert hatte, hatte ihr thailändische Popmusik viel bedeutet. Damals war es ihr so vorgekommen, als wären ein paar Dutzend wilde Kids in Bangkok die letzten Menschen auf Erden, die sich noch wirklich amüsieren konnten. Sie war nie dahintergekommen, warum sich dieser liebenswerte Ausbruch von Kreativität ausgerechnet in Bangkok ereignet hatte. Während sich Aids durch den riesigen menschlichen Körper von Asien fraß, war Bangkog sicherlich nicht besser dran gewesen als andere Orte. Offenbar waren die späten Zwanzigerjahre des zweiten Jahrtausends der Moment gewesen, da Bangkok weltweit geleuchtet hatte. Die Musik wirkte wahrhaft munter, sie war intelligent und klug, wie ein Geschenk an die Welt. Sie war so neu und frisch, und Jane hatte ihr zugehört und in den Knochen gespürt, was es hieß, eine Frau der 2020er zu sein, lebendig und hellwach.

Mittlerweile schrieb man das Jahr 2031. Die Musik war jetzt fern, wie ein abgestandener Rest Reiswein am Boden einer leeren Flasche. Sie berührte Jane noch immer, aber nicht mehr ihr ganzes Wesen. Die neuen Teile berührte sie nicht.

Als Alex erwachte, war es windig und dunkel. Eine schnelle, schmetternde Musik kroch ihm die Schienbeine hoch. Die Musik sickerte wie Sirup in seinen

Schädel, und ihr Rhythmus trommelte ihn sanft wach. Mit dem Bewußtsein kam auch das Wiedererkennen; Popscheiße aus Thailand. Kein anderer Krach hatte diese exaltierte, hypnotisierende Eindringlichkeit.

Alex wandte den Kopf – mit einem schmerzlosen Quietschen tief in der Halswirbelsäule – und erblickte ohne große Überraschung seine Schwester. Im trüben bernsteinfarbenen Schein einer Kartenleuchte saß Juanita auf dem Fahrersitz. Den Kopf hatte sie zurückgelegt, die Ellbogen auf die nackten, behaarten Knie gestützt, und sie mampfte Regierungsmüsli aus einer Papiertüte.

Der Himmel über ihren Köpfen war ein riesiges schwarzes Sternensieb.

Alex schloß wieder die Augen und atmete tief durch. Seine Lunge fühlte sich wirklich wundervoll an. Normalerweise waren seine Lungenflügel ein wattiges Gewebe aus Schmerz, zwei blutgetränkte Schwämme, die beiden größten Bürden seines Lebens. Aber jetzt hatten sie sich irgendwie in makellos saubere Beutel verwandelt, in knackige High-Tech-Säcke aus öligem Wachspapier, in wunderbar lebensspendende Organe. Alex hatte einen schlimmen Krampf im Gesäß, und seine Füße und Hände waren vom peitschenden Nachtwind dermaßen ausgekühlt, daß sie sich anfühlten wie die Extremitäten einer Wachsfigur, aber darauf kam es nicht an. Das war nebensächlich.

Er konnte einfach nicht glauben, wie wundervoll es sich anfühlte, einfach bloß dazusitzen und zu atmen.

Selbst seine Nase war frei. Seine Nebenhöhlen. Seine Nebenhöhlen fühlten sich an wie dampfgereinigt. Er roch den Wind. Der Wind führte den Geruch von Salbei mit sich, den inbrünstigen, bitteren Geruch einer zehntausendjährigen texanischen Wüste, die von wiederholten schweren Regenfällen ausgeflippt war. Er roch sogar das süße Aroma des staatlich subventionierten Diätzuckers an Juanitas malmenden Zähnen. Alles roch wundervoll.

Bloß er nicht.

Alex setzte sich anders hin und streckte sich. Sein Rückgrat knackte an vier verschiedenen Stellen, und das Blut strömte prickelnd in seine eingeschlafenen, nackten Füße zurück. Er hustete. Tief in seiner Brust schwappte eine dichte Flüssigkeit. Er hustete noch zweimal. In den Tuberkeln brodelte klebriges Zeug. Das Gefühl war äußerst merkwürdig und höchst interessant. Der Schleim, den sie in ihn hineingepumpt hatten, schmeckte ziemlich fies, überzog seine Zunge am hinteren Gaumen mit einer dicken, bitteren, widerlichen Schicht, aber die Wirkung auf seine Lunge und seinen Rachen war himmlisch. Er wischte sich mit dem Handrücken Tränen aus den Augen.

Er trug einen Rettungsanzug aus Papier. Das war tatsächlich das erste Mal, daß er einen trug, aber er hatte schon viele gesehen. Papieranzüge waren die Standardkleidung der Ausgestoßenen dieses Planeten. Ein moderner amerikanischer Rettungsanzug aus Papier, im Grunde völlig wertlos und zum einmaligen Gebrauch bestimmt, war ein richtiges High-Tech-Produkt. Allein schon davon, wie er sich darin bewegte, konnte Alex erkennen, daß in die Entwicklung des Anzugs die volle schöpferische Intelligenz eines Dutzends Katastrophenexperten der Regierung eingegangen war. Ganze Arbeitsjahre und unzählige Trillionen von CAD-CAM-Zyklen hatte die Entwicklung des Anzugs verschlungen, angefangen von den mikroskopisch kleinen luftdurchlässigen Papierporen bis zu den raffiniert-ergonomischen faltbaren Schultersäumen. Der Papieranzug war leicht und luftig, und obwohl er im Nachtwind ein wenig flatterte, hielt er Alex erstaunlich warm. Der Anzug erfüllte seinen Zweck besser, als man Papierkleidung eigentlich zugetraut hätte.

Trotzdem war es immer noch bloß Papierkleidung, und so gut funktionierte sie auch wieder nicht.

»Nett, was du da ausgesucht hast«, sagte Alex. Sein Kehlkopf war ölverklebt, und seine Stimme war ein verzerrtes Krächzen.

Juanita beugte sich vor, schaltete die Innenbeleuchtung ein und schaltete die Musik aus.

»Dann bist du also wach, hm?«

Alex nickte.

Juanita drückte einen weiteren Knopf am Armaturenbrett. Aus einem breiten Schlitz über der Windschutzscheibe platzte Stoff hervor und stülpte sich über ihre Köpfe. Der Stoff rauschte, flatterte, befestigte sich und verwandelte sich in ein Dach aus Schaumstoff. In eine sonnenverbrannte Kuppel aus steifem Stoff, der ebenso trocken und braun und zäh wirkte wie der Panzer einer Wüstenschildkröte.

Juanita drehte sich in der hellen, auf einmal windlosen Stille im Wageninnern zu Alex herum. »Wie fühlst du dich?«

»War schon mal schlimmer«, flüsterte Alex mühsam und grinste schwach. »Yeah. Ich fühl mich ganz gut.«

»Freut mich, das zu hören, Alex. Was wir vorhaben, ist nämlich kein Sonntagsspaziergang.«

Alex versuchte sich zu räuspern. An seinen Stimmbändern klebte blutwarmes Öl. »Wo sind wir?«

»Highway 83, Westtexas. Wir sind gerade an Junction vorbeigekommen und fahren Richtung San Angelo. Ich bringe dich zu mir nach Hause.« Juanita sah ihn an, als erwartete sie, daß er jeden Moment auseinanderfallen würde. »Eigentlich habe ich überhaupt kein Zuhause mehr. Aber ich bringe dich zu Leuten, bei denen du bleiben kannst.«

»Nett von dir, daß du mich vorher um Erlaubnis fragst, Janey.«

Sie schwieg.

Diese Art Schweigen war er nicht gewohnt von seiner Schwester. Es war kein gereiztes Schweigen. Und auch keine mühsam unterdrückte Wut. Ein tiefes, unnachgiebiges Schweigen.

Alex war perplex. Er hatte sich noch nie gut mit seiner Schwester verstanden, aber wenigstens hatte er es bisher immer geschafft, ihr Radar zu unterfliegen. Er hatte immer einen Draht zu ihr bekommen. Selbst wenn es hart auf hart kam, irgendein Fitzelchen von ihr bekam er immer mit den Zähnen zu packen.

»Das hättest du nicht tun sollen«, sagte er. »Die wollten mir doch bloß helfen.«

Schweigen.

»Du kannst mich nicht daran hindern, dorthin zurückzugehen.«

»Ich glaube nicht, daß du dorthin zurückgehen willst«, sagte Juanita. »In der Klinik wäre man wenig erfreut, dich wiederzusehen. Ich mußte gewaltsam eindringen, um dich rauszuholen. Ich hab mir gewaltsam Eintritt in das Gebäude verschafft und einen Wächter mit der Spritzpistole zugekleistert.«

»Du hast *was*?«

»Hast du schon mal jemanden zugekleistert gesehen? Kein schöner Anblick. Besonders dann, wenn er's direkt ins Gesicht bekommt.« Juanita warf sich eine Handvoll Müsli ein. »Anders ging's nicht, sonst hätte er geschrien«, sagte sie, mutwillig mampfend. »Ich mußte ihm die Nase mit Aceton freimachen. Sonst wäre er auf der Stelle erstickt.« Sie schluckte und lachte. »Ich würde gutes Geld drauf wetten, daß er immer noch an der Wand klebt.«

»Das soll wohl 'n Witz sein, oder?«

Sie schüttelte den Kopf. »Du sitzt doch hier neben mir, oder? Was glaubst du eigentlich, wie du in den Wagen gekommen bist? Dachtest du etwa, diese Banditen würden dich freiwillig gehen lassen? Als ich in dein Zimmer kam, warst du mit dem Kopf nach unten aufgehängt, du warst nackt, bewußtlos und an ein Metallgestell festgeschnallt.«

»Mein Gott.« Alex fuhr sich durchs Haar und schauderte. Sein Haar war schmutzig – sein ganzer Körper war schmutzig, verklebt von Fieberschweiß und Körperausdünstungen. »Willst du damit sagen, *du* bist in die Klinik eingebrochen? Du persönlich? Mann, Janey, hättest du sie denn nicht verklagen können oder so was?«

»Ich bin jetzt eine vielbeschäftigte Frau, Alex. Für Rechtsanwälte habe ich keine Zeit.« Juanita zog die Füße aus den Wanderstiefeln, ließ die Stiefel auf den Boden fallen und schlug die sockenbekleideten Füße auf dem Sitz unter. Als sie Alex anschaute, verengten sich ihre haselnußbraunen Augen. »Ich schätze, es würde eine Menge Ärger geben, wenn du dorthin zurückgehen und mich bei den dortigen Behörden anschwärzen würdest.«

»Kommt gar nicht in Frage«, sagte er.

»Du würdest mich doch nicht belangen oder so?«

»Na ja, ich würde die Hinzuziehung eines Rechtsanwalts nicht ganz ausschließen«, sagte Alex, »von Dads Vorstellungen über das Familienvermögen mal ganz zu schweigen … Aber die mexikanische Polizei würde ich bestimmt nicht auf meine Schwester hetzen. Was, zum Teufel, ist bloß in dich gefahren?«

»Einiges. Eine Menge.« Sie nickte. »Du wirst schon sehen.«

»Was hast du mit deinem Haar gemacht?«

Sie lachte.

»Du färbst es nicht mehr«, fuhr er fort. »Das ist deine natürliche Haarfarbe, hab ich recht? Bräunlich. Gehst du nicht mehr zum Friseur?«

Er hatte ins Schwarze getroffen. »Ach, das ist gut, daß gerade du das sagst, Alejandro. Yeah, ich seh aus wie ein Relikt aus grauer Vorzeit, stimmt's? Ich seh aus wie 'ne Pennerin! Weißt du eigentlich, wie *du* aussiehst, mein Hübscher? Du siehst aus, als wärst du fünf Tage nach einem Hurrikan angeschwemmt worden. Du siehst aus wie 'ne beschissene Wasserleiche.« Sie hob die Stimme. »Ich habe deinen Arsch in letzter Minute aus der Grube gezogen! Ich bin gekleidet, um ein Verbrechen zu begehen, du Blödmann!«

»Früher hättest du auf jede Modenschau gepaßt, Janey.«

»Früher mal«, sagte sie. »Ich hatte ein paar Designerklamotten, eine Saison lang. Mann, du vergißt aber auch nie was.«

»Soweit ich zurückdenken kann, hattest du rotes Haar.«

»Wirklich? Na ja, vielleicht hatte ich rotes Haar mal nötig. Damals, als ich meine Identitätskrise hatte.«

Juanita steckte sich eine Strähne in den Mund, dann runzelte sie die Stirn. »Wir wollen doch mal etwas klarstellen. Ich weiß, daß du jederzeit über die Grenze zurück kannst, wenn du willst. Ich weiß alles über deine Szene, und ich weiß genug über deine beschissenen Schmugglerfreunde. Ich kann dich nicht davon abhalten. Ich will dich nicht mal davon abhalten.« Sie schnaubte. »Aber bevor du dich wieder in diesem Krankenhaus des Teufels anmeldest und dich kunstvoll um die Ecke bringen läßt, möchte ich dir etwas zeigen. Okay? Ich möchte, daß du siehst, was seit unserer letzten Begegnung mit mir passiert ist.«

Alex ließ sich ihren Vorschlag sorgfältig durch den Kopf gehen. Dann sagte er: »Ach, ja?«

»Ja! Der Wagen bringt uns zu einem Camp, und ich werde dir die Leute zeigen, mit denen ich zusammenlebe. Höchstwahrscheinlich werden sie dich hassen bis aufs Blut. Mich haben sie auch nicht sonderlich gemocht – zu Anfang.« Jane zuckte die Achseln. »Aber sie sind innen drin lebendig, Alex. Sie haben eine Aufgabe, die sich wirklich lohnt. Es sind gute Leute, das sind sie. Es sind die einzigen Leute, denen ich je begegnet bin, die ich wirklich respektiere.«

Alex versuchte diese bizarre Neuigkeit zu verarbeiten. »Sie sind doch nicht etwa *religiös?*«

Sie seufzte. »Nein, sie sind nicht religiös.«

»Dann geht es um irgendeinen Kult, hab ich recht? Du kannst mir nichts vormachen. Du wirkst irgendwie zu glücklich.«

»Nein, ich bin keinem beschissenen Kult beigetreten! Na ja, also gut – ich bin es. Die Truppe ist ein Kult. Irgendwie. Aber man hat keine Gehirnwäsche mit mir gemacht. Darum geht es nicht.«

Alex analysierte diese Bemerkung und speicherte sie ab. »Und worum geht's dann?«

»Ich bin verliebt.« Juanita griff in die Müslitüte. »Und das ist schließlich was anderes. Angeblich.«

»Du bist verliebt, Janey? Wirklich?«

»Ja. Bin ich.«

»Du?«

»Ja, verdammt noch mal, natürlich ich!«

»Okay, okay, tut mir leid.« Alex breitete die Arme aus. »Jetzt wird mir einiges klar. Ich kriege allmählich den Durchblick. Dein neuer Freund mag kein rotes Haar?«

»Ich hab einfach aufgehört, mein Haar rot zu färben. Vor einem Jahr. Es paßte nicht mehr zu mir.«

»Was mag dein Freund *dann?* Abgesehen von dir natürlich.«

»Mein Freund mag richtig große Tornados.«

Alex ließ sich in den Sitz zurücksinken.

»Seine Leute nennt man Storm Trouper. Wir stehen auf schweren Wettern. Und dorthin bringe ich dich jetzt.«

Alex schaute nach links. Am Horizont dämmerte es. Die Sterne im Osten blichen aus, und aus der Dunkelheit am Straßenrand tauchten Klumpen dunklen, giftgrauen Grüns hervor – Zedern und Wacholderbüsche.

Alex wandte sich wieder seiner Schwester zu. »Ist das wirklich dein Ernst?«

»Klar! Wir beschäftigen uns jetzt schon eine ganze Weile mit Stürmen.« Sie bot ihm die Papiertüte an. »Probier mal vom Müsli.«

Alex nahm die Tüte und aß. Er war hungrig, und er hatte nichts gegen Regierungsfraß. Er erfüllte sämtliche Diätanforderungen, und das Zeug war so fade, daß es keinerlei Allergien hervorrief. »Damit beschäftigst du dich jetzt also? Du bestreitest deinen Unterhalt damit, Wirbelstürmen hinterherzujagen?«

»Ach, nicht wegen des Unterhalts.« Sie griff nach unten und schaltete die Kartenleuchte ein, dann streckte sie sich und trommelte mit den Fingernägeln energisch gegen das Stoffdach. Sie trug ein kurzärmliges Hemd aus ungebleichter Baumwolle, und Alex bemerkte mit gelinder Bestürzung, daß ihre sommersprossigen Arme muskelbepackt waren. »Das ist was für die TV-Leute oder die Laborkittel. Für uns zahlt sich das nicht aus. Das ist ja gerade so cool daran. Wenn man zur Truppe gehört, dann *fährt man einfach ab auf Stürmen*.«

»Verdammt noch mal, Janey!«

»Ich mag Stürme. Ich mag sie sogar sehr. Stürme sind mein Leben!« Juanita lachte, lang und hoch und exaltiert. Alex hatte sie noch nie so lachen gehört. Es hörte sich an wie das Lachen von jemand anders.

»Weiß Paps davon?«

»Paps weiß davon. Paps kann mich meinetwegen anzeigen. Du kannst mich meinetwegen auch anzeigen, kleiner Bruder. Wenn's euch Kerlen nicht gefällt, wie ich lebe, dann könnt ihr mich mal!«

Er grinste. »Verdammt noch mal, Janey.«

»Ich bin ein großes Risiko für dich eingegangen«, sagte sie. »Deshalb möchte ich, daß du eines weißt.« Sie legte ihm die Hand auf die Schläfe und sah ihm in die Augen. »Ich tue das nicht deshalb für dich, weil ich dich für clever halte. Du bist nicht clever, Alex. Und wenn du Scheiße baust und ich wegen dir Schwierigkeiten kriege, dann ist es ein für allemal aus mit uns.«

»Ich habe dich nicht darum gebeten!«

»Ich weiß, daß du mich nicht darum gebeten hast, aber trotzdem, wenn du mich und Jerry auseinanderbringst, dann brech ich dir die Beine und laß dich am Straßenrand liegen!«

Alex fiel es schwer, die wilde Drohung ernst zu nehmen, obwohl sie eindeutig ernst gemeint war. Es war das alte Lied. Alex' Ansicht nach trug seine Schwester ganz allein die Schuld an den Problemen, die er mit ihr hatte. Seit jeher war sie es gewesen, die in sein Zimmer platzte, ihn in den Schwitzkasten nahm, seine Spielsachen kaputt machte und Befehle bellte. Früher oder später endeten alle ihre Begegnungen damit, daß er ihre Finger von seiner Kehle löste.

Andererseits hatte er so gut wie nie versucht, sich in das Beinahechaos einzumischen, das Juanita als ihren Alltag bezeichnete. Allein schon dabei zuzuschauen, wie seine Schwester das Leben anging und immer wieder mit dem Kopf gegen Betonwände anrannte, erschöpfte ihn. Er hatte ihr immer zugestanden, sich auf ihre Weise in die Hölle zu keifen.

Jetzt, wo Mama tot und Papa mit seinen Kräften am Ende war, glaubte sie anscheinend, ihm vorschreiben zu müssen, wie er zu leben habe. Er würde sie noch früh genug eines Besseren belehren.

»Nimm's leicht«, riet er ihr. »Deine Liebesaffäre, oder was du da gerade erlebst, geht nur dich was an. Ich habe nichts gegen diesen Jerry.« Er kicherte. »Scheiße, er tut mir leid.«

»Besten Dank. Er heißt Jerry Mulcahey. *Doktor … Gerald Mulcahey.*«

Den Ausdruck auf ihrem Gesicht, als sie seinen Namen aussprach, hatte er bei ihr noch nie gesehen.

In dem Moment wirkte sie wie eine Kreuzung aus verknalltem Schulmädchen und einer ultravamphaften schlechten Schauspielerin in einer mexikanischen Seifenoper. Was immer sie da erwischt hatte, es hatte sie richtig schlimm erwischt. »Kein Problem, Janey«, meinte er vorsichtig. »Ich hab nicht das geringste gegen ihn oder deine anderen verrückten Freunde. Solange sie mir nicht auf die Füße treten.«

»Aber sie *werden* dir auf die Füße treten, Alex, und ich bitte dich, deswegen nicht auszuflippen. Nicht aus brüderlichen Gefallen – darum würde ich dich nicht bitten –, sondern weil es interessant ist. *Wirklich interessant*, okay? Und wenn du eine Weile durchhältst, dann kannst du sogar noch was lernen.«

Alex brummte etwas. Er sah wieder aus dem Fenster. Die Dämmerung wurde allmählich eindrucksvoll. Die texanischen High Plains waren von Natur aus öde, aber die Natur hatte irgendwann ihre Sachen zusammengepackt und war verduftet. Das Zeug, das am Straßenrand wuchs, schien darüber ausgesprochen glücklich zu sein. Kilometer um Kilometer kamen sie an hüfthohem, hartstengligem, olivgrün-tristem Unkraut mit häßlichen kleinen, unnatürlich gelb gefärbten Blütentrauben vorbei. Ein Farbton, wie man ihn von einer Pflanze irgendwie nicht erwartete; weder einladend noch hübsch. Die Art Farbe, die eher zu toxischem Abfall oder Senfgas gepaßt hätte.

Hinter den Blumen am Straßenrand lag der zusammengebrochene Stacheldrahtzaun einer Viehranch. Die vor langer Zeit aufgegebenen Weiden waren mit Mesquit überwuchert. Sie fuhren an den langen Morgenschatten einer enthaupteten Ölpumpe vorbei, daneben lagen ein halbes Dutzend verrosteter Lagertanks für westtexanisches Rohöl, ein Stoff, der mittlerweile genau wie der Alk von der Bildfläche verschwunden war. Die tonnenschweren Bohrgeräte rosteten tief im steinigen Boden still vor sich hin, dem menschlichen Auge verborgen, aber trotzdem für geologische Zeitalter gegenwärtig, der abgezwickte verrottende Rüssel einer totgeschlagenen Treibhauseffekt-Mücke.

Hin und wieder ragten entlang dem Highway kaputte Windräder auf, die spitz zulaufenden Zinnflügel völlig verbogen, die Betonzisternen geborsten und staubtrocken über einer Wasserader, die zu nacktem Sandstein ausgebleicht war... Sie hatten das Land trockengesaugt und statt dessen ihre mechanischen Vampirzähne dagelassen, die wie die abgerissenen Mandibeln einer Zecke wirkten...

Sie hatten aus der Erde alles herausgeholt, was sich verkaufen ließ; und dann waren sie verschwunden. Doch dann war der Treibhausregen gekommen. Man sah, daß die hiesige Vegetation diese Art Regen überhaupt nicht gewohnt war. Die Pflanzen waren wahrhaftig keinen Deut besser als die Menschheit – bloß eine weitere häßliche, boshafte, raffgierige Spezies, zum Leiden geboren und genügsam... Aber der Regen war trotzdem gekommen. Nun wurde die texanische Hochebene überschwemmt von Regen und warmer, kohlendioxidreicher Luft, und das alles unter einer glühenden Treibhaussonne. Für einen Kaktus war das Phantasien. Arkadien für den Mesquit. Alle möglichen üblen Gewächse, die stanken, stachen oder kratzten, verpesteten die Gegend wie neureiche texanische Ölbarone.

Juanita langte zur Musikanlage.

»Kannst du dieses Thai-Zeugs mal abstellen?«

»Was möchtest du denn hören?«

»Irgendwas Passenderes. Vielleicht... ich weiß nicht... so 'ne sentimentale, verrückte Fiedelmusik. Mit Zedernflöten und Knochenpfeifen. Wenn ich mir hier in der Einöde dieses tropische Zeug anhören muß, werd ich ganz wirr im Kopf.«

»Alex, du hast keine Ahnung, was es heißt, hier

draußen zu überleben. Du brauchst hier zumindest soviel Vorstellungskraft, daß du *glauben* kannst, du befändest dich irgendwo anders, sonst schlägt dir die Gegend wirklich auf den Geist.« Sie lachte. »Dann kriegst du den Starren Blick, Bruder. Dann fährst du einfach immer drauflos, jagst Eselhasen und ernährst dich davon, bis du krepierst… Hey, willst du mal richtig abzischen?«

»Häh?«

Juanita hob die Stimme. »Charlie?«

»Ja, Juanita?« antwortete der Wagen.

»Hey, Janey, wie kommt's, daß dich der Wagen Juanita nennt?« wunderte sich Alex.

»Vergiß es. Ist 'ne lange Geschichte.« Sie packte ihn bei der Schulter. »Bist du gut angeschnallt? Du hast doch Lust, oder? Dir ist doch nicht etwa übel oder so?«

Alex tätschelte das smarte Polster. »Wie soll das gehen auf so 'nem reaktiven Sitz? Eher würde mir auf 'ner Wohnzimmercouch schlecht werden.«

»Also gut, dann zeig ich dir mal, warum wir diese Art Sitze hier eingebaut haben.« Juanita beugte sich zu Alex hinüber, nahm ihm die Müslitüte vom Schoß, sah, daß sie leer war, dann faltete sie sie säuberlich zusammen und steckte sie sich hinter den Gürtel ihrer Baumwollshorts. »Charlie, ich brauche eine Geländekarte.«

Eine biegsame Zunge streckte sich aus dem Armaturenbrett hervor, die sich als Bildschirm entpuppte. Auf dem Monitor erschien eine Detailkarte im Metermaßstab. Kurz hintereinander leuchteten mehrere hochauflösende Satellitenbilder auf. Juanita nahm das Ende der Karte sanft in die Hand und betrachtete die flackernde Darstellung, dann tippte sie mit dem Finger darauf. »Charlie, siehst du diesen kleinen Hügel?«

»Zweitausenddreihundertundzwölf Meter in nördlicher Richtung«, antwortete der Wagen und umrahmte die Hügelkuppe orange.

»Charlie, bring uns dorthin, und zwar schnell.«

Der Wagen wurde langsamer und hielt am Straßenrand, mit der Schnauze zum Hügel.

»Halt dich fest«, sagte Juanita. Dann sprang der Wagen in die Luft.

Hüpfend nahm er auf den ersten paar Metern Geschwindigkeit auf, dann stieg er bis über die Wipfel der Mesquitbäume auf. Der Wagen schnellte sich, begleitet von einem Zischen, voran; es war, als würde man von Düsentriebwerken durch die Luft katapultiert. Alex spürte, wie die Stützzellen des Sitzes ihn wiederholt packten, wobei sie sich bewegten wie das Fleisch eines laufenden Tieres.

»Guck dir jetzt mal die Räder an!« jauchzte Juanita und zeigte darauf. »Siehst du, sie rollen nicht mal. Mann, das sind überhaupt keine Räder. Die Speichen sind smarte Kolben. Fühlt sich an wie in 'nem Hovercraft, findest du nicht?«

Alex nickte benommen.

»Alles wird genau vorausberechnet. Der größte Energieverbraucher in diesem Wagen ist nicht der Motor. Sondern die Sensoren und die Schaltungen, die verhindern, daß wir bei unseren Sprüngen irgendwo gegen krachen!« Juanita jauchzte vor Begeisterung. »Ist das nicht stark? Gott segne das Militär!«

Sie sprangen über den letzten großen Busch, dann glitt der Wagen unbeirrt den geborstenen Hang empor, wobei die Speichen kaum Staub aufwirbelten. Aus der unheimlich ruhigen Fahrt konnte Alex schließen, daß der Wagen niemals ins Kippen oder Rutschen geriet. Die smarten Kissen an den Speichenenden stellten mit äußerster Behutsamkeit den Kontakt mit dem Boden her. Dann setzten die Speichen fest auf und wuchteten die diamantene Nabe hoch, hoben den Wagen in einem nahezu geräuschlosen Stakkato an, in zu rascher Folge, als daß Auge oder Ohr dem Vorgang hätten folgen können. Es war, als ritte man auf dem Rücken eines verflüssigten Geparden.

Auf der Kuppe des Hügels kam der Wagen so sanft zum Stillstand, als sänke er in flüssigen Teer ein. »Wird allmählich mal Zeit, die Glieder zu lokkern«, verkündete Juanita mit leuchtenden Augen. Sie fuhr das Stoffdach ein, und die Morgenbrise wehte in den wieder lautlosen Wagen. »Komm, steigen wir aus.«

»Ich habe keine Schuhe«, sagte Alex.

»Mist, daran hab ich nicht gedacht… Na gut.« Sie rammte die mit Socken bekleideten Füße in die unverschnürten Geländestiefel, öffnete die Tür und stieg alleine aus. Sie schüttelte sich vergnügt und machte ein paar Lockerungsübungen, wobei sie aussah wie ein Sacagawea aus der Unterliga. Alex fand die Aussicht von der Hügelkuppe höchst unerfreulich; Gruppen von Mesquitbäumen und Zedern, spärliches, ledriges Gras und in der Ferne drei gedrungene kleine Hügel. Die ganze Gegend hier war ehemaliger Meeresboden und so flach wie der Grund eines geleerten Fischteichs.

»Du hast bestimmt ganz schön geblecht für den Wagen«, sagte Alex.

»Nein, eigentlich war er sogar recht billig! Die Regierung hält sie trotzdem eher unter Verschluß, wegen des Sichtheitsrisikos.« Das klare Morgenlicht ergoß sich über die Landschaft, und die orangegelbe Sonne war zu hell, als daß man sie hätte anschauen können. »So ein Wagen steuert auf Befehl jedes beliebige Ziel mit Höchstgeschwindigkeit an. Und sie sind schwer auszumachen, weil sie kreuz und quer durch die Gegend springen und nicht auf Straßen angewiesen sind. Mit einer großen Wagenbombe an Bord kann man damit Anschläge machen wie nichts.« Sie lächelte vergnügt. »Das wurde beim Malayischen Wiederbesiedlungskrieg häufig so gemacht – das ist ein malayisches Angriffsfahrzeug. Ein Kriegsrelikt. Heutzutage sind sie natürlich bei den Schmugglern sehr beliebt.« Juanita wandte das Gesicht in den Wind und fuhr sich mit beiden Händen durchs Haar. »Ich glaube, die Benutzung ist Zivilisten in Amerika immer noch untersagt. Jedenfalls in manchen Staaten.«

»Und in Texas?«

»Texas? – Da ist doch heutzutage alles erlaubt... Die Texas Ranger lieben jedenfalls diesen Wagen. Billig, schnell, straßenunabhängig – wieso auch nicht. Das einzige Problem dabei sind die Batterien. Das sind Supraleiter.«

»Supraleiter sind bestimmt nicht billig.«

»Nein, und sie verschleißen auch schnell. Aber sie werden allmählich besser... Irgendwann wird es nur noch solche Autos geben. Die machen einfach einen Mordsspaß. Ein Auto nur zum Spaß, wär das nicht stark?« Sie stolzierte beinahe auf Zehenspitzen in ihren großen, aber leichten Geländestiefeln um den Wagen herum. »Das Design ist einfach supergut. Findest du ihn nicht auch klasse?« Sie tätschelte den mit Gelenken versehenen Rand des Hinterrads. »Auf ein so elegantes Design kommen die Leute nur, wenn sie sich gegenseitig umbringen wollen.«

Sie öffnete einen kleinen metallenen Werkzeugkasten hinter der Passagierzelle und fischte eine Sonnenbrille heraus. Die selbsttönenden Gläser verdunkelten sich in dem Moment, als sie die Brille aufsetzte. »Charlie ist meine fliegende Teufelsspinne... Eine richtige Schönheit, findest du nicht? Ich liebe ihn, wirklich... Abgesehen von der *gottverdammten, hoffnungslosen militärischen Schnittstelle!*«

»Gehört der Wagen dir, Janey?«

»Irgendwie schon«, sagte sie. »Nein. Nicht wirklich. Ich will ihn nicht auf meinen Namen registrieren lassen.«

»Wem gehört er dann?«

»Der Truppe.« Sie klappte den Werkzeugkasten zu, dann öffnete sie die Tür und kletterte wieder auf den Fahrersitz.

Alex zögerte. »Weißt du, ich mag den Wagen irgendwie auch. Ich glaube, ich steh drauf.«

Sie grinste. »Das glaub ich dir gern ... Charlie, auf geht's!«

Der Wagen fuhr behutsam den Hang hinunter.

Alex betrachtete aufmerksam einen großen Büschel ausgerupften gelben Grases, das in der Nabe des rechten Vorderrads steckte. »Man sollte eigentlich meinen, es würde einem schlecht bei der ganzen Akrobatik, aber er fährt wirklich ganz sanft. Shit, ich hab schon in Rollstühlen gesessen, die schlimmer waren als das hier.«

»Ach, ja? Nun, er wurde speziell so konstruiert. Damit man bei Höchstgeschwindigkeit mit den Automatikwaffen in der Stoßstange losballern kann. Charlie hat mal zu 'nem Kommandotrupp gehört, Tiger-Teams, der Tod kommt bei Nacht, militärische Sprengstoffanschläge und diese ganze widerliche Kacke ... Auch im Zivilleben hat er jedenfalls immer noch gewisse Killerqualitäten.« Junaita duckte sich, als ein langer Mesquitzweig über die Windschutzscheibe peitschte, dann schloß sie mit einem Daumendruck wieder das Dach. »Die Truppe hat früher mal Stürme in alten Strandbuggies gejagt. Aber einmal haben wir bei 'nem F-4 den Kern angebohrt, und *überall* hat es gehagelt, und die Hagelkörner haben sie einfach kaputtgeschlagen, die Kühlerhauben und das Dach, alles war hin ... Über Hagelkörner kann Charlie bloß lachen.«

»Auf Hagelkörnern stehst du wohl.«

»Die Hagelkörner stehen auf mich, Alex. Letztes Frühjahr in Oklahoma hat's mich im Freien erwischt. Davon kriegt man faustgroße Blutergüsse.«

»Das meinst du also damit, wenn du sagst, ihr hättet ›den Kern angebohrt‹?«

Juanita machte ein verdutztes Gesicht. »Na ja, hm … das bedeutet, daß man mit den Drohnen den Vortex durchknallt.«

»Ach«, meinte Alex.

Hohe Antennenmasten rasterten den Horizont.

Juanitas Leute hatten ihr Zeltlager in einem Kilometer Entfernung vom Highway aufgeschlagen, auf einer niedrigen Anhöhe aus Kalkstein, von der aus

ZWEITES KAPITEL

man den vorbeikommenden Verkehr im Auge behalten konnte. Die Morgensonne schien auf ein Chaos runder, dickbauchiger Zirkuszelte und kegelförmiger weißer Wigwams, aus denen Stangen ragten.

Juanita hatte die letzten zwei Fahrtstunden über gedöst und mit der Gier einer kurz vor dem Verhungern stehenden Frau, die Bratensoße von einem Teller stippt, ein wenig von REM-Phasen durchsiebten Schlaf ergattert. Nun beobachtete Alex voller Interesse, wie sich seine Schwester in eine andere Person verwandelte. In den letzten paar Minuten, als sie sich dem Camp näherten, wurde sie hellwach, angespannt, kämpferisch, nervös.

Juanita holte ein Sicherheitsarmband unter dem Beifahrersitz hervor und befestigte es sich sorgfältig am linken Handgelenk.

Das Armband hatte eine Zeitanzeige und bestand aus dickem, dunkelbraunem, perlenverziertem und handvernähtem Leder. Ein paar Perlen fehlten, und das Leder war abgenutzt und fleckig, aber man sah Juanita an, daß sie sich mit dem Armband gleich viel besser fühlte.

Als wäre ihr gerade etwas eingefallen, reichte sie Alex ein schäbiges Plastikarmband mit einer billigen Uhr, die mit einer völlig nutzlosen Ansammlung verwirrender kleiner, oranger Knöpfe protzte. »Damit kannst du das Camp ungehindert betreten und verlassen«, erklärte sie.

»Ah, ja. Großartig.«

Juanitas Wagen rollte über den letzten spärlichen Grasstreifen bergauf und hielt zwischen zwei elektronischen Begrenzungspfosten.

»Und jetzt?« fragte Alex.

»Ich muß mit Jerry reden. Über dich.«

»Wunderbar! Dann laß uns doch beide ein kleines Schwätzchen mit Dr. Jerry halten.«

Juanita maß ihn mit gereiztem Blick. »Ausgeschlossen! Erst muß ich mir mal überlegen, wie ich ihm die Situation verklickern soll … Siehst du die Leute dort drüben bei der Küchenjurte?«

»Was war das?«

»Beim großen runden Zelt. Die Leute mit dem Dreibein und dem Flaschenzug?«

»Und?«

»Geh rüber und sei nett zu ihnen. Ich hol dich später ab, wenn alles klar ist.« Juanita stieß die Wagentür auf, sprang hinaus und eilte im Laufschritt zur Mitte des Lagers.

»Ich habe keine *Schuhe!*« schrie Alex ihr nach, doch der Wind wehte seine Worte fort, und Juanita sah sich nicht um.

Alex überbedachte seine Lage. »Hey, Wagen«, meinte er schließlich. »Charlie.«

»Ja, Sir?« antwortete der Wagen.

»Kannst du mich zu der Gruppe von Leuten rüberfahren?«

»Ich verstehe nicht, was Sie mit ›Gruppe von Leuten‹ meinen.«

»Ich meine … äh … zwanzig Meter nordwestlich von hier. Kannst du dorthin fahren? Langsam?«

»Ja, Sir, das könnte ich tun, aber nicht auf Ihren Befehl hin. Die Anweisungen von Passagieren ohne Sicherheits-ID darf ich nicht befolgen.«

»Ich verstehe«, sagte Alex. »Sie hatte völlig recht mit deinem Interface. Du bist völlig daneben.«

Alex drehte sich auf dem Sitz herum und musterte das Wageninnere. Er entdeckte nichts, was auch nur von ferne einem Schuh geähnelt hätte. Dann fiel sein Blick auf das Handy am Armaturenbrett. Er nahm es, zögerte bei der Ziffer ›1‹, dann drückte er rasch die ›4‹.

Es meldete sich eine Frau. »Hier spricht Carol.«

»Hi, Carol. Gehörst du zu den Storm Troupern?«

»Yeah«, tönte es aus dem Telefon. »Wer bist 'n du?«

»Hältst du dich momentan in einem Camp auf einer Anhöhe auf, irgendwo in der Nähe des Highway 208 in Westtexas?«

»Ja. Das stimmt.« Sie lachte.

»Stehst du mitten in einer Traube von Leuten, die gerade eine Art Kadaver auf ein Dreibein zu hieven versuchen?«

»Nee, Mann, ich bin in der Werkstattjurte und repariere gerade einen kaputten Straßeninstandsetzungskoloß, aber ich weiß, wen du meinst, falls dir das weiterhilft.«

»Könntest du einen von ihnen bitten, mir ein paar Schuhe zu bringen? Größe acht?«

»Wer bist du eigentlich?«

»Ich heiße Alex Unger, komme gerade aus Mexiko und brauche ein Paar Schuhe, damit ich aus dem Wagen aussteigen kann.«

Carol zögerte kurz. »Warte einen Moment, Alex.« Sie legte auf.

Alex lehnte sich zurück. Nach einer Weile nahm er wieder das Telefon zur Hand und wählte die Nummer der Auskunft von Matamoros. Er erkundigte sich nach dem gegenwärtigen Decknamen eines seiner bevorzugten Kontaktleute und wurde auch problemlos durchgestellt. Mitten im Gespräch legte er jedoch auf, weil sich eine Frau dem Wagen näherte.

Die Fremde, eine Schwarze, hatte kurze, schwarze, mit Draht zusammengebundene Zöpfe und ein breites, windgegerbtes, fröhliches Gesicht. Sie war etwa fünfunddreißig. Bekleidet war sie mit einem Rettungsanzug aus Papier, den ein Farbdrucker mit bemerkenswertem Ergebnis bespritzt hatte.

Die Frau reichte Alex ein Paar Sandalen durch die offene Tür. Die Sandalen hatten flache Sohlen aus dickem, dunkelgrünem Vinyl, mit breiten, frisch angeklebten Schnallen aus weißem, elastischem Stoff.

»Was ist denn das?« fragte Alex. »Die sehen ja wie Duschschlappen aus.«

Die Frau lachte. »Du kannst eine Dusche *gebrauchen*, Mann. Zieh sie an.«

Alex ließ die Sandalen fallen und schlüpfte mit den Füßen hinein. Die Sandalen waren zwei Nummern zu groß, hatten aber mehr oder minder die richtige Form für seine Füße und würden wohl kaum abfallen. »Für zwei Minuten Arbeit gar nicht so schlecht, Carol.«

»Herzlichen Dank, Mann. Da du und deine Schwester beide reicher seid als Gott, darfst du mir ruhig ein paar tausend Dollar dafür geben.« Carol beäugte ihn mißtrauisch. »Mann, Jane hat wirklich nicht zuviel versprochen. Eher zuwenig!«

Alex ließ das so im Raum stehen. »Juanita hat gemeint, ich soll bei den Leuten dort drüben bleiben, bis sie zurückkommt.«

»Dann solltest du das besser mal machen, Mann. Aber sei so nett und stell dich nicht in den Wind.« Carol trat vom Wagen zurück. »Und spiel nicht mehr mit unseren Telefonen rum, okay? Peter wird echt nervös, wenn Amateure mit unseren Telefonen rummachen.«

»War nett, dich kennenzulernen«, sagte Alex. Carol winkte knapp und ging fort.

Alex setzte behutsam die Füße auf den Boden von Westtexas. Das schmalhalmige Präriegras wirkte ganz okay, aber ansonsten war der steinige Boden mit einer erschreckenden Vielzahl kleiner, zähstengliger Unkrautpflanzen übersät, alle gerammelt voller Kletten, Dornen und hautreizender giftiger Borsten.

Alex trippelte geziert zu der Gruppe mit dem Dreibein. Die Leute waren beschäftigt. Sie hatten den Hals eines Rehbocks mit purpurfarbenen Hörnern mit einem Flaschenzug verbunden, der an der Verbindungsstelle dreier hoher Zeltstangen befestigt war. Sie waren zu viert; zwei Männer in langärmliger Jagdkleidung und zwei abgebrühte Frauen in blutbeschmierten Papieranzügen und Geländestiefeln. Einer der Männer – er trug eine Brille – hatte ein elektrisches Gewehr umgeschnallt. Alle trugen sie Trouper-Armbänder.

»*¿Que pasa?*« fragte Alex.

»Wir nehmen Bambi aus«, antwortete der andere Mann und zog ächzend das Seil stramm.

Die Jäger hatten das Tier bereits unterwegs ausgeweidet. Alex beäugte interessiert den schlanken, schwankenden, ausgeweideten Kadaver.

Die größere der beiden Frauen zog ein Bowiemesser aus eisblasser Keramik aus der Scheide und machte sich an die Arbeit. Sie packte beide Hinterbeine des baumelnden Rehbocks, dann schnitt sie zwischen den Haxen eine fleischige, übelriechende Drüse heraus. Sie warf die blutige Drüse beiseite, wischte das Messer ab, steckte es wieder in die Scheide und hob ein kleineres, etwa daumenlanges Messer vom Boden auf.

Der Mann mit dem Gewehr schenkte Alex einen gleichgültigen Blick. »Neu im Camp?«

»Yeah. Ich bin Alex. Juanita ist meine Schwester.«

»Wer ist Juanita?« fragte der Mann mit dem Gewehr. Der andere deutete mit dem Daumen auf die Jurte in der Mitte des Lagers. »Oh«, machte der Mann mit dem Gewehr. »Du meinst Janey.«

»Das darfst du Rick nicht übelnehmen«, sagte die größere der beiden Frauen. »Rick programmiert.« Mit einem raschen Schnitt fuhr sie um den Hals des Hirsches, dann schnitt sie am Hals entlang bis zur Brust und rechtwinklig weiter bis zum Ende beider Vorderbeine. Sie ging sehr geschickt dabei vor. Unterstützt von der anderen Frau machte sie sich daran, die Haut methodisch vom glänzenden, nackten Fleisch abzuziehen.

Alex rüttelte an einer der Stangen des Dreibeins. Sie wirkte äußerst stabil. Die Bambusstange war mit einem dieser modernen Lacke gefirnißt. »Wollt ihr das etwa essen? Ich glaube, ich habe noch nie Wild gegessen.«

»Wenn Ellen Mae in der Nähe ist, dann ißt du das verrückteste Zeug in ganz Texas«, sagte der andere Mann.

»Halt's Maul, Peter«, meinte Ellen Mae temperamentvoll. »Wenn du richtiges Essen nicht magst, dann bleib eben bei deinem Purina-Katastrophen-Fraß.« Sie schaute Alex an. »Diese großen Jäger machen sich nichts aus mir. Reich mir mal die Säge.«

Alex betrachtete Ellen Maes Metzgerwerkzeuge auf der Unterlage aus Rohleder. Er erkannte die Knochensäge an der langen, gletscherfarbenen, funkelnden Schneide. Er bückte sich und hob sie auf. Die Keramikschneide war dauerhaft von Blut verfärbt, der Griff mit Karomuster war abgenutzt, aber jeder einzelne Sägezahn war so scharf wie eine frische Glasscherbe. Es war ein wundervolles Werkzeug, dessen Wirkung man um alles in der Welt nicht am eigenen Leib erfahren wollte. Alex hieb versuchsweise ein paarmal durch die Luft, worauf die anderen zu seiner Verwunderung beiseite sprangen.

»Entschuldigung«, sagte er. »Megastarkes Ding.« Er faßte das Messer behutsam bei der Schneide und reichte Ellen den Griff.

Ellen nahm es ungeduldig und sägte die Beine des Hirsches an den Kniegelenken ab. Nach nur einer Minute war sie mit allen vieren fertig. Die andere Frau stapelte die abgetrennten Beine säuberlich aufeinander.

»Auf den ersten Blick siehst du Jane gar nicht so ähnlich, weißt du, aber jetzt allmählich fällt mir die Ähnlichkeit auf«, meinte Peter.

»Kann schon sein«, erwiderte Alex. »Bist du der Peter, der hier für die Telefone zuständig ist?«

»Yeah, das stimmt«, sagte Peter erfreut. »Peter Vierling. Ich zapfe die Masten an. Satelliten, Funkanlagen, die Relais, das ist alles mein Gebiet.«

»Gut. Dann haben wir beide was miteinander zu erledigen.«

Peter blickte ihn mit so unverhohlener Verachtung an, daß Alex erst mal sprachlos war. »Irgendwann nach dem Essen«, setzte er dann hinzu. »Hat keine Eile, Mann.«

»Was zu essen scheinst du wirklich nötig zu haben, Kleiner«, meinte Rick, der Programmierer. »Du brauchst wirklich mehr Fleisch auf den Knochen.« Er tätschelte seinen Rucksack. »Hab da was richtig Gutes für dich. Du kannst Bambis Leber haben.«

»Großartig«, sagte Alex. »Bambis Keulen und die Brust sehen ja ganz schmackhaft aus … Hat schon mal einer von euch Menschenfleisch probiert?«

»*Was?*« sagte Peter.

»Als ich das letzte Mal in Matamoros war, hab ich Menschenfleisch gegessen«, sagte Alex. »Ist im Moment ziemlich beliebt.«

»Kannibalismus?« fragte Rick.

Alex zögerte. Mit dieser heftigen Reaktion hatte er nicht gerechnet. »Meine Idee war's nicht. Ich bin halt irgendwie so reingeplatzt.«

»Davon habe ich schon mal gehört«, meinte Ellen Mae bedächtig. »Hat was mit Santeria zu tun, diesem Yoruba-Kult.«

»Nun, es ist ja nicht so, daß man ein großes Menschensteak vorgesetzt bekäme«, sagte Alex zurückhaltend. »Es wird in Würfelform serviert. Auf einem Silberteller. Wie Fondue. Roh essen sollte man es jedenfalls nicht, wegen dem Infektionsrisiko, wißt ihr. Daher gart man es auf diesen kleinen Gabeln.«

Lange Zeit sagte niemand was. Die beiden Frauen hielten sogar mit dem Abhäuten inne. »Und, wie schmeckt es?« fragte Rick.

»Na ja, macht nicht viel her, wenn man's erst mal gegart hat«, sagte Alex. »Es wurde in eine Art Fonduetopf getunkt und zum Abkühlen auf diese kleinen Gabeluntersetzer gelegt. Und dann haben wir die Fleischwürfel einen nach dem andern gegessen, und alle machten ein ziemlich ernstes Gesicht.«

»Wurden irgendwelche Gebete gesprochen?« erkundigte sich die andere Frau.

»An Gebete erinnere ich mich nicht mehr … Es hatte früher mal was mit Santeria zu tun, schätze ich, aber mittlerweile gehört es mehr zum Drogengeschäft. Viele Drogenleute sind nach der Legalisierung auf Organschmuggel und solche Sachen umgestiegen, daher schwirrt eine Menge … na ja, ihr wißt schon.«

»Eine Menge Ausschuß herum?« schlug Peter vor.

»Dieser Typ verarscht uns doch«, meinte Rick.

Alex schwieg. Seine Gastgeber in Matamaros hatten ihm gesagt, es sei Menschenfleisch, hatten aber keine frischen Knochen vorgezeigt, daher hätte es ebensogut Kaninchen sein können. Ein großer Unterschied war eh nicht zu erkennen, solange man nur *glaubte*, man äße Menschenfleisch …

»Das ist ein Grenzphänomen«, sagte er schließlich. »*Una cosa de la frontera.*«

»Treibst du dich wirklich mit Drogendealern herum?« fragte Rick.

»Aus Drogen mache ich mir nichts«, sagte Alex. »Ich stehe mehr auf medizinische Versorgung.«

Alle vier brachen in Gelächter aus. Aus irgendeinem Grund fanden sie die grundlegende Tatsache seines Lebens komisch. Alex schloß daraus, daß er es mit geistig zurückgebliebenen Provinzlern zu tun hatte, und nahm sich vor, sein Verhalten darauf einzustellen.

»Erzähl unserem Freund Alex von der Besichtigungstour«, meinte Rick drängend.

»Ja, klar«, sagte Peter. »Weißte, Alex, wir haben hier eine Menge Besucher. Besonders zur Hauptsaison im Frühjahr. Und wir haben festgestellt, daß die sich am leichtesten einen Überblick über unsere Tätigkeiten verschaffen können, wenn sie das Lager mit einem Ultralight überfliegen.«

»Ein Flieger«, sagte Alex. Er blickte Ellen und die andere Frau an, die sich ihm noch nicht vorgestellt hatte. Die beiden Frauen waren eifrig damit beschäftigt, die linke Schulter des Tieres abzutrennen.

»Yeah. Wir haben zwei bemannte Ultralight. Außerdem drei motorbetriebene Paraglider, aber die sind was für Experten. Interesse?«

»Hab's noch nie probiert«, sagte Alex.

»Der Ultralight ist mit einem eigenen Navigationssystem ausgestattet«, meinte Peter. »Genau wie ein Auto! Bloß sicherer, denn in der Luft gibt's keinen Verkehr und keine tückischen Straßenbedingungen. Du brauchst keinen Finger zu rühren.«

»Fliegt er richtig schnell?« fragte Alex.

»Nein, nein, überhaupt nicht.«

»Und in welcher Höhe? Fliegt er richtig hoch?«

»Nein, sehr hoch kommst du damit nicht.«

»Dann klingt es nicht besonders interessant«, sagte Alex. Er zeigte auf den Kadaver. »Was bedeutet eigentlich diese seltsame Verfärbung am Schulterblatt? Ist das normal?«

»Also«, schaltete Rick sich ein, »er *kann* verflucht hoch fliegen, aber dann müßtest du Sauerstoff mitnehmen.«

»Ihr habt *Sauerstoff?*«

Rick und Peter wechselten Blicke. »Klar.«

»Kann ich den Rundflug auslassen und bloß etwas Sauerstoff haben?«

»Warte, bis du die Maschine siehst«, meinte Peter ausweichend. »Wenn du die Maschine erst mal gesehen hast, kennst du bestimmt kein Halten mehr.«

Alex folgte den beiden durchs Camp, wobei er seine Schritte auf dem tückischen Boden vorsichtig setzte. Das wenige, das er vom Camp sah, wenn er einmal von seinen gefährdeten Füßen hochschaute, beeindruckte ihn nicht sonderlich. Die Atmosphäre hatte etwas Mönchisches an sich, eine Art militärischer Strenge. Vier skelettartige Masten beherrschten das Lager, gespickt mit Radarschüsseln, komplizierten Antennen, armdicken Kabeln, Kabelführungen und sich drehenden, schüsselförmigen Windmessern. Drei große verdreckte Busse waren unter einem Sonnenschutz aus Papier abgestellt, außerdem drei Robotbikes. Ein Traktor mit einer Planiervorrichtung und einer spiralförmigen Grabvorrichtung hatte eine Reihe großer Wasserdestillen errichtet, aus denen es in einen mit einem Hahn versehenen Plastikbehälter tropfte.

Die drei Männer blieben vor dem mit einem Vorhang verhängten Eingang einer anderen Jurte stehen. Zwei gewaltige Winschen, auf deren motorbetriebenen Walzen dünnes, verheddertes Kabel aufgerollt war, flankierten den Eingang.

Alex folgte den beiden Männer am dicken Vorhang vorbei ins Zeltinnere. Die Jurten bestanden aus wattiertem Papier, das über kreuzweise angeordnete, spreizbare Gitter aus lackiertem Holz gespannt war. Die diamantförmigen Ränder der Gitter waren akkurat und fest miteinander verbunden, und acht dieser Gitter bildeten, zu einem weiten Ring gebogen, die runde Wand der Jurte. Von den Spitzen der Gitter führten sechzehn gebogene, lackierte Bambusstangen zu einem Ring in der Mitte hoch und stützten das Kuppeldach aus weißem Papier.

Die Papierwände flatterten leicht im stetig wehenden Wind, doch im Innern herrschte ein erstaunlich kräftiges, perlmuttfarbenes Licht, und mit dem teppichbedeckten Boden wirkte die Jurte ausgesprochen wohnlich und stabil. Alex stellte fest, daß er sich in einem kleineren Flughafenhangar voller Flugdrachen, Rümpfe, Rundträger aus geschäumtem Metall und großen Bündeln verstärkten Segeltuchs befand. Ein Trouper war gerade bei der Arbeit und saß mit untergeschlagenen Beinen auf einem Kissen inmitten eines Durcheinanders von Spezialwerkzeugen. Sein Gesicht war hager und wettergegerbt, und sein Schädel, von dem ihm ein paar glatte, farblose Strähnen auf die Schulter hinunterhingen, war nahezu kahl und von Sommersprossen gesprenkelt. Er hatte ein schwarzes Trikot an und trug einen schwarzen Klumpen Metall an einem Rohlederriemen um den Hals.

»Na, wie läuft's, Bussard?« fragte Peter.

Bussard sah von einer Kabelverbindung auf, die er selbstvergessen betrachtet hatte. »Wer ist der Typ?«

»Alex Unger«, sagte Alex. Er näherte sich dem Mann über den gnädigerweise mit Teppich ausgelegten Boden und streckte ihm die Hand entgegen.

»Boswell Harvey«, meinte Bussard überrascht, ließ

das ausgebaute Maschinenteil fallen, an dem er gearbeitet hatte, und ergriff Alex' Hand. »Ich mache mit … äh … ich mache mit Ornithoptern rum.«

»Buss, wir brauchen den Ultralight«, sagte Rick.

»Also, Amethyst ist da«, meinte Bussard.

»Beryll tut's auch«, sagte Peter.

»Oh«, erwiderte Bussard. »Ja, klar.« Alex bemerkte in seinen verschleierten Augen einen Schimmer des Begreifens. »Ich kann ihn von hier aus booten, an Ort und Stelle.« Er schlenderte zur anderen Seite der Jurte und ging vor einem verkabelten Laptop in die Hocke. Er klappte ihn auf, betrachtete die Anzeige und tippte auf das Keyboard ein.

Peter und Rick führten Alex nach draußen und zu einem nahegelegenen Sonnenschirm. Der Unterstand aus Papier mit seinen Bambusstangen wandte die Rückseite dem Wind zu und war fest im kalkhaltigen Boden verankert. Die darunter stehenden Ultralights, denen die Tragflächen fehlten, waren mit starken Seilen angepflockt. Wahrscheinlich für den Fall einer plötzlichen Bö.

Rick überprüfte eine Reihe von Steckverbindungen am Motorengehäuse, während Peter sich daran machte, die linke Tragfläche zu befestigen.

»Ich weiß, der Flügel sieht im Moment nicht allzu gut aus«, versuchte Peter Alex zu beruhigen, »aber in der Luft ist er äußerst aerodynamisch.«

»Kein Problem«, murmelte Alex.

»Guck dir mal an, was wir alles für die Sicherheit getan haben – Diamantbolzen und Nieten an jeder Spante! Mann, früher hatten wir überhaupt keine Diamantteile. Ich bin damals in der Gegend von Oklahoma auf den Fernsehmasten rumgeklettert, und die ganze Zeit mußten wir uns Sorgen machen wegen diesem *mechanischen Stress*«, meinte Peter lachend. »Manchmal kommt's mir ja wie Beschiß vor, daß wir die Diamanten in alles mögliche einbauen! Aber, verdammt noch mal, so ist es halt, Mann; wenn man so ein Zeug zur Verfügung hat, dann setzt man's halt auch ein.«

»Yeah«, überlegte Rick laut, »ich erinnere mich noch an diesen elementaren Reiz, der von der Hardware ausging, als Diamant wirklich billig wurde.«

»Yeah«, meinte Alex, »ich erinnere mich noch daran, daß meine Mutter über diese Entwicklung richtig sauer war.« Er untersuchte den Ultralight. Die Tragflächen wirkten unglaublich lang und dünn, doch als Peter die Verstrebung mit einer Knarre spannte, erschienen sie auf einmal ausreichend fest und steif. Das kleine Flugzeug hatte einen großen, gepolsterten Fahrradsitz mit Steigbügeln aus Schaummetall, außerdem eine gepolsterte Rücken- und Nackenstütze aus skelettartigem Schaummetall, einen stabilen Hüftgurt und Schultergurte. Motor und Propeller waren an der Rückseite in einem großen Plastikkäfig untergebracht.

In einen Plastikwulst zwischen den Knien des Piloten waren der Steuerknüppel und ein Trackball eingelassen. »Wo ist die Instrumentenanzeige?« fragte Alex.

»Im VR-Helm«, antwortete Peter. »Mit VR kennst du dich doch aus?«

»Klar. Wer nicht?«

»Na ja, ist auch nicht wichtig, denn du wirst dieses Ding sowieso nicht fliegen. Das wird vom Boden aus gesteuert.« Mit geübter Routine rieb Peter das Innenband des Helms mit Reinigungsalkohol ab, dann putzte er von beiden Seiten das Visier. »Aber paß gut auf den VR-Helm auf, der ist nämlich doppelt soviel wert wie das Flugzeug.«

»Ach was, doppelt soviel, eher dreimal soviel«, meinte Rick. »Laß mich das machen, Peter.« Er paßte die Innengurte des Helms geschickt an Alex' schmalen Schädel an, dann setzte er ihn Alex auf den Kopf. Das fühlte sich an, als werde sein Kopf in eine leichte Bowlingkugel aus Plastik eingepaßt. »Siehst du, wenn du mit bloßen Augen gucken willst, dann läßt sich das Visier einfach so hochklappen … Fühlst du die Antenne hier hinten? Paß auf, daß du nicht dagegen stößt, wenn du dich mit der linken Hand am Holm festhältst, okay?«

»Ist gut«, sagte Alex. Obwohl Peter den Helm mit Alkohol ausgewischt hatte, ging immer noch abgestandener Schweißgeruch davon aus. Alex kam allmählich in Stimmung. Die Situation hatte ihren Reiz. Es hatte ihm schon immer Spaß gemacht, auf Gedeih und Verderb den Geräten anderer ausgeliefert zu sein.

Mit einem Einfallsreichtum, der ihn selbst überraschte, krempelte er sich die Hosenbeine des Papieranzugs bis zum Knie hoch und stopfte die provisorischen Sandalen in die bauschigen Papieraufschläge. Dann setzte er sich breitbeinig und mit bloßen Füßen auf den Sitz. Wenn man die Steigbügel und die Stützen ein wenig anpaßte, war der Sitz gar nicht so schlecht. »Wo ist der Sauerstoff?«

Sie beharrten darauf, daß er keinen Sauerstoff brauchen würde, doch Alex widersprach mit solch unerschütterlicher, dickköpfiger Hartnäckigkeit, daß sie schließlich nachgaben.

Rick besprach sich über Gürteltelefon mit Bussard, bis er den verstaubten Sauerstoffbehälter ausfindig gemacht hatte. Dann mußte die Atemmaske sterilisiert werden – reine Routine, versicherte ihm Peter, sie sterilisierten einfach alles, was mit Streptobazillen, Grippe- oder Tuberkuloseviren infiziert sein könnte … Schließlich wurde der chromgelbe Behälter ordentlich hinter dem Pilotensitz festgeschnallt, Alex bekam den Ziehharmonikaschlauch über die rechte Schulter gelegt, und das elastische Trageband der Maske wurde an seinem Hals befestigt.

Dann rollte man ihn, sicher in seinem Flugzeug verankert, aus dem Papierhangar hinaus. Das Flugzeug rumpelte auf seinem leichten Hohlfiber-Fahrgestell mühelos dahin. Nach achtzig Metern richteten die beiden Trouper die Nase des Ultralight in den Westwind.

Als Rick den Helm einschaltete, erschien am unteren Rand des Visiers ein unverständliches Pull-down-Menü virtueller Instrumentenanzeigen. Alex probierte ein bißchen mit dem Trackball und dem Click-Button herum. Das System schien zu funktionieren.

Angezogen von dem Wirbel, den sie machten, ließen sich fünf weitere Trouper blicken. Es handelte sich um drei Männer, eine Frau und, worüber Alex sich wunderte, einen Halbwüchsigen. Der Junge schleppte ein hundert Meter langes Zugseil zum Ultralight, dessen Ende am Bug des Flugzeuges eingeklinkt wurde. Zwei Männer verkeilten ein zehn Meter langes Zweibein aus Bambus unter dem Flugzeugbug.

Bussard schaute in der Ferne aus seiner Jurte hervor und zog das Schleppseil mit der Winsch straff, bis das Seil vor Spannung summte.

»Alles klar, Alex?« schrie Rick in Alex' Helm.

»Alles klar.« Alex nickte. »Fangen wir an.«

»Entspann dich einfach, es wird toll werden! Es wird dir gefallen!«

Alex klappte das Visier hoch und blickte Rick an. »Mann, hör endlich auf mit dem Gequatsche. Ich bin bereit, okay? Ihr habt mich angeschnallt, ich hab meinen Sauerstoff. Startet das Scheißding endlich.«

Rick machte ein langes Gesicht und trat zurück. Er entfernte sich aus der Reichweite der Tragflächen, dann nahm er das Gürteltelefon in die Hand und blaffte etwas hinein.

Ein Ruck ging durch das Seil, das Zweibein bohrte sich in den Kreideboden, und das Flugzeug wurde himmelwärts katapultiert.

Die Trommel wickelte das Seil mit wilder, singender Heftigkeit auf, und Alex kam sich vor wie auf einer Achterbahn, so steil ging es empor. Das Seil klinkte sich aus und fiel zu Boden, dann sprang der Motor an.

Das Flugzeug schwenkte herum, um dem Führungsseil an einem der größeren Masten auszuweichen. Dann gewann es, im Uhrzeigersinn kreisend, stetig an Höhe.

»Wie läuft's, Alex?« erkundigte sich Peter über Kopfhörer.

»Alles okay, schätze ich«, antwortete Alex. Unter sich sah er die Prärie, den schwarzen Streifen des Highways, ein paar kümmerliche Zedern bei der Mündung eines schmalen Tals. Die papierenen Anzugärmel flatterten im Wind wie billige Spielzeugfähnchen. Die metallenen Steigbügel schnitten in Alex' nackte Fußsohlen.

Alex warf sich mutwillig auf dem Sitz hin und her. Die Flügelspitzen des Ultralight reagierten entsprechend, wie die Enden einer Schaukel, richteten sich mit Unterstützung der Chip-Steuerung jedoch gleich wieder auf. Der Erdboden wich stetig zurück.

Alex war ein Spielball in den Händen eines unsichtbaren Riesen. Er ruhte in einem Liegestuhl am Geländer eines zwölfstöckigen Gebäudes. Wenn er wollte, konnte er die Gurte lösen, auf einen der Bügel treten, sich vorbeugen und so leicht und mühelos wie ein Meteor zur Erde niederstürzen. Der Tod war nah. *Der Tod war nah …*

Alex klappte das Visier hoch und fühlte, wie ihm der trockene Wind den Schweiß von den Wangen streifte. »Höher, Mann!«

»Wie du siehst, haben wir hier sechs größere Jurten und vier Fahrzeughangars«, erklärte Peter. »Drei der Masten sind der Fernmeldetechnik vorbehalten, außerdem gibt es noch vier kleinere Masten für die Wetterbeobachtung. Das schwarze Gitter neben dem Latrinenzelt, das sind Solarzellen.«

»Ja, ja«, knurrte Alex.

»Unseren Energiebedarf decken wir jetzt mit Solarstrom, aber die Windgeneratoren laufen ebenfalls rund um die Uhr.«

»Hm ...«

»Die großen, weißen Stäbe, die das Camp umgeben, das sind Grenzpfosten. In erster Linie sind das Bewegungsmelder, aber es sind auch einige Sicherheitsvorkehrungen eingebaut; damit solltest du ein bißchen vorsichtig sein. Am Highway haben wir auch ein paar aufgestellt. Die großen, gelben Platten sind Moskitoköder. Die riechen genau wie menschliche Haut, und wenn eine Mücke darauf landet, ist es aus mit ihr.«

Alex klappte das Visier wieder herunter. Er bewegte den Trackball auf die Menüleiste, aktivierte das mit *Kommunikation* überschriebene Menü und schaltete auf *Handy*. Peters Stimme wurde mitten im Fremdenführerspiel ausgeblendet. Ein Telefonmenü mit fünfzehn Schnellwahlnummern rollte nach unten. Umsichtigerweise waren auch die Namen beigefügt.

1 Jerry Mulcahey
2 Greg Foulks
3 Joe Brasseur
4 Carol Cooper
5 Ed Dunnebecke
6 Mickey Kiehl
7 Rudy Martinez
8 Sam Moncrieff
9 Martha Madronich
10 Peter Vierling
11 Rick Sedletter
12 Ellen Mae Lankton
13 Boswell Harvey
14 Joanne Lessard
15 Jane Unger

Das sah ganz nach digitaler Hackordnung aus. Es überraschte Alex, daß Juanita sich mit der Nummer fünfzehn beschieden hatte.

Er klickte die Fünfzehn an. Es meldete sich Juanitas Voice-Mail mit dem üblichen Ich-bin-im-Moment-gerade-nicht-da-Spiel. Er unterbrach die Verbindung und klickte die Vier an.

»Hier spricht Carol.«

»Ich schon wieder. Ich überfliege gerade euer Camp.«

Carol lachte ihm in die behelmten Ohren. »Ich weiß, Mann, so was spricht sich hier schnell rum.«

»Carol, gehe ich recht in der Annahme, daß das so 'ne Art Initiierungsritual ist, mit dem man Neulinge durch den Kakao zieht? Und daß mir bald jemand sagen wird, in diesem Flugzeug sei ein schwerer Softwarefehler aufgetreten? Und daß ich ein paar wilde Überschläge und Loopings machen werde, oder wie das Zeug heißt?«

Carol schwieg einen Moment lang. »Für dein Alter bist du ganz schön helle.«

»Was meinst du, wie soll ich mich verhalten? Soll ich den Macho spielen? Oder soll ich mir über Funk die Lunge aus dem Hals schreien und so tun, als wär ich total in Panik?«

»Also, ich hab Zeter und Mordio gebrüllt und mich im Helm übergeben.«

»Dann also die Macho-Tour. Danke für den Rat. Bye.«

»Alex, leg nicht auf!«

»Was ist?«

»Ich glaube, ich sollte dir das besser sagen … Wenn du nicht schreist, und zwar ausgiebig schreist, dann werden sie den kleinen Vogel womöglich so hart rannehmen, bis die Tragflächen abbrechen.«

»Du hast schon interessante Freunde«, sagte Alex. Er unterbrach die Verbindung und schaltete wieder auf Funkverbindung.

»… unterstützen die Generatoren. Außerdem lassen sich die Ziegen damit gut im Auge behalten«, leierte Peter.

»Das ist wirklich hochinteressant«, versicherte ihm Alex. Er öffnete das Ventil der Sauerstoffmaske und drückte sie sich fest auf Mund und Nase. Einen Moment lang meinte er, man habe ihn beschissen, doch dann setzte die Wirkung ein. Der Sauerstoff drang tief in seine Lungen vor und entfaltete sich dort wie eine liebliche, dichte Matte aus kühlem, blauem Pelz.

Die Papierwände des Camps schrumpften unter ihm, als das Flugzeug seinen Aufstieg fortsetzte und sich mit der mathematischen Präzision einer Bettfeder weiter in die Höhe schraubte. Während reiner Sauerstoff bis in sein hellrotes Knochenmark strömte, wurde Alex auf einmal klar, daß er die ideale Methode entdeckt hatte, die texanische Hochebene zu erleben. Der Horizont hatte sich zu phantastischen, planetarischen, erhebenden Dimensionen erweitert. Nichts konnte Alex etwas anhaben.

Aus dieser Höhe betrachtet, zeigte die Luft in Bodenhöhe ihren wahren Charakter. Alex bemerkte den organischen Schmutz der bodennahen Atmosphäre, die den ganzen Horizont umspannte. Sie wies eine dauerhafte Sepiafärbung auf, ein natürlicher Smog aus Schmutzstoffen, Staub und Pollen, aus Moder und Gestank und die Atemwege verstopfenden organischen Ausdünstungen… Im Gegensatz dazu war die hohe, liebliche Luft, die ihn nun umgab, kühl und dünn und unwiderstehlich, ein erfrischender, galaktischer Äther. Alex hatte das Gefühl, sie wehte geradewegs durch ihn hindurch.

In der Ferne schraubten sich mehrere Bussarde auf der Suche nach Aas in einer thermischen Strömung nach unten.

Peters Stimme summte ihm in den Ohren.

Alex nahm die Maske ab. »Was ist?«

»Alles okay, Mann? Du antwortest nicht.«

»Nein. Ich meine, doch! Kein Problem. Es ist toll hier oben! Flieg höher!«

»Es sieht so aus, als hätten wir hier unten ein kleines Softwareproblem, Alex.«

»Tatsächlich?« meinte Alex erfreut. »Einen Moment…« Er preßte sich die Maske aufs Gesicht, sog dreimal scharf die Luft ein. Irgendwo in der tief in seinen Tuberkeln verborgenen teerigen Substanz sprühte auf einmal blauer Schleim wie ein Haufen Wunderkerzen. »Los!« brüllte er.

»Was?«

»Mach schon, Mann, leg endlich los!«

Peter verstummte.

Das Vibrieren der Tragflächen steigerte sich zu einem Rütteln. Auf einmal neigte sich das Flugzeug vornüber und stürzte dem Boden entgegen. Der Fall dauerte fünf nervenzerfetzende, magenumstülpende Sekunden. Das Blut wurde aus seinem Herzen gedrängt, augenblicklich brach ihm der Schweiß aus allen Poren, und er fühlte an Armen und Beinen den eiskalten Griff des Todes.

Dann fing sich das Flugzeug wieder mit heftig rauschender Verkleidung und durchflog den tiefsten Punkt einer Parabel. Alex' Kopf wurde so heftig gegen den Sitz geschleudert, daß er Sterne sah, und er fühlte, wie der Andruck das Blut in Hände und Füße preßte. Aus seiner Brust stiegen große, gummiartige Blasen empor.

Das Flugzeug strebte schwankend dem Zenit entgegen.

Alex preßte seine zitternden Blutwurstfinger auf die Atemmaske und inhalierte gierig frischen Sauerstoff.

Das Flugzeug flog nun in Rückenlage und durchmaß irgendeinen zeitlosen Gipfel gewichtslosen Nichts. Alex, dessen Kopf im Innern des Helms schwamm, betrachtete die gewaltige, jungfräuliche blaue Fläche, die unter seinen nackten Füßen ausgebreitet war, aus Augen, die tränende, verquollene Schlitze waren. Sich loszumachen und in dieses grenzenlose Wunder hineinzustürzen, wäre nicht nur ein, sondern ein Dutzend Leben wert gewesen.

Jane öffnete die Türklappe der Kommandojurte. Im Innern des großen Zeltes tigerte Jerry Mulcahey am Ende einer dicken Glasfaserleitung auf dem Teppich umher. Sein Kopf wurde umschlossen vom ultramodernsten VR-Helm der Truppe, und seine Hände steckten in wulstigen Datenhandschuhen. Jerry trug Papier, einen Rettungsanzug, der von regem Gebrauch kündete. Der rechte Papierärmel und beide Hosenbeine waren mit mathematischen Formeln bekritzelt.

Als Jerry sich umdrehte und auf Jane zukam, erspähte sie durch das dunkle Displayvisier undeutlich sein bärtiges Gesicht, die Augen mit sanft gekrümmten weißen Umrissen versehen.

Jerry hatte Zehn-Kilogramm-Gewichte an den Füßen befestigt, was ihm einen bleiernen, schwingenden Gang verlieh. Jane hatte ihn bei seinen virtuellen Marathonsitzungen schon häufig mit diesen Gewichten umhergehen sehen. Etwa jede Stunde blieb Jerry dann plötzlich stehen, hob die Gewichte hoch und schnallte sie dann an seinen behaarten Handgelenken fest.

Jane schloß hinter sich den Klettverschluß des Eingangs, damit der Westwind keinen Staub hereinwehte. Dann wartete sie mit vor der Brust verschränkten Armen, bis Jerry von ihrer Anwesenheit Kenntnis nahm und aus dem seltsamen Ozean des Cyberspace auftauchte, der seine Aufmerksamkeit in Anspruch genommen hatte.

Schließlich wurde Jerry langsamer, die Karateschläge und balinesischen Gesten, die er mit den Datenhandschuhen vollführte, wurden ein wenig oberflächlicher, und schließlich kam er rutschend vor ihr zum Stehen. Er nahm den Helm ab, dessen Anzeigen verblaßt waren, stützte ihn auf die Hüfte und schenkte ihr ein bärtiges Lächeln.

»Wir müssen miteinander reden«, sagte Jane.

Jerry nickte knapp, dann hob er fragend die zottigen, blonden Brauen.

Jane wandte den Kopf zu den beiden angrenzenden Nebenjurten. »Sind Sam oder Mickey im Moment da?«

»Nein. Du kannst offen sprechen, Jane.«

»Also, ich bin nach Mexiko gefahren und hab Alex geholt. Er ist jetzt da.«

»Das ging aber schnell«, sagte Jerry. Er wirkte angenehm überrascht.

»Schnell und schmutzig«, sagte Jane.

Jerry legte den verkabelten Helm auf den Teppich, ging daneben in die Hocke und nahm schwerfällig Platz. »Also gut, erzähl's mir. Wie schmutzig war es?«

Jane setzte sich neben ihn und senkte die Stimme. »Also, ich habe die Stromversorgung der Klinik unterbrochen, dann, als alles dunkel war, bin ich in das Gebäude eingebrochen, habe Alex mit einer Taschenlampe gefunden und ihn auf dem Rücken rausgetragen.«

Jerry stieß einen Pfiff aus. »Verdammt noch mal! Das hast du ganz allein gemacht? Da haben wir ja ein Monster erschaffen!«

»Ich weiß, ich hab da eine Dummheit gemacht, aber wenigstens war alles schnell vorbei, und ich wurde nicht geschnappt, Jerry. Ich wurde nicht geschnappt, ich hab ihn rausgeholt, und es hat hervorragend geklappt!« Sie schauderte, dann sah sie ihm in die Augen. »Bist du stolz auf mich?«

»Aber sicher«, sagte Jerry. »Klar bin ich das. Ich kann gar nicht anders. Hat dich jemand gesehen?«

»Nein. Außer dir und mir weiß niemand davon. Carol und Greg wissen's auch, aber die würden niemals was sagen. Und Leo, natürlich.«

Jerry runzelte die Stirn. »Du hast Leo doch nicht etwa von dieser kleinen Eskapade erzählt?«

»Nein, nein«, versicherte ihm Jane. »Bis Leo Alex' Aufenthaltsort ausfindig gemacht hat, hatte ich keinen Kontakt zu ihm.« Sie zögerte, beobachtete aufmerksam Jerrys Gesicht. »Aber Leo ist schlau. Ich glaube, er hat rausbekommen, was ich vorhatte. Soviel konnte ich der Email entnehmen, die er mir geschickt hat.«

»Du solltest nicht versuchen, Leo zu durchschauen«, sagte Jerry. »Du kennst Leo nicht. Und ich möchte auch nicht, daß du Leo kennst. Solltest du Leo jemals kennenlernen, wird dir das noch einmal sehr leid tun.«

Sie wußte, daß Jerry ungehalten werden würde, wenn sie weiter in ihn drang, aber sie konnte nicht anders. »Ich weiß, daß du Leo nicht vertraust, und ich tu's auch nicht. Andererseits hat er uns oft geholfen. Es war bestimmt nicht leicht, Alex ausfindig zu machen. Bloß weil er dein Bruder ist, hätte Leo das für mich nicht tun brauchen. Aber er hat es getan, und er hat nie etwas von uns dafür verlangt.«

»Mein Bruder ist ein Gespenst, und Gespenster sind von Berufs wegen leutselig«, meinte Jerry. »Du hast deinen Willen gehabt. Laß Leo von jetzt an in Frieden. Dein Bruder ist eine Sache, aber mein Bruder ist eine andere. Es ist schlimm genug, daß dein Tunichtgut von einem Bruder im Camp aufgetaucht ist, aber wenn *mein* Bruder herkommen sollte, dann bricht das Chaos aus.«

Jane lächelte. »Weißt du, Jerry, es tut mir wirklich gut, daß du das sagst. Natürlich in einer total kranken, paradoxen Hinsicht.«

Jerry verzog das Gesicht und fuhr sich durchs rotblonde Haar. Es lichtete sich am Haaransatz, und der VR-Helm hatte die Frisur über den Ohren zerquetscht, wie bei einem kleinen Jungen. »Familie ist ein Alptraum.«

»Ganz deiner Meinung«, sagte Jane. Auf einmal

fühlte sie sich ihm sehr nahe. Familienprobleme waren etwas, das alle Menschen gemeinsam hatten. Es war nett von ihm gewesen, daß er Alex' Aufnahme in die Truppe zugestimmt hatte, obwohl sie offen über die Unzulänglichkeiten ihres Bruders geredet hatte. Jemand anderem hätte Jerry diesen Gefallen bestimmt nicht getan. Sie verhielt sich dumm und leichtsinnig und war lästig, aber Jerry ließ es ihr durchgehen, als eine Art Geschenk. Weil er sie liebte.

»Wir sollten uns mal ein paar Gedanken machen«, meinte sie. »Die Truppe wird nicht besonders erfreut darüber sein. Alex ist kein Star-Rekrut, das ist mal sicher. Er verfügt weder über besondere Fähigkeiten, noch über eine gute Ausbildung. Und er ist ein Invalide.«

»Wie krank ist er eigentlich? Geht's ihm schlecht?«

»Na ja, ehrlich gesagt, hab ich seine Leiden immer zu neunzig Prozent seiner Hypochondrie zugeschrieben. Dad hat Tausende für ihn ausgegeben, aber man hat nie festgestellt, was eigentlich mit ihm los ist. Jedenfalls kann ich dafür garantieren, daß er keine ansteckende Krankheit hat.«

»Das ist immerhin etwas.«

»Aber er langweilt sich schnell, und dann wird er reizbar und bekommt diese Anfälle. Manchmal sind sie ganz schön schlimm. Aber das war schon immer so.«

»Wer bei der Truppe bleiben will, muß seinen Teil beitragen«, sagte Jerry.

»Das weiß ich, aber ich glaube nicht, daß er lange bleiben wird. Wenn er nicht von sich aus wegläuft, wird ihn die Truppe nach einer Weile rausschmeißen. Die fackeln nicht lange. Und wenn es eine Möglichkeit gibt, hier Ärger zu machen, wird das Alex nicht lange verborgen bleiben.« Jane zögerte. »Blöd ist er nicht.«

Jerry trommelte leise mit den Fingern aufs papierumhüllte Knie.

»Ich mußte das tun, denn er ist mein kleiner Bruder,

und er war in ernsten Schwierigkeiten, und ich war mir sicher, daß er sonst gestorben wäre.« Jane wunderte sich, wie weh es tat, das auszusprechen, wieviel aufrichtigen Schmerz und Bedauern sie bei dem Gedanken an Alex' Tod empfand. So weit sie zurückdenken konnte, hatte sie sich über Alex geärgert, und sie hatte gemeint, dadurch, daß sie ihn rettete, einer lästigen familiären Pflicht nachzukommen. Nun aber spürte sie beim Gedanken an Alex' Tod eine brennende, tiefe, unvermutete Emotion, einen Schwall dumpfer Trauer und Panik. Sie war nicht vollkommen offen zu Jerry. Nun, das war schon öfter vorgekommen.

Sie atmete tief durch und faßte sich wieder. »Ich hab Alex aus dieser Scheiße rausgeholt, und ich wünschte, ich könnte Verantwortung für ihn übernehmen. Aber das kann ich nicht. Ich glaube an unsere Arbeit. Du weißt, daß ich daran glaube und mein Möglichstes tue. Aber jetzt habe ich etwas getan, das wirklich nicht gut für die Truppe ist. Ich habe eine Menge Ärger mitgebracht. Tut mir leid, Schatz.«

Jerry schwieg.

»Du bist doch nicht sauer auf mich, Jerry?«

»Nein, ich bin nicht sauer. Das kompliziert alles und bringt uns nicht weiter. Aber das Problem ist simpel, wenn man es simpel sein läßt. Für mich ist dein Bruder auch bloß wieder so ein Traumtänzer. Entweder er leistet seinen Beitrag, oder er fliegt raus.«

Sie sagte nichts.

»Wir schmeißen jedes Jahr Leute aus der Truppe raus. Das ist zwar häßlich, aber so was kommt vor. Falls es deinem Bruder passiert, mußt du dich eben damit abfinden. Bringst du das für mich fertig?«

Sie nickte zögernd. »Ich glaube, ja …«

Das brachte ihr einen von Jerrys berühmten Blicken ein. »Du solltest mir besser gleich sagen, ob du das schaffst. Falls nicht, dann wäre es für uns alle am besten, wenn ich ihn gleich rausschmeiße.«

»Also gut«, sagte sie rasch. »Ich schaff's, Jerry.«

»Vielleicht steht Alex ja seinen Mann. Wir werden ihm die Chance dazu geben.« Jerry stand auf, nahm den Helm in die Linke und ließ ihn an einem Riemen herunterbaumeln.

Jane erhob sich ebenfalls. »Ich bin nicht sonderlich optimistisch, aber vielleicht schafft er's ja, Jerry. Wenn du ihn ein bißchen unter deine Fittiche nimmst.«

Jerry nickte. Er schwang den Helm am Riemen hoch und fing ihn mit der anderen Hand auf. »Ich bin froh, daß du wieder da bist. Du hast dir einen guten Zeitpunkt ausgesucht. Morgen kann dein kleiner Bruder was erleben. Da geht's entlang der Trockengrenze von hier bis Anadarko los.«

»Phantastisch! Endlich!« Jane sprang mit einem Satz auf. »Ein megaschwerer?«

»Kein F-6, aber die mittlere Strömung hat einiges Potential. Wir werden Zacken jagen.«

»Das ist super!« Sie lachte laut auf.

Im Eingang der Jurte tauchte ein Schatten auf. Es war Rudy Martinez, der Mann aus der Werkstatt. Rudy stand verlegen da, anscheinend bedauerte er die Störung. Jane schenkte ihm ihr strahlendstes Lächeln, sie wollte ihm mitteilen, daß das Leben weiterging, daß die Truppe weiterzog, daß sie einen weiteren Trumpf im Ärmel hatte.

Jerry nickte. »Was gibt's, Rudy?«

Rudy räusperte sich. »Tune gerade alles für die Jagd… Was ist eigentlich mit dem Defekt in Charlies rechter Vordernabe?«

»Ach, verdammt«, sagte Jane. »Mist, Mist, Mist… Los, komm, Rudy, das kriegen wir schon hin. Schauen wir's uns mal an.«

Alex saß in einer wabbligen Plastikbadewanne und hatte einen tropfenden Schwamm auf dem Kopf. Er befand sich hinten in der Hangar-Jurte, wo Peter und

Rick ihn hingeschleppt hatten, nachdem sie ihn vom Sitz des Ultralight losgeschnallt hatten, in dem er bewußtlos hing.

Bussard, durch den VR-Helm von allen weltlichen Dingen losgelöst, hockte mitten in der Jurte auf einem Kissen. Systematisch testete er die Ornithopter zur Vorbereitung auf die bevorstehende Jagd bei unterschiedlichen Geschwindigkeiten.

Carol Cooper saß in der Nähe der Wanne auf dem Boden, damit beschäftigt, ein Paar Handgelenkschützer aus gegerbtem Hirschleder zu nähen.

»Könnte ich vielleicht noch etwas Wasser haben?« fragte Alex. »Vielleicht ein paar hundert Kubikzentimeterchen?«

Carol schnaubte. »Mann, du kannst verdammt froh sein, daß du überhaupt was bekommen hast. Meistens waschen wir uns hier mit ungefähr vier Eßlöffeln voll. Das heißt, falls wir uns überhaupt waschen.«

Ein Trouper in hellgelber Katastropheneinsatzkleidung betrat die Jurte, machte einen Bogen um den selbstvergessenen Bussard und reichte Carol eine Plastikspritzflasche und einen Pappkarton mit antiseptischen Handschuhen. »Ich bringe dir das Desinfektionsmittel.«

»Danke, Ed.« Carol zögerte. »Das ist Alex.«

»Hallo«, meinte Alex zurückhaltend.

Ed bedachte Alex wortlos mit einem taxierenden Blick, dann nickte er einmal kurz und ging wieder hinaus.

Alex nahm den Schwamm vom Kopf und betupfte sich damit die Achselhöhlen. »Wie ich sehe, steht die Intimsphäre bei euch hoch im Kurs.«

»Ed ist Arzt«, erklärte Carol. »Er hat dich eben schon untersucht, als du noch flach lagst und über und über mit Kotze bedeckt warst.« Carol verglich den ledernen Ausschnitt mit der Vorlage auf dem Bildschirm ihres Laptops, dann schnipselte sie mit dem Schneidstift noch ein Eckchen ab. »Beim Lagerleben kommt die Intimsphäre immer zu kurz. Wenn wir mal Lust auf Sex haben oder so, dann stehlen wir uns in eins der Wigwams und räumen das Gerümpel beiseite. Wenn man will, kann man auch bis hinter den Horizont fahren und eine Decke über einen Kaktus breiten.« Carol legte die Näharbeit beiseite und hob die Spritzflasche. »Geht's dir jetzt wieder besser, Alex?«

»Yeah. Glaub schon.«

»Und du wirst auch nicht wieder ohnmächtig werden?«

»Ich bin nicht ›ohnmächtig geworden‹«, erklärte Alex würdevoll. »Ich habe mich bloß auf die Erfahrung eingelassen, das war alles.«

Carol äußerte sich nicht dazu. »Dieses Zeug ist ein starkes Desinfektionsmittel«, sagte sie. »Ist so 'ne Art Entlausungsprozedur. Seitdem hier mal ein Staphylokokkenträger aufgetaucht ist und uns schlimme Geschwüre verpaßt hat, muß sich der jeder Kandidat unterziehen.«

Alex nickte. »Ich hatte schon mal Staph-Geschwüre.«

»Aber die Art Staph bestimmt nicht; das war wie eine der ägyptischen Plagen.«

»Ich hatte mal die guatemaltekischen Staph IVa«, meinte Alex. »Von den ägyptischen Plagen hab ich noch nie was gehört.«

Carol schaute ihn eine Weile nachdenklich an, dann zuckte sie die Achseln und wechselte das Thema. »Ich muß dich mit dem Zeug abwaschen. Es brennt ein bißchen.«

»Ah, gut!« sagte Alex und setzte sich gerader hin. Der Wanneneinsatz flappte im dünnen Metallgestell, und die jämmerliche Wasserlache am Boden bemühte sich nach Kräften, zu schwappen. »Weißte, Carol, es ist wirklich nett von dir, daß du dir soviel Zeit für mich nimmst.«

»Schon gut, Mann. Schließlich trifft man nicht alle Tage jemanden, dessen Kotze blau ist.« Sie zögerte. »Habe ich schon erwähnt, daß du noch den Helm saubermachen mußt?«

»Nein, das hast du nicht erwähnt. Aber sonderlich überraschen tut mich das nicht.«

Carol riß die Schachtel auf, nahm ein Paar dünner Plastikhandschuhe heraus und zog sie an. »Anfangs brennt das Zeug ein bißchen, aber keine Angst. Du darfst es bloß nicht in die Augen bringen. Schleimhäute greift es ziemlich stark an.«

»Hör auf, dich zu entschuldigen, und gieß es einfach auf den Scheißschwamm«, sagte Alex und hielt ihn ihr hin.

Carol tränkte den Schwamm mit dem Inhalt der Spritzflasche und goß den Rest in die Wanne. Alex begann sich abzuschrubben. Das seifige Gebräu war gar nicht so schlecht – ein widerlicher medizinischer Pfefferminzgeruch ging davon aus.

Dann fraß es sich allmählich in die Haut.

Alex biß mit tränenden Augen die Zähne zusammen, gab aber keinen Mucks von sich.

Carol beobachtete ihn mit einer interessanten Mischung aus Mitgefühl und unverhohlenem Vergnügen. »Verwandtschaft läßt sich nicht leugnen, stimmt's, Alex? Ich schwör dir, deine Schwester hat genauso geguckt. Mach die Augen zu, dann wasch ich dir Kopf und Rücken.«

Nach einer Weile hörte das scharfe Brennen des Desinfektionsmittels unter Carols gleichmäßigem Schrubben und in der blutfarbenen Dunkelheit seiner geschlossenen Augenlider auf, und er kam sich vor wie ein Kleidungsstück, das gewaschen, gespült und ein wenig allzu drastisch gebleicht wurde. Das Desinfektionsmittel hatte eine eigenartige Wirkung auf den verklebten Schweiß, den Talg und die Schuppen an seinen Haarwurzeln. Riesige Kolonien körpereigener

Bakterien gingen unter mikroskopischen Qualen zugrunde.

Carol genehmigte ihm anschließend noch ein paar Tropfen sauberen Wassers, genug, um sich das Haar zu spülen und die Augen auszuwaschen. Jetzt war er mehr als sauber. Er war sauberer, als ihm lieb war. Er war verbrannte, rauchende Erde.

Juanita wählte ausgerechnet diesen Moment, um Hals über Kopf in die Jurte zu stürmen, in Stiefeln, Shorts, T-Shirt und großen, schmutzigen Arbeitshandschuhen, mit zusammengebissenen Zähnen, das Haar mit einem Taschentuch verknotet. In vollem Lauf sprang sie über die Glasfaser-Stolperdrähte von Bussards vernetzten Laptops hinweg. »Alex!« schrie sie. »Alles in Ordnung?«

Er blickte milde hoch. »Hast du das Handtuch dabei?«

»Ich hab gehört, diese Schufte hätten dich solange Loopings fliegen lassen, bis du bewußtlos geworden bist!« Vor der Badewanne kam sie abrupt zum Stehen. Sie schaute Carol an, dann wieder Alex. »Stimmt das?«

»Ich mag den Ultralight«, meinte Alex. »Interessante Dinger. Verschwinde aus meinem Bad.«

Carol brach in Gelächter aus. »Dem geht's gut, Jane.«

»Also, das hätten sie nicht tun dürfen! Wenn sie dir was getan hätten, dann hätte ich… na ja, du hättest ihnen sagen sollen, daß du auf keinen Fall…« Sie brach unvermittelt ab. »Scheiße! Ist ja jetzt auch egal. Wir müssen Stürme jagen. Wir müssen die Geräte kalibrieren.« Sie schlug sich mit einem der Arbeitshandschuhe an die schweißnasse Stirn. »Vergiß es… Alex, tu mir den Gefallen und versuch mal, für zehn gottverdammte Minuten keinen Ärger zu machen, okay?«

»Ich hab doch nur gemacht, was du mir geraten hast«, erklärte Alex erschöpft. »Können wir nicht darüber reden, während *du* ein Bad nimmst?«

»Alex, du machst mich noch rasend!« Juanita starrte ihn an. »Wenigstens scheint alles mit dir in Ordnung zu sein, hm? Weißt du, du siehst eigentlich gar nicht so schlecht aus! Du wirkst noch ein bißchen blaß und angegriffen, aber sauber gefällst du mir viel besser.«

Alex wechselte erbost ins Spanische über, das sie in ihrer Kindheit zu Hause gesprochen hatten. *»Hör mal, alle Welt wird glücklicher sein, wenn du mir vom Leibe bleibst und mich in Ruhe läßt!«*

Juanita wirkte überrascht. »Was? Beruhig dich.« Sie schüttelte den Kopf. »Okay, hab schon kapiert. Gut, ich gehe. Wie du willst.« Sie wandte sich mit finsterem Gesicht an Carol. »Peter und Rick! Für die beiden werd ich mir was Besonderes ausdenken.«

Carol schürzte die Lippen. »Sei lieb, Janey.«

»Ja, klar, schon gut.« Juanita ging hinaus.

Alex wartete, bis seine Schwester außer Hörweite war. »Viel verändert hat sie sich ja nicht«, sagte er dann. »Wie haltet ihr bloß diese Scheiße aus?«

»Ach, für uns ist sie ein Gewinn«, versicherte ihm Carol. »Ich mag Jane! Ich mochte sie sogar schon, als sie hier in dieser beschissenen Limousine aufgekreuzt ist! Ich steh auf deine Schwester.«

»Hm«, machte Alex. »Wenn du das so sehen willst, ist das wohl deine Sache.« Er säuberte sich die Arme, dann blickte er sich in der Jurte um. »Wie lange dauert's eigentlich, bis man den demütigen Kandidaten bei euch richtige Klamotten gibt?«

»Also, das ist *deine* Ansicht, Mann. Vielleicht laß ich mich ja überreden, dir einen Papieranzug zusammenzukleistern, der dir 'n bißchen besser paßt.« Carol zuckte die Achseln. »Aber dafür bist du mir was schuldig. Worauf stehst du?«

»Wie meinst du das?«

»Ich meine, auf welchem Gebiet bist du Experte?«

Alex überlegte. »Na ja, ich bin ziemlich gut darin, mit Kreditkarten komisches Zeugs zu bestellen. Das heißt, wenn ich 'ne verschlüsselte Telefonverbindung kriege.«

Carol kniff die Augen zusammen. »Ui.«

Charlies Schaden hielt sich in Grenzen. Ihm fehlte das, was man in dem Gewerbe als ›Gemüseklemmer‹ bezeichnete. Ein dünner Zweig westtexanischer Wilder Rose hatte sich bis in die Fulleren-Schmiere der rechten Vorderachse vorgearbeitet und war dort zu einer Masse aus verbranntem Karamel verflüssigt worden. Jane ging eine Weile Greg und Rudy zur Hand, kletterte auf Charlie hinauf und wieder herunter, unterzog Baker, das ältere Jagdfahrzeug, einem Diagnosecheck und hätschelte ein wenig Able, den dinosaurierhaften Strandbuggy mit Alkoholantrieb. Doch die Uhr tickte, während sich die beiden erfahrenen Mechaniker allmählich zu den komplizierteren Fehlern vorarbeiteten, und irgendwann spürte sie, daß deren Geduld mit ihrem Dilettantismus nachließ.

Jane beschäftigte sich daraufhin eine Zeitlang mit dem Wartungskoloß, eine der strohdummen Maschinen, mit denen der Bundesstaat Texas seine Straßen instandhielt. Manchmal verdienten die Trouper ein wenig Geld damit, daß sie die kaputten Staatsroboter reparierten, außerdem hielten sie damit die Deputies des Sheriffs und die Texas Ranger bei Laune. Hier in Westtexas waren die Reparaturhöfe äußerst dünn gesät, obendrein hegten die Einheimischen aus irgendeinem Grund anscheinend eine Vorliebe für klobige Highway-Maschinen. Den Koloß in der Werkstatt hatte eine Salve aus einer Jagdbüchse von seinem Elend erlöst.

Jane befolgte etwa eine Stunde lang die Reparaturanweisungen eines staatlichen Online-Expertensystems und führte Carols Schweiß- und Klebarbeiten fort, bis sie auf ein Kabelgewirr stieß, dem sie nicht gewachsen war.

Sie trat aus der Werkstattjurte. Der Wind hatte bereits

zugenommen und verwirbelte den Mesquitrauch, der aus dem Abzugsloch im Kuppeldach der Küche quoll. Nun, da es auf den Abend zuging, hatte der trockene Wind aus dem kontinentalen Hochland die morgendlichen Kumuluswolken in ausgedörrte Fetzen zerrissen – die Trockengrenze drängte ostwärts.

Jane betrat die Kommandojurte – von Jerry nichts zu sehen – und wandte sich zum Nebenzelt zur Linken, das Kommunikationsbüro.

Sie nahm den unbenutzten Laptop zwischen den behelmten Köpfen von Mickey Kiehl, dem Netzwerk-Sysadministrator der Truppe, und Sam Moncrieff, Jerrys Meteorologie-Schüler. Zunächst loggte sie sich in das truppeneigene lokale Netz ein, dann in das bundesstaatliche SESAME-Netz.

Als erstes ein rascher Blick aufs Satellitenbild. Es sah äußerst vielversprechend aus. Texas war zur Hälfte vom typischen Frühlingsschwall feucht-stickiger Stratuswolken aus dem Golf von Mexiko überschwemmt.

Sie scrollte nordwärts. Bis jetzt sah es nicht danach aus, als ob 2031 ein El-Niño-Jahr werden würde, was in letzter Zeit nur noch selten vorkam. Der hohe, mittelkontinentale Jetstream zeigte sich mehr oder weniger von seiner gemäßigten Seite und stellte nur ein paar seltsame Verrenkungen am Rand der Kaltfront über Iowa an.

Jane wechselte vom Satellitenbild zum Komplex der am Boden stationierten Doppler-Lidars über. Sie sah sogleich, was Jerry mit dem mittelhohen lokalen Luftstrom gemeint hatte. Am Rande der träge übergreifenden Feuchtigkeit befand sich ein großes, flaches Band von Auswurf; um San Antonio herum zerhackte es die vordringenden Stratuswolken zu Walzenmessern.

Aus dem Lautsprecher des Laptops ertönte Mickeys Stimme. »Was meinst du, Jane?«

Sie schaute zu Mickey hinüber. Mickey saß auf dem

Teppich und fuchtelte mit den behandschuhten Händen in der Luft herum, Kopf und Gesicht unter seinem persönlichen VR-Helm verborgen. Das abblätternde Helmlogo stellte eine Spottdrossel dar, die auf einem Blitzstrahl saß. Auf einmal kam es Jane ein wenig seltsam vor, daß sich jemand, der nur drei Schritte von ihr entfernt saß, über eine glasfaseroptische Netzwerkverbindung an sie wandte, obwohl er ebensogut das Visier hätte hochklappen und mit ihr reden können. Aber so war Mickey eben.

Sie klickte sich geduldig durch drei Ebenen von Pull-down-Menüs in den Chat-Modus und beugte sich auf das bescheuerte kleine Mikrofon des Laptops hinunter. »Also, Mickey, ich glaube, wenn die mittelhohe lokale Strömung auf die Trockengrenze prallt, wird's ganz schön hoch hergehen.«

»Ich auch«, sagte Mickey mit blecherner Stimme. Die Akustik innerhalb des Helms war wie auf dem Boden eines Fasses. »Gehst du morgen auf Jagd?«

»Klar geh ich, Mann, ich übernehme doch immer die Verfolgung!«

»Südlich von Paducah sind zwei Relais von SESAME ausgefallen, daher müssen wir die Übertragung entweder umleiten oder unser eigenes Relais aufstellen.«

»Mist«, sagte Jane. »Ich hasse diese bescheuerten Vandalen!« Sie blickte auf den Bildschirm des Laptops. »Also, mir scheint jedenfalls, es wird ein gutes Stück südlich von Paducah losgehen. Was meinst du, Sam?«

Sam Moncrieff hob das Visier und blickte sie völlig verwirrt an. »Hä? Hast du gerade eben was gesagt?«

Sie zögerte. »Ja, hab ich. Wo wird's losgehen?«

Sam beschrieb mit der Hand drei Kreise in der Luft, stach einmal mit dem Zeigefinger zu. »Stonewall County. Wumm!«

»Verdammt dicht über uns«, sagte Jane.

Sams sommersprossiges Gesicht strahlte vor Zufriedenheit. »Jerry tippt nicht oft daneben.« Er ließ das Visier wieder zuschnappen.

Die truppeneigene Software machte Jane im lokalen Netz ausfindig und sich selbst bemerkbar. Jane war ziemlich stolz auf diese Software. Es war die einzige Gruppensoftware, die sie jemals installiert hatte – ja, die einzige überhaupt –, die tatsächlich funktionierte, in dem Sinne, daß sie der Gruppe wirklich half, anstatt die User in den Wahnsinn zu treiben. Unglücklicherweise war das Programm Kryptware – es verschlüsselte sich automatisch jeden gottverdammten Monat und mußte bezahlt werden, bevor es wieder lesbar wurde –, aber sie bezahlte die Leasinggebühr aus eigener Tasche, obwohl ihr die archaische Notwendigkeit, für ein Programm gutes Geld bezahlen zu müssen, völlig gegen den Strich ging.

Jane klickte das Programm mehrmals an. Es öffnete sich. Auf dem Bildschirm erschienen Jerrys Anweisungen.

Kalibrierung heute 2100 HQ-Jurte

11. März 2031
ABLE: Greg Foulkes, Carol Cooper
BAKER: Rudy Martinez, Jane Unger
AERODROMTRUCK: Boswell Harvey, Martha Madronich, Alex Unger
RADARBUS: Peter Vierling, Joanne Lessard
NAVIGATION, NACHSCHUBJEEPS: Joe Brasseur
RESERVETEAM: Ellen Mae Lankton, Ed Dunnebecke, Jeff Lowe
NETZWERKKOORD: Mickey Kiehl
NOWCASTER: Jerry Mulcahey

Das ABLE-Team bricht um 0630 auf, stellt entlang Unwetterverlauf Monitore auf und deckt Nordflanke ab. Der RADARBUS startet um 0700, stellt Drachenrelais auf und deckt das Kaff Paducah rund ums SESAME-Netz ab. BAKER startet um 0800 und kümmert sich den Vormittag über um die Masten an der linken Flanke. AERODROM startet hinter Trockengrenze um 0900 und kümmert sich um Düppelstart und VR-Ornithopter. Charlie startet gegen 1200 und kümmert sich um Sekundär-Übertragungsmasten.

Also fuhr sie mit Rick. Wie reizend. Wie es aussah, würde man Alex hinten im Aerodromtruck verstauen. Falls Alex meinte, Kunstflug im Ultralight sei eine haarige Sache, würde ihn Bussard schon noch eines Besseren belehren, wenn er auf die Tube drückte und ihn mit dem Ornithopter über VR in den Kern hineinschickte …

Janes Laptop gab ein blechernes Klingeln von sich. Sam und Mickey rissen sich gleichzeitig die VR-Helme vom Kopf. »*Verdammt* noch mal!« sagte Mickey und rieb sich die Ohren. »Das sollte sie besser mal bleiben lassen!«

Sam stand mit belämmertem Gesichtsausdruck auf. »Wenn Ellen Mae möchte, daß man essen kommt, dann sollte man schleunigst die VR verlassen und essen gehen, mehr kann man dazu nicht sagen.«

»Mir wär's lieber, sie würde was anderes nehmen als 'ne Bohrfutter-Triangel von fünfzig Dezibel, Mann.«

Jane lächelte still vor sich hin. Es machte Spaß, für die gute alte Ellen Mae ein bißchen im Netz herumzuspielen.

Alex arbeitete sich über fünf Ebenen eines komplizierten Alptraums empor und stellte fest, daß ihn jemand in die Rippen knuffte. Er blickte eine Weile völlig benommen in die sich verjüngende Spitze des Wigwams

DRITTES KAPITEL

hinauf, dann faßte er eine schlaksige junge Frau ins Auge, die neben seinem Schlafsack stand.

»Hey, Pillenfreak«, sagte sie. Sie hatte eine schmale Nase und leuchtende Augen und war mit einer ärmellosen Jacke mit vielen Taschen und Jeans bekleidet.

»Ja«, krächzte Alex. »Hi.«

»Ich bin Martha, erinnerst du dich? Du bist unserem Jagdteam zugeteilt. Steh auf, Mann!«

»Stimmt«, murmelte er. »Wo ist hier die Sauna?«

Martha lächelte schwach. Sie streckte den langen Arm aus – die Fingerspitzen waren schwarz lackiert. »Die Latrinen sind dort drüben.« Der Arm schwenkte herum, wie eine Kompaßnadel. »Der Laster wird noch von der Solaranlage aufgeladen. Du hast zehn Minuten Zeit.« Sie ging hinaus und ließ die Eingangsklappe des Wigwams offen, so daß boshafter Sonnenschein hereindrang.

Alex setzte sich auf. Er hatte die ganze Nacht nackt in einem gepolsterten Stoffsack auf einer großen, runden Bubblepak-Matte geschlafen. Der Schlafsack war alt, staubig und zerrissen, und Alex war sich ziemlich sicher, daß zwei Personen von zweifelhafter Sauberkeit ausgiebig darin gevögelt hatten. Was den Bubblepak anging, so genoß er bei den Storm Troupern offenbar geradezu religiöse Verehrung. Nach allem, was er bislang gesehen hatte, verbrachten die Trouper ihr halbes Leben liegend, sitzend und schlafend auf teppichbedecktem Bubblepak aus kondomdünner, aber lederartig zäher, luftgefüllter Transparentfolie. Bubblepak war eines der wesentlichen Elemente ihres Nomandenkosmos: Bubblepak, Papier und Stangen; Chips, Kabel & Daten; Wind, Wolken & Staub. Soeben hatte er die Nacht in einem Zeltkegel aus polymerisiertem, recyceltem Zeitungspapier verbracht, ein Gebilde aus Papier, Stangen und Schnur, wie die Sachen, die Kinder mit Schere und Karton bastelten.

Alex stand langsam auf. Seine Knie zitterten, und Arme und Rücken taten ihm weh; das Rückgrat kam ihm vor, als bestünde es aus aufeinandergestapelten hölzernen Serviettenringen. Am Kopf hatte er eine kleinere Beule. Er konnte sich nicht mehr erinnern, wo er sie abbekommen hatte.

Die Lunge fühlte sich jedoch gut an. Seine Lunge fühlte sich sogar sehr gut an, erstaunlich gut. Er atmete. Und nur darauf kam es an. Zum ersten Mal seit mindestens einem Jahr hatte er eine ganze Nacht ohne Hustenanfall überstanden.

Woraus das üble Zeug, das man ihm in die Lunge gespritzt hatte, auch bestehen mochte, und ganz gleich, welche irregeleiteten Quacksalber dem Personal der *clinica* auch angehören mochten, die Behandlung hatte zweifelsfrei angeschlagen. Die Gerüchte, von denen er sich hatte leiten lassen, stimmten also; die Hurensöhne in Nuevo Laredo hatten etwas Praktikables vorzuweisen. Er war nicht geheilt – er wußte sehr wohl, daß er nicht geheilt war, er spürte die tief in seinen Knochen lauernden, nur vorübergehend gedämpften Krankheitsreservoirs –, aber es ging ihm jetzt erheblich besser. Man hatte ihn zusammengeflickt, wieder hochgepäppelt und auf die Beine gestellt. Seine Schwester hatte ihn gerade zur rechten Zeit entführt.

Alex lachte laut heraus. Er hatte neue Kräfte gesammelt; er war wieder auf dem Damm. Das war ihm nur recht; aber es war auch sehr seltsam.

Alex hatte auch schon früher Anfälle von Gesundheit gehabt. Der längste hatte volle zehn Monate gedauert. Damals war er siebzehn gewesen, seine Lebensweise war für eine Weile vollständig umgekrempelt worden, und er hatte sogar erwogen, zu studieren. Dieser kleine Traum war jedoch zerplatzt wie eine Blutblase, als der Fluch der Krankheit wieder seine Fischhaken in ihn senkte und ihn japsend in seine gewohnte Welt der Untersuchungen, Injektionen und Biopsien und aufs Krankenlager zurückwarf.

Die letzte Krankheitsperiode war mit Abstand die schlimmste gewesen, jedenfalls seit er dem Säuglingsalter entwachsen war. Mit achtzehn Monaten wäre er bei einem Hustenanfall beinahe erstickt. Alex konnte sich daran natürlich nicht erinnern, aber seine Eltern hatten ihn während der Krise vierundzwanzig Stunden am Tag mittels Video überwacht. Alex hatte die Bänder später entdeckt und sie eingehend betrachtet.

Im grellen, gnadenlosen Licht des texanischen Morgens stand Alex nackt neben seinem zerknautschten Schlafsack und betrachtete sich mit so großer Sorgfalt und Klarheit wie schon lange nicht mehr.

Er war mehr als mager; er war ausgezehrt, eine

Drahtpuppe, nichts als Haut und Knochen. Er war so gut wie hinüber. Er war nachlässig und leichtsinnig gewesen.

Leichtsinnig – weil er nicht mehr daran geglaubt hatte, daß er je wieder aus dem Schattenreich auftauchen werde. Diesmal nicht. Die *clínica* war seine letzte Hoffnung gewesen, und ihretwegen hatte er alle Bande zur Familie und deren Vermittlern durchtrennt. Er war mit aller Entschlossenheit, die er hatte aufbringen können, in den Untergrund gegangen – so tief in den Untergrund, daß er keine Augen mehr gebraucht hatte, in die Art von stockfinsterem Untergrund, der gleichbedeutend war mit einem Grab. Der Versuch mit der *clínica* war lediglich eine Pflichtübung gewesen. In Wahrheit hatte er die letzten paar Wochen, die seinem verbrauchten Körper vor dem Gnadenschuß noch gegeben waren, in aller Stille herumbringen wollen.

Doch nun schien es so, als werde er weiterleben. Irgendwie und wider alle Erwartung hatte er noch einmal einen Aufschub bekommen. Das war nichts, worauf man sich allzusehr verlassen konnte, aber es war alles, was er hatte; und wenn es eine Weile vorhielt, dann könnte er die Zeit jedenfalls nutzen.

Das Camp der Trouper würde ihm vielleicht gut tun. Die Luft der High Plains war dünn und trocken, irgendwie sauberer und leichter zu atmen.

Besonders begeistert war Alex vom Sauerstofftank der Truppe. Die meisten Ärzte, mit denen er zu tun gehabt hatte, hatten seine Gewohnheit, reinen Sauerstoff zu schnüffeln, mit Argwohn betrachtet. Die Trouper aber waren keine Ärzte, sondern ein Haufen fanatischer Hinterwäldler mit einem erfrischenden Mangel an Umgangsformen, und der Sauerstoff war wundervoll gewesen.

Alex stieg eilig in den weiten Papieranzug und schloß den Reißverschluß bis zum Hals. Sollte die

Drahtpuppe ruhig in diesem großen, papierenen Puppenkostüm verschwinden. Die Trouper würden keine Lust haben, sich mit seinen Krankheiten zu beschäftigen. Sie machten keinen blutrünstigen oder sadistischen Eindruck auf ihn; ihnen fehlte die kriminelle, raubtierhafte Ausstrahlung, der er so oft bei Schwarzmarkthändlern begegnet war. Allerdings hatten die Trouper den steinernen Blick von Leuten, die an den Tod und ans Töten bis zum Überdruß gewöhnt waren; sie waren Jäger, Rancher, Schlächter. Leute, die einen Kick suchten. Euthanasie-Fans.

Alex zog die neuen Schuhe an – die Plastiksohlen waren die gleichen wie tags zuvor, bloß besser an seine Fußform angepaßt, mit einem verklebten Oberteil aus Papier, einer Papierzunge und mehreren verstärkten Löchern für die Schnürsenkel. Wenn man nicht allzu genau hinsah, waren Carol Coopers Erzeugnisse beinahe richtige Kleidungsstücke.

Alex wankte blinzelnd durchs Lager und spähte ins Latrinenzelt. Die sanitären Einrichtungen der Truppe hätten nicht einfacher sein können; zwei Meter tief in den steinigen Boden getriebene Löcher, darüber ein kleiner Campinghocker ohne Sitzfläche zum Draufsitzen. Nach längerem Bemühen stand Alex auf, rückte den Scheißhocker wieder zurecht und hielt Ausschau nach dem Aerodromtruck.

Bussards und Marthas Telepräsenz-Jagdlaster war ein langer, weißer, ausladender Hardtop, der mit allen möglichen Antennen gespickt war. Am Dach war eine Radarantenne befestigt, geschützt mit einer schneeweißen Plastikhaube. Bussard gab gerade den Batterien mit Strom aus den Solarzellen die letzte Portion; Martha Madronich hatte die Doppeltür am Heck geöffnet und verstaute einen zusammengefalteten Ornithopter in einem Wandregal.

»Gibt's hier irgendwo Wasser?« fragte Alex.

Martha kam aus dem Laster heraus und reichte

Alex eine Feldflasche aus Plastik und einen Pappbecher. Martha humpelte leicht, und zum erstenmal bemerkte Alex, daß sie einen künstlichen Fuß hatte, eine weiche, fleischfarbene Prothese mit zierlichen kleinen Gelenken an Knöcheln und Zehen, die in einem schwarzen Balettschuh steckte.

Sorgsam darauf bedacht, mit dem Pappbecher nicht gegen Marthas möglicherweise ansteckende Feldflasche zu stoßen, schenkte Alex sich Wasser ein und stürzte es gierig hinunter. »Nicht so viel«, ermahnte sie ihn.

Er reichte ihr die Feldflasche zurück, und sie gab ihm ein Gericht aus zerkleinertem Wildbret und Maismehl. »Frühstück.« Alex mampfte das Hackfleisch aus gebackenem Rehherz, Rehleber und Teig, wobei er langsam den Laster umkreiste. Vorne hatte der Laster zwei Schalensitze, vom Stoffdach baumelten mit Klettverschlüssen befestigte Kopfhörer und Schutzbrillen herunter, außerdem war am Armaturenbrett ein eindrucksvolles Arsenal von technischen Geräten festgeschraubt, darunter Funkgerät, Radar, ein Hochfrequenzempfänger und Telefon.

»Wo sitze ich?« fragte er.

Martha deutete auf ein winziges Plätzchen, das sie auf der Ladefläche freigeräumt hatte, ein höhlenartiger Winkel inmitten verstauter Ausrüstungsgegenstände: Matchbeutel, zwei Werkzeugkästen aus Plastik, drei Bündel festgezurrter Spieren.

»Ja, klar«, meinte Alex. »Richtig luxuriös.«

Martha schniefte und fuhr sich mit den mageren Händen durchs schwarzgefärbte Haar. »Wir geben dir eine Unterlage aus Bubblepak, du wirst schon klarkommen. Die harte Tour ist nicht unser Ding. Wir von der Telepräsenz halten uns lieber dicht beim Highway.«

»Wenn wir an dem Düppelbeutel ziehen, mußt du beiseiterücken«, warnte ihn Bussard.

Alex brummte etwas. Bussard rollte eine flache Bubblepak-Unterlage aus, schloß sie an eine faustgroße batteriebetriebene Luftpumpe an und blies sie, begleitet von Zischen und Knistern, auf.

Martha stopfte das Bubblepak fürsorglich in das Loch, dann kletterte sie rückwärts aus dem Wagen. Alex' billiges Uhrenarmband gab ein lautes Stundensignal von sich.

»Bist du denn nicht kalibriert?« fragte sie.

»Bedaure, nein.« Alex hob die Hand. »Ich wußte nicht, wie man die Uhr einstellt. Außerdem ist es ja sowieso kein richtiges Trouper-Armband wie eures, sondern der billige Ersatz eines Möchtegern-Troupers, den mir meine Schwester gegeben hat.«

Martha seufzte erschöpft. »Dann benutz eben die Uhr vom Laptop. Steig ein, Mann, die Zeit ist knapp.« Sie und Bussard kletterten vorne in den Wagen.

Der Truck wandte sich bergab, erreichte den Highway und schlug die Richtung nach Norden ein. Er fuhr von allein und war sehr leise. Abgesehen vom Wispern der Räder auf dem Asphalt war das lauteste Geräusch im Wagen das Knistern von Alex' Bubblepak und das Rascheln seines Papieranzugs, als er mit den Ellbogen Beutel beseitestieß und sich niederließ.

»He, Pillenfreak!« sagte Bussard auf einmal. »Hat dir der Ultralight gefallen?«

»Phantastisch!« versicherte Alex. »Als ich dir und deiner Maschine begegnet bin, hab ich erst angefangen zu leben, Boswell.«

Bussard kicherte. »Ich hab doch *gewußt*, daß es dir gefallen würde, Mann.«

Alex entdeckte einen grauen Laptop unter Boswells Fahrersitz und zog ihn hervor. Er klappte ihn auf und plazierte die Zeitanzeige in der Ecke: 12. Mai 2031, 9:11:46 AM. Dann machte er sich daran, den Inhalt der Festplatte zu durchforsten. »He, Bussard, da ist ja die

Kongreßbibliothek drauf«, sagte er. »Nettes Maschinchen!«

»Das ist die Kongreßbibliothek von 2015«, meinte Bussard stolz.

»Tatsächlich?«

»Yeah, die Fassung, die unmittelbar nach der Datenverstaatlichung rauskam«, sagte Bussard. »Das ganze Online-Material! Der vollständige Datensatz, alles unverschlüsselt und ungekürzt! Nach den Einsprüchen hat man versucht, für einen Großteil von dem Zeug das Copyright zu erneuern, weißt du.«

»Yeah, als ob die Regierung es *danach* wieder hätte zurückkriegen können!« bemerkte Alex schniefend.

»Du würdest dich wundern, wie viele Hänger die Daten daraufhin zurückgegeben haben!« meinte Bussard vielsagend. »Die haben Cops losgeschickt, um das Zeug von Universitäten und so wieder einzutreiben... Mann, meine Kongreßbibliothek geb ich erst dann wieder her, *wenn man sie irgendwann meinen steifen Fingern entreißt!*«

»Wie ich sehe, hast du auch die Ausgabe von 2029.«

»Yeah, das meiste davon hab ich... in der 29er-Ausgabe gibt's 'ne Menge gute neue Sachen, aber an die klassische Ausgabe von 2015 kommt sie nicht heran. Ich weiß nicht, man kann über die Notstandsregierung sagen, was man will, aber was Public Domain anging, lag sie gar nicht so verkehrt.«

Alex öffnete die Bibliothek von 2015, aktivierte eine bildliche Darstellung der Datenbestände, klickte sich in der Cyberspace-Architektur wahllos durch drei fraktale Bedeutungsebenen und wählte aus purem Zufall einen kleinen cremefarbenen Würfel aus. Das Ding entfaltete sich wie eine Origami-Blume, und vor sich erblickte er die digitale True-Color-Replik eines illustrierten französischen Manuskripts aus dem zwölften Jahrhundert.

So war es eigentlich immer, wenn man mit der Bibliothek herumspielte. Er hatte sich schon häufiger mit der Bibliothek beschäftigt, damals, als er die Nase vom Kabelfernsehen gestrichen voll gehabt hatte, aber seiner Ansicht nach wurde dieser große, elektronische Buchstabenhaufen irgendwie überschätzt. Es gab arme Irre, deren gesamte Habseligkeiten in einer Papiertüte Platz fanden, aber sie besaßen einen billigen Laptop und einen größeren Brocken von der Bibliothek, und damit hockten sie in irgendeinem Loch, klickten darin herum und hoben ab und lasen irgendwelches Zeug und machten sich Anmerkungen dazu und Hypertext, und dann kamen sie mit einer pathetischen, wirren, verschrobenen, beknackten, paranoiden Theorie über ihr eigenes Schicksal und das der Welt wieder zum Vorschein … Die Bibliothek konnte es durchaus mit so manchen Drogen aufnehmen, wenn es darum ging, gescheite Leute in menschliche Wracks zu verwandeln.

Alex schaute gelangweilt vom Bildschirm hoch. »Und worauf stehst du so, Martha?«

»Ich stehe auf Drachen«, antwortete sie. »Auf Ballons, Düppel, Ultralights, Fallschirmdrachen … Aber Fallschirmspringen mache ich am liebsten. Ich steh auf Gebäudespringen.«

»Du stehst auf Gebäude*sprengen*, Martha?«

Sie fuhr auf dem Vordersitz herum und funkelte Alex an. »Keine Anschläge auf Gebäude, du Idiot! Gebäudesprünge! Ich jage nichts in die Luft! Ich klettere bloß irgendwo rauf, wenn der Wind günstig steht, und springe mit dem Fallschirm davon ab.«

»Oh. Hab's kapiert. Tut mir leid.« Alex dachte darüber nach. »Und wo springst du so runter, Martha?«

»Brücken sind schon gut«, meinte sie und entspannte sich ein wenig. »Berge sind klasse. Wolkenkratzer sind megacool, aber da hat man's mit dem privaten Sicherheitsdienst, blöden Stadtbullen und vorschriftshörigen Normalos und so zu tun … Am coolsten sind richtig hohe Sendemasten.«

»Ach, ja?«

»Ja, ich mag die richtig großen, alten, die ohne Stützdiamant.« Sie zögerte. »Dabei habe ich meinen Fuß verloren.«

»Oh. Ach ja. Okay.« Alex nickte mehrmals hintereinander. »Und wie bist du Storm Trouper geworden?«

Martha schüttelte den Kopf. »Ich gebe dir einen Rat, Kleiner. Das solltest du nie jemanden fragen.«

Kein Problem. Alex wandte sich wieder dem Laptop-Bildschirm zu.

Sie fuhren weiter. Etwa alle zehn Minuten hielten Bussard und Martha an und tauschten mit dem Basislager lakonische Meldungen aus, besprachen sich mit Greg und Carol im Strandbuggy oder übermittelten Peter und Joanne, die mit dem Radarbus unterwegs waren, eine kurze Bemerkung. Der ganze Funkverkehr spielte sich in Kürzeln, Insider-Witzen und Fachausdrücken ab. Hin und wieder kritzelte Martha etwas mit Wachsstift auf die Windschutzscheibe. Als Alex' Armbanduhr abermals piepste, nahm sie sie ihm ab, stellte sie energisch um und gab sie ihm zurück.

Nach einer guten Stunde holte Bussard einen langen Streifen Dörrfleisch hervor und nagte eifrig daran herum. Martha machte sich über ein kleines Säckchen mit gesalzenen Sonnenblumenkernen her und spuckte die ausgekauten Hülsen durchs halboffene Fenster. Alex hatte einen starken Magen – er konnte während der Fahrt Text von einem Laptop ablesen, ohne daß er Kopfschmerzen bekam oder daß ihm übel wurde –, doch als er das mitansehen mußte, schlug er Laptop und Augen zu und versuchte, ein wenig zu schlafen.

Eine Weile döste er, dann fiel er unerwartet rasch und heftig in einen tiefen, heilsamen Schlaf. Auf einmal entstieg den Tiefen seines Kreislaufs soviel REM-Schlaf, wie sonst während eines ganzen Monats unter

Narkose nicht, und übernahm die Kontrolle über seine Lungenlappen. Glitzerndes Traumlametta wirbelte vor seinem inneren Auge vorbei, hyperaktive Visionen von Licht und Luft und Schwerelosigkeit …

Alex erwachte jäh und bemerkte, daß der Wagen angehalten hatte.

Er setzte sich langsam in seiner Bubblepak-Koje auf, dann kletterte er durch die offene Hecktür in den flirrenden, blendenden vormittäglichen Sonnenschein hinaus. Die Trouper waren vom Highway abgebogen und hatten sich über eine wenig befahrene Sandpiste bis zur Kuppe eines flachen Hügels vorgearbeitet. Der Hügel bestand aus Kalkstein, wie es für diese Gegend typisch war; ein buschbewachsener Höcker in der Landschaft, der vergeblich versucht hatte, ein Tafelberg zu werden.

Jedenfalls gab es auf dem Hügel einen Sendemast von beträchtlicher Höhe, mit eigenen keramikverankerten Solarzellen zur Stromversorgung und eines kleinen, fensterlosen Gebäudes, einer Art Schutzhütte, ebenfalls aus Keramik. Bussard und Martha hatten am Dach des Wagens ein Tuch aus blauem Stoff befestigt. Das andere Ende spannten sie als Sonnenschutz über zwei Stöcke.

»Was gibt's?« fragte Alex.

Bussard hatte sich eine lange, spitz zulaufende schwarze Kappe auf die kahl werdende Birne gesetzt; der Schirm der Kappe ruhte auf dem überdimensionalen Nasensteg einer insektenhaften Sonnenbrille. »Nun«, meinte er herablassend, »wir machen mit Geduld und Spucke einen Relaisdrachen klar, booten das Datenrelais und versuchen damit diesen Node anzuzapfen … und wenn alles klappt, starten wir ein paar Ornithopter.«

»Du kannst weiterschlafen, wenn du möchtest«, sagte Martha.

»Nein, ist schon okay«, antwortete Alex und rieb

sich die Augen. Er beneidete Bussard um die Sonnenbrille. Hier draußen war sie überlebensnotwendig.

Alex schüttelte die Steifheit aus seinem Rücken, beschattete die Augen mit der rechten Hand und betrachtete die Landschaft. Früher war es wohl mal Weideland gewesen; nicht sonderlich üppig, aber eine Gegend, die ein karges Auskommen bot, wenn man genug davon besaß. Man sah noch das Muster der verrosteten und irgendwann zusammengebrochenen Stacheldrahtzäune, alte, wie mit dem Skalpell gezogene Schnitte durch die grüne Weite aus wild wuchernder Grannenhirse, Moskitogras, Gramagras und Unkraut. Seit den Massenevakuierungen und dem Wegsterben des Viehs wuchs auf einem Großteil des aufgegebenen Weidelands Mesquit.

Hier wirkte der Mesquit jedoch eigenartig tot: die Bäume waren braun, blattlos und verkrümmt, und von den dünnen Zweigen schälte sich verrottete graue Rinde. Seltsamer noch: durch den toten Mesquit-Wald führte eine breite Schneise, eine Reihe geschwungener Bögen wie von einem gewaltigen Hufeisen. Der leblose Wald war von ausgefransten, überlappenden großen Cs verunstaltet, manche davon einen halben Kilometer im Durchmesser. Es sah aus, als hätte jemand einen Robotbulldozer auf der Weide abgesetzt, um das tote Holz beiseitezuräumen, und als seien beim Bulldozer ein paar größere Softwarefehler aufgetreten.

»Wieso sind die Mesquitbäume hier eigentlich alle abgestorben?« fragte er. »Sieht aus wie Herbizid.«

Martha schüttelte den Kopf. »Falsch, Mann. Die Dürre.«

»Wie trocken muß es eigentlich sein, bis Mesquit eingeht?«

»Also, wenn es länger als ein Jahr *überhaupt nicht* regnet, dann geht *alles* ein. Der Mesquit, Kakteen, alles. Hier ist vor fünfzehn Jahren alles abgestorben.«

»Schwere Wetter«, meinte Bussard düster.

Martha nickte. »Im Moment sieht es hier ganz gut aus, aber das kommt daher, daß der Grassamen und dieses ganze Zeugs wieder gekeimt hat und daß die Gegend in letzter Zeit eine Menge Regen abbekommen hat. Aber, Mann, das ist der Grund, warum hier draußen niemand mehr leben kann. Es gibt kein Grundwasser mehr, die unterirdischen Wasseradern sind ausgetrocknet, und daher schlägt die Dürre jedesmal voll zu. Man kann die Tiere nicht tränken, daher verdurstet das Vieh und man geht pleite, einfach so.« Martha schnippte mit den Fingern. »Und irgendwas anbauen geht auch nicht, weil es keine Bewässerung gibt. Das neuartige genmanipulierte Getreide mit dem verbesserten Chlorophyll benötigt ständig eine Menge Wasser, um diese gewaltigen Wachstumsraten zu erreichen.«

»Ich verstehe«, sagte Alex. Er ließ sich das Gehörte durch den Kopf gehen. »Aber jetzt wächst da draußen jede Menge Gras. Man könnte doch immer noch Geld damit verdienen, daß man das Vieh auf dem Weideland hin und her treibt, anstatt es auf einer Ranch zu halten.«

Martha lachte. »Klar, Mann. Wenn man dich ließe, könntest du das Vieh den alten Chisold-Trail entlangtreiben und in Topeka schlachten lassen, genau wie früher. Du bist nicht der erste, der diese Idee hatte. Aber das ganze Land gehört immer noch dem weißen Mann, okay? Der Grenzkrieg ist vorbei, und die große Zeit der Komantschen auch.«

»Aber so hat doch keiner was vom Land«, wandte Alex ein.

»Es ist immer noch in Privatbesitz. Die Schürf- und Förderrechte bringen immer noch ein bißchen Geld ein. Manchmal kommen Biomasse-Firmen hier raus, ernten die Büsche ab und verarbeiten sie zu Gasohol, Futter und so Zeug. Das ist alles in Staatsbesitz oder gehört irgendwelchen Erben aus der Stadt, ein fürchterliches Durcheinander.«

»Was wir hier tun, ist unbefugtes Betreten von Privatbesitz«, verkündete Bussard. »Juristisch betrachtet. Deshalb beschäftigt die Truppe einen eigenen Rechtsanwalt.«

»Joe Brasseur ist für 'nen Anwalt gar nicht so übel«, räumte Martha großzügig ein. »Er hat Freunde in Austin.«

»Okay«, sagte Alex. »Das mit dem juristischen Aspekt kapier ich. Aber was war dann mit dem Bulldozer dort unten? Wollte jemand das Weideland freiräumen?«

Martha und Bussard schauten sich an, dann brachen sie in Gelächter aus.

»Ein Bulldozer«, kicherte Bussard. »Was für ein Typ. Ein Bulldozer. Dieser Typ ist das größte Greenhorn aller Zeiten!« Er faßte sich unter der von schwarzer Baumwolle umhüllten Taille an die bebenden Seiten.

Martha klopfte Bussard mit der flachen Hand auf den Rücken. »Tut mir leid«, sagte sie und verkniff sich ein Grinsen. »Aber manchmal überkommt's ihn eben... Alex, versuch dir mal einen starken Sturm vorzustellen, okay? Einen richtig starken Sturm.«

»Willst du damit etwa sagen, das sei die Spur eines Tornados?«

»Allerdings. Etwa fünf Jahre alt.«

Alex starrte hinunter. »Ich hab immer gedacht, Tornados würden bloß alles plattwalzen, was ihnen in die Quere kommt.«

»Ja, auf einen F-4 oder F-5 trifft das sicherlich zu, aber das war ein kleiner, höchstens F-2. Diese Kurven sind ganz charakteristisch. Man nennt sie Sogflecken, verursacht von einem kleinen Wirbel innerhalb des großen, aber die Sogflecken kriegen immer den meisten Druck ab.«

Alex blickte durch den abgestorbenen Mesquitwald

zu der Spur der Verwüstung hinunter. Jetzt war ihm alles klar; die überlappenden, C-förmigen Kerben waren von einem schmalen Energiezacken verursacht worden, von einer in den Rand eines größeren Rades eingelagerten Sichel, die beim Vorrücken des Trichters wieder und wieder auf die Bäume eingeschlagen hatte. Der Tornado hatte die abgestorbenen Bäume gezaust, bis nur noch die Reste des zermanschten, zerfetzten Gezweigs an ihnen herunterhingen, aber der tödliche Sogfleck hatte alles zerfetzt, was ihm in die Quere gekommen war, hatte Baumstämme in Bodenhöhe abgekniffen, die Wurzeln herausgerissen, die Fetzen über den Boden verteilt und die Äste als einen Häcksel aus Spänen und Splittern wieder ausgespuckt.

Alex leckte sich die trockenen Lippen. »Hab's kapiert. Echt geil … Habt ihr das mitangesehen? Habt ihr den damals gejagt?«

Martha schüttelte den Kopf. »Wir können sie nicht alle jagen, Mann. Wir sind hinter den *großen* her.«

Bussard hob die Sonnenbrille an, wischte sich Lachtränen ab und rückte sich die Kappe auf dem schwitzenden Schädel zurecht. »Hinter dem F-6«, sagte er, allmählich wieder ernst werdend. »Wir wollen den F-6, Pillenfreak.«

»Und werden wir heute einen F-6 finden?« fragte Alex.

»Heute nicht«, meinte Bussard. »Aber wenn mal einer kommt, dann wird Jerry ihn bestimmt finden.« Er kletterte hinten in den Wagen.

Alex betrachtete nachdenklich die Spur der Verwüstung, die der Tornado hinterlassen hatte. Martha rückte näher an ihn heran und senkte die Stimme. »Du hast es jetzt doch nicht etwa mit der Angst bekommen?«

»Nein, Martha«, antwortete er bedächtig. »Ich habe keine Angst.«

Sie glaubte ihm. »Das habe ich gleich gemerkt, als du deinen Kunstflug im Ultralight absolviert hast. Du bist wie deine Schwester, bloß nicht so… ich weiß nicht… nicht immer so beschissen erstklassig und perfekt.«

»Also, ich hätte es anders ausgedrückt«, meinte Alex.

»Und was den F-6 angeht«, vertraute Martha ihm rasch an und blickte sich über die Schulter um, »das Ding ist sozusagen virtuell. In der realexistierenden Atmosphäre hat es so was noch nicht gegeben. Der F-6 existiert bloß in Jerrys mathematischen Simulationen. Aber wenn der F-6 zuschlägt, wird die Truppe zur Stelle sein. Und wir werden ihn dokumentieren.«

Bussard kletterte mit einem Bündel langer Stäbe, Stoff und einer dicken Spule Drachenschnur wieder aus dem Wagen. Er und Martha machten sich an die Arbeit. Der Drachen bestand aus einem höchst ungewöhnlichen Stoff und erinnerte an befeuchtete blaue Seide mit in den Stoff eingeschmolzenen Plastiklatten. In das Plastik eingelassen war ein Gitternetz aus haardünnen Drähten.

Die beiden Trouper setzten den Kastendrachen mit geradezu rührendem Stolz zusammen. Alex verspürte das vage Bedürfnis, sie zu fotografieren, als gehörten sie einem exotischen Volksstamm an und führten einen komplizierten Tanz auf.

Als sie die verschiedenen Stäbe und Querstreben des Kastendrachens eingesteckt und verkeilt hatten, maß dieser zwei Meter in der Breite. Martha mußte ihn mit beiden Händen festhalten – nicht wegen seines Gewichts, das vernachlässigbar war, sondern weil er so leicht Wind fing.

Bussard wickelte nun die Schnur ab. Die Drachenschnur ähnelte stark der Zuleitung eines altmodischen Kabelfernsehers. Bussard befestigte die beiden Führungsdrähte des Drachens an einer speziellen Kupplung am Kabelende, dann schraubte er den Kabelstecker sorgsam in einen Gewindeknopf, der mitten auf einem der Hohlstäbe saß.

Auf einmal erwachte der Drachen zu gespenstischem Leben und schüttelte sich wie ein in Panik geratener Flugsaurier. »He!« schrie Bussard. »Hast du etwa vergessen, mit diesem Scheißding 'ne Diagnose durchzuführen?«

»Falsch gebootet, Mann!« gab Martha zurück, die mit den Pantoffeln über den Boden rutschte, während sie den Drachen zu bändigen versuchte. »Strom aus!«

Bussard sprang hinten in den Wagen und hämmerte auf den Laptop des Drachen ein. Der Drachen beruhigte sich wieder.

»Smarter Stoff«, erklärte Martha und schüttelte den Drachen mit einer Mischung aus Stolz und Verärgerung. »Smart genug, um einem manchmal ganz schön auf die Nüsse zu gehen, aber er ist unglaublich tragfähig.«

»Ist ein prima Gerät«, meinte Bussard zurückhaltend, bootete den Drachen neu und wartete geduldig, bis das Startprogramm auf dem Bildschirm erschien. »Wenn er gut aufgelegt ist, reicht ihm die Thermik über 'nem Campingkocher schon völlig aus.«

Der Drachen erwachte unvermittelt wieder zum Leben und vibrierte wie ein Trommelfell. »Das gefällt mir schon besser«, sagte Martha. Sie trug den Drachen in die vorherrschende leichte Brise hinaus.

Bussard befestigte die Spule mit Drachenschnur an der hinteren Stoßstange des Wagens und schaute zu, wie Martha den großen Drachen mit einem Überhandwurf in die Luft schleuderte, worauf er lautlos in den Himmel emporstieg.

Der Drachen zog mit energischen kleinen, genau kalkulierten Rucken Schnur nach, bis er auf eine kräftigere Luftströmung traf. Dann gewann er rasch an

Höhe und schwang sich gewandt mit einer Reihe anmutiger halber Parabeln immer weiter empor.

»Smarter Stoff«, sagte Alex, unwillkürlich beeindruckt. »Tolle Sache … Wie viele Megabytes stecken da eigentlich drin?«

»Ach, bloß ein paar hundert«, meinte Bussard bescheiden. »Es braucht nicht viel, einen Drachen zu steuern.«

Martha übernahm es, die kleine Keramikschutzhütte des Sendemasts zu knacken. Das abweisende, fensterlose Gebäude wirkte so gut wie unzerstörbar, eine praktische Notwendigkeit in nahezu menschenleerem Gebiet. Alex hatte noch keine Ödland-Vandalen gesehen; es ging das Gerücht, die größeren Gangs seien von einem Aufgebot der Texas Ranger aufgespürt und gnadenlos abgeknallt worden. Man hatte ihm jedoch versichert, daß sich immer noch ein paar Vandalen herumtreiben würden; Plünderer, Abräumer, Einbrecher, Hobby-Verrückte aus der Stadt. Für gewöhnlich reisten sie in Gruppen.

Martha stellte fest, daß der Relaismast zu einer Kette gehörte; es handelte sich um eine Übertragungsanlage für elektronisches Geld. Die Tatsache, daß die Einheit mitten im Niemandsland stand, ließ darauf schließen, daß die transferierten Beträge nicht unbedingt staatlich sanktioniert waren. Martha begann den langwierigen, allerdings größtenteils automatisierten Prozeß, herauszufinden, wie man sie umsonst benutzen konnte. Die meisten Netzwerke, zumal die öffentlich zugänglichen, besaßen eine Kennung, um miteinander kommunizieren zu können. Wenn man unter dem Deckmantel einer geeigneten Netzwerkidentität die richtige Anfragesequenz wählte, erhielt man mehr oder weniger kostenlose Online-Zeit.

Währenddessen packte Bussard die Ornithopter aus. Dabei handelte es sich um Flugdrohnen in Hohlbauweise, mit raffinierten Gelenken aus Schaummetall und einer Verkleidung aus einzelnen schwarzen Plastik-›Federn‹. Aus der Ferne konnte man die drei Ornithopter leicht mit echten Bussarden verwechseln. Allerdings nur unter der Voraussetzung, daß einem die dünnen, ausfahrbaren Antennen und die kahlen Metallköpfe entgingen, die mit Videokameras von der Kapazität menschlicher Augen ausgerüstet waren.

Die geflügelten Apparate in der Luft zu halten, erforderte einen großen Rechenaufwand. Wie die meisten Raubvögel brachten die Ornithopter den Großteil der Zeit mit ausgebreiteten Schwingen im passiven Schwebeflug zu, wobei die Rechenchips in ihren verdrahteten Bäuchen auf halbe Leistung heruntergefahren wurden, so daß der Stromverbrauch minimiert war. Nur wenn sie auf Turbulenzen stießen, flogen die Ornithopter annähernd wie richtige Vögel weiter. Obwohl die Maschinen für militärische Zwecke entwickelt worden waren, wirkten sie empfindlich und zerbrechlich.

Mit der Routine, die langer Übung entsprang, hakte Bussard das Brustbein des ersten Ornithopters am Ende eines langen Wurfstocks ein. Er bog die gefiederten Schwingen des Geräts zurück, dann rannte er mit den langen, federnden Schritten eines Speerwerfers über die Hügelkuppe vor und schleuderte die Maschine beidhändig in die Luft.

Der Ornithopter stabilisierte sich in freiem Flug mit einem schwach vernehmbaren Schlagen der Schwingen, legte sich mit Computerpräzision auf die Seite und begann zu steigen.

Den Wurfstock über die Schultern gelegt und ihn mit seinen langen, schlaffen Händen festhaltend, stolzierte Bussard zurück zum Heck des Wagens. »Hol den anderen Vogel«, forderte er Alex auf.

Alex erhob sich von der Stoßstange und kletterte in den Laster. Er nahm den zweiten Ornithopter vom Wandhaken und trug ihn nach draußen.

»Was ist eigentlich das große Bündel neben dem Radkasten?« fragte Alex.

»Das ist der Paraglider«, antwortete Bussard. »Den brauchen wir heute nicht, aber wir nehmen ihn trotzdem gerne mit. Für den Fall, daß wir selber fliegen wollen, weißt du.«

»Ist das ein *bemannter* Paraglider?«

»Yeah.«

»Also, dann möchte *ich* damit fliegen.«

Bussard klemmte sich den Ornithopter unter den Arm und nahm die Sonnenbrille ab. »Jetzt hör mir mal zu, Kleiner. Wenn du damit fliegen willst, mußt du erst lernen, damit umzugehen. Das Ding hat keinen Motor. Das ist ein echter Gleiter, und wir müssen ihn mit dem Laster hochschleppen.«

»Also, ich hab Lust. Fangen wir an.«

»Das ist scharf«, sagte Bussard und bleckte seine gelben Zähne. »Aber das würde mir deine Schwester übelnehmen. Weil du nämlich vom Himmel runterplumpsen würdest und dann nur noch ein blutiger Fleischklumpen wärst.«

Alex ließ sich das durch den Kopf gehen. »Ich möchte, daß du's mir beibringst, Boswell.«

Bussard zuckte die Achseln. »Da verlangst du aber eine Menge, Pillenfreak. Was springt für mich dabei raus?«

Alex runzelte die Stirn. »Also, wie meinst du denn das? Ich hab Geld.«

»Shit«, sagte Bussard und blickte hügelaufwärts zu Martha hoch, die noch immer damit beschäftigt war, Zugang zum Relais zu bekommen. »Paß bloß auf, daß Martha das nicht hört. Sie findet es zum Kotzen, wenn jemand über Geld was zu reißen versucht. Wenn uns mal jemand Geld anbietet, dann entweder ein verrückter Kandidat oder ein dämlicher Tourist.« Bussard entfernte sich ein Stück, hakte den zweiten Vogel am Wurfstock ein und schleuderte ihn in die Luft.

Alex wartete, bis er zurückkam, dann reichte er ihm den dritten Flieger aus dem Wagen. »Warum muß Martha es denn erfahren?« beharrte er. »Können wir das nicht unter uns ausmachen? Ich möchte gern fliegen.«

»Weil sie *dahinterkommen* wird, Mann«, knurrte Bussard. »Sie ist schließlich nicht blöd! Jane hat anfangs mit Geld nur so um sich geschmissen, und rate mal, was passiert ist. Im ersten Monat flogen zwischen Janey und Martha die Fetzen.«

Alex riß die Augen auf. »Was?«

»Das war vielleicht 'ne Schlägerei, Mann! Die gingen mit Zähnen und Klauen aufeinander los. Schrien, boxten, warfen sich gegenseitig um – Mann, war das toll!« Bussard grinste. »So hab ich Janey noch nie schreien gehört! Außer vielleicht, wenn sie nach 'ner Jagd mit Jerry vögelt.«

»Heilige Scheiße«, sagte Alex bedächtig. Er mußte die Information erst verdauen. »Wer hat gewonnen?«

»Sagen wir mal, es ging unentschieden aus«, antwortete Bussard. »Wenn Martha zwei gesunde Füße gehabt hätte, dann hätte sie Janey klar eins auf den Deckel gegeben ... Martha ist mager, aber sie ist *stark*, Mann, sie kann endlos Klimmzüge machen. Aber Janey ist groß und kräftig. Und wenn sie erst mal richtig in Fahrt kommt, rastet sie einfach aus. Das ist eine ganz wilde.«

»Und Jerry hat dabei zugesehen?« fragte Alex.

»Jerry war zur der Zeit nicht im Camp. Außerdem hat er Janey damals noch nicht gevögelt; sie hing einfach bloß bei der Truppe herum und versuchte, sich mit Geld beliebt zu machen. Sie ging einem echt auf den Keks. Etwa so wie du im Moment.«

»Oh.«

»Mir fiel jedenfalls auf, daß Jerry Jane nach dem Kampf erheblich ernster nahm«, meinte Bussard nachdenklich. »Brachte sie dazu, Gewichtstrainig anzufangen und so Zeug… Hat Janey sozusagen in Form gebracht, schätze ich. Jetzt ist sie viel umgänglicher. Ich glaube, Martha würde ihr jetzt nicht mehr gern in die Quere kommen. Aber sie ist bestimmt kein großer Fan von Janey.«

Alex brummte etwas.

Bussard deutete zum Heck des Lasters. »Siehst du die beiden Liegestühle? Stell sie unter den Sonnenschirm.«

Alex zog zwei zusammenklappbare Liegestühle aus dem Laster. Nach längerem Studium der schlaffen Stoffbezüge und Holzscharniere gelang es ihm, sie richtig zusammenzusetzen.

Bussard startete den dritten Ornithopter, dann zog er sich ins Fahrerhaus des Lasters zurück. Als er wieder zum Vorschein kam, hatte er Brille, Kopfhörer, den Laptop und ein geripptes Paar Datenhandschuhe dabei.

Bussard ließ sich in einen der Liegestühle fallen, zog die Handschuhe an und setzte Brille und Kopfhörer auf. Er stützte die Ellbogen auf die Lehnen, streckte die behandschuhten Finger aus, krümmte sie und entschwand aus den dem normalen Menschenverstand zugänglichen Gefilden in die verborgenen Mysterien der Telepräsenz.

Martha kam zurück und ließ sich schweißüberströmt in den anderen Liegestuhl sinken. »Was für eine Mega-Scheiße, Mann, so ein paranoides Netz gibt's im ganzen Universum nur einmal. Ich *hasse* Ketten, Mann.« Sie warf Alex einen schmaläugigen, gereizten Blick zu. »Ich hasse sogar *Outlaw*-Ketten.«

»Bist du reingekommen?« erkundigte sich Alex.

»Yeah, ich bin drin – sonst würde ich nicht hier sitzen! Aber viel genützt hat's nicht, deshalb müssen wir uns auf den Relaisdrachen verlassen, sonst verteilen wir unsere Datenpakete über ganz Westtexas.« Sie runzelte die Stirn. »Jerry wird uns die Hölle heiß machen, wenn er merkt, wie weit wir die Batterien ausgelutscht haben.«

»Man sollte doch eigentlich meinen, daß sie einem ein bißchen Solarstrom abgeben würden«, sagte Alex. »Ist doch genug davon da.«

»Das Relais müßte schon verrückt sein, um auch nur ein Elektron zu verkaufen«, sagte Martha bitter.

Alex nickte und meinte einschmeichelnd: »Ich kann das Summen der Dinger bis hierher hören.«

Martha setzte sich auf. »Du hörst das Geräusch?«

»Klar«, sagte Alex.

»Ein richtig tiefes Brummen? Elektrisch? Ein pulsierendes Geräusch?«

»Ja, sicher.«

Martha knuffte den VR-blinden Bussard in die Rippen. Bussard zuckte wie vom Schlag getroffen zusammen und riß sich verärgert Brille und Kopfhörer herunter.

»Hey, Buss!« sagte Martha. »Der Pillenfreak hört das Brummen!«

»Wow!« meinte Bussard. Er stand auf. »Hier, übernimm mal.« Er half Martha, in seinen Liegestuhl überzuwechseln. Martha wischte den Kopfhörer mit einem mittels Klettband daran befestigten antiseptischen Tuch ab.

Bussard hob Sonnenbrille und Kappe auf. »Laß uns ein Stück vom Laster weggehen, Mann. Komm mit.«

Alex folgte Bussard über den Feldweg den Westhang des Hügels hinunter. In der Ferne lugte eine unterbrochene Linie gedrungener, gräulicher Wolken hinter dem Horizont hervor. Die sich nähernde Sturmfront, wenn sie es denn war, wirkte erstaunlicherweise wenig imposant.

»Hörst du das Brummen immer noch?« fragte Bussard.

»Nein.«

»Hör genau hin.«

Alex spitzte eine Zeitlang die Ohren. Insektengezirpe, das leise Rauschen des Windes, in der Ferne ein paar Vogelrufe. »Vielleicht. Ganz leise.«

»Also, *ich* hör's«, meinte Bussard voller Genugtuung. »Die meisten Leute hören's nicht. Martha zum Beispiel. Aber das ist das Taos-Brummen.«

»Das was?«

»Ein sehr tiefes, irgendwie vibrierendes Geräusch… um die dreißig bis achtzig Hertz. Das menschliche Gehör reicht höchstens bis zwanzig Hertz.« Er breitete die Arme aus. »Ohne Ursprung, als wär's überall um einen herum, bis zum Horizont. Wie ein altmodischer Motor oder ein Verbrennungsgenerator. Man hört es nur, wenn es ganz still ist.«

»Ich dachte, das käme von den Solarzellen.«

»Solarzellen brummen nicht«, meinte Bussard. »Manchmal zischen sie ein bißchen…«

»Und was ist das?«

»Man nennt es das Taos-Brummen, weil die ersten Berichte darüber vor etwa fünfzig Jahren aus Neumexiko kamen«, sagte Bussard. »Das war, als sich die ersten Folgen des Treibhauseffekts bemerkbar machten… Taos, Santa Fe, Albuquerque… dann Teile von Florida. Jerry wurde in Los Alamos geboren, weißt du. Dort ist Jerry aufgewachsen. *Der* hört das Brummen.«

»Jetzt weiß ich aber immer noch nicht, was das ist, Boswell.«

»Das weiß niemand«, erklärte Bussard kategorisch. »Jerry hat ein paar Theorien dazu. Aber das Brummen läßt sich nicht mit Instrumenten nachweisen. Man kann das Brummen mit keinem Mikrofon aufnehmen.«

Alex kratzte sich übers Stoppelkinn. »Woher weiß man dann, daß es real ist?«

Bussard zuckte die Achseln. »Was meinst du mit ›real‹? Das Brummen treibt manchmal die Leute zum

Wahnsinn. Ist das real genug für dich? Vielleicht ist es gar kein richtiges Geräusch. Vielleicht handelt es sich um eine Hörstörung, um irgendein Resonanzphänomen in der Ionossphäre oder was weiß ich… Manche Leute behaupten, sie könnten das Nordlicht hören; sie hören eine Art Zischen und Knistern, wenn sich der Vorhang bewegt. Dafür gibt es auch keine Erklärung. Es gibt vieles, was wir am Wetter nicht verstehen.« Bussard umklammerte den Klumpen geschwärzten Metalls, den er an einem Lederriemen um den Hals trug. »Eine ganze Menge, Mann.«

Sie blickten lange Zeit schweigend zum westlichen Horizont. »Ich lasse die Ornithopter jetzt die Gewitterwolken untersuchen«, meinte Bussard. »Bis Mittag müßten sie die Kappe durchbrochen haben.«

»Du hast nicht zufällig eine Sonnenbrille übrig?« fragte Alex. »Die Helligkeit tut mir echt in den Augen weh.«

»Fehlanzeige«, sagte Bussard und wandte sich zum Laster um. »Aber ich hab noch eine VR-Brille. Ich kann dich auf die Ornithopter schalten. Gehen wir.«

Sie kehrten zum Laster zurück, wo Martha über Fernsteuerung im Fliegen begriffen war. Bussard wühlte in einer Werkzeugkiste und holte einen Tastzirkel hervor. Er maß die Entfernung zwischen Alex' Pupillen, dann gab er die Zahlen in den Laptop ein. Er zog eine überzählige VR-Brille samt Kopfhörer aus einem staubgeschützten Plastikbeutel und sterilisierte sie mit einem Lappen. »Mit VR-Ausrüstung kann man gar nicht vorsichtig genug sein«, meinte er. »Sonst kriegt man Bindehaut- oder Ohrenentzündung… in der Stadt kann man sich sogar Kopfläuse holen!«

»Ich habe keinen Stuhl«, erklärte Axel.

»Setz dich auf ein Stück Bubblepak.«

Alex holte die Bubblepak-Matte aus dem Wagen und nahm schwitzend darauf Platz. Aus Südwesten wehte eine schwache, warme Brise, und wenn sie auch nicht unbedingt schwül zu nennen war, ging doch etwas Erstickendes von ihr aus.

Eine schlanke Mücke landete unbemerkt auf Marthas VR-blindem Arm und sog sich mit Blut voll. Alex wollte bereits danach schlagen, dann besann er sich. Martha hätte einen Armklatscher wahrscheinlich nicht besonders gut aufgenommen.

»Los geht's«, sagte Bussard und reichte ihm die Brille. »Telepräsenz ist was Besonderes, okay? Unter Umständen bekommst du davon somatische Beschwerden, weil mit der Bewegung kein Körpergefühl einhergeht. Zumal du den Flug nicht kontrollieren kannst. Du wirst notgedrungen mit mir und Martha mitfliegen, uns sozusagen über die Flügel gucken, okay?«

»Hab's kapiert.«

»Wenn dir übel wird, mach einfach die Augen zu, bis du dich wieder besser fühlst. Und kotz um Himmels willen nicht auf die Ausrüstung.«

»Alles klar, kein Problem!« sagte Alex. Er hatte sich während des Flugs mit dem Ultralight keineswegs übergeben. Im Gegenteil: er hatte ungefähr ein Pint blauen Schleim ausgehustet und war dann aufgrund der Überversorgung mit Sauerstoff ohnmächtig geworden. Er hielt es für klüger, das für sich zu behalten. Wenn sie glaubten, es sei bloß Kotze gewesen, um so besser.

Alex setzte die Brille auf und blickte auf zwei winzige Bildschirme, die sich einen Daumenbreit vor seinem Gesicht befanden. Sie waren ohne Input und zeigten ein cybernetisches Blau, und man sah ihnen den häufigen Gebrauch an; die linke Anzeige war mit toten schwarzen Pixeln gesprenkelt. Er fühlte, wie sich auf seinen von der Brille bedeckten Lidern Schweißperlen sammelten.

»Fertig?« ertönte Bussards Stimme aus dem fernen Zwischenreich der realen Welt. »Ich schalte die Kopfhörer erst später ein, dann können wir uns besser unterhalten.«

»Ja, klar, ist gut.«

»Denk dran, die Erfahrung wird erst mal ein bißchen verwirrend sein.«

»Kannst du nicht endlich *die Klappe halten*, Mann? Ihr macht mich noch fertig!«

Weißes Licht sprang ihm entgegen. Er befand sich mitten in der Luft und flog.

Alex verlor augenblicklich das Gleichgewicht, fiel hintüber und prallte mit dem Hinterkopf gegen das harte Plastik des Hinterrads.

Mit aufgerissenen Augen wälzte er sich mit Schultern und Fersen auf den Rücken und breitete die Arme aus, um den schwankenden Himmel zu umarmen. Er spürte, wie seine Arme mit einem leisen Klatschen aufs Bubblepak fielen, wie ein Stück Fleisch beim Metzger.

Er schwebte jetzt mit dem Bauch nach oben durch den Raum. Der Boden unter seinem Rücken fühlte sich wunderbar fest an, als läge das ganze Gewicht des Planeten unter ihm und trüge ihn. Die Umrisse der fernen Wolken schimmerten schwach und waren in halluzinatorischer Bewegung. Computereffekte; wenn er genau hinsah, konnte er winzige, schuppenartige Pixel erkennen, die sich in kleinen Kaskaden über die verschiedenen Farbtönc und Helligkeitswerte ergossen.

»Wow«, murmelte er. »Das *ist* es. Einfach super, megastark ...«

Instinktiv versuchte er, den Kopf zu bewegen und sich umzuschauen. Die Brille verfügte jedoch über keinen Tracer. Die Szenerie blieb unverrückbar, als wäre sie an seinem Gesicht festgeschmiedet. Er war ganz Auge, ein empfindungsloser Körper aus amputierter Unbegrenztheit. Er war körperlos ...

Als Bussard sich hinsetzte, hörte Alex das Quietschen des Liegestuhls. »Du bist auf Jesse geschaltet«, sagte Bussard. »Ich schalte jetzt auf Kelly um.«

Das Bild wurde dunkel und wieder hell, schleuderte ihn elektronisch von Maschine zu Maschine, wie ein lautloser Hammerschlag zwischen die Augen.

»Wir steigen jetzt«, verkündete Bussard. Die Maschine begann lautlos mit den Flügeln zu schlagen, wobei sich die Perspektive rhythmisch und ruckartig verlagerte.

»Wir wollen zur Haube«, sagte Bussard. »Da spielt im Moment die Musik.«

»Gib mir mal den Kopfhörer«, verlangte Alex und streckte die Hand aus. »Ich zieh ihn nur über ein Ohr.«

Bussard reichte ihm den Kopfhörer, und Alex paßte ihn nach Gefühl an. Der Kopfhörer verfügte über ein eigenes Mikrofon, ein Schaumstoffknubbel an einem gebogenen Plastikhalter. Beim blinden Herumtasten fühlte sich Alex' Kopf unerwartet groß und unförmig an. Sein Kopf war wie der Kopf eines Fremden, ein großes Kissen mit einem Überzug aus Haut.

Als seine Ohren unter den Kopfhörermuscheln steckten, spürte Alex auf einmal wieder das Brummen, ein gerade noch wahrnehmbares Summen und Kitzeln. Das Brummen strömte unmittelbar durch ihn hindurch, eine unheimliche, grollende Wechselwirkung zwischen dem Rand des Weltraums und tief verborgenen Strömungen planetarischen Magmas. Er spitzte die Ohren – doch je mehr er sich anstrengte, das Brummen zu hören, desto schwächer wurde es. Alex kam zu dem Schluß, daß es sicherer war, nicht an das Brummen zu glauben. Er hob die linke Hörmuschel vom Ohr. Kein Brummen mehr. Gut.

Dann hörte er auf einmal den schneidenden Höhenwind.

»Wir haben eine Gewitterlage vorliegen«, verkündete Bussard voller Genugtuung. »Zwei Luftmassen prallen aufeinander. Hörst du mich, Alex?«

»Ja.«

»Die unmittelbar voraus liegende Wolkenlinie, das ist der scharfe Rand warmer, trockener Luft, die von Neumexiko kommt. Die trockene Luft darüber – dahin kommen wir gleich –, das ist die Haube. Im Moment saugt sie Wasserdampf von der Oberseite dieser Kumulusgebirge ab und macht sie platt.«

Alex hatte das verstanden. Er blickte von oben auf die Wolken hinunter und näherte sich ihnen schwankend auf schlagenden, digitalen Schwingen. Die aufsteigenden, brodelnden Seiten des Wolkenhaufens waren die normalen Blumenkohlbrocken, aber die abgeflachten Oberseiten der Wolkentürme sahen wirklich ungewöhnlich aus: riesige, wogende Flächen aus turbulentem Wasserdampf, die gleichzeitig gekocht und umgerührt wurden.

Die Drohne mühte sich noch eine Weile, Höhe zu gewinnen, dann schwenkte sie langsam über die anschwellende Sturmfront. »Siehst du, wie aufgewühlt das von hier oben aussieht?«

»Yeah.«

»Die Haube hat schwer zu tun. Sie wird im Laufe des Tages die ganze feuchte Luft von West nach Ost zurückdrängen. Aber das kostet Energie, und daher kühlt sie ein wenig ab. Wenn sie abkühlt, franst sie aus und bricht auseinander. Siehst du den Fallstrom dort drüben? Das große, klare Loch?«

»Ich seh das Loch, Mann.«

»Von den großen, klaren Löchern mußt du dich fernhalten. Sonst verlierst du im Nu eine Menge Höhe…« Die Drohne wich dem höhlenartigen blauen Fallstrom in respektvoller Entfernung aus. »Wenn die Türme unter uns so weit gewachsen sind, daß sie die Haube durchstoßen und an uns vorbei emporschweben, dann wird es hier laut werden.«

Die Drohne trieb auf einmal in eine Wolkenbank. Die Brille vor Alex' Augen wurde so leer und weiß wie eine Krankenhausbandage. »Muß in diesem Turm ein paar hygrometrische Messungen vornehmen«, sagte Bussard. »Wir stellen Kelly auf Automatik und schalten auf Lena um … so!«

»Das Fliegen gefällt mir«, meinte Alex. »Bloß das Umschalten nervt.«

»Gewöhn dich dran.« Bussard kicherte. »Wir sind ja nicht wirklich dort oben, Mann.«

Das Fluggerät namens Lena hatte sich bereits am Wolkenzug vorbeigearbeitet, hinein in die wärmere, trockenere Luft hinter den vorrückenden Gewitterwolken. Von hinten wirkte die Wolkenfront viel dunkler, aufgewühlter und düsterer als von vorn. Auf einmal bohrte sich eine flüchtige Lichtnadel durch vier große Dampfhaufen, worauf sie, begleitet vom gedämpften Grollen einer fernen Bombenexplosion, gleich wieder erlosch.

Donner dröhnte unter der Hörmuschel in seinem rechten Ohr.

Auf einmal drang Marthas Stimme an dasselbe Ohr. »Bist du auf Lena?«

»Yeah!« antworteten Alex und Bussard im Chor.

»Die Übertragung wird schlechter, Mann, ich muß dich eine Stufe runterschalten.«

»Okay«, meinte Bussard. Die Bildschirme vor Alex' Augen wurden plötzlich merklich körniger, die Pixelkaskaden verlangsamten sich und gerannen zu kleinen, unregelmäßigen Blöcken. »Äh«, machte Alex.

»Ein Naturgesetz, Mann«, erklärte Bussard. »Mehr Auflösung schafft die Bandbreite nicht.«

Nun vernahm Alex' linkes Ohr – das ohne Kopfhörer – auf einmal verspätet gedämpftes, fernes Donnergrollen. Er hörte es in Stereo. Seine Ohren waren zehn Kilometer weit auseinander. Bei diesem Gedanken verspürte Alex den ersten existentiellen Anflug von VR-Übelkeit.

»Wir lassen über die Thopter auch Instrumente laufen, daher müssen wir die Bildschirmauflösung hin und wieder begrenzen«, sagte Bussard. »Die besten Wolkendaten sind für das menschliche Auge nämlich unsichtbar.«

»Kann man *uns* von dort oben sehen?« fragte Alex. »Kann man sehen, wo unsere Körper sind, kann man sehen, wo wir geparkt haben?«

»Wir sind jetzt ein ganzes Stück von der Gewitterfront entfernt«, antwortete Bussard gelangweilt. »Also, dort im Süden, irgendwo im Hitzedunst – da liegt das Lager. Wenn Lena eine gute Teleoptik hätte, könnte ich das Lager im Moment sehen. Früher hatte sie eine gute Optik, – aber dann ist ein Blitz eingeschlagen und hat den Chip verbrannt ... eine gottverdammte Schande.«

»Woher habt ihr die Ausrüstung?« fragte Alex.

»Aus überzähligen Militärbeständen ... man muß halt die richtigen Leute kennen.«

Auf einmal hatte Alex das Gefühl, sein Gehirn könnte die ganzen Informationen nicht mehr verkraften. Er riß sich die Brille herunter. Unvermittelt dem realen Wind und dem grellen Sonnenschein ausgesetzt, zogen sich Pupillen und Netzhaut wie von Eis gestochen vor Schmerz zusammen.

Alex setzte sich auf dem Bubblepak auf und wischte sich Tränen und angesammelten Schweiß aus den Augenhöhlen. Er schaute zu den beiden Troupern, die lang hingestreckt in den Liegestühlen lagen und auf schwer definierbare Weise tätig waren. Bussard schlug leicht mit den Fingerspitzen. Martha fuchtelte wie ein wahnsinniger Geisterbeschwörer in der Luft herum.

Sie waren vollkommen hilflos. Mit einem Stein oder einem Stock hätte er sie mühelos erschlagen können. Auf einmal überkam Alex ein tiefes Unbehagen;

weder Angst noch Übelkeit, sondern ein primitives, sündiges Gefühl, wie ein Aberglaube.

»Ich … ich bleib mal 'ne Weile draußen«, sagte Alex.

»Ist gut, mach uns was zu essen«, antwortete Bussard.

Alex brachte ein Mittagessen zustande und verzehrte auch seine Portion, doch er bemerkte, daß Bussard und Martha ihm nicht genug Wasser geben wollten. Es war einfach keins übrig. Es dauerte eine Weile, bis bei Alex der Groschen fiel – daß es einfach *nicht genug Wasser gab*, daß die Truppe ständig mit Wasserknappheit zu kämpfen hatte, daß Wasser etwas war, worüber man nicht mit sich handeln ließ.

Im Camp gab es einen elektrischen Kondenser, der mittels Kühlschlangen Wasserdampf aus der Luft kondensierte. Außerdem gab es Destillationsplanen aus Plastik; wenn man Pflanzen zerhackte und in eine unter der Plane befindliche Grube streute, erwärmte sich die transparente Plane in der Sonne und zog die Feuchtigkeit aus dem zerkleinerten Gras und dem Kaktus, und von der Unterseite der Plane tropfte destilliertes Wasser in ein Gefäß. Die Planen waren jedoch umständlich und langsam. Und der Kondenser benötigte eine Menge Strom. Und Strom war ebenfalls knapp.

Die Truppe hatte soviel Solarzellen dabei, wie sie schleppen konnte, doch selbst die besten Solarzellen waren schwach und empfindlich. Selbst zur Mittagszeit erzeugte das Bißchen Sonnenschein, das sie auffingen, nur wenig Strom. Und nicht immer schien die Sonne.

Die Truppe verfügte auch über Windgeneratoren – aber manchmal wehte einfach kein Wind. Die Truppe lechzte nach Energie, sie gierte förmlich danach, und sie ging sorgsam damit um. Das Arsenal der Batterien, die die Trouper mit sich herumschleppten, waren eine schwere Belastung. Autos. Laster. Busse. Ornithopter. Computer. Funkgeräte. Meßinstrumente. Alles verschlang Strom mit der unersättlichen Gier von Maschinen. Wenn es um Energie ging, befand sich die Truppe immer im roten Bereich. Ständig war sie gezwungen, demütig zur Zivilisation zurückkriechen und an irgendeinem städtischen Stromnetz eine Wagenladung Batterien aufzuladen.

Energie konnte man sich entweder erbetteln oder kaufen. Doch um das absolute Bedürfnis nach Wasser kam man nicht herum. Wasser ließ sich weder komprimieren noch ersetzen, von virtuellem oder simuliertem Wasser konnte man nicht leben. Wasser war sehr real und sehr schwer und machte eine Menge Ärger. Manchmal fing die Truppe Regenwasser auf, doch selbst ein regenreiches Jahr in Westtexas brachte nicht viel Regen. Und selbst wenn sie Regenwasser ergatterten, dann konnten sie das Wasser doch nicht mitnehmen, wenn sie das Lager verlegten, und auf der Jagd nach Sturmfronten verlegte die Truppe ständig das Lager.

Es war ganz einfach: je mehr man erreichen wollte, desto weniger gab es zu trinken.

Jetzt auf einmal war Alex klar, warum Bussard und Martha so träge wie zwei Eidechsen unter dem Sonnenschirm in den Liegestühlen lagen und an ihrer Stelle lediglich Augen und Ohren umherfliegen ließen. Auch Schweiß bestand aus Wasser. Die Zivilisation war in Westtexas zerstört worden und war ebenso tot wie die felsenbewohnenden Anasazi-Indianer aus Arizona, denn es gab hier einfach nicht genug Wasser, und so ohne weiteres ließ sich auch keins beschaffen.

Alex hörte auf zu grübeln, nahm sich ein Beispiel an Bussard und Martha und steckte sich methodisch Streifen Dörrfleisch in den Mund. Das förderte die Speichelproduktion. Manchmal schaffte er es, den Durst für ganze zehn Minuten zu vergessen. Etwa jede halbe Stunde durfte er ein paar erfrischende Schluck Wasser zu sich nehmen.

Der Ostwind hatte sich gelegt. Die smarte Drachenhaut, eben noch straffgespannt und rechteckig, hing nun in einem lustlos schwankenden Bogen am Himmel. Der Wind war von einer angespannten, gelatinösen Stille erstickt worden, von einer tödlichen Ruhe, die Alex' Haut schmierigen Schweiß ausschwitzen ließ. Das Grollen der fernen Donnerschläge im Westen wurde allmählich lauter und hartnäckiger, als würde unmittelbar über dem Horizont irgend etwas unbeholfen demoliert, doch die unnatürliche Stille um den Aerodromtruck wirkte ebenso unbewegt und drükkend wie die stickige Luft in einem Grubenschacht.

Alex hockte im Schneidersitz auf dem Bubblepak, kaute mechanisch an einem Streifen Dörrfleisch und wischte sich den Schweiß ins Haar zurück. Je mehr die Hitze, der Durst und die Spannung zunahmen, desto unerträglicher wurde der Papieranzug.

Die an weißen Zuckerguß erinnernde glänzende Plastikoberfläche linderte die Hitze ein wenig. Es war ein raffinierter Anzug, und er funktionierte. Aber wenn man es recht bedachte, funktionierte er eigentlich nicht besonders gut. Sein Rücken war schweißgebadet, und sein nackter Hintern klebte unangenehm am Klappstuhl fest. Jedesmal, wenn Alex sich vorbeugte, wurden seine Schulterblätter eingeschnürt. Außerdem war der Anzug bei weitem das lauteste Kleidungsstück, das er jemals getragen hatte. In der angespannten Stille wurde jede seiner Bewegungen von einem Rascheln begleitet, als wühlte er bis zu den Ellbogen in einem Papierkorb.

Alex stand auf, zog den Reißverschluß bis zur Hüfte herunter und raffte den Anzug mit den herabbaumelnden weißen Papierarmen grob zusammen. Er sah jetzt wirklich scheußlich aus, bleich, klapperdürr, übersät mit Hitzeflecken und verschwitzt, doch die anderen bemerkten es nicht; sie waren VR-blind und murmelten ständig in ihre Mikrofone.

Alex trat aus dem Schatten und umrundete den Laster, wobei ihm der Schweiß in dünnen Rinnsalen über den Rücken bis zu den Schenkeln hinunterlief.

Der Himmel im Westen bot einen erstaunlichen Anblick.

Alex erlebte nicht zum erstenmal ein Unwetter. Er war im Nebelwetter des Golfs von Houston aufgewachsen und hatte Dutzende von Unwettern und texanischen Blue Northern erlebt. Im Alter von zwölf Jahren hatte er im Houstoner Penthouse seiner Familie sogar die Ausläufer eines ziemlich heftigen Hurricans ausgesessen.

Das Monster, das er da vor sich sah, gehörte allerdings einer anderen Größenordnung an. Das war eine Gewitterwolke von der Größe eines Gebirgszugs. Sie war grellweiß und schwarzblau und hier und da mit halb verborgenen Ansammlungen übler, grünlicher Gerinnsel gestreift.

Und sie wälzte sich auf ihn zu.

Ein Turm hatte die Haube durchstoßen. Er hatte sie plötzlich und vollständig durchstoßen, so wie ein Feuerwerkskörper eine dünne Blechbüchse durchbohren mochte. Riesige, rundliche Strömungen rachsüchtigen, überhitzten Wasserdampfs stießen zeitlupenhaft langsam wie gewaltige Fäuste in die oberen Luftschichten vor. Die vielen blumenkohlartigen Blasen wirkten so hart und dicht wie Brocken weißen Marmors. Und am Gipfel ihres Aufstiegs angelangt – Alex mußte den Kopf in den Nacken legen, um das sehen zu können –, ergoß sich Wasserdampf über den Rand der Stratosphäre.

Alex stand plattfüßig in seinen Schuhen aus Plastik und Papier da und schaute zu, wie das Gewitter zusehends anschwoll. Der emporstürmende Turm endete in einer runden Kuppel, einer anschwellenden

Dampfblase von der Größe einer Stadt, und er versuchte offenbar, sich einen Weg durch jene zweite Barriere hindurch in die obere Atmosphäre zu bahnen. Er stemmte sich mit Macht gegen die Barriere und wurde erstaunlicherweise abgeschmettert. Der Turm wurde plattgedrückt, zur Seite geschleudert und zu langen, flachen Eisfahnen zerquetscht. Während die Oberseite der Gewitterwolke dichter wurde, sich ausbreitete und die Sonne allmählich verdeckte, wurden die gewaltigen, geäderten, empordrängenden Wände des Turms weit darunter in eine unheimliche Düsternis gehüllt.

Es war ein Gewitteramboß. Ein Amboß schwebte mitten im blauen Himmel von Texas, schwarz und kopflastig und erschreckend. Die Luft allein schon schien überfordert, einen solchen Koloß zu tragen.

Blitze zuckten den Nimbus empor, vom Boden bis zur Spitze. Zunächst ein dünnes, nervöses Knistern wahnsinniger Helligkeit, und dann, einen Herzschlag später, in rascher Folge ein, zwei, drei gewaltige, kanalisierte Schläge der elektrischen Hölle, welche die grünlichen Tiefen der Gewitterwolke mit feurigem Schein übergossen.

Alex ging wieder auf die andere Seite des Lasters. Der Donner ließ den Boden erzittern.

Bussard nahm Brille und Kopfhörer ab und ließ sie an den Elastikbändern vom Hals herunterbaumeln. »Jetzt wird's laut!« meinte er aufgekratzt.

»Ganz schön *groß*«, sagte Alex.

Bussard erhob sich grinsend. »Eine Böenfront kommt auf uns zu. Wird eine Menge Staub aufwirbeln. Ich hol schon mal die Masken.«

Bussard holte drei gesteppte Mund-und-Nasenmasken aus einem Karton im Wagen. Die Papiermasken waren geriffelt, porös und mit einem Nasenschutz aus Plastik und elastischen Kopfbändern versehen. Martha legte eine Maske an und wickelte ihr Haar sorgsam in ein verknotetes Taschentuch. Bussard schloß Türen und Fenster des Trucks, überprüfte die Stützen des Sonnenschutzes und straffte den Riemen seiner geschnäbelten Kappe. Dann legte er Helm und Kopfhörer wieder auf, legte sich in den Liegestuhl und zuckte mit den Fingern.

Um sie herum flatterten kleine Vögel nach Westen und stießen auf der Suche nach einem Unterschlupf immer wieder aufs Gebüsch hinab.

Das sengende Licht des frühen Nachmittags verlor auf einmal an Kraft. Der sich ausbreitende Rand des Ambosses hatte die Sonne erreicht. Der heiße Glanz verschwand vollständig vom Himmel, und die Welt wurde in ein gespenstisches, bernsteinfarbenes Licht getaucht.

Alex fühlte, wie sich der Krampf infolge des angestrengten Guckens unter der Brille allmählich aus seinen Augenlidern löste. Er legte die Maske um, so fest es ging. Sie bestand aus billigem Papier, aber es war eine gute Maske – der dehnbare Plastikbügel paßte sich angenehm dem Nasenrücken an. Die Luft kam ihm bereits sauberer vor, das Atmen fiel ihm leichter. Wenn er gewußt hätte, daß Atemmasken so leicht zu beschaffen waren, hätte Alex schon längst eine verlangt. Von jetzt an würde er die Maske stets griffbereit halten.

Alex lugte mit seinem maskierten Schädel um den Laster. Das Unwetter wandelte sich in eine Gewitterfront um, aus den gebirgigen Flanken der ersten Gewitterwolke schossen immer mehr Türme empor. Schlimmer noch, die ganze gewaltige, geronnene Masse von Unwettern geriet taumelnd in Bewegung, der gewaltige Bug eines unvorstellbar großen und machtvollen Gebildes aus heißem, transparentem Wind. Nichts auf Erden vermochte es aufzuhalten, nichts konnte sich ihm in den Weg stellen. Es würde wie ein planetarischer Schwertransporter über die grasbewachsenen Ebenen der Tornadostraße rasen.

Aber es würde sie verfehlen. Der Aerodromtruck befand sich außerhalb der Reichweite der Gewitterfront, unmittelbar an deren Südrand. Die Trouper hatten den Standort mit Bedacht gewählt.

Alex trat weiter vor, um besser sehen zu können. Im Nordwesten war die Gewitterwolke an einer Stelle der Unterseite aufgebrochen. Ein dunkler Regenschleier wehte langsam daraus hervor. Vereinzelte ferne Blitze durchbohrten die schräg abfallenden Wolken.

Alex sah dem Schauspiel der Blitze eine Weile zu, schätzte die Zeit, die der Donner bis zu ihm brauchte, und schlug gelegentlich nach Mücken. Er hatte noch nie einen so freien Blick auf ein Gewitter gehabt. Blitze waren wirklich interessant; flackernd, verzweigt, sehr geschmeidig und kunstvoll gekrümmt. Ein realer Blitz hatte so gut wie nichts mit den üblichen zweidimensionalen Comicabbildungen von gezackten Blitzstrahlen gemein. Reale Blitze ähnelten viel eher einem raffinierten Videoeffekt.

Am westlichen Horizont spielten Gras und Büsche auf einmal verrückt. Sie legten sich in einem weiten, sich ausbreitenden Bogen flach auf den Boden. Dann peitschten sie die Erde und krümmten sich wie rasend. Es sah so aus, als würde das Gras von einer riesigen, unsichtbaren Stampede zertrampelt.

Ein Staubvorhang sprang vom geschundenen Erdboden hoch, wie der Auswurf eines Teppichs, den man ausklopfte.

Alex hatte so etwas noch nie gesehen. Er schaute verblüfft zu, wie der schmutzige Wind vorwärtsstürmte. Er bewegte sich mit unglaublicher Geschwindigkeit übers Land, so schnell wie ein Highway-Truck.

Er raste den Hang des Hügels empor und traf auf den überraschten Zuschauer.

Der Wind warf ihn glatt von den Beinen. Alex landete unsanft auf dem Hintern und rollte in einem eiskalten, fliegenden Sturzbach aus Staub und Dreck durchs scharfe Gras. Eine Drecksalve explodierte in seine Augen und blendete ihn. Der Wind brüllte.

Die Böenfront bemühte sich nach Kräften, ihn auszuziehen. Im Nu hatte sie den Papieranzug bis auf die Knie heruntergerissen und zerrte heftig an den Schuhen, während sie ihn unablässig mit umherfliegenden Steinen und Unkraut bombardierte. Alex schrie vor Schmerz und krabbelte auf allen vieren zum Laster.

Der Laster schwankte auf den Achsen hin und her. Die Stoffveranda flatterte wie wild, wenngleich das Knattern im Heulen des Sturms kaum zu hören war.

Alex kämpfte sich wieder in den schlagenden, flatternden Papieranzug hinein und zwängte seine verdreckten Arme in die leeren Ärmel. Vor Schmerz strömten ihm die Tränen nur so aus den Augen, und seine unbedeckten Knöcheln brannten in der Staubböe unter dem Laster. Der Wind war sehr kalt, dünn, schneidend und alpin. Alex' Finger waren weiß und zitterten, und unter der Maske klapperte er mit den Zähnen.

Ständig wurde neuer Schmutz unter den Laster geweht. Der Staubwind pfiff harmlos unter den Liegestühlen der beiden Trouper hindurch. Obwohl Alex nicht hörte, was sie redeten, sah er doch, daß ihre Münder unter den Papiermasken ständig in Bewegung waren. Sie sprachen noch immer in die kleinen, gebogenen Mikrofonhalter hinein.

Alex fischte seine VR-Ausrüstung aus der Luft, die am Kabelende heftig umherschleudert wurde. Er rammte den Rücken gegen den schwankenden Laster und setzte sich den Kopfhörer auf.

»Ist angenehm kühl jetzt, wie?« meinte Bussard in Alex' beschützte Ohren. Bussards Stimme wurde gedämpft von der Maske und vom Schrillen des Windes am Mikrofonschutz.

»Bist du verrückt?« schrie Alex. »Das könnte uns ja umbringen!«

»Nur, wenn's uns im Freien erwischt hätte«, entgegnete Bussard. »Hey, jetzt brauchen wir nicht mehr zu schwitzen.«

»Carol hat einen!« sagte Martha.

»Schon?« meinte Bussard alarmiert. »Das wird ein langer Tag… Dann hol Jesse für einen Düppel-Run rüber.«

Die Heftigkeit der Böenfront ließ rasch nach, obwohl sich der Wind noch mehrmals aufbäumte. Ihr folgte eine gemächliche, kühle Brise, die stark nach Regen und Ozon roch. Alex fröstelte und barg seine durchgefrorenen Fäuste in den Achselhöhlen.

Das Innere der VR-Brille war voller Dreck. Alex nahm die Maske ab, spuckte auf die kleinen Bildschirme und versuchte sie mit dem Daumen zu säubern.

Bussard nahm die Brille ab und stand auf. Irgend etwas schlug schwer auf dem gespannten Verandastoff auf. Bussard hüpfte zum Rand der Veranda, sprang hoch und packte es; ein gelandeter Ornithopter.

Bussard wischte sich Staub vom Trainingsanzug und schaute Alex unbebrillt an. »Verdammt noch mal! Hat dich etwa die Böenfront erwischt?«

»Wie kriege ich die wieder sauber?« meinte Alex ausweichend und hielt die Brille hoch.

Bussard reichte ihm ein antiseptisches Tuch. Dann öffnete er die Hecktür des Lasters und stieg geduckt hinein.

Er kam mit einem Matchbeutel wieder heraus und knallte die Türen zu. Der Beutel war voller Spulen mit schillerndem Band. Bussard nahm ein Stück gelben Klebestreifen von einer Spule ab und zog an dem Band. Ein Teil des glänzenden Bandes löste riß sich los und flatterte im Wind.

Er reichte es Alex. »Smarte Düppelstreifen.«

Die Streifen sahen aus wie altmodisches Videoband.

Beide Enden des Bandes waren säuberlich perforiert. Der Streifen war zwei Finger breit und so lang wie Alex' Unterarm. Er war nahezu gewichtslos, am Rand jedoch so steif, daß man sich unangenehm schneiden konnte, wenn man nicht aufpaßte.

An einem Ende befand sich ein Höcker: ein Chip und eine winzige, flache Batterie.

Bussard verschraubte die Achse der Düppelspule am Brustbein des Ornithopters. Dann nahm er wieder den Wurfstock, trat in den Wind hinaus und startete das Gerät. Es stieg in der steifen Brise mit ausgebreiteten Schwingen raketengleich empor. »Pro Spule sind es hundert Streifen«, sagte Bussard, sich umwendend. »Wir lassen sie durch den Zacken verteilen.«

»Wofür sind sie gut?« fragte Alex.

»Wie meinsten das?« fragte Bussard verletzt. »Damit mißt man Temperatur, Luftfeuchtigkeit ... und Windgeschwindigkeit, weil man die Düppelstreifen gleichzeitig auf dem Radar verfolgen kann.«

»Oh.«

»Die Düppel brauchen nur ganz wenig Auftrieb.« Bussard hob die VR-Montur hoch. »Daher bleiben sie oben, bis der Zacken ausfasert. Los, mach dich bereit, Mann, Greg und Carol sind fündig geworden!«

Alex setzte sich aufs Bubblepak. Er zog sich die Matte von hinten wie eine Decke über die Schultern. Die Luftblasen im Plastik hielten den kühlen Wind wirksam ab. Abgesehen vom aufgewirbelten Staub, der sich mit dem Schweiß vermischt hatte und ihm an Gesicht, Hals und Brust klebte, hatte er es beinahe behaglich. Er setzte die Brille auf.

Im nächsten Moment war Alex meilenweit entfernt und flog auf Lenas Schwingen dahin, vor sich ein langgestrecktes, weißes Plateau aufgewühlter Wolken. Über dem Plateau wurde das gewaltige brodelnde Gebirge der Gewitterwolke von gespenstischen Blitzen durchzuckt.

Marthas Ornithopter tauchte unter die Wolke. Aus der Unterseite der Gewitterwolke wehten große, ausgefranste Regenschleier hervor. Den Südrand der Wolkenbasis bildete jedoch ein langer, nachschleppender dunkler Sockel, leicht gebogen und frei von Regen. Von unten betrachtet war das Unwetter pechschwarz, unangenehm dunkelgrün gemasert, bleiern, die davon ausgehende Bedrohung war fast greifbar.

»Wie hast du es so schnell hierher geschafft?« fragte Bussard Martha.

Marthas Stimme schaltete sich knackend auf den Kanal. »Ich hab einen mittleren Jet erwischt, Mann! Der ist wie 'n Expreßlift! Hast du schon das konvexe Dings da oben gesehen? Der Jet schält die Vorderseite des Turms ab wie eine Zwiebel!« Martha hielt inne. »Das ist *ulkig*.«

»Es gibt keine normalen mehr, Martha«, meinte Bussard geduldig. »Das versuche ich dir dauernd klarzumachen.«

»Na ja, wir kriegen vielleicht einen F-3, allerhöchstens«, stellte Martha fest. »Das ist keine Superzelle. Aber, Mann, irgendwie seltsam ist das schon.«

Auf einmal schrie Bussard überrascht auf. »Verdammt! Jetzt seh ich, was du mit dem mittelhohen Jet gemeint hast... Mist, ich hab gerade zwei Düppelstreifen verloren.«

»Paß auf, daß dein Thopter den Arsch hochkriegt, die Wand bewegt sich.« In dem Maße, wie Marthas Erregung wuchs, trat ihr schleppender Oklahoma-Akzent immer deutlicher hervor.

»Wovon redet ihr da eigentlich?« fragte Alex.

»Siehst du die große Abwärtsströmung dort an der Basis?« antwortete Martha. »Zwischen der seitlichen Begrenzung und der Regenfront?«

Alex starrte angestrengt in die Brille. Soweit er erkennen konnte, bestand die Wolke aus einer einzigen Masse ununterscheidbarer Klumpen. Doch dann bemerkte er, daß ein ganzes Gebiet an der Basis – mehrere Dutzend Klumpen, eine ganze Wolkenregion von der Größe von vier bis fünf Football-Feldern – einen langsamen Tanz begonnen hatte. Die Klumpen wurden nach unten gezogen – machtvoll zusammengepreßt und abwärts gezerrt –, wo sie einen breiten, bauchigen, runden Wulst bildeten, ein ganzes Stück unterhalb der eigentlichen Wolkenbasis. Die Klumpen waren schwarz, häßlich, grämlich und wirkten höchst unzufrieden damit, nach unten gezwungen zu werden. Sie bemühten sich heftig, wieder zur Mutterwolke aufzusteigen und ihre Form zu bewahren, schafften es jedoch nicht und fielen auseinander. Irgendeine unerbittliche verborgene Kraft zog sie wie gasförmiges Toffee zu langen, kreisförmigen Streifen auseinander.

Auf einmal meldete sich eine weitere Stimme, mit einem scharfen Beiklang und begleitet vom fernen Knistern statischer Entladungen. »Hier spricht Carol in Alpha! Wir haben hier eine Windhose, Ende.«

»Hier Nowcaster«, ertönte Jerry Mulcaheys ruhige Stimme. »Gib mir die Koordinaten, Ende.« Der gute, alte Jerry, wurde Alex auf einmal klar, hatte den Vorteil, über die besten Antennen der Storm Troupe zu verfügen. Er schien wie Gottes berichterstattender Engel über dem Schlachtfeld zu schweben.

»Hier Greg in Alpha«, schaltete Greg Foulks sich ein. »Wie hält sich der Übertragungskanal, Jerry, Ende?«

»Geht noch, Ende.«

»Dann kommen jetzt die Koordinaten.« Greg schickte sie, ein kurzes digitales Kreischen.» Wir müssen weiter, Jerry. Die Wolkenwand wird voll zuschlagen, und über Radar bekommen wir ein Signal von einem gewaltigen Hagelschauer im Nordwesten rein, Ende.«

»Dann fahrt hinter die Landspitze und bootet die

Anlage«, ordnete Jerry an. »Meldung, Aerodrom. Was machen die Düppel, Ende?«

»Boswell in Aerodrom«, sagte Bussard, und obwohl er nur eine Armlänge von Alex entfernt war, klang seine Stimme unerwartet dünn und verrauscht. »Ich hab Jesse geladen und bewege mich in einem starken Jetstrom, und Kelly fliegt gerade zum Aerodrom, um eine zweite Spule zu laden, Ende.«

»Lena ist jetzt in Position, Jerry, soll ich den Staubwirbel jetzt für dich angreifen, Ende?« fragte Martha.

»Wunderbar, Martha«, antwortete Jerry, und das Lob und die Genugtuung waren seiner tiefen Stimme deutlich anzuhören. »Warte, ich schalte dich eben auf den Monitor ... Okay, Martha, los! Nowcaster Ende.«

Marthas Stimme verlor ihr statisches Knistern und ertönte wieder unmittelbar an Alex' Ohr. »Kommst du mit, Kleiner?«

»Yeah.«

»Dort wird's aber haarig werden.«

»Okay. Okay. Okay.«

Der Ornithopter fiel vom Himmel und senkte sich langsam herab. Die Wolkenwand über ihnen war erheblich dicker geworden, wenngleich sie sich nicht rascher zu bewegen schien. Der Thopter legte sich auf die Seite, und auf einmal bemerkte Alex unten am Boden ein unangenehmes Staubwölkchen. Die Staubwolke schien nicht sonderlich schnell zu rotieren. Statt dessen spuckte sie. Sie riß unbeholfen dünne, trockene Brocken ockerfarbener Erde hoch und versuchte sie beiseitezuschleudern.

Martha überflog die Staubwolke und umkreiste sie. Alex hatte noch nie erlebt, daß Staub sich so seltsam und hektisch verhalten hatte. Der Staub bemühte sich verzweifelt, zu fallen, sich loszureißen oder auf irgendeine andere Art zur natürlichen Unbewegtheit von Dreck zurückzukehren, schaffte es aber einfach nicht. Statt dessen sackten ganze rauchgraue Klumpen von dem Zeug plötzlich in sich zusammen und verschwanden von der Bildfläche, als würden sie inhaliert.

Dann begann mitten in dem trockenen, umherschwirrenden Dreck Wasserdampf zu kondensieren, und zum ersten Mal wurde Alex sich der wahren Gestalt und der erschreckenden Geschwindigkeit des Wirbelsturms bewußt. Die Luft wurde durch die schiere Wucht des Aufpralls sozusagen sichtbar.

Der junge Tornado hatte eine eigenartige Bernstein- oder Ockerfärbung, wie ein Schwall Bühnenqualm eines Magiers aus einem rückwärts laufenden alten Kinofilm. Irgendein seltsamer Phasenübergang, düster, langsam und geheimnisvoll, erfaßte das Gebilde von unten nach oben. Durchscheinende Bänder bernsteinfarbenen Dampfs und ockerfarbener Dreck wirbelten langsam die Spindel empor, als Silhouette gegen Himmel und Erde sichtbar. Am Boden war er sehr schmal, dann wurde er allmählich breiter und dicker …

Martha stieß in einer komplizierten, schrägen Acht neben dem Tornado tief hinunter und gewann ganz unvermittelt eine Menge Höhe. Alex zuckte überrascht zusammen. Dann erblickte er unmittelbar vor sich die Spitze des Wirbelsturms – die rotierende Wolkenwand streckte langsam dicke Dampfwurzeln zum Erdboden aus.

Der Thopter sackte ab, pendelte sich wieder ein und schlug einen Bogen. Das Zentrum des Wirbelsturms wirkte trügerisch leer; ein Kern aus reinem Nichts, mit einer riesigen schwarzen Wand, die von oben darauf herunterschmolz, und ein Flaschenhals gequälten, emporsteigenden Staubs. Doch dann bewegte sich der Wandtrichter sehr plötzlich nach unten, in vier dicken, schwirrenden, voneinander deutlich abgetrennten Rinnsalen tiefschwarzer Oktopustinte, und er packte den kleinen Staubwirbel und fraß ihn auf, und es ertönte ein schreckliches Geräusch.

Alex hatte gar nicht gemerkt, wie das Heulen des Wirbelsturms angeschwollen war. Doch nun, da der Tornado seine düstere Wildheit voll entfaltet hatte, ging ein groteskes Dröhnen davon aus, das die Erde erzittern ließ. Selbst über die beschränkten Mikrofone des Ornithopters machte es den Eindruck eines starken, komplizierten Geräuschs, ein Knirschen, Knattern und Schleifen, vor dem Hintergrund des furchtbaren Baßtons einer Kirchenorgel, ein Geräusch, das in den Ohren weh tat, mechanisch und organisch und orchestral zugleich.

Der Trichter setzte sich in Bewegung. Er wurde ständig dicker, rotierte immer schneller und wälzte sich unberechenbar über den Boden. Dort vermochte er keinen großen Schaden anzurichten, denn da gab es nichts als Gras und Büsche. Jeder Busch, den er berührte, verschwand entweder oder wurde zerfetzt, doch dem Gras schien der Tornado nicht viel anzuhaben. Er zerrte flüchtig daran und überstäubte es mit Dreck, doch er bohrte sich nicht durch die Narbe. Er brüllte bloß, kreischte und summte vor sich hin, auf eine meditative, vollkommen dämonische Weise, und wühlte mit der schmalen Spitze mutwillig im Gras, wie ein umherwanderndes Mastodont auf der Suche nach Erdnüssen.

Martha umkreiste das Gebilde in respektvoller Entfernung gegen den Uhrzeigersinn. Bei einer Umdrehung erhaschte Alex einen Blick auf das Verfolgungsfahrzeug Alpha, das reglos hinter dem Tornado stand, erschreckend nah und erschreckend winzig. Erst als Alex den kleinen Jagdwagen der Truppe sah, wurde ihm das Ausmaß dessen bewußt, was er da vor sich hatte: der Fuß des Tornados hatte mittlerweile den Durchmesser eines Parkplatzes.

Als der Tornado volle Größe und Geschwindigkeit erreicht hatte, wurde er munterer. Er marschierte zuversichtlich den flachen Hang eines Hügels empor, auf eine energische, flotte Art, hoch aufgerichtet und mit gereckten Schultern. Dann marschierte er den Hügel auf der anderen Seite hinunter und streckte seinen rotierenden Fuß durch die verrosteten Überreste eines Stacheldrahtzauns. Ein Dutzend verrotteter Zedernpfosten wurde auf der Stelle in Bodenhöhe säuberlich abgeknipst und mit einem letzten Frohlocken verhedderten rostigen Drahtes dreißig Meter hoch in die Luft gerissen.

Der Zaun fiel als Drahtknäuel wieder auf die Erde. Als der Tornado die Straße überquerte, wirbelte er eine Staubbö auf.

Um Alex herum wurde es ganz still und dunkel. Zunächst meinte er, Marthas Drohne sei zerschmettert worden und er habe den Kontakt zu ihr verloren; doch dann fiel ihm ein, daß der VR-Schirm von Natur aus blau und nicht schwarz war. Vor sich sah er Schwärze: schwarze Luft. Und er hörte über Funk Bussard atmen.

»Das wirst du dir bestimmt nicht entgehen lassen wollen«, sagte Bussard. »So was mache ich nicht alle Tage. Ich werde den Kern anbohren.«

»Wo sind wir?«

»Wir sind auf Jesse und befinden uns unmittelbar über der Spitze. Wir sind in der Wolkenwand.«

»Wir können hier nicht rumfliegen«, sagte Alex. »Hier ist es ja stockfinster!«

»Klar, Mann. Aber Greg und Carol haben ihre Anlage eingeschaltet, und der Radarbus ist online. Ich habe gerade neunundsiebzig Bits – Shit! Ich meine Chips – in das Ding runtergeschickt! Jerrys Monitore qualmen schon! Wir werden den Kern anbohren, Mann! Wir gehen geradewegs in diesen Trichter runter, live, in Echtzeit, nur nach Instrumenten! Fertig?«

Alex' Herzschlag wechselte zu einer schnelleren Gangart. »Yeah! Mach schon!«

»In den Kern dringt auch kein Licht. Im Innern des

Tornados ist es nahezu stockdunkel. Aber Jesse ist für Nachtsicht ausgerüstet – mit Rotlicht und Infrarot. Keine Ahnung, was wir geboten kriegen werden, aber irgend etwas werden wir sehen.«

»Quatsch nicht, schieß los!« Alex drückte sich mit der flachen Hand die Brille auf die Augen.

Ein in der Lautstärke begrenztes Brüllen hüllte ihn ein. Fahles rotes Licht erstrahlte vor seinen Augäpfeln. Er sauste den verengten, rotierenden Schlund des Monsters hinunter. Der Thopter erbebte heftig, ein Dutzend Mal pro Sekunde. Im Innern des Tornados war die Windgeschwindigkeit so hoch, daß sie eine eigentümlich unwirkliche Qualität bekam, wie die Erdrotation.

Die Hölle besaß eine Struktur. Sie besaß eine Textur. Die rotierenden Innenwände waren ein verschwommenes, strähniges Gas, ein flüssiger, sich kräuselnder Glanz und ein harter, schwarzer, flatternder Festkörper, alles zugleich. Gewaltige, bauchig hervortretende Wellen und peristaltische Zuckungen krochen im Innern des Trichters empor, langsam und würdevoll, wie gewaltige schwarze Rauchringe aus dem Schlund eines gedankenverlorenen Riesen.

Der Thopter ruckte einmal, dann noch einmal heftiger, schließlich geriet er außer Kontrolle und stieß gegen die Wand. Auf einmal wurde es vollkommen still.

Das Bild erstarrte, dann löste es sich vor Alex' Augen in ein farbiges Muster aus blockartigen, nachleuchtenden Mustern auf.

Dann setzte sich das Bild wieder zusammen und schaltete ruckartig auf Echtzeitwiedergabe um. Sie befanden sich außerhalb des Tornados, in freiem Flug, und torkelten mit der Eleganz eines fliegenden Ziegelsteins durch die Luft.

Der Thopter breitete die Flügel aus und legte sich schräg auf die Seite. Bussard platzte laut in die plötzliche Stille: »Wir haben gerade beide Mikros verloren«, sagte er. »Druckabfall!«

Alex starrte auf die Bildschirme vor seinen Augen. Irgend etwas stimmte nicht mit der Wiedergabe. Er merkte, daß seine Augen nicht mehr mitmachen wollten und daß sich hinter dem Nasenrücken ein Kopfschmerz aufbaute. »Was ist los?« krächzte er.

»Ein kleines Anpassungsproblem«, räumte Bussard widerwillig ein. »Aber gar nicht so schlecht für einen glatten Durchflug.«

»Ich kann mir das nicht ansehen«, wurde Alex klar. »Ich seh das Bild doppelt, das tut mir in den Augen weh.«

»Mach ein Auge zu.«

»Nein, ich halt das nicht mehr aus!« Alex riß sich die Brille herunter.

Die Veranda lag wieder in vollem Sonnenschein. Der Gewitteramboß war nach Nordwesten weitergewandert und hatte dünne, hohe Zirruswolken in seinem Kielwasser zurückgelassen, wie die Schleimspur einer Schnecke.

Alex stand auf, ging vorbei an Bussards und Marthas reglosen Beinen und blickte nach Norden. Die ganze Schlechtwetterfront wich rasch zurück und raste auf Oklahoma zu. Alex vermochte den Tornado, dessen Inneres er in Augenschein genommen hatte, nicht einmal mehr auszumachen. Entweder wurde ihm von den nähergelegenen Wolkentürmen die Sicht darauf versperrt, oder der Tornado befand sich bereits jenseits des Horizonts.

Hinter der Gewitterfront war die Luft kühl, blau und lieblich. Der Himmel wirkte mild und klar und voller sanfter Naivität, als wäre an den Tornados jemand anders schuld.

Alex trat wieder unter die Veranda, nahm ein antiseptisches Tuch und wischte sich den Dreck von Gesicht und Hals. Seine Brust, sein Hals und seine Arme waren gerötet von winzigen, verkrusteten Schnitten und den peitschenden Schlägen des Windes, als hätte er versucht, eine Katze in seinen Papieranzug zu stopfen.

Vom Staub und dem hinter der Brille angesammelten Schweiß taten ihm die Augen weh. Er war müde und benommen und sehr durstig, und im Mund hatte er einen metallischen Geschmack.

Jedenfalls blutete er nicht. Die Kratzer waren nichts Ernstes. Das Atmen fiel ihm wunderbar leicht. Und er hatte sich prächtig amüsiert.

Er setzte sich wieder hin und legte die VR-Montur an.

Martha umkreiste unter Mühen den Tornado. Das Rückgrat des Tornados hatte sich seitlich geneigt; oben war er fest in der sich bewegenden Wolkenbasis verankert, doch die Spitze schleppte hartnäckig über den Boden nach. Die erzwungene Streckung behagte ihm offenbar nicht. Die Spitze im Innern der Korona aus umherfliegendem Dreck war arg geknickt, und der schwankende Mittelteil schleuderte verdrießlich lange Schmutzfahnen aus sich heraus.

»Du mußtest unbedingt den beschissenen Kern anbohren, stimmt's?« fragte Martha.

»Yeah!« sagte Bussard. »Ich hab mich fast vier Sekunden lang im Schlund halten können!«

»Du hast beide Mikros geschafft und Jesses Aufnahmeoptik ruiniert, Mann.«

»Yeah«, antwortete Bussard gequält, »aber es ist kein Müll in dem Zacken. Ein bißchen Staub, ein bißchen Gras, sonst war er sauber!«

»Du hast die blöde Macho-Tour bloß deshalb abgezogen, weil du mit den Düppeln hinterherhängst!«

»Mach mich bloß nicht an, Madronich«, meinte Bussard warnend. »Ich hab den Kern angebohrt, und der Thopter fliegt immer noch, okay? Ich verlang ja nicht von dir, daß du jetzt Jesse fliegst. Du kannst dir den

Mund zerreißen, wenn *du* einen Kern anbohrst und heil wieder rauskommst.«

»Scheißdreck«, murmelte Martha.

Mit dem Boden vor dem Tornado war etwas sehr Seltsames passiert. Ein großer Flecken war schneeweiß und dampfte merklich. Das Gebiet wirkte vulkanisch. »Was, zum Teufel, ist das denn?« fragte Alex.

»Das ist Hagel«, antwortete Martha.

»Hagel, über dem sich Bodennebel bildet«, erklärte Bussard. »Seht nur, wie dieses Baby das Zeug aufsaugt!«

Beim Näherkommen des Tornados wölbten sich Fahnen von Eisnebel empor, krümmten sich und wurden von einer plötzlich sichtbar gewordenen Bodenströmung gepackt. Der Tornado stürmte Hals über Kopf durch die Schwaden und saugte von allen Seiten eiskalte Luftströmungen in sich ein, eine riesige, ausgefranste Rosette aus gequältem Nebel.

Das Hagelmuster am Boden hatte einen Durchmesser von ein paar Dutzend Metern. Nach einer halben Minute hatte es der Tornado entfernt. Bis zu den Knien durch die eiskalte Luft zu waten, hatte ihn jedoch sichtlich gereizt. Das Dreckspucken in Bodenhöhe ließ drastisch nach. Dann erschauerte er von oben nach unten. Die trockenen Schmutzbänder auf halber Höhe wurden schmaler und verdunkelten sich. Als die Luft klarer wurde, zeigten sich im Innern des Schlauchs auf einmal zwei dichte Dreckrinnsale, die an ein Paar stolpernder, wirbelnder Beine erinnerten.

»Siehst du das, Mann?« rief Martha triumphierend. »Saugflecken!«

Der Thopter senkte plötzlich die Nase und wurde beinahe in den Wirbel hineingeweht. Martha legte ihn japsend auf die Seite und stabilisierte ihn wieder.

»Paß auf«, meinte Bussard ruhig. »Der hat die Abwärtsströmung richtig fest am Wickel.«

Der Tornado wurde langsamer und zögerte. In Bodenhöhe verlängerte sich die überdehnte Spitze, knickte scharf um und brach widerwillig ab. Die abgetrennte Spitze des Wirbelsturms verschwand in einer kollabierenden Wolke freigesetzten Staubes.

Der mitten in der Luft gestrandete amputierte Tornado machte einen gewaltigen Satz nach vorn und setzte sich wieder mitten unter die Wolke. Dann versuchte er wieder Bodenkontakt zu bekommen, er streckte sich und kratzte über den Boden, verlor jedoch merklich an Kraft.

Die beiden umeinander rotierenden Saugflecken gerieten ins Stolpern und prallten gegeneinander. Das größere Bein verschlang das kleinere. Daraufhin lebte der Tornado wieder auf, er reckte sich, berührte den Boden, und ein Dreckstrom schoß den Schaft empor. Mittlerweile war der Trichter jedoch erheblich dünner geworden und peitschte nervös und hektisch.

»Er fasert aus«, sagte Martha. »Ich mag diese Phase. Dann werden sie wirklich unberechenbar.«

Der Tornado hatte seinen Charakter verändert. Eben noch war er ein Keil gewesen, ein riesiger, stumpfnasiger Bohrer. Jetzt sah er aus wie ein schlapper Korkenzieher aus Schnur und Rauch.

Große, abgeflachte, rotierende Brocken sausten den Korkenzieher hinauf und hinunter, große, schmutzige Zwiebeln aus eingesperrter Drehkraft, die ihn beinahe erstickten.

Alle paar Sekunden wurde einer der eingesperrten Klumpen auf spektakuläre Weise ausgespien, zusammen mit großen Schmutzbändern, die zur Wolkenbasis hochzuklettern versuchten. Manchmal schafften sie es. Häufiger jedoch krümmten sie sich zusammen, schwammen zuckend in die Luft hinaus und verflüchtigten sich.

Der eingeschnürte Tornado wurde noch schmaler, an manchen Stellen so dünn, daß er aussah wie eine große, kollabierende Windhose. Die klare Luft drum herum befand sich noch immer in heftiger Bewegung, war jedoch nicht mehr so turbulent, daß man es hätte sehen können. Die Luftströmungen schienen an Zusammenhalt zu verlieren.

Der langgezogene Tornado zog sich schließlich zu einer unordentlichen, gewundenen Helix zusammen – als versuchte er, mit einem größeren, unsichtbaren Wirbelsturm zu verschmelzen, sich um einen größeren Kern zu wickeln und sein wildes, kleines Leben im Austausch für ein größeres Wüten aufzugeben.

Doch er schaffte es nicht. Anschließend verzagte er. Er verlor all seine Kraft, Wellen der Auflösung liefen den Schaft hinauf und hinunter, der sprichwörtliche letzte Seufzer.

Martha tastete systematisch die Wolkenbasis ab. Die rotierende Wolkenwand war auseinandergebrochen. Unmittelbar dahinter zeigte sich eine große, klare Aussparung, ein Fallstrom, in dem kalte Luft aus dem Bereich der Stratosphäre herunterstürzte, sich durch die Quelle des Wirbels nagte und dessen Rotation unterbrach. Der Wirbelsturm war tot, er existierte nicht mehr.

Ein heller, schmutziger Regenvorhang tauchte auf, heraufbeschworen und eingesogen von den Todeszuckungen des Tornados.

Martha kam unter der Wolkenbasis hervor in den hellen Sonnenschein herausgeflogen. »Siebzehn Minuten«, sagte sie. »Ziemlich gut für einen F-2.«

»Das war ein ausgewachsener F-3«, widersprach Bussard.

»Um was wetten wir? Warte nur, bis Jerry die Meßergebnisse der Düppel ausgewertet hat.«

»Okay, F-2«, lenkte Bussard ein. »Für einen großen ist es noch ein bißchen früh am Tag. Wie sieht's mit Lenas Batterie aus?«

»Nicht gut. Laß uns runtergehen, die Thopter aufladen, die Zelte abbrechen und dann machen, daß wir der Trockenlinie hinterherkommen.«

»Gute Idee«, meinte Bussard. »Okay, du und der Pillenfreak, ihr brecht das Lager ab, und ich lande die Thopter.«

»Wie du willst«, sagte Martha.

Alex nahm Brille und Kopfhörer ab. Er schaute zu, wie Martha sich sorgfältig ihrer VR-Ausrüstung entledigte. Sie erhob sich vom Liegestuhl, streckte sich, grinste, schüttelte sich und schaute ihn an. Sie riß die Augen auf.

»Verdammt noch mal! Haben dich etwa die Sturmböen erwischt?«

»Ein wenig.«

»Du bist wirklich unbezahlbar«, meinte Martha lachend. »Also, hoch mit dir! Wir müssen weiter.«

»Warte mal«, sagte Alex. »Du meinst doch nicht etwa, nach dem hier gibt es *noch einen?*«

»Kann schon sein«, sagte Martha und packte energisch ihre Ausrüstung weg. »Du hattest ganz schön Glück, dafür, daß das deine erste Jagd war. Jerry ist ein guter Nowcaster, der beste, den es gibt, aber er trifft nur bei jeder zweiten Jagd ins Schwarze. Okay, in letzter Zeit vielleicht in drei von fünf Fällen ... Aber« – Martha reckte sich und schwenkte die Hand mit den schwarzlackierten Nägeln, als schwänge sie ein Lasso – »bei dieser mittelhohen Wirbelbildung? Mann, bei so einer Front können wir leicht ein halbes Dutzend Zacken zur Strecke bringen.«

»Oh, Mann«, sagte Alex.

»Wir müssen los. Diese Frühlingsgewitter zischen immer ab, was das Zeug hält, die kommen mühelos auf fünfzig Stundenkilometer ... Wir können von Glück sagen, wenn wir bis Mitternacht noch nicht in Anadarko gelandet sind.« Sie blickte auf den reglos daliegenden Bussard hinunter und mußte sich offenbar zusammenreißen, um ihn nicht mit einem Tritt aus dem Liegestuhl zu befördern.

»Bis Mitternacht?« fragte Alex.

»Shit, ja! Etwa zwei Stunden nach Sonnenuntergang wirkt die nächtliche Konvektionsströmung erst so richtig belebend.« Martha grinste. »Mann, solange du nicht im Dunkeln Zacken gejagt hast, weißt du nicht, was Sache ist.«

»Gönnt ihr euch eigentlich niemals Ruhe?« fragte Alex.

»Mann, wir haben den ganzen gottverdammten Winter lang Ruhe. Jetzt ist die Unwettersaison.«

Alex ließ sich das durch den Kopf gehen. »Habt ihr zufällig Salztabletten dabei?«

Normalerweise kümmerte Jane sich nicht groß um Rick Sedletter. Normalerweise kam sie mit Rick Sedletter so gut aus wie ein Interface-Designer mit einem beknackten Programm-Schuster von einem Techie nur auskom-

VIERTES KAPITEL

men konnte. Dies war jedoch kein normaler Tag. Sie waren bereits seit Stunden miteinander unterwegs, und Rick zappelte am Haken der patentierten Jane-Unger-Schweige-Behandlung.

Beide wußten sie, worum es bei der Auseinandersetzung ging: um Alex. Jane war sich sicher, daß Rick bereits bedauerte, ihren Bruder schikaniert zu haben. Doch während die Stunden und Kilometer verstrichen, hatte Jane jede Menge Zeit, darüber nachzugrübeln, wie leichtsinnig es von ihr gewesen war, Alex überhaupt zur Truppe zu bringen. Er hatte schon angefangen, Ärger zu machen, und das war noch gar nichts im Vergleich zu dem, wozu er noch fähig sein mochte. In gräßlichen, wiederkehrenden Visionen sah sie vor sich, wie Alex Martha und Bussard mit einer Kollektion mexikanischer Lungennarkotika auf die Nüsse ging.

Sie war ein großes, blödsinniges Risiko eingegangen, als sie Alex gerettet hatte, und seine Erfolgsaussichten waren so gering. Angenommen, Alex überstand den ersten langen, harten Tag auf der Straße. Angenommen, Alex kam mit den Troupern zurecht und lernte zum erstenmal in seinem Leben, Verantwortung zu übernehmen, ohne zusammenzuklappen und in kleine Stücke zu zerbrechen. Es würde ihr trotzdem wenig nützen. Es konnte sehr gut sein, daß sie ihm das Leben gerettet hatte, doch Alex würde ihr niemals dankbar dafür sein, nicht einmal in hundert Jahren.

Charlie gab pfeifend und klingelnd einen nicht unbedingt notwendigen Alarm und fuhr einen Kartenschirm aus dem Armaturenbrett aus. Darauf war Jerrys neuester Lagebericht dargestellt. Rick hielt an, tippte auf seinem Laptop herum und bekundete nachhaltiges professionelles Interesse an den auf der Karte abgebildeten farbigen Konturlinien unterschiedlich schneller Luftmassen.

Rick tat sein Bestes, um es ihr heimzuzahlen. Beiden war klar, daß im Moment keine Aussicht auf Besserung bestand.

Draußen, in nördlicher Richtung, ragte drohend der hinterdreinzottelnde Turm der Gewitterfront auf, wogte im heißen, nachmittäglichen Sonnenschein und saugte heftig adiabatischen Saft in sich ein. Jerry hatte ihnen das ganze Spektrum regulärer Updates geschickt; Satellitenbilder, den Wanderweg der Pseudokaltfront, SESAMEs Windschätzungen, große, geschwollene, von den Doppler-Geräten aufgezeichnete Regengüsse. Die Front spie Niederschläge aus, warf lemonengroße Hagelkörner ab und blies eindrucksvolle Böenfronten vor sich her. Von Zacken war jedoch nichts zu sehen.

Die Truppe hatte früh am Tag einen F-2 aufgeschreckt. Der Zacken war ganz unvermittelt, ziemlich unerwartet und gewissermaßen aus dem Nichts aufgetaucht. Und das war auch gut so, denn so hatte die Truppe den Zacken ganz für sich allein. Greg und Carol hatten die gesamte Entwicklungsphase von der Wolkenwand bis zum Ausfasern aus der Nähe vom Boden aufgezeichnet. Bussard und Martha hatten sie mit Düppeln bepflastert, so daß Peter und Joanne im Radarbus ein paar gute interne Daten bekommen hatten. Das mußte man als Erfolg bezeichnen.

Nun erreichte die Aufladung durch die nachmittägliche Sonneneinstrahlung ihren Höhepunkt, und die Aussichten auf einen größeren F-4 oder gar einen F-5 waren gewachsen. Die Gewitterfront bewegte sich auf die Grenze zwischen Texas und Oklahoma zu, in raschem Tempo und mit dem mittelhohen Jet im Schlepptau. Die Jagdsituation würde sich jetzt grundlegend ändern. Mittlerweile hatte die Truppe die verlassenen Landstriche hinter sich gelassen und eine Gegend erreicht, wo das Grundwasser stellenweise noch nicht versiegt war und wo noch eine Menge Leute lebten.

Wenn sie erst einmal die unfruchtbaren Ebenen von King und Stonewall County hinter sich gelassen und die weite, flache Hochwasserebene des Red River erreicht hätten, würde jeder Zacken von Sturmbeobachtern nur so wimmeln. Neben den Umweltdaten der nationalen Sturmwarnungszentren stünde ihnen reichlich Netzwerkunterstützung zur Verfügung. Die örtliche Polizei und Feuerwehr würden sich dort herumtreiben, vielleicht sogar Ranger und die Nationalgarde von Oklahoma. Nachrichtenteams vom Fernsehen. Und Hobbysturmjäger, die sich mit allen erdenklichen selbstgebastelten Geräten vor ihre Städte wagten. Außerdem die übliche Versammlung der im Hintergrund lauernden Irren: Trümmerfreaks, Vandalen und professionelle Plünderer.

Und natürlich die Leute, die sich dort aufhielten, weil sie nicht anders konnten; die stinknormalen, bedauernswerten Bürger, die sich solange um ihren eigenen Kram kümmerten, bis irgendein Zacken ihre Stadt auseinandernahm.

Die Helfer würden sich als letzte zeigen: Hubschrauber, die über dem verwüsteten Gebiet Nahrungsmittel abwarfen, Rettungstrupps der Bundesbehörden, staatliche Flüchtlingsmanager mit der unsentimentalen offiziellen Barmherzigkeit der Suppenküchenzelte und Papierkleider. Irgendwann würde schließlich auch Hilfe eintreffen. Man konnte auf die Hilfe der Regierung nicht verzichten. Nach so vielen Jahren der Naturkatastrophen war nicht mehr viel spontane Hilfsbereitschaft übriggeblieben, aber die Helfer verfügten wenigstens über eine Menge Übung.

»Um Himmels willen, Janey, jetzt mach nicht so ein Gesicht«, platzte Rick plötzlich heraus. »Es ist doch nicht so, daß wir den Jungen umgebracht hätten.«

Jane schwieg.

»Er hat sich viel besser gehalten, als du denkst!«

Bevor sie sich Jerry und der Truppe angeschlossen hatte, war es Jane schwergefallen, den Mund zu halten. Mittlerweile war sie eine begnadete Schweigerin.

Darin hatte sie eine Menge Übung. Sie hatte im zweiten Monat bei der Truppe gelernt, den Mund zu halten, nach der häßlichen, lautstarken und handgreiflichen Auseinandersetzung mit Martha Madronich. Jerry hatte ihr wegen des Kampfes keine Vorwürfe gemacht. Er hatte nicht Partei ergriffen, hatte kein Urteil gefällt und sie nicht kritisiert. Statt dessen hatte er Jane gebeten, sich zu einer Woche Schweigen zu verpflichten.

Jerrys Führungsstil unterschied sich wesentlich von den üblichen Psychopraktiken des öffentlichen Niedermachens und der Erniedrigung vor der Gruppe. Jerry hob nur selten die Stimme, und selbst bei den offiziellen Gruppenzusammenkünften gab er meistens nur kurze Statements ab oder teilte gelegentlich ein knappes Lob aus. Bei privaten Unterredungen jedoch war er hervorragend. Vor dem Kampf hatte er Jane kein einziges Mal zu einem Vieraugengespräch einbestellt. Sie hatte jedoch mitbekommen, wie er unauffällig einzelne Leute beiseitenahm – sogar welche vom harten Kern wie beispielsweise Carol, Greg oder Ellen Mae –, und sie hatte gesehen, wie sie nach etwa einer Stunde erschüttert, ernst, irgendwie breitschulterig und mit leuchtenden Augen wieder zum Vorschein gekommen waren.

Ein Schweigegelöbnis zu leisten, war eine höchst seltsame Bitte. Sie hatte Jerry jedoch noch nie ernster erlebt. Es lag auf der Hand, daß er sie vor eine Herausforderung stellte, daß er sie einem Akt ritueller Disziplin unterzog. Am schlimmsten aber war die Erkenntnis, daß Jerry ernsthaft bezweifelte, sie verfügte über die nötige Charakterstärke, es auch zu schaffen.

Darum hatte Jane das Versprechen bereitwillig geleistet, ohne Murren und ohne jede Debatte. Sie war wortlos aus dem Zelt gegangen, und sieben endlose Tage lang hatte sie mit niemandem ein Wort gesprochen. Keine Gespräche, keine Telefonanrufe, keine Funkverbindungen. Sie hatte nicht einmal Kommentare ins Netz getippt.

Es war ihr unglaublich schwer gefallen, weitaus schwerer, als sie es sich vorgestellt hatte. Nachdem sie mehrmals beinahe instinktiv herausgeplatzt wäre, hielt sie die oberen und die unteren Zähne insgeheim mit einer Metallklammer zusammen. Die Klammer war ein blöder Einfall und eine Art Selbstbetrug, doch sie half ihr jedesmal, wenn Martha vorbeigehumpelt kam, sie angrinste und in ein Gespräch zu verwickeln versuchte.

Das Schweigen war für Jane wirklich schmerzhaft und schwierig gewesen. Es war wie ein Drogenentzug. Wie Fasten. Wie ein Marathonlauf. Es hatte sie innerlich stark verändert.

Innerhalb der Gruppe war es kein Geheimnis, daß sie sich heftig für Jerry interessierte, und sie merkte, daß er davon wußte und daß er in Versuchung war. Er hatte sie in die Gruppe aufgenommen. Er hatte ihr Verantwortung übertragen. Er hatte sich ihre Ratschläge und Kommentare immer höflich angehört. Aber er hatte sorgsam darauf geachtet, Abstand zu halten.

Jerry war in Versuchung, aber die Versuchung war nicht stark genug. Das war der wahre Grund, warum er sie vor die Herausforderung gestellt hatte. Wie alles, was Jerry Mulcahey wirklich interessierte, war die Versuchung subtil, schwierig und mit großen Risiken behaftet. Die übrigen Gruppenmitglieder mochten sie als Bestrafung auslegen, doch Janey wußte es besser: es war ein ganz persönliches Auf-die-Probe-Stellen, und es ging um Sieg oder Niederlage. Jerry wollte, daß sie ihm ein ernsthaftes Versprechen gab und daß sie es brach. Als Vorwand dafür, sie höflich aus seinem Leben hinauszudrängen. Darum war sie nicht drum herumgekommen, die Verpflichtung einzugehen.

Jane hatte ihr Versprechen jedoch nicht gebrochen. Sie hatte es gehalten. Natürlich hatte sie niemandem aus der Gruppe davon erzählt. Sie war einfach aus dem Zelt hinausspaziert und hatte den Mund gehalten. Bei dem engen Zusammenleben waren die anderen allerdings sehr bald dahintergekommen. Ihr Schwur war eine schwere Bürde für sie gewesen, hatte jedoch eine tiefgreifende und erstaunliche Wirkung auf die anderen Trouper gehabt. Auch schon vorher hatten sie ihr grollend Respekt gezollt, ihr allerdings keine offene Sympathie entgegengebracht. Sie wußten, daß Jane die Hölle durchmachte, und griffen ihr unter die Arme. Als die Schweigewoche zu Ende ging, behandelten die Trouper sie zum erstenmal so, als gehörte sie wirklich dazu.

Und hinterher wurde zwischen ihr und Jerry bald alles mega-anders.

»Okay, er ist ohnmächtig geworden«, jammerte Rick. »Der harte Survivaltyp ist er jedenfalls nicht. Aber hast du gewußt, daß er ein Kannibale ist?«

»*Was?*« entfuhr es Jane.

»Yeah, er hat damit geprahlt, er hätte Menschenfleisch gegessen! Nicht, daß ich persönlich etwas gegen Kannibalismus hätte...« Rick zögerte und suchte nach Worten. »Weißt du, der Junge hat was. Er ist ein häßlicher, schlaksiger, verrückter kleiner Typ, aber ich glaube, bei dem läuft was. Ehrlich, irgendwie mag ich ihn!«

»Also, er kann unmöglich Menschenfleisch gegessen haben«, sagte Jane. »Er ist doch erst zwanzig. Na ja, einundzwanzig.«

»Shit, wir wußten doch alle, daß er uns verarscht! Aber deshalb mußten Peter und ich ihn halt ein bißchen durch die Mangel drehen. So was lassen wir nicht mit uns machen! Oder? Und wenn er tausendmal dein Bruder ist. Komm schon, Janey!«

»Na ja, er *ist* mein Bruder, Rick, da hast du verdammt noch mal recht.«

Rick klappte den Laptop heftig zu. »Na ja, du kannst ihn nicht immer beschützen! Die Truppe ist schließlich kein Kindergarten! Wir machen hier draußen Jagd auf Tornados! Warum hast du deinen Bruder eigentlich hergebracht?«

»Na ja«, meinte Jane bedächtig, »kannst du ein Geheimnis für dich behalten?«

Rick machte ein langes Gesicht. Er blickte sie wachsam an. »Worum geht's?«

»Ich bin pleite, Rick. Und Alex nicht.«

Rick schnitt eine Grimasse. Sie hatte das Thema Geld angesprochen; das absolute Tabu der Truppe.

Ricks rundlichem, verstoppeltem Gesichtsausdruck nach zu schließen, schien er wahre seelische Qualen zu durchleiden. Sie hatte gewußt, daß es ihm vor Verlegenheit die Sprache verschlagen würde.

Jane blickte versonnen zu der Zwanzigtausend-Meter-Gewitterwolke hinaus, die vor ihr am Horizont aufragte, und fragte sich, ob es wohl jemals eine Zeit gegeben hatte, in der man sich seines Reichtums nicht hatte zu schämen brauchen. Vielleicht damals, bevor die schweren Unwetter angefangen hatten, als es auf der Welt noch ruhig und geordnet zugegangen war. Bevor die ›Informationswirtschaft‹ genau wie zuvor der Kommunismus nach hinten losging und ihren gierigen, fanatischen Erschaffern um die Ohren flog. Als es noch stabile und funktionsfähige nationale Währungen gab. Und Banken, die einzelnen Ländern gehörten und die Gesetze respektierten, anstatt weltweit operierender Piratenbanken, die nicht mehr dingfest zu machen waren und die aus durchlässigem Maschendraht, Verschlüsselungscodes und Spucke ihre eigenen Gesetze formten.

Juanita Unger war zufällig eine Erbin. Wenn sie hundert Jahre früher zur Welt gekommen wäre, überlegte Jane, wäre vielleicht eine nette, altmodische Durchschnittserbin aus ihr geworden. Mit Familiengeld, das aus einer seltsamen, altmodischen, industriellen und ladyliken Quelle stammte, so wie Waschmittel oder Kaugummi. Und wäre sie in glühender Liebe zu irgendeinem Wissenschaftler entbrannt, hätte sie ihm beispielsweise eine diskrete Stiftungsförderung zukommen lassen können. Und sie hätte dreimal die Woche zu seinem Forschungslabor hinausfahren und sich auf einem sofagroßen Rücksitz um den Verstand vögeln können.

Vielleicht hatte irgendeine Frau des zwanzigsten Jahrhunderts dies alles irgendwo, irgendwie, irgendwann tatsächlich getan. Falls ja, so hegte Jane keinen

Groll gegen sie. Vielmehr wünschte sie, diese Erbin hätte ihren Spaß gehabt, während sie die Ressourcen des Planeten gedankenlos plünderte und ein Leben führte wie eine Made im Speck. Jane hoffte, es habe ein gutes Ende für die Frau genommen und sie sei friedlich gestorben und begraben worden, bevor sie erkannte, was ihre Lebensweise dem Planeten angetan hatte. Unter den gegebenen Umständen mochte ihr Leben durchaus interessant und angenehm gewesen sein. Doch es hatte nicht die geringste Ähnlichkeit mit dem Leben, das Jane Unger kannte.

Jane war ein Storm Trouper. Ein Storm Trouper, der zufällig Geld hatte, und sie war noch nie irgendwelchen Leuten mit einer so negativen Einstellung zum Geld begegnet. Die Trouper glaubten wirklich, Unwettertrümmer, ein bißchen Schrott, ein paar vergammelte Computer, Wirgefühl, Shareware, billiger Prikkel und Jerrys Charisma wären genug zum Leben. Ging man davon aus, daß ihre Vorstellungen von Selbstversorgung hoffnungslos unpraktikabel waren, war es bisher erstaunlich gut gelaufen. Sie hatten ihre Reparaturaufträge und halfen hin und wieder bei Bergungsarbeiten. Die meisten hatten im Winter Zeitjobs in der Stadt, und ein paar, darunter auch Jane, blickten auf ehemals vielversprechende Karrieren zurück. So kratzten sie etwas Geld zusammen. Und angesichts der Tatsache, daß die meisten in Städten aufgewachsen waren, kamen sie ganz gut damit zurecht, das zu verspeisen, was sie jagten und/oder aus dem Boden holten.

Aber weil es ihnen an Kapital mangelte, leisteten sie keine erstklassige Forschung. Bis Jane Unger kam.

Jane hatte den ersten Hinweis auf Dr. Gerald Mulcaheys Arbeit in einer obskuren Nische des Wissenschaftsnetzes von Santa Fe entdeckt, sehr seltsam, sehr geheimnisvoll und kunstvoll unter nichtlinearen atmosphärischen Gleichungen vergraben, die auf der ganzen Welt vielleicht nur fünf Leute verständlich waren. Jane war nicht die erste Designerin, die auf Mulcaheys Arbeit gestoßen war. Die Kunde davon hatte gerade angefangen, sich in ihren Netzwerkkreisen zu verbreiten. Was man sich erzählte, klang zwar recht abstrus – aber Jane hatte ein Gespür für das, worauf es ankam.

Die schiere Gewalt dieser Grafiken hatte sie verblüfft. Es war ein virtuoses Spektakel, und der Typ hatte sich nicht einmal angestrengt. Er hatte eine hypnotisierende Virtualität aus sich windenden Flüssigkeiten erschaffen, während er zugleich ernsthaft bemüht war, das Verhalten der realen Welt wissenschaftlich zu beschreiben. Wenn er ein geeignetes Interface benutzt, ein wenig Sorgfalt aufs Editieren verwandt, die Farben und den Blickwinkel besser gewählt und sich mehr Mühe mit den Einzelheiten gegeben hätte, wäre die Arbeit bestimmt kommerziell verwertbar gewesen.

Und so hatte Jane, mit einigem Aufwand an Netzwerk-Zauberei, Dr. Gerald Mulcahey erfolgreich aufgespürt. Sie hatte sein Camp am Arsch der Welt besucht, mit ihm gesprochen und einen Deal mit ihm geschlossen. Sie hatte die Grafik eigenhändig überarbeitet und sie mit einem neuen Front End in ein Kunstverbreitungsnetz eingespeist. Und obwohl das ganze moderne Gefüge des Copyrights und geistigen Eigentums ein einziger Witz war – während des Ausnahmezustands war es vollständig zerschlagen und nie wieder neu aufgebaut und stabilisiert worden –, hatte Jane tatsächlich ein wenig Geld damit verdient. Und sie hatte Mulcahey Tantiemen gezahlt.

Natürlich hatte Mulcahey seine ganzen Tantiemen sogleich in neue Hardware investiert. Und dann hatte er auch noch ihren Anteil an dem Geld ausgegeben. Und dann hatten sie sich in freundschaftlicher, kollegialer Weise daran gemacht, noch viel mehr Geld auszugeben.

Und nun war ihr Geld praktisch verschwunden. Obwohl sie ein verdammt gutes Jagdteam versammelt hatten. Vielleicht würde sie ihr Geld eines Tages sogar wieder zurückbekommen.

Falls sie einen F-6 fanden.

Jane war nicht so naiv zu glauben, die Truppe würde den F-6 ganz für sich allein beanspruchen können. Sie hatte Jerrys Simulationen gesehen, und wenn Jerry mit seinen Annahmen über die Natur des Monsters nur halbwegs richtig lag, würde der F-6 verdammt auffällig sein, eine spektakuläre Naturkatastrophe, die nicht zu übersehen wäre. Falls die Truppe jedoch einen F-6 fand, würde sie einen großen Vorteil vor den anderen Medienkonkurrenten haben. Die Trouper würden nämlich die einzigen sein, die die ganze Gewalt und den Schrecken dessen, was sie beobachteten, tatsächlich begriffen. Weil niemand sonst auf der ganzen Welt glaubte, daß ein F-6 überhaupt möglich war.

»Rick«, sagte sie.

»Ja?«

»Ich habe beschlossen, dir zu verzeihen, Mann.«

»Oh.«

»Unter der Bedingung, daß du Alex ab sofort in Ruhe läßt.«

»Okay, okay«, meinte Rick säuerlich. »Von mir aus kann er bleiben. *Ich* werde ihn bestimmt nicht aus der Truppe rausschmeißen! Jerry schmeißt Leute raus, Greg schmeißt Leute raus, Carol schmeißt Leute raus. Ich, ich bin bloß ein einfacher Programmierer, ich komme mit jedermann aus. Ist mir sogar egal, wenn er mir Geld gibt – Scheiße, ich habe keinen Stolz. Na los, gebt mir Geld, du *und* dein Bruder! Ist mir echt egal.«

»Hast du gewußt, daß Jerry einen Bruder hat?«

»Yeah, hab ich gewußt«, sagte Rick. Er schien sich

über den Themenwechsel nicht sonderlich zu wundern. »Ich bin seinem Bruder nie begegnet oder so … Ich glaube, er ist bei der Regierung, im Außenministerium, beim Militär, halt so was. Jerry versteht sich nicht mit ihm.«

»Hat Jerry jemals von seinem Bruder gesprochen, bevor ich aufgetaucht bin?«

»Na ja, du kennst Jerry ja«, sagte Rick. »So was hängt er nicht an die große Glocke … Ich hab ihn mal drüber reden hören, als er mit Valerie Schluß gemacht hat. Valerie, die Seismographin, weißt du.«

»Über Valerie weiß ich Bescheid«, sagte Jane gepreßt.

»Yeah«, meinte Rick und nickte abwesend. »Valerie stand auf kollabierten Wasseradern, Erdsenkungen und so Zeug, sie hing immer mit der Truppe herum und machte Echomessungen … Machte äußerlich nicht viel her, aber eine hochintelligente Frau, ja wirklich. Bis Jerry sie schließlich rausschmiß, wurde es zum Ende richtig fies. Sie hackte dauernd auf seiner Familie herum.«

»Ach, wirklich«, sagte Jane in möglichst uninteressiertem Ton.

»Yeah!« Durch das stundenlange Schweigen hatte sich bei Rick einiges aufgestaut. »Schon komisch, worüber Männer und Frauen sich streiten … Ich meine, ich war ja nie verheiratet, aber mir scheint, es gibt da drei Hauptthemen – Sex, Geld und Verantwortung. Hab ich recht?«

Jane gab keine Antwort.

»Bei Valerie drehte es sich also um Verantwortung. Zum Beispiel, was bedeutet dir mehr – ich oder deine Arbeit, ich oder deine Freunde, ich oder deine Familie, ich oder dein Verstand? Mir ist völlig schleierhaft, wie eine Frau Jerry so was fragen kann. Der Typ ist ja ein Fanatiker! Der läßt nicht eher locker, bis er gefunden hat, wonach er gesucht hat! Bei so einem Typ klinkt man sich entweder ein und hilft ihm, oder man macht schleunigst, daß man ihn wieder loswird! Sonst legt man sich bloß mit ihm an. Das ist ein Naturgesetz.«

Jane schwieg.

Rick rückte seine Brille zurecht und breitete weit die Arme aus. Seine sonnengebräunten Unterarme steckten in Manschetten aus Hirschleder. »Ich begreife nicht«, sagte er, »nur vom Verstand her, natürlich – warum eine Frau Jerry attraktiv finden sollte. Ich meine, er ist groß und kräftig, in gewisser Weise sieht er auch gut aus, und er ist *wirklich* INTELLIGENT. Und er ist weder gemein noch unehrlich. *Skrupellos,* das ja, aber grausam ist er nicht. Und er hat natürlich den starken Sex-Appeal eines Outsiders, weil er den Leithammel für diese ganzen irren Typen macht. Auf so was stehen die Frauen. Daher kann ich nachvollziehen, warum eine Frau Lust kriegen könnte, auf den Rücksitz von Jerrys Motorrad zu steigen, die Titten an ihm zu reiben und ihm die Hose aufzuknöpfen oder zu ihm in den Schlafsack zu kriechen. Aber verdammt noch mal! Ihn heiraten? Kinder mit ihm kriegen? Ihn hinter einem Lattenzaun einsperren? Ich meine, wozu das alles?«

Jane lachte.

»Lach ruhig, Janey«, meinte Rick, »aber darauf war Valerie aus. Ich glaube nicht, daß ihr das jemals klar wurde. Ich meine, bewußt. Das war nichts weiter als ein genetischer Imperativ, mehr nicht. Hatte irgendwas mit weiblichen Chromosomen zu tun.«

Jane seufzte. »Rick – du bist das größte Arschloch aller Zeiten.«

»Oh«, meinte Rick schockiert. »Okay. Tut mir leid.«

»Ich habe nicht vor, ihn zu heiraten. Ich habe keinen Lattenzaun. Ich will ihn der Truppe nicht wegnehmen. Ich *mag es,* bei der Truppe zu leben. Das gefällt mir wirklich. Es ist meine Truppe.«

»Klar, sicher.« Rick nickte hastig. »Von dir hab ich

nicht geredet, Janey. So gut müßtest du mich inzwischen eigentlich kennen.«

»Ich habe meine eigenen Gründe, warum ich scharf auf den F-6 bin. Und wenn Jerry tot umfallen sollte, dann werde *ich* ihn finden. Ich werde ihn aufspüren und dokumentieren und die Daten in jedes einzelne Netzwerk auf diesem Planeten speisen. Okay?«

»Okay, Janey.« Rick grinste. »Ganz wie du willst.«

»Du hast noch nicht mit seinem Bruder geredet, oder?«

»Nein. Ich weiß nicht mal, wo der lebt. Aber wenn ich's rausfinden wollte« – er schaute sie an –, »dann würde ich erst mal Jerrys Mom fragen.«

Unmittelbar östlich der Grenze von Foard County, neben dem Bundeshighway Nr. 70, stießen sie auf Zacken. Beide Seiten des Highways waren mit den Wagen der Zuschauer vollgeparkt, darunter Polizisten, endlose Schlangen von Amateuren mit billigen Ferngläsern und Videokameras, ein unförmiger Lidar-Bus des SESAME-Netzes mit abgestimmten Lasern und mehreren Parabolantennen.

SESAME und der truppeneigene Radarbus hatten bereits seit einer Stunde einen größeren Strömungsausläufer auf den Monitoren, und es hieß, die Polizei sei bereits ausgeschwärmt und der Katastrophenalarm sei ausgelöst. Bislang war jedoch noch keine Wolkenwand zu sehen, und der regenfreie Schelf wirkte erstaunlich beengt und wenig vielversprechend.

Dann tauchten um 17 Uhr 30 zwei Zacken gleichzeitig auf; nicht in der Vordertasche des Ausläufers, wie man eigentlich hätte erwarten sollen, sondern an der Rückseite des Unwetters.

Rick fing den ersten Alarm auf, als er den Funkverkehr eines überraschten und aufgeregten TV-Teams abhörte. Er informierte unverzüglich die Truppe und bootete die Teleskopkameras an Charlies vorderer Geschützlafette.

Wenn alles gut ging, würden die mit der Bodenverfolgung beauftragten Trouper den Weg des wandernden Zackens vorausahnen und sich rechts vor ihn setzen, so daß sich die Silhouette des sich nähernden Zackens gegen die hellere Luft abhob. Im Idealfall würden sie eine Reihe von Meßgeräten so plazieren, daß der Zacken den Raster durchwanderte. Dies war die übliche Forschungsstrategie, um die eindeutigsten, umfangreichsten Datensammlungen zu bekommen, und die SESAME-Leute mit ihrer schweren Computerausrüstung hatten ursprünglich den gleichen Plan gehabt.

Bei diesen neuen Zwillingszacken mußten sie sich jedoch etwas anderes einfallen lassen. Da sie sich hinter dem Unwetter befanden, würde die Hagelfront unmittelbar über sie hinwegziehen.

Jane zeigte den Amateuren ausgelassen, womit sie es zu tun hatten, und befahl Charlie, den Highway zu verlassen und über Zäune und Gräben hinweg in wilder Jagd querfeldein zu rasen. Der Wagen hüpfte über eine vollgesogene Weide mit jungen Sonnenblumen und kniehohem Johnsongras. Die auf einem reaktiven Podest montierten Teleskopkameras bewegten sich mit der unerschütterlichen technischen Sanftheit, die ursprünglich für moderne Maschinengewehre Kaliber fünfzig entwickelt worden war. Janes Nerven summten vor Erwartung. Sie war dorthin unterwegs, wo sie sich am wohlsten fühlte: im Zentrum des Geschehens. Hellwach, lebendig und in Gefahr.

Zacken waren sehr gefährlich. Sie führten extrem hohe Winde mit sich und schleuderten häufig große, tödliche Trümmerstücke umher. Bei einer Verfolgung ging die größte Gefahr jedoch nicht vom Trichter aus. Ein modernes Verfolgungsfahrzeug vermochte einem sichtbaren Trichter, der bereits Bodenkontakt hatte, fast immer auszuweichen. Die größten Gefahren für die Truppe waren schwerer Hagel, Blitze und Kollisionen.

Hagelschauer waren schwer vorherzusagen, und sie deckten ein viel größeres Gebiet ab als die Spitze eines Zackens. Meistens war der Hagel lediglich unangenehm, entweder graupelartig, breiig oder körnig, aber Jane hatte schon Unwetter gejagt, die steinharte, apfelsinengroße Hagelkörner zu wadentiefen Haufen getürmt hatten.

Großer Hagel fiel nicht so wie Regen oder Schnee oder kleiner Graupelhagel. Großer Hagel ähnelte scharfrandigen, massiven Eisbrocken, die vom Dach eines dreitausendstöckigen Gebäudes fielen. Im texanischen Fortsatz hatte Jane im Frühjahr 2030 von einem Hagelkorn eine solche Rippenprellung abbekommen, daß sie sich eine ganze Woche lang mit Salbe hatte einschmieren und einen elastischen Verband tragen müssen. Dasselbe Unwetter hatte zwei der frühen Strandbuggies der Truppe dermaßen erwischt, daß sie hinterher mit Hunderten faustgroßer Dellen übersät gewesen waren.

Trotzdem konnte man dem Hagel ausweichen, wenn man sich vom Unwetterzentrum fernhielt und das Radar aufmerksam im Auge behielt. Blitze waren anders. Blitzen konnte man nicht ausweichen; das war reine Glückssache. Bevor sie zur Truppe gestoßen war, hatte Jane den üblichen gutgemeinten Zivilschutz-Nonsense gehört, daß man sich von ungeschützten Höhen fernhalten und sich flach auf den Boden werfen solle, wenn man spürte, daß das Haar zu knistern begann, aber seitdem hatte sie eine Menge Unwetter erlebt, mit denen nicht zu spaßen gewesen war, und mittlerweile wußte sie über deren Beschaffenheit im wesentlichen Bescheid. Blitze waren ein im höchsten Grade nichtlineares Phänomen. Die meisten Blitze erweckten zwar den Anschein, den physikalischen Standardgesetzen zu gehorchen, Jane hatte jedoch häufig erlebt, wie selbst aus kleineren Gewittern auf einmal ein gewaltiger knisternder Feuerstrahl exzentrischer Naturgewalten hervorgebrochen war, der irgendeinen kleinen Flecken Erde heimsuchte, der aber auch nicht das geringste mit der ganzen Sache zu tun hatte. Blitze waren im Grunde eine verrückte Angelegenheit, und wenn man zufällig von einem getroffen wurde, konnte man verdammt wenig dagegen tun.

Was Kollisionen anging, nun, Charlie, war ein megacooles Gerät, aber sein Programm umfaßte achthundertsiebenundfünfzig Millionen Zeilen. Ein gutes, solides, eingehend getestetes Programm, ausgespuckt über Parallelprozessoren, die weit schneller und präziser arbeiteten als das Nervensystem jedes menschlichen Fahrers. Aber Programm war und blieb Programm, und ein Programm konnte abstürzen. Sollte das Programm abstürzen, während Charlie gerade in einer bitverschlingenden Querfeldeinverfolgung begriffen war, dann würde Charlies Absturz das gleiche bedeuten wie ein Zusammenstoß mit einem präcybernetischen Fahrzeug: schnelles, hartes, dummes Metall gegen weiches, feuchtes, menschliches Fleisch.

Sie umrundeten eine brodelnde rückseitige Abscherung und erblickten zwei Zacken, die sich wie ein riesenhaftes Paar Antilopenhörner aus der Rückseite des Nimbusschelfs wanden. Die Zwillingszacken besaßen eine bizarre Schönheit und lösten bei Jane ein Gefühl tiefer Dankbarkeit und Ehrfurcht aus, wirkten aber höchstens wie zwei F-2. Es kam nur selten vor, daß einem ein unorthodoxer Gewitterteil einen richtig großen Zacke bescherte.

Nun, da das Ziel in Sicht war, machte Charlie sich ernsthaft an die Arbeit und kam ihm in kurzer Zeit ein beträchtliches Stück näher. Auf einmal war die Schleppe in der kühlen, feuchten Luft um sie herum spürbar. Nur ein Tornado erzeugte eine solche

Schleppe. Wer die Schleppe einmal gehört hatte, konnte sie nie wieder vergessen.

Jane liebte die Schleppe. Die elementare Lärmflut sprach etwas in ihr an, das tief und ursprünglich war und so zart wie ihr Zahnfleisch. Sie stellte etwas mit ihr an, das erfüllender war als Sex. Ein Schwall rein ästhetischer Kampfeslust stieg ihr den Rücken hoch, daß sie meinte, sie werde jeden Moment aus der Haut fahren und ihre Feuerschwingen entfalten.

»Welchen willst du?« rief sie Rick zu.

Rick schob sich die mit Gummi eingefaßten Okulare des Verbindungskabels zu den Teleskopkameras in die Stirn. Ohne Brille wirkten seine Augen wie wahnsinnig, geweitet und fiebrig. »Nimm dir den vor, der zuerst Bodenberührung kriegt!«

Das Horn zur rechten schien das dominantere zu sein. Der komplizierten Maserung der dahinterliegenden Wolkenmasse nach zu schließen waren beide Zacken verzweifelt bemüht, auf einen langsamen Orbit umeinander einzuschwenken. Ricks Empfehlung klang vernünftig: der Zacken, der als erster den Boden berührte, würde wahrscheinlich eine bessere Aufwärtsströmung bekommen. Im Laufe der nächsten Minuten würde der Zwilling mit mehr Saft wahrscheinlich hungrig werden und den anderen auffressen.

Aber man wußte nie. Zacken waren auf dem Gebiet turbulenter Instabilität zu Hause, und manchmal reichte schon das kleinste Fitzelchen zusätzlicher Energie, sie in eine Monsterphase umkippen zu lassen ... Jane stand kurz vor einer Entscheidung. Sie bremste den Wagen ab und blickte nach oben.

»Verdammt!« rief sie. »Der linke rotiert verkehrt rum!«

»Was?«

»Das ist ein Antizyklon! Guck mal, wie das verdammte Ding rotiert!«

Rick drehte den Kopf herum, wodurch die angeschlossenen Kameras auf der Stoßstange ebenfalls herumschwenkten. »Allmächtiger!« sagte er. Die Zacken rotierten in entgegengesetzte Richtungen.

Die Drehrichtung eines Wirbelsturms war vor dem Hintergrund des dräuenden, schwarzen Schelfs schwer zu bestimmen, aber Jane hatte die Bewegung gesehen, da gab es kein Vertun. Jane war platt. Zum letztenmal war ein antizyklonischer Zacken in den späten Neunzigerjahren dokumentiert worden. Auf der Nordhalbkugel auf einen im Uhrzeigersinn rotierenden Wirbelsturm zu stoßen, war ebenso verrückt, als träfe man auf der Straße jemanden mit zwei linken Füßen.

»Wir folgen dem Anomalen!« verkündete Jane. Sie griff unter den Sitz und holte kabellose Kopfhörer und ein Mikrofon hervor.

»Eine gute Wahl!« meinte Rick mit vor Unglauben gepreßter Stimme.

Jane schrie Charlie Befehle zu, wurde des verbalen Interfaces müde und zog das Lenkrad herunter. Sie schaltete in den computerunterstützten manuellen Modus, wobei ein Zerren am Lenkrad das Softwareäquivalent eines Ruckens am Zügel darstellte. Das war eine hervorragende Methode, einen Wirbelsturm zu verfolgen, vorausgesetzt, beim Pferd handelte es sich um eine intelligente Maschine, die tausendmal stärker und schneller war als man selbst. Eine ausgezeichnete Methode sogar, solange das Programm des Pferdes nicht beim Wechsel zwischen verschiedenen Modi abstürzte. Und solange man nicht vergaß, daß man eigentlich gar keinen Wagen steuerte, sondern vielmehr indirekt auf Richtung, Geschwindigkeit und Taktik des Fahrzeugs Einfluß nahm. Auf jeden Fall war es erheblich sicherer, als zwei Tornados manuell zu folgen. Trotzdem war es eine ausgezeichnete Methode, sich umzubringen.

Rick gab der Truppe lautstark einen Lagebericht durch, während er gleichzeitig den Antizyklon mit den Teleskopkameras photometrisch vermaß. Jane dachte besorgt an die Düppel-Bazooka im Kofferraum. Die Bazooka-Salven waren so verflucht teuer, daß sie nie Gelegenheit gehabt hatte, sich wirklich vertraut damit zu machen. Rick hielt sich unglücklicherweise für einen hervorragenden Schützen, als wäre es ein Mordsspaß, bei dem man Rehe mit einer lautlosen, elektrischen Schnellfeuerwaffe mit Laserzielvorrichtung erlegte. Rick war jämmerlich schlecht im Umgang mit der Bazooka und zu sehr von sich eingenommen, während sie jämmerlich schlecht, sich dessen aber zumindest bewußt war.

Sie stupste Rick gegen die Schulter. »Wo sind die Thopter?«

»Sind unterwegs. Wird noch eine Weile brauchen.«

»Dann muß ich den Antizyklon vom Boden aus mit Düppeln bombardieren«, sagte sie.

»Das ist doch zwecklos, Janey! Der Radarbus hat gerade erst die Stangen aufgestellt, die Daten werden nur an SESAME gehen!«

»Dann soll SESAME eben die Daten kriegen, wir müssen ihn jetzt festnageln, das verdammte Ding ist ein Linkshänder! Im Dienst der Wissenschaft!« Sie ließ Charlie auf freiem Feld anhalten, öffnete die Tür und sprang ins kniehohe Gras hinaus.

Aus der Deckung von Charlies Dach hervor war das Geräusch der Schleppe gewaltig, markerschütternd, kosmisch. Jane rannte um den Wagen herum, wühlte im Kofferraum und löste die Klettverschlüsse der Bazooka. Es war noch zu früh, die Zacken in Augenschein zu nehmen. Es hatte keinen Sinn, sich jetzt schon aus der Fassung bringen zu lassen.

Sie fand die Düppel-Rakete, schnallte sie los. Entfernte den gelben Sicherheitsstreifen. Drehte die Rakete herum, um sie scharf zu machen. Klappte das Visier der Bazooka hoch. Schaltete die Bazooka ein. Bootete den Flugbahnrechner der Bazooka. Charlie vibrierte vom Geräusch der Schleppe, und heftige Windböen nachfolgender Aufwärtsströmungen zerrten am Gras.

Die Bestückung der Bazooka mit Düppeln war ein äußerst komplizierter Vorgang. Die Tätigkeit hatte einen großen, intellektuellen Reiz, was einem Zustand starker emotionaler Erregung entsprach. Es war, als konzentrierte man sich ganz bewußt darauf, jemand anders langsam zum Orgasmus zu bringen.

Jane trat ins Freie hinaus, verschaffte sich einen sicheren Stand, hob die Mündung an und spähte in die Zielvorrichtung der Bazooka. Sie drückte den ersten Auslöser. Ein rotes Lämpchen flammte auf. Sie gabelte den Tornado auf dem Zielbildschirm ein. Das rote Lämpchen ging aus, und ein grünes ging an. Jane drückte den zweiten Auslöser.

Die Rakete startete mit einem die Waden versengenden Hitzerückstoß und flog direkt auf den Zacken zu. Sie sackte in den Turbulenzen ein paarmal kurz ab und verschwand dann unmittelbar in der rotierenden Düsternis; nicht unbedingt mitten ins Schwarze getroffen, aber gar nicht so schlecht. Jane beobachtete glücklich die Anzeige und wartete auf das Detonationssignal vom Explosivkanister der Düppel.

Nichts. Sie wartete.

Nichts. Schon wieder so ein gottverdammter Blindgänger.

Jane senkte tiefenttäuscht die qualmende Bazooka und bemerkte zu ihrer Rechten auf einmal etwas Bewegtes und Farbiges. Unmittelbar rechts von ihr, vielleicht in zehn Metern Entfernung, hatte ein TV-Team mit einem Geländefahrzeug gehalten. Eine Korrespondentin mit Kopfmikrofon und einem reizenden gelben Regenmantel mit Armgelenken aus Messing war herausgesprungen. Sie machte gerade eine Aufnahme.

Nicht von den Tornados. Von Jane.

Jane war live im Fernsehen. Als sie es merkte, wurde sie von heftiger, irrationaler Wut überwältigt. Sie konnte sich gerade noch rechtzeitig beherrschen, sonst hätte sie die Mündung herumgeschwenkt und damit gedroht, die Reporter in die Luft zu jagen, bloß um die Scheißkerle davonrennen zu sehen. Die Bazooka war jedenfalls ungeladen, und sie hatte keine Düppel mehr, und das war auch gut so, denn sonst wären die Typen mitsamt ihrem Allerweltsspot in die Luft geflogen. Jane wandte sich von den Kameras ab, biß die Zähne zusammen, verstaute die Bazooka mit professioneller Gründlichkeit, rannte um den Wagen herum, stieg wieder ein und knallte die Tür zu.

»Das war Klasse!« rief Rick. »Verdammt noch mal, Janey, du bist gut mit dem Ding!«

»Das war ein Blindgänger!« schrie Jane zurück.

»Oh, Shit!«

Jane schaltete die Geräuschunterdrückung der Kopfhörer ein. Das Tosen der Schleppe verstummte abrupt, jede einzelne Schallwelle wurde von einem Sound-Chip im Kopfhörer ausgelöscht. Das widerhallende Donnern wurde von einer unheimlichen, künstlichen, eigenartig feucht klingenden Stille ersetzt, als hätte sie den Kopf in einen großen, ausgehöhlten Kürbis gesteckt.

Als Rick ihr wieder etwas zurief, war seine Stimme ein flaches, gefiltertes Dröhnen. »Rechts haben wir einen Staubwirbel! Wir werden den Antizyklon noch verlieren.«

»Hab ich mir schon gedacht«, murmelte Jane, der die eigene Stimme laut in den Ohren klang. Rick hob seine Brille an, bemerkte, daß Jane die Geräuschunterdrückung eingeschaltet hatte, nickte erwartungsvoll, holte seinerseits einen Kopfhörer unter dem Beifahrersitz hervor und setzte ihn auf.

»Man kann sie halt nicht alle festnageln«, murmelte

Rick feucht über Kopfhörer. »Jedenfalls bekomme ich hervorragende photometrische Daten rein. Geh näher an den linken ran.«

Der Zacken zur Rechten hatte jetzt Bodenberührung und versuchte sich zu stabilisieren. Er pflügte in einem Kilometer Entfernung durch einen Flecken hohen Grases und wirbelte eine Wolke aus Dreck und Stroh auf. Noch keine größeren Brocken, aber das Stroh war kein Witz; Tornado-Stroh, das waren fliegende, hochbeschleunigte Nadeln, die in der Lage waren, Bretter und selbst Baumstämme zu durchbohren.

Sie befahl Charlie, die Verfolgung fortzusetzen, wobei sie dem rechten Zacken auswich und näher an den Antizyklon heranging. Er hatte noch keine Bodenberührung, und es schien fraglich, ob er jemals welche bekommen würde. Der hintere Tornado wurde allmählich hinter die Front gezogen, in den Windschatten seines größeren Bruders hinein, wobei er vor Empörung ausschlug und sich krümmte.

Tornados waren keine Lebewesen. Tornados hatten keinen eigenen Willen, sie empfanden weder Freude noch Schmerz. Im Grunde waren Tornados lediglich mächtige Stürme. Bloße atmosphärische Wirbel, natürliche Gebilde aus sich rasch bewegender Luft, die blindlings den Gesetzen der Physik gehorchten. Einige dieser Gesetze waren allerdings seltsam, kompliziert und nichtlinear, daher war das Verhalten der Wirbelstürme bisweilen unberechenbar, aber Tornados hatten nichts Magisches oder Mystisches an sich, sie gehorchten den Naturgesetzen, und Jerry verstand diese Gesetze. Er hatte Jane deren Wirkungsweise in stundenlangen Computersimulationen geduldig demonstriert. Jane wußte dies alles mit rationaler Gewißheit.

Aber *dennoch* tat Jane der Antizyklon unwillkürlich leid. Dieses mutierte, linkshändige, arme kleine Ding … das gewaltige, böse, wunderschöne Ding …

Der rechte Wirbelsturm hob vom Boden ab, schnürte sich ein und vollführte auf einmal ein größeres und entscheidendes Manöver. Er riß sich aus seiner ursprünglichen Verankerung an der Rückseite des Unwetters los und stürmte Hals über Kopf voran. Das ganze Gebilde der Wolkenbasis brach vor ihm zusammen wie eine einstürzende Decke und wurde in nebliges Chaos geschleudert. Das hinterherschleifende, gebogene Ende, das der Antizyklon war, bockte, schrumpfte und wurde aufgesogen.

Eine blendende Sturzflut nahezu horizontalen Regens ging auf die Landschaft nieder. Der Zacken verschwand dahinter.

Jane wirbelte augenblicklich herum und machte sich daran, den rechten Rand des Unwetters zu umfahren. Das Ausweichmanöver erforderte zwölf lange Minuten rasender Verfolgungsjagd und eine bedenkliche Menge Batteriestrom. Unterwegs begegneten sie einer dahinstürmenden Armada von drei Fernsehteams, fünf Gruppen vor Hobbyzuschauern in schrottreifen Bussen und zwei Hilfssheriffs.

Vor dem Tornado war der Himmel bedeckt, eine endlose Prärie feuchter, instabiler Golfluft, Zunder vor einem Buschfeuer. Als Jane den Zacken wieder sichtete, war er ein gedrungener, massiver, brüllender Keil, der unmittelbar in der Tasche des Strömungsausläufers saß und wie ein Schwerlaster vorwärtsstürmte. Sie legte SESAME auf den Monitor und schaltete Mikrofon und Kopfhörer auf den allgemeinen Truppenkanal. »Hier Jane in Charlie. Wir haben den Zacken wieder gesichtet! Das ist ein Mega-F-4 am Boden und im Ausläufer! Da ist noch eine Menge drin, Ende!«

»Hier spricht Joe Brasseur von der Navigation. Verstanden, Jane. Vor eurem Zacken liegt bewohntes Gebiet – Quanah, Texas. Verfolger, achtet auf flüchtende Fahrzeuge! Achtet auf Zivilisten! Achtet auf Trümmer in der Luft oder am Boden! Vergeßt nicht, Leute, ein

Tornado geht vorbei, aber ein Anwalt läßt niemals locker. Ende.«

Was die Einwohner von Quanah bewerkstelligt hatten, war schon beeindruckend. Am Rande des Ödlands begegnete man allen möglichen Leuten, meistens ziemlich unzivilisierten, aber die Einwohner von Quanah waren ein ganz besonderer Schlag. Viel mehr als dreitausend waren es nicht. Die meisten hatten sich im Gefolge des schweren Wetters dort niedergelassen. Es waren harte, gewitzte und ausdauernde Leute, und sie besaßen eine Art Zivilcourage, die man nur als Pioniergeist bezeichnen konnte.

Sie bewässerten keine ungeschützten Felder mehr, denn angesichts des sinkenden Grundwasserspiegels war das illegal und außerdem sinnlos. Aber sie bauten genmanipuliertes Getreide mit verbessertem Chlorophyll an und hatten mit Gewächshäusern beachtliche Erfolge erzielt. Riesige, wunderschöne Gewächshäuser mit mächtigen, geschwungenen Holmen aus Schaummetall und ausgedehnten gerippten Flächen aus taubesetzter durchsichtiger Membran, Gewächshäuser, so groß wie Kornfelder, Gewächshäuser, die im Grunde Kornfelder *waren*. Riesige Ansammlungen sorgfältig konstruierter, moderner, feuchtigkeitsundurchlässiger Gewächshäuser, dicht an dicht ordentlich über die Landschaft verteilt, wie eine gewaltige Decke aus Bubblepak.

Der F-4 wanderte mitten in die Ansammlung aus Gewächshausblasen hinein und richtete ein Chaos an. Er zerstampfte einfach die großen Kuppeln aus Bubblepak und riß sie auf, was jedesmal einen scharfen Knall zur Folge hatte, den man noch in einer Meile Entfernung in den Knochen spürte. Die Unmengen feuchter Luft im Innern der geborstenen Kuppeln strömten augenblicklich als dicke, brodelnde Wolken kondensierenden Nebels nach oben, und aufmerksam beobachtet von der verblüfften Jane, schlürfte der F-4 den köstlichen Brodem warmer, feuchter Luft in sich hinein wie ein Tequilas pichelnder Trinker.

Er legte jedes einzelne Gewächshaus in Trümmer, das sich ihm in den Weg stellte, und zerstörte sämtliche darin befindlichen Gewächse.

Die Einwohner von Quanah waren nicht bloß Farmer. Sie waren moderne Biolandwirte. Sie hatten eine Silageraffinerie aufgebaut: mit Schornsteinen, Türmen, Fermentationskammern. Sie brachten die schlechteste Ernte der ganzen Welt ein: wildwachsende Pflanzen, Büsche, Mesquit, Kakteen, was sich gerade anbot – und verarbeiteten sie zu nützlichen Produkten, zu Zucker, Stärke, Öl, Zellulose. Silageraffinierung war ein dermaßen komplizierter, mühseliger Prozeß, daß er kaum Gewinn abwarf. Er bot jedoch einigen ehrbaren Bürgern Arbeit. Und er machte ehrenvollen Gebrauch von den ausgedehnten verlassenen Landstrichen der westtexanischen Hochebene. Silageraffinierung bedeutete, etwas unter denkbar schlechtesten Voraussetzungen aus dem Boden zu stampfen.

Der F-4 wanderte in die Silageraffinerie hinein und zerfetzte sie. Er hob die Rohrleitungen hoch, knipste sie säuberlich an den Nahtstellen ab und verformte sie, als würden sie mit Ultraschallkeulen bearbeitet. Er bog die Raffinerietürme, bis sie entzweibrachen und auf den Boden krachten, und er verteilte ein giftiges, warmes Gemenge aus genmanipulierter Hefe und Pilzen kilometerweit im Umkreis. Er zerschmetterte Fenster, deckte Dächer ab, brachte Betonfundamente zum Bersten und schloß Generatoren kurz. Im Handumdrehen tötete er drei Raffineriearbeiter, die sich aus Pflichtgefühl und Starrsinn nicht in Sicherheit gebracht hatten. Nachdem der Tornado die halbe Raffinerie zertrümmert und den Rest aufgerissen hatte, traf sein Verbündeter, der Regen, ein und durchweichte alles, was der frischen Luft ausgesetzt war.

Anschließend pflügte der Tornado durch das flache

Schachbrettmuster der Straßen von Quanah, zertrümmerte Häuser und Läden, zerschmetterte die alten Bäume rund um das Gerichtsgebäude und zerstörte einen Tanzsaal.

Als er mit dem Städtchen Quanah, Texas, fertig war, stürmte er mit unverminderter Gewalt auf den Red River und die Einwohner von Oklahoma zu.

Als Jane zurück zum Lager kam, war es fünf Uhr morgens. Während der langen Rückfahrt hatte sie ein wenig auf dem Fahrersitz geschlafen, aber eigentlich hatte sie viel zuviel Adrenalin im Leib, um Ruhe zu finden.

Sie steuerte den Wagen unter eines der Garagenzelte und rüttelte Rick wach. Rick erhob sich schlaftrunken und stolperte wortlos zu seinem Wigwam.

Jane ging steifbeinig und zitternd zur Kommandojurte. Jerry war nirgends zu sehen, und alle Geräte waren abgeschaltet.

Sie ging zu ihrem Lieblingswigwam, das normalerweise für Stelldicheins benutzt wurde.

Jerry lag in einem Schlafsack auf dem Bubblepak-Boden und schlief.

Jane legte ihre durchgeschwitzten Klamotten ab und schlüpfte zu ihm in den Schlafsack.

»Du zitterst ja«, sagte er.

»Yeah«, meinte Jane und begann noch heftiger zu zittern. »Wenn es Todesopfer gibt, kriege ich immer das große Zittern.«

»Da können wir nichts dran ändern«, sagte er sanft. »Wir legen bloß Zeugnis ab.«

Jane blickte in die dunkle Kegelspitze des Wigwams hoch. Durch den Rauchabzug sah sie die Sterne. Sie fühlte sich zerschlagen, zitterte vor Anspannung und roch wirklich übel.

»Mein Leben hat sich vollkommen verändert, seit

ich dir begegnet bin«, sagte sie. »Du verrückter Hurensohn.«

Jerry lachte und legte ihr die Hand auf die rechte Brust. »Yeah?«

»Wirklich. Ich habe Menschen umkommen sehen ... Ich bin mit zweihundert Stundenkilometern über Highways gerast. Ich bin aus Flugzeugen abgesprungen. Ich bin auf einen Sendemast raufgeklettert und davon heruntergesprungen, und ich habe die Frau zusammengeschlagen, die mir das beigebracht hat.«

»So schlimm war das nicht«, sagte Jerry. Er drückte sein verstoppeltes Gesicht an ihren Hals.

Jane zitterte noch heftiger. »Ich würde gern ein einziges Mal mit dir in einem Bett vögeln«, sagte sie. »Auf einer Matratze und mit sauberen Laken. Nachdem wir beide geduscht haben. Und ich trüge irgendeinen Fummel und hätte vielleicht etwas Parfüm aufgelegt. Würde dir das gefallen, Jerry? Parfüm?«

»Ich würde lieber wissen, wo die Kondome sind. Hast du eine Ahnung?«

»Die müßten unter dem Utensilienbeutel stecken, es sei denn, jemand anders hat sie alle aufgebraucht.«

Jerry stieg nackt aus dem Schlafsack, fand nach längerer Suche ein Kondom und kroch wieder in den Schlafsack. Seine Haut hatte sich in der Nachtluft abgekühlt. Jane erschauerte heftig.

Jerry drehte sie auf den Bauch und machte sich mit seinen kräftigen Händen über ihre Schultern her. »Dich hat's heute schlimm erwischt«, meinte er.

Sie nickte. »Das tut gut. Mach weiter. Vielleicht überleb ich's dann.«

Schweigend und energisch arbeitete Jerry sich von den Schultern die Wirbelsäule und den Brustkasten entlang nach unten und folgte ihren Nerven, die wie verknotete Angelschnüre waren. Es tat so gut, sich von jemandem berühren zu lassen, dem sie vertraute. Von jemandem, der weder aufhörte noch zögerte, der genau wußte, was er tat, und der ihr noch nie weh getan hatte. Er löste die Verkrampfungen, und das fühlte sich an, als triebe er kleine Teufel aus ihrer Haut aus. Jane streckte sich bäuchlings lang, und Glieder und Lider wurden ihr schwer.

Irgendwann wälzte sie sich herum und streckte einladend die Arme aus. Er küßte sie flüchtig, streifte das Kondom über, stieg über sie und stützte sich auf die Ellbogen. Mit einem Stoß glitt er auf einem öligen Latexfilm in sie hinein.

Sie stemmte die Füße in seine Kniekehlen. »Kurz und zärtlich, okay?« wisperte sie. »Ich bin echt müde, Schatz. Hinterher schlafe ich auf der Stelle ein, das versprech ich dir.«

»Ist gut«, sagte er und nahm seinen Lieblingsrhythmus auf.

»Besorg's mir, aber nicht so, daß die Erde bebt.«

Er gab keine Antwort.

Er war nicht grob, und er war niemals leichtsinnig, aber er war ein großer Mann, anderthalb Köpfe größer als sie, und er war wirklich kräftig. Auf dem Rücken hatte er Muskelstränge, wo andere Leute gar keine Muskeln hatten. Er war weder akrobatisch noch besonders raffiniert, machte allerdings auch nie zu früh schlapp. Und wenn er richtig auf Touren kam, fand er in den Groove und blieb auch drin.

Sie biß die Zähne zusammen, warf den Kopf in der sanften Dunkelheit hin und her und hatte einen Orgasmus. Sie tauchte keuchend und vollkommen entspannt daraus hervor, alle Anspannung war aus Kiefer und Schläfen verschwunden, und ihre Arme waren erschlafft.

Er hörte auf, verharrte über ihr und ließ sie wieder zu Atem kommen. Unter ihrem Hals war ein großer Stein, unter dem Schlafsack und dem Bubblepak, und sie wand sich auf dem Rücken hin und her, bis der Druck aufgehört hatte. Eben noch war sie hundemüde gewesen, doch nun war sie in die heiße, lebensspendende Energie ihrer Libido gehüllt, und alle Mühsal und die Schrecken des Tages waren etwas, das irgendwo einer anderen Frau zugestoßen war. Als sie wieder sprach, war ihre Stimme rauh und leise.

»Das mit der Erde hab ich mir anders überlegt.«

Er lachte. »Das sagst du jedesmal.«

»Wenn du mich nicht auf dich raufläßt, werd ich ein bißchen schreien müssen.«

»Na los, schrei nur«, sagte er und bewegte sich heftig. »*So laut* schreist du nun auch wieder nicht.«

Bis um zwei Uhr morgens Tornados zu jagen, war höllisch anstrengend gewesen, aber nicht halb so schlimm, wie Alex befürchtet hatte. Die meiste Zeit über waren sie dunkle Straßen entlanggebrummt, und Alex

FÜNFTES KAPITEL

hatte sich in seinem Bubblepak-Nest zusammengerollt und gedöst.

Dreimal hatten sie angehalten und irgendwelche Geräte in den Himmel gejagt, ein Fiebertraum virtueller Aktivität inmitten von Dunkelheit und Donner. Sie waren eifrig damit beschäftigt gewesen, Wirbelstürme per Fernsteuerung zu jagen. Und dennoch hatte sich kein Gefühl von Bedrohung eingestellt.

Die Stürme machten Alex keine Angst. Er fand sie beeindruckend und interessant. Seine einzige Angst war, die Trouper könnten hinter das wahre, demütigende Ausmaß seiner Schwäche kommen. Er konnte klar denken, er konnte sprechen, er konnte essen, und er konnte wunderbar atmen. Dennoch fühlte er sich schwach bis in die Knochen, mit einem hauchdünnen Stehvermögen. Zum

Glück hatten Martha und Bussard nichts wirklich Anstrengendes von ihm verlangt. Mit Rücksichtnahme hatte das natürlich nichts zu tun. Sie wollten ihm einfach noch keine wichtige Aufgabe anvertrauen.

Am Tag nach der Jagd war Alex schon im Morgengrauen auf den Beinen. Die Lunge war noch frei, sein Blick war klar, nichts deutete auf einen entzündeten Hals oder Fieber hin. Er fühlte sich so gut wie im ganzen letzten Jahr nicht. Währenddessen lagen die straßenmüden Trouper noch in den Kegeln aus Stöcken und Papier in ihren stinkigen Schlafsäcken herum und hielten eine verlängerte Siesta. Der Tag nach einer Jagd war stets ein arbeitsreicher Tag für die Support-Crews, aber sie verarbeiteten vierzehn Stunden am Tag *Informationen* und kommentierten, editierten, kollationierten, kürzten und kopierten sie. Die Straßenverfolger der Truppe waren körperlich erschöpft, und die anderen hockten über ihren Keyboards. Niemand achtete auf Alex.

Gegen Mittag fertigte Carol Cooper einen großen Papiersombrero für Alex an, gab ihm eine Tüte Müsli und eine kleine Feldflasche und schickte ihn Ziegen hüten. Eigentlich war Jeff dafür zuständig, ein Halbwüchsiger, der auch das Feuerholz beschaffte und andere Handlangerdienste im Camp verrichtete, aber mit Alex' Ankunft war Jeff in der Hackordnung eine Sprosse höher geklettert.

Alex machte es nichts aus, die Ziegen zu hüten. Zwar war das offenbar die stupideste und niederste Arbeit im Gruppenleben, aber zumindest gab es dabei nur wenig zu tun. Sämtliche Ziegen waren mit smarten Halsbändern ausgestattet, und man konnte die Herdenparameter in einen Laptop eingeben und mit schwachen Stromschlägen und Summen dafür sorgen, daß die Ziegen nicht wegliefen. Es handelte sich dabei um genmanipulierte, pharmazeutische Ziegen, um ›Pharmatiere‹, die aber trotz ihrer gelben, bösartigen, an Reptilien erinnernden Augäpfel erstaunlich zahm und dumm waren. Die meiste Zeit über schienen die Ziegen die Signale der Halsbänder zu begreifen und blieben im gewünschten Umkreis. Sie knabberten an allem, was auch nur von ferne eßbar schien, dann lagen sie im Schatten herum und ließen Gas aus ihren genmanipulierten Gedärmen strömen.

Alex verbrachte den größten Teil des Tages in einem Mesquitbaum am Rande einer buschbestandenen Senke. Er atmete durch die Papiermaske, tippte auf dem Laptop herum und schlug nach Mücken und Bremsen. Die Mücken gefielen ihm nicht, aber abgesehen vom Hals und den Knöcheln war er mit seinem stichsicheren Hut, der Maske und dem Overall einigermaßen geschützt. Die Bremsen waren große, laute, aggressive, den Kopf umkreisende Quälgeister, und daß es so viele waren, wunderte ihn nicht – im Gebüsch wimmelte es nur so von Rotwild. Das verdammte Rotwild war hier so häufig wie Mäuse.

Alex als ausgemachter Städter hatte immer geglaubt, Rehe seien scheue, zarte und gefährdete Tiere, die sich in den Tiefen ihrer zerfallenden Ökosysteme verkröchen. Für das Rotwild von Westtexas, das in einem Ökosystem gedieh, das nicht mehr weiter zu ruinieren war, galt das jedenfalls nicht. Die Rehe schnauften, hatten Hängeohren und waren schreckhaft, dabei aber so dreist wie Ratten auf einem Schrottplatz.

Als Alex mit den ihm anvertrauten Ziegen gegen Abend ins Lager zurückkehrte, war er stark beeindruckt von der hiesigen Wildbretkost. An Wildbret zu kommen, war nicht schwer – nicht schwerer, als an einem Tümpel an Hundefleisch zu kommen. Zusammen mit Jeff molk er die Ziegen, die unterschiedliche, eigentümlich käsige Flüssigkeiten produzierten, manche den Vitaminvorschriften der UN entsprechend, andere wiederum gemäß den kommerziellen Erfordernissen des Einzelhandels. Das Ziegenmelken war auf der seltsamen Ebene der intimen Mensch-Tier-Beziehung eine recht interessante Arbeit, aber es war auch anstrengend, und Alex war froh, Jeff das meiste überlassen zu können.

Greg Foulks hatte Jeff vor ein paar Jahren aus den Trümmern eines F-4 gezogen, genauer gesagt aus dem Haufen Mikadostäbchen, unter denen Jeffs Eltern begraben lagen. Jeff hatte sich seinen Platz bei der Truppe dadurch erkämpft, daß er jedesmal, wenn man ihn in bessere Obhut gegeben hatte, weggelaufen und wieder zurückgekehrt war. Jeff war ein freundlicher, redseliger Texasjunge angloamerikanischer Abstammung, der Jerry und Greg unverhohlene Verehrung entgegenbrachte und jede Menge gute Ratschläge für das Lagerleben parat hatte. Jeff war erst sechzehn, aber seine Augen hatten den gleichen abgespannten, verkniffenen Ausdruck, wie Alex ihn schon häufig in den Gesichtern Obdachloser gesehen hatte, den Schwerwetterflüchtlingen der Welt. Ein gehetzter, bitterer Ausdruck, als hätte sich der Boden unter ihren Füßen in dünnes Eis verwandelt, dem sie nie wieder würden vertrauen können.

Eigentlich war dieser Ausdruck allen Troupern gemeinsam. Bis auf Jerry Mulcahey vielleicht. Bei genauer Betrachtung wirkte Mulcahey so, als habe er überhaupt noch keinen Fuß auf die Erde gesetzt.

Am nächsten Tag wurde Alex zum Küchendienst eingeteilt.

»Deine Schwester«, sagte Ellen Mae Lankton, »ist eine richtige Nervensäge.«

»Da sprichst du mir aus der Seele«, sagte Alex. Er saß im Schneidersitz auf dem Bubblepak-Boden der Küchenjurte und schälte eine Wurzel. Es war die Wurzel einer einheimischen Pflanze, die ›Mohnmalve‹ genannt wurde. Sie sah aus wie eine sehr schmutzige und krumme Karotte, und in geschältem Zustand ähnelte sie auf wenig appetitliche Weise einer Yamswurzel.

Ellen Mae war bereits im Morgengrauen aufgestanden, um nach Mohnmalve zu graben. Sie stand jeden Morgen so früh auf, streifte systematisch über die Felder, knipste mit ihrer privaten Drahtschere mit Diamantschneide Meilen von altem Stacheldrahtzaun durch und grub mit der Schaufel Wurzeln aus. Und so warteten in Ellen Maes Tragetasche nun ein Dutzend schmutzige Wurzeln darauf, von Alex geschält zu werden. Wurzelschälen war bei den Storm Troupern offenbar wenig beliebt. Alex machte es jedoch nichts aus.

Alex machte kaum eine Arbeit etwas aus, solange er dabei still sitzen und flach atmen konnte. Was ihn bei der Küchenarbeit störte, war der Mesquit-Rauch. Jedesmal, wenn Ellen Mae sich umdrehte und den Eintopf umrührte, setzte Alex rasch die Papiermaske auf und genehmigte sich insgeheim ein paar Atemzüge sauber gefilterter Luft.

Während Ellen Mae emsig umherwuselte und eine endlose Reihe mysteriöser Küchenrituale vollführte, saß Alex in dem bißchen frischer Luft da, das in die Jurte drang. Im Laufe des Vormittags hatten mehrere Trouper hereingeschaut, um einen Happen zu essen oder um einen Schluck Wasser zu trinken, und hatten Alex in der Haltung eines demütigen, aufmerksamen Gehilfen zu Ellen Maes Füßen sitzen sehen. Und sie hatten Ellen Mae einen überraschten, respektvollen Blick zugeworfen. Nach einer Weile war Ellen Mae merklich aufgetaut, und nun quasselte diese seltsame, hexenhafte Frau in mittleren Jahren auf Teufel komm raus und wollte einfach nicht mehr aufhören.

»Zum einen redet sie irgendwie komisch«, sagte Ellen Mae.

»Meinst du ihren Akzent?« fragte Alex.

»Na ja, der hat auch was damit zu tun ...«

»Das ist ganz einfach«, meinte Alex. »Wir Unger sind Deutsch-Mexikaner.«

»Was?«

»Yeah, wir stammen von diesem Deutschen namens Heinrich Unger ab, der 1914 nach Mexiko ausgewandert ist. Er war ein deutscher Spion. Er wollte, daß die Mexikaner im Ersten Weltkrieg nach Amerika einmarschieren.«

»Ui«, machte Ellen Mae, den Eintopf umrührend.

»Aber damit hatte er kein Glück.«

»Das möcht ich meinen.«

»Ein anderer Spion, ein gewisser Hans Ewers, hat ein paar Bücher über diese Mission geschrieben. Sollen angeblich ziemlich gut sein. Ich kann's nicht sagen. Ich kann Deutsch nicht lesen.«

»Deutsch-Mexikaner«, murmelte Ellen Mae versonnen.

»Es gibt eine ganze Menge Deutsch-Mexikaner. Tausende, um genau zu sein. Das ist eine ziemlich große Minderheit.« Alex zuckte die Achseln. »Mein Dad kam damals über die Grenze und nahm dann die amerikanische Staatsbürgerschaft an, nachdem er ein bißchen Geld verdient hatte.«

»Wann genau war das?«

»Um 2010 herum. Kurz bevor ich geboren wurde.«

»Muß wohl was mit diesen Freihandelsgeschichten zu tun haben. Als die USA ihre Arbeitsplätze nach Mexiko verlagerten und die Mexikaner ihnen ihre ganzen Reichen schickten.«

Alex hob die Schultern. Die historische Verstrickung seiner Familie bedeutete ihm wenig. Für den fernen und romantischen Aspekt der Geschichte von 1914 brachte er nur oberflächliches Interesse auf, aber nichts ödete ihn so an wie die postindustrielle Unternehmerkarriere seines Vaters.

»Janey klingt aber nicht deutsch. Auch nicht mexikanisch. Und du hast auch keinen deutschen oder spanischen Akzent, Kleiner.«

»Wenn ich Spanisch spreche, hört man das Deutsche ziemlich gut raus«, meinte Alex. »Könnte ich noch etwas Tee haben?«

»Klar, soviel du willst«, erwiderte Ellen Mae zu seiner Überraschung. »Morgen brechen wir das Lager ab. Viel Wasser können wir nicht mitnehmen.« Sie schenkte ihm reichlich von einem säuerlichen Kräuteraufguß ein, den sie aus glänzenden grünen Blättern bereitet hatte. Tee war es bestimmt nicht, aber besser als so manche anderen mexikanischen Getränke, die er schon probiert hatte. »Darum brauchen wir jetzt das restliche Wasser auf. Heute abend können wir alle baden!«

»Wow!« machte Alex und nippte an dem Hexengebräu.

Ellen Mae betrachtete ihn nachdenklich. »Und was machst *du* so, Alex?«

»Ich?« fragte Alex. Er ließ sich die Frage durch den Kopf gehen. Häufig hatte man sie ihm noch nicht gestellt. »Ich bin ein Spiele-Tester.«

»Was ist das denn?«

»Na ja, Netzwerk-Computerspiele«, meinte Alex ausweichend. »So Rollenspiele halt ... Heutzutage sind Computerspiele nicht mehr lukrativ, wegen der ganzen Copyrightsverletzungen und so, aber, ich weiß nicht, da gibt's ja noch die Kryptware und Shareware und die Subskriptionsdienste, oder? Leute, die sich mit dem Fantasyzeug wirklich auskennen, können immer noch gutes Geld damit verdienen. Manchmal helfe ich ihnen bei der Arbeit.«

Ellen Mae guckte skeptisch drein, obwohl das der Wahrheit sehr nahe kam. Alex hatte als Heranwachsender begeistert Rollenspiele gespielt, und da er sich bei den Upgrade-Zahlungen und Shareware-Registrierungen als großzügig erwiesen hatte, war er schließlich im Dunstkreis des Spielevertriebs gelandet. Nicht, daß er tatsächlich Spiele entworfen hätte – es machte ihm jedoch Spaß, zu den ersten zu gehören, die die neuen Spiele testeten, und nach seinen Eindrücken befragt zu werden, machte ihm nichts aus. Hin und wieder hatte Alex sogar ein wenig Geld dafür bekommen – alles in allem vielleicht fünf Prozent dessen, was er in das Hobby hineingesteckt hatte.

Mit achtzehn hatte Alex das Rollenspiel jedenfalls aufgegeben. Damals dämmerte ihm, daß seine zahlreichen Fantasy-Identitäten ihm auch noch das letzte bißchen Vitalität raubten, das ihm im Alltagsleben geblieben war. Die Verliese, die in den Spielen vorkamen, stellten eigentlich auch keinen großen Fortschritt dar gegenüber der bizarren, gruftähnlichen Realität der endlosen Abfolge von Krankenhauszimmern. Als ihm dies klar wurde, gab Alex das Spielen auf und verwandte seine Zeit und sein Geld nur noch darauf, die Abgründe seiner medizinischen Bestimmung und die Wunder der pharmazeutischen Halbwelt zu erkunden.

»Außerdem sammle ich Comics«, setzte er hinzu.

»Warum?« fragte Ellen Mae.

»Tja, ich fand's halt echt interessant, daß es noch diese komischen Popdinger gab, die auf Papier veröffentlicht wurden anstatt im Netz.« Diese Bemerkung half auch nicht gerade, das Eis zu brechen. Alex machte unverdrossen weiter. »Ich besitze einer Menge alte amerikanischer Papiercomics – in den USA druckt niemand mehr auf Papier, weißte, aber von den ganz alten, den Undergroundsachen und diesem Zeug, wurde nie was kopiert und gescannt, daher kann man nirgendwo im Netz drauf zugreifen. Und als ernsthafter Sammler wird einem häufig Kunst angeboten, die öffentlich nicht zugänglich ist ... Kunst, die kein Mensch zu sehen bekommt ... Ein Kunstwerk, auf das jahrelang nicht mehr zugegriffen wurde!«

Ellen Mae schaute verwirrt drein; offenbar bekam sie nicht mit, was den Reiz seines Hobbys eigentlich ausmachte. Alex fuhr fort: »Meine eigentliche Spezialität sind die modernen mexikanischen Papiercomics. Die *fotonovelas*, die Schundkrimis nach wahren Begebenheiten, die UFOzines und dieses Zeug. Das ist ein uraltes Medium in einem modernen Kontext, und das ist echt coole, alptraumhafte Volkskunst, wirklich... Ich mag sie, und es ist irgendwie schwer dranzukommen. Aber ich habe schon eine ganze Menge.« Er lächelte.

»Und was machst du damit?« fragte Ellen Mae.

»Keine Ahnung«, gab Alex zu. »Ich katalogisiere sie, schweiße sie luftdicht ein... Die werden alle in Houston aufbewahrt. Ich hab mir gedacht, ich sollte sie vielleicht alle illegal scannen und ins Netz posten, damit mehr Leute erfahren, wie cool die sind. Und damit sie sehen, wieviel Zeug ich da gesammelt hab. Aber ich weiß nicht, irgendwie verdirbt das die ganze Sache, ehrlich.«

Ellen Mae schaute ihn so merkwürdig an, daß Alex auf einmal klar wurde, daß er zu weit gegangen war. Er setzte sein liebenswürdigstes Lächeln auf, reichte ihr demütig ein paar geschälte Wurzeln und fragte: »Und worauf stehst *du*, Ellen Mae?«

»Ich stehe auf Komantschen«, sagte Ellen Mae.

»Was heißt das?«

»Ich bin hier in Westtexas geboren«, erklärte sie. »Ich bin eine Eingeborene.«

»Na so was.« Sie hatte nichts von einer Indianerin. Sie sah aus wie eine große angloamerikanische Frau in einem blutbefleckten Papieranzug, die mit den Jahren Fett angesetzt hatte.

»Ich bin hier draußen auf einer Ranch aufgewachsen, damals, als alles zugrunde ging... Dieser Teil von Texas war noch nie dicht besiedelt. Als die Wasseradern austrockneten, packten die meisten Leute einfach ihre Sachen zusammen und zogen weg. Und dann während des Ausnahmezustands, als die große Dürre kam? Da wurde weggeweht, was noch übrig war, genau wie der Staub.«

Alex nickte mitfühlend und machte sich mit dem Keramikschäler über eine weitere Wurzel her.

»Die, die hierblieben – also, die hörten auf, Ackerbau und Viehzucht zu betreiben, und stöberten nur noch umher. Wrackten Geisterstädte ab.« Sie zuckte die Achseln. »Damals redete noch keiner von Terrorismus, weil wir nichts in die Luft jagten, was nicht schon verlassen war. Ich meine, wir hatten gute Gründe, das Zeug hochzujagen. Wir wollten ein bißchen *Geld* verdienen. Wir haben nichts in die Luft gejagt, bloß weil wir sehen wollten, wie's wieder runter kommt – diese Scheiße fing erst später an.«

»Okay«, meinte Alex und nippte am Kräuteraufguß.

»Damals hab ich mir so meine Gedanken gemacht, verstehe… Weißte, Alex, eigentlich hätte doch niemand hier draußen Ackerbau betreiben dürfen. Von Anfang an nicht. Dieses Land wurde nicht für den Ackerbau geschaffen. Oder für die Viehzucht – auf diesem Land Vieh zu züchten, hat den Boden viel zu sehr ausgelaugt. Das war kein *Zufall*, daß es so gekommen ist. Das haben wir uns selbst zuzuschreiben.«

Alex nickte.

»Das war einmal Nomadenland. Die High Plains waren damals schwarz von Büffeln, von hier bis nach Kanada! Die größten umherziehenden Herden, die es in der Geschichte je gegeben hat. Innerhalb von zwanzig Jahren hat man die Büffel mit Repetiergewehren umgebracht. Dann dauerte es weitere hundertfünfzig Jahre, das Wasser aus der Erde zu holen, und bis dahin war die Atmosphäre ebenfalls ruiniert… Aber verstehe, das war alles ein ganz schlimmer Irrtum. Die Leute, die hier draußen gesiedelt haben – wir haben das Land zerstört. Und dafür müssen jetzt wir dran glauben.«

Alex schwieg.

»Damals, weißte – die Leute wollten es einfach nicht glauben. Sie wollten nicht glauben, daß dieses riesige Gebiet der guten alten USA einmal von jedermann aufgegeben würde, daß die Menschen, die das Land besiedelt und gezähmt haben – damals sagte man tatsächlich ›das Land zähmen‹ –, daß diese Menschen irgendwann ihre Existenz verlieren würden. Ich meine, damals war das einfach unvorstellbar. Es schien völlig unmöglich und anomal. Mittlerweile hat man sich natürlich an die Vorstellung gewöhnt... Aber damals hieß es von der Regierung, das sei nur vorübergehend, Westtexas werde neu besiedelt werden, sobald man wüßte, wie man das Wasser von Minnesota hinunterleiten oder Eisberge schmelzen könne, dieser ganze gottverdammte Blödsinn... Scheiße, Alex, die werden nie im Leben *Wasser* hertransportieren. Es ist hundertmal billiger, einfach die Menschen umzusiedeln. Die leben doch alle in einem Traumland.«

»Traumländer, yeah«, sagte Alex, »in ein paar bin ich schon gewesen.«

»Und das seltsamste dabei war, daß das alles schon mal passiert ist, bloß hat niemand was daraus gelernt. Den Komantschen ist es nämlich passiert. Die Komantschen lebten seit zweihundert Jahren hier draußen – vom Land und von den Büffeln. Aber als die Büffel verschwunden waren, nun, da wurden sie einfach ausgelöscht. Wurden regelrecht ausgehungert. Mußten nach Oklahoma hinaufziehen, wo sie dann in Reservaten lebten und von der Regierung verpflegt wurden, genau wie wir jämmerlichen Wettertramps. Die waren völlig fertig.« Sie seufzte. »Weißt du, Alex, wenn die Lebensgrundlagen stimmen, dann kann man um seinen Platz in der Welt kämpfen. Aber wenn man keine Nahrung und kein Wasser hat, dann gibt es auch keinen Platz für einen. Dann muß man halt fortgehen. Entweder fortgehen oder sterben.«

»Stimmt«, sagte Alex. »Versteh schon.« Es tat Ellen Mae sichtlich gut, sich das Thema von der Seele zu reden. Offenbar tat sie das nicht zum erstenmal. Wahrscheinlich war das die Standardpredigt, die sie jedem Truppenbewerber hielt.

Normalerweise würde Alex bei so einer Unterhaltung den Advocatus diaboli gespielt haben, bloß um die ganze Sache interessanter zu machen. Doch unter den gegebenen Umständen hielt er es für das Klügste, Ellen Mae sich aussprechen zu lassen. Klugerweise ließ er die vielen anderen Orte auf der Welt unerwähnt, wo die Umsiedlungen hundertmal schlimmer gewesen waren als in Westtexas. Schließlich war den Einwohnern von Westtexas die riesige, hochentwickelte USA zur Seite gestanden. Weshalb sie nicht zu verhungern brauchten. Sie hatten keine schmutzigen kleinen Bandenkriege führen müssen, Straße gegen Straße, ethnische Gruppe gegen ethnische Gruppe. Und sie waren nicht von Epidemien ausgelöscht worden, von den kleinen, räuberischen Bazillen, die jedesmal hervorgekrochen kamen, wenn die Zivilisation zusammenbrach; Diphtherie, Cholera, Typhus, Malaria, das Hantavirus.

Es war völlig blödsinnig gewesen, die Wasseradern von Westtexas auszutrocknen, aber im Vergleich zu den wahrhaft monumentalen Ökoschnitzern des Planeten fiel das kaum ins Gewicht. Zum Beispiel angesichts der Vergiftung des besten Ackerlandes von China, Ägypten und Indien durch zu salzhaltiges Wasser. Oder der Rodung des tropischen Regenwaldes in Indonesien und Brasilien. Der Ausbreitung der Sahara.

Aber wozu das alles erwähnen? Ellen Mae hätte sowieso nichts davon gehabt. Wenn man alles verlor, ließ man sich nicht dadurch trösten, daß es irgendwo irgend jemandem noch schlechter erging. Die Leute, die den Schmerz eines anderen nach seinen Privilegien beurteilten, waren von niedriger Denkungsart – die Art Leute, die glaubten, es sei ein Spaß, Invalide zu sein, solange man reich war. Alex wußte es besser. Klar, wäre er arm gewesen, wäre er schon längst tot – das wußte er. Aber er war nicht arm. Er war Sohn reicher Eltern, und wenn er dabei ein Wörtchen mitzureden hatte, sollte es auch so bleiben. Das machte sein Leben aber noch lange nicht zu einem Sonntagsspaziergang. Sollte sie nur reden.

»Als ich so weit gekommen war«, sagte Ellen Mae, »beschloß ich, möglichst viel über die Komantschen in Erfahrung zu bringen.«

»Wie das?«

Sie zögerte. »Alex, es gibt zwei Sorten von Menschen auf der Welt. Die Menschen, die nichts wissen wollen, selbst wenn sie etwas wissen *sollten*. Und die Menschen, die einfach etwas wissen *müssen*, selbst wenn es ihnen nicht weiterhilft.« Sie lächelte ihn an. »Wir von der Truppe gehören alle zur zweiten Gruppe. Leute, die einfach *wissen müssen*, selbst wenn sie nicht das geringste daran ändern können.«

Alex brummte etwas. Er persönlich gehörte einer anderen Gruppe an. Er hatte nichts gegen das Wissen an sich, war allerdings nicht bereit, deswegen besondere Mühen auf sich zu nehmen.

»Daher hab ich viel über die Komantschen gelesen. Ich meine, jetzt, wo die Städte verlassen und die Rinder verschwunden waren, war es viel leichter, das Nomadenleben zu begreifen… Das ist das Gute an unserer heutigen Lebensweise. Man kann umsonst alles mögliche lesen, solange man nur einen Laptop in Reichweite hat. Also las ich diese Online-Bücher über die Komantschen und ihre Lebensweise, während ich mein Zeug in Lastern herumschleppte, jagte und Schrottmetalle sammelte.

In dieser Zeit fing ich an, das Land wirklich zu begreifen. Zum Beispiel, warum die Texas Ranger uns Schrottsammlern die Hölle heiß machten. Warum sich die Ranger überhaupt hier draußen blicken ließen, warum sie Konvois aufspürten und auf uns *schossen*. Die hatten Datenbanken, Handys und was nicht noch alles, aber ansonsten hatten die Texas Ranger nichts Smartes oder Modernes an sich – die Ranger von 2020 waren noch *genau die gleichen* gottverdammten Texas Ranger von 1880! Und wenn man ein Nomade war und in Westtexas in einem Zelt im Freien kampierte, dann kamen die Ranger einfach nicht damit klar! So einfach war das!« Sie schüttelte die Suppenkelle. »Die ertrugen es einfach nicht, daß wir hier draußen in den Trümmern rumwühlten, daß wir nicht verduftet und brav dorthin gegangen waren, wo die Regierung uns hatte hinhaben wollen. Daß wir keine Steuern zahlten, uns nicht impfen ließen und keine Gesetze hatten.« Sie rührte den Eintopf um, probierte davon und krümelte dann getrockneten Ancho-Pfeffer hinein.

»Klar, hin und wieder ließen sich ein paar Trümmerfreaks total vollaufen und zertrümmerten irgendwelches Zeug in einer Stadt, wo noch Leute lebten. So was kam vor, das will ich auch gar nicht leugnen. Wir waren alle nicht perfekt. Aber die Ranger nahmen das als Vorwand für alles mögliche. Sie wollten uns einfach nicht in Ruhe lassen. Sie vertrieben uns, sie schossen auf uns und sperrten uns ein, und sie steckten uns in Lager.«

»Und was habt ihr dann gemacht?«

»Na ja, ich wurde ebenfalls eingesperrt, daher ging ich nach Oklahoma, um ein paar echte Komantschen zu treffen.«

»Ach, wirklich?«

»Scheiße, ja! In Oklahoma leben *heute*, nach *allem*, was passiert ist, mehr Komantschen als damals, wo sie das Land noch für sich hatten. Das ist das Merkwürdigste dabei. Die Komantschen sind nicht etwa ausgestorben. Sie haben sich bloß verändert und sind fortgezogen. Dort oben haben sie sich dann vermehrt, genau wie die anderen Volksgruppen auf der Erde. Es gibt *Tausende* von Komantschen. Sie betreiben Ackerbau, sie besitzen Läden und so Zeug … und sie stehen auf Kirchen, weißte, sind begeisterte Kirchgänger. Nichts von diesen verrückten Kultgeschichten, sondern gute, altmodische Christen. Ich würd sie nicht gerade als wohlhabend bezeichnen, für amerikanische Verhältnisse sind sie verdammt arm, aber im TV sieht man viel Schlimmeres.«

»Ich verstehe. Und was hast du von ihnen gelernt?«

Ellen Mae lachte. »Tja, ich hab einen geheiratet … Aber von der Büffeljagd wissen sie nicht mehr, als du darüber weißt, was es heißt, für die Deutschen zu spionieren, Junge. Ich weiß nicht … die ältesten gebrauchen hin und wieder noch die alte Sprache, man kann noch ein bißchen von der alten Lebensweise schnuppern, aber nur ein bißchen. Ich wollte etwas über ihre Kräuterkunde lernen, darüber, wie man sich vom Land ernährt. Aber das meiste hab ich aus Textfiles und Datenbanken erfahren. Scheiße, Alex, das ist hundertfünfzig Jahre her.«

Sie seufzte. »Das ist eine lange Zeit. Ich meine, ich bin in Westtexas aufgewachsen. Ich war die brave Tochter einer ehrbaren Rancherfamilie, besuchte die Highschool, sah fern, kaufte mir Klamotten und Schuhe und ging tanzen … Wir glaubten, das Land gehöre uns. Wieviel, glaubst du, wird in hundertfünfzig Jahren davon noch übrig sein? Ein Scheißdreck, Alex. Nichts.«

»Also, das würde ich nicht sagen«, meinte Alex. »Schließlich gibt es ja Regierungsakten. Damit kennt sich die Regierung richtig gut aus. Mit Datenbanken und Statistiken. So Zeug auf Platindisketten, die in Salzminen aufbewahrt werden.«

»Sicher, und in Anadarko gibt es ein Indianermuseum, wo alles ein nettes kleines Schildchen hat, aber es ist verschwunden, Junge! Die Komantschen wurden vernichtet und fortgeweht! Wir wurden vernichtet und fortgeweht! Erst haben wir das ihnen angetan. Und dann haben wir es dem Land angetan. Und dann haben wir es uns selbst angetan. Ich wüßte wirklich nicht, warum sich jemand für uns interessieren sollte, wenn wir erst mal von der Bildfläche verschwunden sind.«

Alex war beeindruckt. Er hatte schon erlebt, daß alte Menschen im Fernsehen in den Schnarchshows offen über den sich verschlimmernden Zustand der Welt geredet hatten, in den simpleren, altmodischeren Talkshows, die ohne viel Videoeffekte auskamen und wo die Leute nicht viel machen mußten. Aber normalerweise machte es alte Menschen eher verlegen, solche Themen vor jungen Leuten anzusprechen. Wahrscheinlich wegen der inhärenten Implikation, daß die Alten Ökokriminelle waren. Die man eigentlich vor einem Jugendlichentribunal wegen der Verbrechen gegen die Biosphäre hätte anklagen sollen.

Nicht, daß die Alten dies jemals zulassen würden. Es gab haufenweise Alte, die in der ganzen Welt an allen möglichen Hebeln saßen, und trotz der grotesken Dummheiten, die sie begangen hatten, eilte es ihnen nicht damit, auf ihre Macht zu verzichten. Manchmal spielten sie auf die furchtbaren Folgen der Unwetter an, jedoch stets auf eine schönfärberische, sehr abstrakte Weise, als stünden die Katastrophen um sie herum in keinerlei Zusammenhang mit ihrem früheren Verhalten.

Irgendwie glaubte Alex daran, daß irgendwann der Tag der Abrechnung kommen würde. Dann, wenn alle, die für schuldig befunden werden könnten, friedlich unter der Erde ruhten. Wahrscheinlich würde es so sein wie damals, als endlich das kommunistische

Regime in China gestürzt wurde. Zahllose Tribunale, geleitet von Anzugtypen, die schwere Anklagen gegen eine Unmenge Verstorbener vorbrachten.

»Also, man merkt schon, daß du was Brauchbares gelernt hast«, sagte Alex. »Ich hab nämlich noch nie jemanden so was essen sehen wie euch.«

»Die Erzeugnisse des Landes«, sagte Ellen Mae und nickte. »Leicht ist das nicht, das ist mal klar. Das alte Artengleichgewicht und die ursprüngliche Ökologie sind hier völlig auf den Hund gekommen. Glaub mir, die High Plains sind nicht mehr das, was sie mal waren, und werden es auch nie wieder sein. Überall diese fremdländischen Pflanzen, eingeschleppte Spezies, ausgelaugter Boden, und das Klima spinnt. Die Flora von Westtexas war aber schon immer gut an ein hartes Klima adaptiert. Deshalb findet man noch immer Komantschennahrung. Gänsefuß zum Beispiel. Mann, Gänsefuß ist ein Amarant, ein richtig nahrhaftes Getreide, aber er wächst aus jedem geborstenen Bürgersteig. Wenn man nicht drüber Bescheid weiß, würde man nie auf die Idee kommen, Gänsefuß zu essen.«

»Stimmt«, meinte Alex. Er hatte noch nie Gänsefuß gesehen – oder zumindest hatte er ihn nicht als solchen erkannt. Er verspürte die furchtbare Gewißheit, daß er über kurz oder lang welchen würde essen müssen.

»Es ist lange her, daß jemand herging und wildwachsende Nahrung gesammelt hat. Aber jetzt, wo die Begrasung aufgehört hat, ist der Druck von den einheimischen Pflanzen genommen. Es wird auch nicht mehr gepflügt, es gibt keine Getreidefelder, keine Herbizide und keinen Kunstdünger mehr. Daher entwickeln sich einige dieser einheimischen Pflanzen trotz des schlechten Wetters erstaunlich gut. So Zeug wie die Mohnmalve, oder Ackerhahnenfuß oder die Präriezwiebel. Für eine ganze Stadt würde es bei weitem nicht reichen. Aber für einen kleinen Stamm umherziehender Nomaden, die weite Gebiete abernten, nun, für den gibt es eine Menge Nahrung hier draußen, besonders im Frühjahr und im Sommer.«

»Ich schätze, die Truppe hat ziemliches Glück gehabt, daß du hier gelandet bist«, sagte Alex.

»Nein«, erwiderte Ellen Mae, »mit Glück hat das nichts zu tun.«

Nachdem Jerry und Sam über der Wettervorhersage gegrübelt hatten und nachdem Joe Brasseur eine legale Datenbank nach geeigneten Lagerplätzen durchforstet hatte, entschieden sie sich für ein Ziel und gaben die Route bekannt. Die Truppe brach das Lager ab.

Joe Brasseur, das älteste Gruppenmitglied, hatte das Abbrechen des Lagers einmal als ›arbeitsintensiv‹ bezeichnet. Jane fand diesen Ausdruck erheiternd altmodisch, verstand jedoch durchaus, was er bedeutete – diese Arbeit konnte man nicht auf Maschinen abwälzen, und daher mußten alle Beteiligten eben schwitzen.

Die Gruppenmitglieder holten sämtliche Teppiche aus den Zelten, klopften hunderte Kilos Staub heraus und rollten sie ordentlich zusammen. Sie ließen die Luft aus dem Bubblepak ab und rollte auch dieses zusammen. Peter, Martha und Rick machten sich energisch daran, die Masten abzubauen – was für die Zuschauer jedesmal eine nervenaufreibende Angelegenheit war –, während Greg, Carol und Mickey sich um die Instrumente und den Windgenerator kümmerten.

Dann mußten noch die Wigwams und Jurten abgebaut, zusammengelegt und verpackt werden, die Geräte mußten abgeschaltet, von Kabeln befreit und verstaut werden. Und dann stand noch ein Lagerfeuer an, die letzte große Mahlzeit im Camp und das rituelle Bad ... Jane legte sich mächtig ins Zeug. Sie fühlte sich gut nach dem einen Tag Pause, sie fühlte sich hellwach und stark. Sie hatte Lust auf Arbeit, sie würde ihr Pensum mit angespannter, nervöser Energie angehen, und wenn sie fertig war, würde sie mit einem zufriedenen Gefühl im Truppenbus schlafen, der übers nächtliche Land fuhr.

Sie schleppte gebündelte Zeltstangen zu einem der Laster, als sie Alex vorbeischlurfen sah.

Zunächst hätte sie ihren Bruder fast nicht erkannt; eine seltsame, gebeugte, gnomenhafte Gestalt, die eher einem Kriegsgefangenen glich als einem Truppenbewerber. Er trug einen schmutzigen Papieranzug und einen großen Sombrero aus Papier und Karton und hatte sich eine große weiße Atemmaske über Nase und Mund gestreift.

Er hatte eine große Grabhacke dabei. Sie hatte noch nie jemanden eine Hacke mit weniger Begeisterung tragen sehen – Alex trug sie unbeholfen in Höhe des Oberschenkels, mit gestreckten Armen, als wäre sie eine Art Hantel.

Er stapfte langsam aus dem Lager hinaus. Jane rief ihm hinterher und winkte, dann trabte sie ihm nach, bis sie ihn unmittelbar hinter einem der Begrenzungspfosten eingeholt hatte.

»Was ist denn mit dir?« murmelte er.

»Wollte bloß mal sehen, wie's dir geht«, sagte sie. Sie blickte in seine hellen, blinzelnden Augen. »Würd's dir was ausmachen, die Maske mal für einen Moment abzunehmen?«

Alex zog unbeholfen die Maske nach unten. Von den dünnen, elastischen Haltebändern der Maske waren auf seinen geröteten Wangen vier schmale Streifen bleicher Haut übriggeblieben. »Ellen Mae möchte, daß ich eine Wurzel ausgrabe.«

»Ach.« Jane fand, Alex wirke wacklig auf den Beinen, und sie war sich ziemlich sicher, daß er noch nie im Leben eine Hacke angerührt hatte. »Bist du für die Art Arbeit denn schon fit? Du bist gerade erst aus dem Krankenhaus gekommen.«

»Ich werd mich nicht anstrengen«, erklärte er geduldig. »Das ist doch bloß so ein Beschäftigungsscheiß. Ellen Mae will mich aus dem Weg haben, damit mir die großen Sendemasten nicht auf den Kopf fallen.«

»Kommst du gut mit Ellen Mae aus?«

»Ich komme schon klar.« Alex seufzte. »Deine Leute haben schon was. Irgendwie erinnern sie mich an Yoruba-Leute, die ich mal kannte, auf einem Rancho außerhalb von Matamoros. So 'ne Art Überlebenskünstler waren das. Die hatten Bunker, weißte, und Sicherheitssysteme und so Zeug … Allerdings waren diese Dope-Vaqueros viel härter drauf als die Typen hier.« Alex klopfte mit der Breitseite der Hacke gegen einen der Begrenzungspfosten. »Dieses Ding kann uns doch nicht belauschen, oder?«

»Also, eigentlich schon«, gab Jane zu, »aber Sprache zeichnen wir damit nicht auf. Das ist bloß ein Alarmgerät, mit ein paar Tasern, Schrotmunition und so Zeug. Wir können reden.«

»Kein Problem«, murmelte Alex, der beobachtete, wie ein paar Trouper die Papierwände von der Hangarjurte abnahmen. »Also, du brauchst dir wegen mir keine Sorgen zu machen. Nur zu, mach dich nützlich.«

»Geht dir jemand auf den Wecker, Alex? Rick, Peter oder sonst jemand?«

Alex zuckte die Achseln. »*Du* gehst mir auf den Wecker.«

»Sei doch nicht so. Ich will dir doch bloß helfen.«

Alex lachte. »Also weißt du! Du hast mich gewaltsam hierhergebracht, ich hab dich nicht drum gebeten. Ich hab Sonnenbrand und überall Mückenstiche, und ich bin total verdreckt. Das Essen hier ist beschissen.

Es gibt nicht genug Wasser. Es gibt keine Privatsphäre. Es ist gefährlich! Ich trage Papierklamotten. Deine Freunde sind ein Haufen irrer Provinzler, abgesehen von deinem Macker, der ein großer Pappnasenindianer ist. Unter den gegebenen Umständen komme ich wirklich gut klar.«

Jane schwieg.

Er blickte ihr in die Augen. »Hör auf, dir um mich Sorgen zu machen. Ich mach schon keine Dummheiten. Wenn ich größer, stärker und netter wär, würde ich mit deinem Freund mal ein ernstes Wörtchen über dein Gestöhn von letzter Nacht reden.« Er schüttelte den Kopf mit dem großen Papierhut. »Aber das werd ich nicht. Ich glaub, ich weiß, was für ein Typ dieser Mulcahey ist, und ich glaube, du bist verrückt, dich mit so einem Kerl einzulassen. Aber, na ja, mir steht da kein Urteil zu. Das ist dein Leben und deine Entscheidung.«

»Vielen Dank«, meinte sie spitz.

Er lächelte sie an. »Du bist hier richtig *glücklich*, stimmt's?«

Sie wirkte überrascht.

»Ich hab schon ein paarmal erlebt, daß du ziemlich abgedreht warst, und ich glaube immer noch, daß du dich echt seltsam verhältst. Aber ich hab dich noch nie so glücklich erlebt.« Er lächelte wieder. »Du machst im Ödland Jagd auf Tornados! Aber dabei läufst du hier mit einem Lächeln auf den Lippen und einem Lied im Herzen und einem kleinen Sträußchen Feldblumen rum ... Das ist wirklich süß.«

Jane richtete sich zu voller Größe auf und blickte auf ihn hinunter. »Ja, Alex, ich bin hier glücklich. Mit allem, bloß nicht mit dir.«

»Du gehörst hier wirklich her. Du *magst* diese Leute.«

»Das stimmt. Das sind meine Leute.«

Alex kniff die Augen zusammen. »Dieser Typ, mit

dem du da zusammen bist. Behandelt er dich gut? Er hat dich doch nicht etwa verprügelt oder irgendwas Krankes mit dir angestellt, oder?«

Schäumend vor Wut schaute Jane sich um, ob irgendwelche Zuhörer in der Nähe waren, dann faßte sie Alex in den Blick. »Nein. Er schlägt mich nicht. Ich habe mit ihm gevögelt. Ich vögele *gern* mit ihm. Leidenschaftlich! Laut! Oft! Und ich schäme mich nicht deswegen, und du wirst mich auch nicht *dazu bringen*, daß ich mich schäme!« Ihre Wangen und Ohren waren gerötet. »Kapier das endlich! Das ist der Mann meines Lebens! Meine große Liebe.« Sie starrte Alex solange durchdringend an, bis er den Blick senkte.

»Ich habe nie geglaubt, daß ich so was mal erleben würde«, sagte sie. »Ich hab nie an die große Liebe geglaubt. Ich dachte, das wär ein Hollywood-Mythos oder etwas aus der Zeit vor hundert Jahren. Aber jetzt erlebe ich eine große Liebe, und er ist mein Mann. Es wird nie einen anderen wie ihn für mich geben. Niemals!«

Alex wich einen Schritt zurück. »Okay, okay.«

»Wir bleiben zusammen, bis der Himmel einstürzt!«

Alex nickte rasch, mit aufgerissenen Augen. »Okay, schon kapiert, Janey. Beruhig dich.«

»Ich *bin* ruhig, du kleines Arschloch. Und das ist kein Witz. Du kannst das gar nicht ins Lächerliche ziehen, weil du nämlich überhaupt keine Ahnung hast. Ich liebe ihn, und ich bin mit ihm glücklich, und wir tun, was wir tun, und wir sind, was wir sind, und damit solltest du dich besser abfinden! Und vergiß niemals, was ich dir gerade gesagt habe.«

Alex nickte. Daran, wie er sich auf die Lippen biß, merkte sie, daß ihre Worte angekommen waren – ob zum Guten oder zum Schlechten, jedenfalls hatte sie ihn erreicht. »Ist schon gut, Janey. Ich beklag mich ja nicht. Ich bin froh, daß ich dich so erleben konnte, ja, wirklich. Das ist alles echt seltsam, aber erfrischend.«

Er hob verlegen die Achseln. »Es ist bloß – du hättest mich nicht hierherbringen sollen. Ich bin anders als diese Leute. Du hättest mich einfach in Ruhe lassen sollen.« Er hob behutsam die Hacke hoch und legte sie sich auf die schmale Schulter.

»Wirst du eine Weile bei der Truppe bleiben, Alex?«

»Eigentlich sollte ich dich bitten, mich auf der Stelle nach Hause zu bringen.« Er balancierte den Hackenstiel auf seinem Schlüsselbein, unbeholfen und rastlos. »Aber ich habe im Moment kein Zuhause, wo ich hingehen könnte. Mexiko fällt aus naheliegenden Gründen flach. Zu Papa nach Houston will ich jedenfalls nicht. Papa behandelt mich noch merkwürdiger, als du es tust, und die Leute von der Klinik könnten nach mir suchen ... Außerdem hat die Situation auch ihre Vorteile. Es ist dämlich, daß ich hierbleibe, aber ich glaub, eine Weile könnte ich's schon aushalten, wenn ich die Leute dazu kriege, daß sie mich möglichst wenig beachten. Vor allem dich.« Er wandte sich ab.

»Alex«, sagte sie.

Er blickte sich über die Schulter um. »Was ist?«

»Such dir irgendeine Beschäftigung. Wie alle anderen auch. Dann kommst du auch besser klar.«

Er nickte. »Okay, Juanita. Ganz wie du willst.«

Alex folgte Ellen Maes präzisen, wenn auch total verwirrenden Anweisungen, verlief sich mehrmals und fand endlich den mit einem Papierfähnchen versehenen Stock, mit dem sie die Stelle im Erdboden markiert hatte. Das flatternde Papierfähnchen markierte eine krumme Wurzel im Boden. Das Schlinggewächs war etwa zwei Meter lang, hatte behaarte, spitze, konisch zulaufende Blätter und verströmte einen widerlichen Geruch. Es beherbergte eine große Kolonie kleiner, schwarz-orangefarbener Käfer. Es wurde Büffelkürbis genannt.

Alex schob die Ranke mit der flachen Seite der

Hacke beiseite, nahm den Schaft beidhändig in den Würgegriff und begann auf die gelbe Erde einzuhacken. Die Hacke sagte ihm zu. Das Gerät war gut ausbalanciert, scharf und in gutem Zustand. Leider war er nicht einmal annähernd kräftig genug, um es richtig einzusetzen.

Alex hackte, schabte und kratzte sich mehrere Zentimeter tief in den elenden, unnachgiebigen Boden vor, bis er schweißgebadet war und seine streichholzdünnen Arme zitterten.

Als er die vergrabene Wurzel des Büffelkürbis erblickte, starrte er sie verblüfft eine Weile an, dann ließ er die Hacke neben dem Loch liegen und ging langsam zum Camp zurück.

Carol Cooper hatte zwei Träger aus der Wand der Garagenjurte herausgezogen. Durch die neuentstandene Lücke rollte die Straßenwartungsmaschine hervor.

Carol schaute zu, wie die Maschine schwerfällig den Hügel hinunterrumpelte, und legte gleichzeitig die Holzstäbe zusammen und zurrte sie fest. Alex gesellte sich zu ihr und zog die Atemmaske herunter.

Die Maschine erreichte den Highway, zögerte kurz und rollte dann mit zehn Stundenkilometern nach Süden.

»Hoffentlich bekommt das arme Ding ein paar Straßenmarkierungen aufgemalt, bevor's wieder zusammengeschossen wird«, sagte Carol und stapelte die Stangen auf der Ladefläche des Lasters. »Was gibt's, Mann? Ich hab zu tun.«

»Carol, was ist das Abgefahrenste, was es hier gibt?«

»Was redest du denn da für einen Scheiß?«

»Gibt es irgend etwas wirklich Seltsames, mit dem sich sonst niemand hier beschäftigt?«

»Oh«, sagte Carol. »Jetzt kapier ich.« Sie grinste. »Etwas davon steckt in jedem Trouper. Diese altmodische Lust am Herumbasteln. Der alte Spieltrieb, stimmt's?« Carol blickte sich in der Garage um, schaute auf die Gerätehaufen, den Schraubstock, eine professionelle Klebstoffpistole. »Hast du Lust, mir beim Zusammenpacken zu helfen? Rudy und Greg kommen später.«

»Ich würd ja gern«, log Alex, »aber ich habe schon eine Verabredung.«

»Also, ich werd jedenfalls froh sein, wenn ich *damit* fertig bin. Wenn du spielen willst, dann kannst du dir dieses Scheißding vornehmen.« Carol ging zur Schweißbank und nahm einen langen, verstaubten schwarzen Schlauch herunter. Er sah aus wie die Sauerstoffzufuhr des Schweißbrenners, ein großer Haufen dünner, schwarzer Plastikschlauch. Als sie damit zu Alex hinüberging, bemerkte er, daß das, was auf den ersten Blick wie ein Schlauch ausgesehen hatte, in Wirklichkeit ein glattes, schwarzes, geflochtenes Seil war.

Das eine Ende des Seils endete in einem flachen Batteriegehäuse, daran befestigt waren ein Gürtelclip, ein kleiner Monitor und ein Steuerhandschuh.

»So was schon mal gesehn?«

»Na ja, 'ne Batterie und 'nen Steuerhandschuh seh ich nicht gerade zum erstenmal«, antwortete Alex.

Sie reichte ihm das Gerät. »Yeah, das ist eine verdammt gute Batterie! Supraleitend. Mit dieser Batterie könnte man ein Motorrad antreiben. Und da steh ich nun und passe auf, daß die Batterie auch geladen ist – und niemand benutzt das Scheißding!« Sie runzelte die Stirn. »Wenn du die Batterie ruinierst, Kleiner, hab ich aber was bei dir gut.«

»Hast du, hast du«, versicherte ihr Alex. »Meine Leute in Matamoros haben eine Lieferung fertig, sie warten bloß noch darauf, daß wir ihnen die Koordinaten geben.«

»Normale Satellitenkoordinaten?«

»Die benutzen sie, stimmt«, sagte er. »Genau wie die Truppe, wie die Armee, wie überhaupt jeder.«

»Ich kann sie dir jederzeit geben, es ist ja schließlich kein großes Geheimnis, wo wir das Lager aufschlagen.«

»Das ist gut. Ich probier's mal und ruf sie an, wenn ich eine verschlüsselte Leitung kriege.«

»*No problema*«, meinte Carol gelangweilt. Sie schaute zu, wie Alex das Seil hochhob und sich die Schlingen über die rechte Schulter legte. Offenbar drückten sie ihn nicht. Das Kabel wog nur ein paar Kilo, fühlte sich aber seltsam schlangenartig und geschmeidig an, trocken und schmierig zugleich. Es war so dick wie sein kleiner Finger und etwa zwanzig Meter lang. »Was ist das überhaupt?«

»Ein smartes Seil.«

»Und was ist smart daran?«

»Also, in dem Batteriegehäuse befindet sich ein Chip, der sich mit Knotentopologie auskennt. Weißt du, was Topologie ist?«

»Nein.«

»Das ist eine spezielle Mathematik, die sich mit der geometrischen Umformung des Raumes befaßt.«

»Na prima.«

»Jedenfalls ist das Seil aus einer Menge einzelner Kabel geflochten. Sensorkabel, Stromkabel, und das hier ist der Trick bei der Sache, die elektrisch reaktive Leitung. Okay? Es kann sich strecken und zusammenziehen – fest und schnell –, es kann sich biegen und überall hinwinden, so weit es reicht. Das verdammte Ding kann sich sogar selbständig verknoten.«

»Genau wie die smarte Drachenbespannung«, sagte Alex, »bloß daß es ein Seil ist, kein Stück Stoff.«

»Das stimmt.«

»Warum hast du dann versucht, mir mit diesem Topologikram einen Schrecken einzujagen? Man benutzt dazu den Scheißhandschuh, stimmt's?«

»Stimmt«, sagte sie. »Man muß dabei technisch werden, sonst kapierst du nicht, was du eigentlich tust.«

»Und? Wen juckt's?«

Carol seufzte. »Hör mal, nimm das Scheißding einfach mit und paß auf, daß du dir nicht damit weh tust. Ich will das Kabel nie wiedersehen, okay? Als ich das erste Mal davon hörte, dachte ich, das ist echt coole Hardware, und ich hab 'ne Menge von Janeys Geld dafür ausgegeben. Ich dachte, für ein smartes Seil müßte es in einem Lager doch zahllose Verwendungsmöglichkeiten geben, und, Shit, es *gibt* auch zahllose Verwendungsmöglichkeiten – so gottverdammt *viele,* daß es einfach nie jemand benutzt! Es denkt einfach nie jemand dran! Niemand mag es! Die kriegen davon alle eine Gänsehaut.«

»Okay!« meinte Alex erfreut. Die letzten Bemerkungen hatten ihm moralischen Auftrieb gegeben. Er mochte das smarte Seil bereits. Er war froh, es zu haben. Irgendwie bedauerte er, daß er nur eins hatte. »Ich werd wirklich gut drauf aufpassen. Und denk ans Telefon. *Hasta la vista.*«

Alex ging aus dem Zelt und schlurfte wieder aus dem Lager, zurück zu der verdammten Wurzel. Er schabte und schippte und grub eine Weile an der Wurzel herum, bis er wieder außer Atem war. Dann streckte er das Seil volle zwanzig Schritte lang auf dem unkrautbewachsenen Boden aus. Er schaltete den Strom ein.

Das Seil lag völlig reglos da. Auf dem kleinen Monitor war zu lesen:

```
INPUT-PARAMETER
FÜR HYPERBELKRÜMMUNG.
```

Er probierte den Steuerhandschuh an. An der Rückseite befanden sich die üblichen Knöchelsensoren, und entlang der Handflächen und Finger war er übersät mit zahllosen kleinen Druckzellen. Es war ein Rechtshänderhandschuh, und er paßte ziemlich gut. Die Fingerspitzen waren frei, und der Handschuh glitt sehr angenehm am Seil entlang, eine nette Mischung aus festem Griff und Glätte.

Alex tippte wahllos ein paar Zahlen in die Anzeige ein, dann schwang er das Seil mit dem Handschuh hin und her. Es passierte nicht viel. Er legte das Seil wieder weg und behielt den Handschuh an, als er mit der Hacke weitergrub. Der Handschuh verlieh ihm einen festen Griff und würde vielleicht verhindern, daß er an der Hand Blasen bekam.

Als die Sonne unterging, tauchten Peter und Rick auf. Sie trugen saubere Papierkleidung frisch von der Rolle, und sie hatten gebadet und sich gekämmt.

»Du solltest besser zurück ins Camp kommen, Pillenfreak«, sagte Peter. »Alle waschen ihre Klamotten, alle nehmen ein Bad, und bald gibt's auch was zu Essen.«

»Ich bin noch beschäftigt«, erwiderte Alex.

Rick lachte. »Beschäftigt womit?«

»Ziemlich große Sache«, antwortete Alex. »Mit einem Büffelkürbis. Ellen Mae hat gemeint, die Wurzel würde dreißig Kilo wiegen.«

»Eine Wurzel, die dreißig Kilo wiegt, gibt es nicht, Mann«, sagte Rick. »Nicht mal *Bäume* haben so schwere Wurzeln.«

»Wo ist die Pflanze?« fragte Peter.

Alex deutete auf die durchtrennte Ranke, die er beiseitegeworfen hatte. In der Sonne war sie bereits arg geschrumpft.

»Shit«, meinte Rick verächtlich. »Weißt du, das ist ein simples Naturgesetz. Es erfordert eine Menge Energie, eine Wurzel zu bilden – Stärke, Cellulose und dieses Zeug. Guck dir doch mal die Photosynthesefläche der Blätter an. Eine Pflanze mit so wenig Solarzellen kann unmöglich etwas bilden, das dreißig Kilo wiegt.«

Peter blickte in das flache Loch und lachte. »Ellen Mae hat dich ganz schön verarscht. Sie hat dich einen ganzen Tag für nichts und wieder nichts graben lassen. Mann, das ist hart.«

»Na ja, besonders hart gegraben hat er ja nun nicht gerade«, meinte Rick und tippte mit der Stiefelspitze gegen den kleinen Haufen kreidehaltiger Erde. »Da gräbt ja schon ein Präriehund einen größeren Haufen aus.«

»Was ist mit dem Seil?« fragte Peter.

»Ich hab mir gedacht, damit könnte ich vielleicht die Wurzel rausziehen«, log Alex schlagfertig. »Ich bekomme nicht mal dreißig Kilo hoch.«

Peter lachte erneut. »Das ist wirklich tragisch! Also hör zu, kurz nach Sonnenuntergang kommen wir wieder her. Du solltest machen, daß du zum Camp zurückkommst und dir eine Mitfahrgelegenheit besorgst.«

»Wo fährst *du* mit?« fragte Alex.

»Ich?« sagte Peter. »Ich fliege den Ultralight! Ich bin für die Eskorte eingeteilt.«

»Ich auch«, meinte Rick. »Mit 'nem Gewehr. Auf diesen Highways trifft man manchmal auf Banditen. Terrorgruppen, Guerillakämpfer. Meistens fahren sie in Konvois, so wie wir, und mit der ganzen tollen Ausrüstung, die die haben, stellen sie ein ganz schönes Risiko dar. Aber nicht für die Truppe. Die Truppe hat Luftunterstützung.«

»Terrorleute mit Luftunterstützung findest du so schnell nicht«, sagte Peter.

»Genau«, meinte Rick. »Man fliegt im Dunkeln hoch, ohne Lichter, lautlos, mit Infrarothelm und Schalldämpfergewehr mit Lasersucher – wenn's hart auf hart kommt, ist man der *Tod auf leisen Schwingen*.«

»Ein Schuß, ein Treffer, keine Ausnahmen«, sagte Peter.

»Panoptische Schlachtfeldüberwachung«, meinte Rick.

»Schweben wie ein Schmetterling, zustechen wie eine Wespe.«

»Gegenspionage aus der Luft – die einzige Art zu reisen.«

Alex blinzelte. »Das würde ich gern machen.«

»Klar«, sagte Peter.

»Du kriegst meine Wurzel dafür, Peter.«

Peter lachte. »Kommt gar nicht in die Tüte, Mann.«

»Lust auf 'ne Wette? Mach schon, wette mit mir.«

Peter blickte ins Loch. »Wetten, worum? Da drin ist nichts, Mann. Bloß dieser große Steinbrocken.«

»Der Steinbrocken *ist* die Wurzel«, sagte Alex. »Und nicht bloß dreißig Kilo schwer. Ich schätze die auf mindestens achtzig … Dieses armselige kleine Gewächs muß mindestens zweihundert Jahre alt sein.«

Rick starrte ins Loch, dann spuckte er in die Hände und hob die Hacke. »Er hat dich drangekriegt, Pete. Wenn er recht hat, und du hast dich geirrt, dann fliegt er Eskorte, und du guckst in die Röhre und fährst mit Janey im Bus.« Er lachte brüllend und ließ die Hacke niederkrachen.

Jane brannten vom Desinfektionsmittel immer noch die Augen. Baden tat immer weh. Anfangs hatte sie sich geweigert, antiseptisch zu baden, bis sie die Narbenkrater auf Joanne Lessards Schultern gesehen hatte. Joanne war zierlich, hatte helle Haut und wäre an den Staphylokokken-Beulen beinahe gestorben. Mit den Bombay-Staphylokokken IIb war nicht zu spaßen; über Breitbandantibiotika lachten sie sich bloß ins Fäustchen. Moderne Staphylokokkenstämme waren hervorragend ans Überleben auf der häufigsten, nahrhaftesten modernen Umgebung angepaßt; der weitläufigen Weidefläche der lebenden menschlichen Haut.

Jane brannten die Augen, und es juckte sie zwischen den Beinen, aber wenigstens war ihr Haar sauber, und sie roch gut. Das Gefühl von frischem, sauberem Papier auf ihrer feuchten Nacktheit, was dem Herumlaufen im Frotteemantel und mit einem Handtuch ums Haar im Truppenleben am nächsten kam, hatte sie sogar genossen. Draußen vor der Kommandojurte hallte das Camp von bestialischem Gebrüll wider, als Ed Dunnebecke einen weiteren Kessel kochendheißes Wasser in die Stoffwanne goß. Heißes Wasser fühlte sich so wunderbar an – zumindest solange, bis sich die Poren öffneten und Eds Desinfektionsmittel für Schafe zu brennen begann.

Die Datenübertragungssysteme der Truppe abzuschalten, war eine knifflige Arbeit. Selbst die untergeordneten Systeme wie beispielsweise die kleinen Telefonschalter arbeiteten mit einer Million Zeilen uralter Firmenshareware oder mehr. Die Software war im zwanzigsten Jahrhundert von riesigen Teams von Softwareentwicklern entworfen worden, von Mietarbeitern den vom Markt verschwundenen Telefonimperien AT&T und SPRINT. Jetzt war sie Freeware, weil die Software veraltet war und weil alle, die daran gearbeitet hatten, entweder tot oder woanders beschäftigt waren. Diese Heerscharen von Fernmeldetechnikern waren nun ebenso zerstreut und ausgelöscht wie die Rote Armee.

Diese Heerscharen von Telefonexperten hatten vor allem aufgrund der Automatisierung ihre Existenzgrundlage verloren und waren von immer leistungsfähigeren Spezialsystemen ersetzt worden, die sich nun um die Fehlersuche, Resets und Fehlerbehebung kümmerten. Heutzutage konnte jeder diese Technologie nutzen – jeder, der über einen Stromanschluß und einen Schreibtisch verfügte. Der Schweiß und das Talent zehntausender kluger Leute war in einen Kasten eingegangen, der in der Hand Platz hatte und den es auf dem Flohmarkt zu kaufen gab.

Die Umschaltstationen der Truppe waren lächerlich billige kleine Kästen aus recyceltem, kotzgrünem Kunststoff, made in Malaysia. Sie kosteten etwa soviel wie ein gutes Paar Schuhe.

Auf der ganzen Welt gab es keinen einzigen Menschen mehr, der vollständig begriffen hätte, was in diesen kleinen Kästen eigentlich vor sich ging. Genaugenommen hatte noch nie jemand die intellektuelle Struktur dieses komplizierten Geräts zur Gänze verstanden. Jedes Gerät, das mit einem Programm von über einer Million Zeichen lief, war dem unmittelbaren Begreifen entzogen. Außerdem war es einfach nicht möglich, auf einer intimen Zeile-für-Zeile-Basis dabei zuzusehen, wie diese modernen Wahnsinnschips den alten Programmcode verarbeiteten. Das war, als wollte man jede einzelne Unterhaltung auf einer Cocktailparty belauschen, auf der mehr Gäste erschienen waren als Manhattan Einwohner hatte.

Als Einzelner konnte man nur auf einer sehr abgehobenen und abstrakten Ebene mit dem Programm kommunizieren – man mußte mit dem Programm sanft, höflich und geduldig verhandeln, so wie man im zwanzigsten Jahrhundert mit den Telefongesellschaften umgegangen sein mochte. Tatsächlich *gehörte* einem eine dieser alten Telefongesellschaften – alles, was dazugehörte, befand sich jetzt in dem Kasten.

Wenn man auf den Interfacestapeln immer höher kletterte, weg vom schlüpfrigen Urgestein der Hardware, die Einsen und Nullen zermahlte, war es, als ginge man auf Stelzen. Und dann auf Stelzen für die Stelzen, und schließlich auf Stelzen für die Stelzen der Stelzen. Man konnte einen Stecker in die Buchse an der Rückseite des Kastens stecken und loslegen wie ein Wirbelwind. Bis irgendwo etwas abstürzte, was das Betriebssystem des Systems des Systems nicht zu diagnostizieren, einzuengen und zu umgehen vermochte. Dann warf man den kleinen Kasten weg und stöpselte einen anderen ein.

Das System der Truppe war launenhaft. Was eher leicht untertrieben war. Zum Beispiel kam es auf die Reihenfolge an, in der man die Subsysteme ausschaltete. Es gab keine einfache oder direkte Erklärung dafür, *warum* das so war, aber darauf ankommen tat es.

Jane behielt die Systemunvereinbarkeiten und die Unmenge der gefühllosen High-Level-Knoten, Ticks und Spleens mit professioneller Aufmerksamkeit im Auge. Sie führte Buch mit Kugelschreiber und Papier, in einem kleinen, ledernen Loseblattnotizbuch, das sie seit dem College besaß. Mickey, der Sysadministrator, und Rick, der Programmschleifer, hatten Jane besorgte Blicke zugeworfen, als sie sich zum erstenmal ernsthaft an den Truppencomputern zu schaffen gemacht hatte, doch seitdem hatte sie häufig genug bewiesen, was in ihr steckte. Sie hatte Abstürze, Aussetzer und Blockaden gemeistert, die bei Mickey heftiges Fluchen ausgelöst hatten und über denen Rick so tief im Programmcode versunken war, daß er wie volltrunken im Camp herumtaumelte.

Der Unterschied zwischen Programmieren und der Beschäftigung mit Interfaces war wie der Unterschied zwischen einem Soldaten und einem Diplomaten. Manche Krisen erforderten eben eine politische Lösung.

Jane verwahrte das Notizbuch in einem Kunststoffkasten, der unter Jerrys Vermittlungssimulator festgeklebt war. Dies war der sicherste Aufbewahrungsort im ganzen Lager, denn Jerrys Simulator war das wertvollste Gerät der Truppe. Der Simulator war der einzige Kasten, der Jane tatsächlich beeindruckte. Die US-Regierung hatte während des Ausnahmezustands einen Mordswirbel um Klimasimulatoren gemacht und in einem Tempo Geld in die globalen Klimamodelle gesteckt, daß sogar das Pentagon nur hatte staunen können. Geräte wie das von Jerry schienen Brobdingnag zu entstammen, dem Land der Riesen aus Gullivers Reisen – Jerrys Gerät verfügte über eine größere Rechenleistung, als der ganze Planet im Jahre 1995 besessen hatte.

Offiziell war Jerrys Gerät eine ›Leihgabe‹ des SESAME-Collaboratory, eines Forschungsnetzes, in dem Jerry einen ziemlich guten Stand hatte, dennoch war nicht damit zu rechnen, daß irgendwann jemand auftauchen und es wieder abholen würde. Im Grunde war Jerrys Kasten allen bis auf die Truppe scheißegal. Es war sonnenklar, daß die Probleme der Klimamodelle mit bloßer Rechenleistung niemals zu lösen sein würden. Die Rechenleistung war gar nicht das Nadelöhr; das eigentliche Nadelöhr waren die Annahmen, die Näherungsverfahren, die Konzepte und die Programme.

Jane klappte ihren Lieblingslaptop auf, schleppte den angeschlossenen Monitor zu Mickeys Sysadministrationsmaschine und vergewisserte sich, daß sämtliche Geräte abgeschaltet waren. Peter, Greg und Martha hatten ihre Arbeit getan; abgesehen vom Telecom-Mast waren sämtliche Empfangsmasten nun offline und ausgeschaltet. Der Telecom-Mast blieb immer bis zuletzt stehen. Eigentlich wäre es vernünftiger gewesen, die Sicherheitssysteme als letzte abzubauen, aber die Begrenzungspfosten waren saudumme, paranoide kleine Gebilde, die jeden plötzlichen Datenverlust als glaubhaften Beweis für feindliche Sabotage betrachteten. Wenn man sie nicht vorher sanft einlullte, drehten die Pfosten durch.

Auf Janes Bildschirm erschien ein Icon. Ein Telefonanruf – unter ihrer Nummer. Überrascht nahm sie den Anruf entgegen.

In der oberen rechten Ecke des Laptops öffnete sich

ein postkartengroßes Videofenster. Es war ein Fremder: glattrasiert, sandfarbenes Haar, eine distinguierte Erscheinung, etwa Ende dreißig. Nachlässige Eleganz, auf eine seltsam gepflegte Weise. Von ferne wirkte er vertraut. Er trug Hemd, Jackett und Krawatte.

»Hallo?« sagte der Fremde. »Spreche ich mit Juanita?«

»Ja?«

»Gut«, sagte der Fremde und blickte lächelnd auf seinen Schreibtisch hinunter. »Ich war mir nicht sicher, ob es klappen würde.« Er schien sich in irgendeiner Hotellobby zu befinden, vielleicht auch in einem sehr wohnlich eingerichteten Büro. Hinter seinem Kopf machte Jane eine Lithografie und den Zweig einer Topfpflanze aus.

Der Fremde sah von seiner Tastatur auf. »Ich bekomme kein Videosignal rein, soll ich meinerseits die Übertragung ausschalten?«

»Tut mir leid«, antwortete Jane und beugte sich zum Einbaumikrofon des Laptops vor. »Ich spreche über einen Laptop, ich habe hier keine Kamera.«

»Schade«, meinte der Fremde und rückte seine Krawatte zurecht. »Weißt du, Juanita, daß ich dich noch nie gesehen habe? Irgendwie habe ich mich drauf gefreut.«

Am Kopf des Fremden saßen Jerrys Ohren. Jane wäre nicht erstaunter gewesen, hätte er Jerrys Ohren an einer Schnur um den Hals getragen. Doch dann ließ der Schock nach, und Jane wurde erschauernd klar, wen sie da vor sich hatte. Sie lächelte verlegen den Laptop an, obwohl der Fremde sie nicht sehen konnte. »Du bist Leo, stimmt's?«

»Stimmt«, sagte Leo Mulcahey, lächelte sanft und zwinkerte ihr zu. »Können wir reden?«

Jane blickte sich in der Kommandojurte um. Mickey und Rick standen beide für ein Bad an. Normalerweise ließen sie sie erst eine Weile allein werkeln, bevor sie wieder auftauchten, die Diagnose durchführten und die Geräte zu den Wagen schleppten.

»Ja«, sagte sie. »Ich glaub schon. Wenn's nicht zu lange dauert.« Sie sah Jerrys Bruder jetzt zum ersten Mal. Leo wirkte älter als Jerry, seine Wangen waren schmaler und ein wenig faltig, und sie war überrascht, wie gut er aussah. Sein Kopf war genauso geformt wie der von Jerry, aber sein Haarschnitt war phantastisch. Normalerweise schnitt Jane Jerry das Haar, doch jetzt sah sie, daß sie als Hairdesigner ein totaler Versager war.

»Wie ich höre, hast du mit Mom gesprochen«, sagte Leo.

Jane nickte schweigend, aber Leo konnte sie natürlich nicht sehen. »Ja, hab ich«, platzte sie heraus.

»Ich halte mich im Moment gerade wieder in den Staaten auf. Mom hat mich über Jerrys Aktivitäten unterrichtet.«

»Ich hab mir nichts dabei gedacht«, sagte Jane. »Jerry ruft seine Mutter nur ganz selten an, aber er hat nichts dagegen, wenn ich es tue… Tut mir leid, wenn ich aufdringlich gewesen sein sollte.«

»Ach, Mom hält große Stücke auf dich, Juanita«, sagte Leo mit einem Lächeln. »Weißt du, Mom und ich haben Jerry noch nie so erlebt. Ich glaube, du mußt etwas ganz Besonderes sein.«

»Na ja«, meinte Jane. »Leo, mir ist grad was eingefallen – ich habe hier ein paar Fotos auf Platte, ich schau mal, ob ich sie aufrufen und dir schicken kann.«

»Das wäre nett.« Leo nickte. »Ist immer so ein komisches Gefühl, zu einem leeren Bildschirm zu sprechen.«

Jane rief das digitale Sammelalbum auf. »Ich wollte dir noch dafür danken, daß du mir geholfen hast, meinen Bruder zu finden… Alejandro.«

Leo zuckte die Achseln. »*De nada.* Ich habe für dich einen Hebel in Bewegung gesetzt. Na ja, zwei Hebel.

Das ist halt Mexiko … eine Hand wäscht die andere … Ein interessanter Ort, eine erlesene Kultur.« Er senkte abermals den Blick. »Ah, ja. Das kommt sehr gut rüber. Ein hübsches Foto.«

»Ich bin die mit dem Hut«, sagte Jane. »Die andere Frau ist unsere Köchin.«

»Das habe ich mir gedacht«, sagte Leo und richtete sich gespannt auf. Er wirkte ernsthaft interessiert. »Oh, das mit dir und Jerry ist sehr gut. Ich wußte gar nicht, daß er einen Bart hat. Aber der Bart steht ihm gut.«

»Er hatte den Bart schon, als ich ihn kennengelernt habe«, sagte Jane. »Tut mir leid, daß es … äh … na ja, daß es so lange her ist. Und daß ihr nicht besser miteinander auskommt.«

»Ein Mißverständnis«, meinte Leo, seine Worte sorgsam abwägend. »Du weißt ja, wie Jerry manchmal ist … sehr zielstrebig, hab ich recht? Wenn man dann ein Thema anspricht, das nicht ganz in seine Gedankengänge paßt … Er ist natürlich ein sehr intelligenter Mann, aber er ist Mathematiker und nicht sonderlich tolerant gegenüber Mehrdeutigkeit.« Leo lächelte traurig. Er hat eine gewisse Würde, dachte Jane. Jerrys magnetische Ausstrahlung und die gleiche Skrupellosigkeit.

Sie fand ihn äußerst attraktiv. Geradezu umwerfend. Sie konnte sich mühelos vorstellen, mit ihm zu schlafen. Sie konnte sich lebhaft vorstellen, mit beiden zu schlafen. Gleichzeitig.

Und wenn sie sich gegenseitig an die Kehle gingen, würde sie zwischen ihnen zerquetscht werden wie eine Maus zwischen zwei Ziegelsteinen.

Sie räusperte sich. »Also … kann ich irgend etwas für dich tun, Leo?«

»Doch, ich glaube schon«, antwortete Leo. »Übrigens, du hast doch nichts dagegen, wenn ich die Fotos ausdrucke, oder?«

»Von mir aus.«

»Es geht um diese komische Geschichte mit dem F-6«, sagte Leo, während sein Drucker ein wohlerzogenes Brummen von sich gab. »Ich hab mir gedacht, du könntest mir das vielleicht etwas näher erklären.«

»Na ja«, meinte Jane, »der F-6 ist so eine Theorie von Jerry.«

»Klingt irgendwie *alarmierend,* findest du nicht? Ein Tornado, der eine ganze Größenordnung größer ist als alles, was wir bisher erlebt haben?«

»Also, eigentlich wäre das gar kein richtiger Tornado – eher ein gewaltiger Wirbelsturm. Etwas kleiner als ein Hurrikan, aber mit einer anderen Entstehungsgeschichte und einer anderen Struktur. Und einem anderen Verhalten.«

»Stimmt es, daß dieses Ding zu einem *permanenten Bestandteil der Atmosphäre* werden soll?«

»Nein«, entgegnete Jane. »Nein. Ich meine, es gibt da schon einige Hinweise in den Modellen – wenn man die Parameter entsprechend wählt, deutet... äh... einiges darauf hin, daß ein F-6 unter bestimmten Umständen zu einer dauerhaften Einrichtung werden könnte... Sieh mal, Leo, wir heben diesen Aspekt nicht besonders hervor, okay? Es wimmelt doch nur so von abgedrehten Amateuren, die ihre selbstgebastelten Klimamodelle laufen lassen und alle möglichen Weltuntergangsmeldungen hinausposaunen. Es würde wirklich einen schlimmen Eindruck machen, wenn die Presse aller Welt erklären würde, Jerry sagte eine Art Riesensturm über Oklahoma voraus. Das wäre einfach unverantwortlich für einen Wissenschaftler. Auch ohne daß seine Glaubwürdigkeit beschädigt wird, hat Jerry schon genug Probleme mit den Laborkitteln am Hals.«

»Aber Jerry glaubt jedenfalls, daß es einen F-6 geben wird.«

»Ja, schon. Das glauben wir. Die mittelhohe Konvektionsströmung nimmt Gestalt an, das Bermuda-Hoch, der Jetstream… Ja, wir glauben, wenn überhaupt, dann passiert es in dieser Saison. Wahrscheinlich innerhalb der nächsten sechs Wochen.«

»Ein gewaltiger atmosphärischer Sturm von beispiellosen Ausmaßen. Mitten über den Vereinigten Staaten.«

»Ja, das stimmt. Genau so ist es.«

Leo schwieg und schaute ernst und nachdenklich drein.

»Leo, man kann den Kohlendioxidanteil der Atmosphäre nicht verdoppeln, ohne daß seltsame Dinge passieren.«

»An seltsame Dinge bin ich gewöhnt«, meinte Leo. »Ich glaube bloß, an *diese* Vorstellung muß ich mich erst noch gewöhnen.«

»Jerry ist nicht als einziger dieser Meinung, weißt du. Er ist zwar abgehoben, aber nicht abgedreht. In Europa gibt es Paläoklimatologen, die glauben, gewaltige Stürme wären während der Eemian-Zwischeneiszeit in Europa ziemlich häufig gewesen. Dafür gibt es physikalische Hinweise in den fossilen Ablagerungen.«

»Ach, wirklich.«

»Außerdem ist dieses Jahr ein Artikel erschienen, worin es heißt, der sogenannte akkadische Vulkanismus sei überhaupt nicht vulkanisch gewesen, sondern die Staubschichten und die dreihundertjährige Trokkenheit seien atmosphärischen Ursprungs gewesen. Das war die Kultur der Akkader im Zweistromland.«

»Wie bitte?«

»Die Akkader waren die erste Zivilisation – um 2200 vor Christus, in Mesopotamien, wenn ich mich nicht irre. Das war die erste Kultur, die entstanden war, und auch die erste, die aufgrund einer plötzlichen Klimaveränderung vernichtet wurde.«

»Stimmt«, sagte Leo, »ich bin sicher, diese Dinge

wurden von unserer begnadeten und kämpferischen populären Presse bereits in allen Einzelheiten dargelegt. Und zwar zur vollen Zufriedenheit der wissenschaftlichen Gemeinde.« Er zuckte elegant mit den Achseln. »Ich weiß bloß, daß das Wetter im Moment verrückt spielt und daß das bis zu unserem Lebensende auch so bleiben wird. Ich begreife bloß nicht, warum Jerry *dich* da hineinzieht.«

»Mich?« fragte Jane. »Oh! Also, ich kümmere mich um die Interfacesoftware. Für die Truppe. Und eigentlich muß ich auch gleich wieder weiterarbeiten.«

»Juanita, du hast mich nicht richtig verstanden. Angenommen, es wird einen richtig großen Sturm geben. Angenommen, dabei handelt es sich um einen permanenten Wirbel in der Atmosphäre – in Jerrys Worten, um die irdische Version des Roten Flecks vom Jupiter. Um eine permanente planetarische Senke für überschüssige Treibhaushitze, angesiedelt irgendwo in der Nähe von Texas. Ich weiß, das klingt phantastisch, aber angenommen, es ist die Wahrheit.«

»Ja, und? Dann werde ich da sein und es mir anschauen.«

»Du würdest dabei umkommen.«

»Vielleicht. Gut möglich. Aber ich werde trotzdem da sein. Wir werden es dokumentieren.«

»Warum?«

»Warum? Weil wir es können! Weil wir das Knowhow haben! Weil das unsere Arbeit ist! Wahrscheinlich tun wir es um der Überlebenden willen.« Jane fuhr sich mit unbewegter Miene durchs Haar. »Wenn der F-6 wirklich so schlimm wird, wie zu befürchten steht, dann werden die Überlebenden diejenigen sein, die man wirklich bedauern muß.«

Leo schwieg. Jane vernahm ein merkwürdiges Rumpeln, dann wurde ihr klar, daß er mit den Fingern auf den Schreibtisch trommelte.

»Ich muß jetzt Schluß machen, Leo. Es wartet ein Menge Arbeit auf mich.«

»Danke, daß du so offen zu mir warst, Juanita. Ich weiß das zu schätzen.«

»Meine Freunde nennen mich Janey.«

»Oh. Ja, klar. *Hasta la vista*, Janey.« Leo unterbrach die Verbindung.

Jane schauderte und blickte sich erneut um.

Soeben betrat Rick die Jurte.

»Ich laß den Pillen... ich meine, ich laß Alex heute nacht den Ultralight fliegen«, sagte er. »Er *wollte* unbedingt.«

Rick lächelte sie an. »Ich hab dir ja gesagt, daß es dem Kleinen echt gefallen hat.«

Alex war auf Nachtflug über Texas, sein Kopf steckte in einem Helm, und Sauerstoff umspülte sein Gesicht. Zwischen seinen Knien glomm ein kleines, bernsteinfarbenes Lämpchen, das Steuerknüppel und Trackball beleuchtete. Noch mehr Licht drang aus dem Visier des durchsichtigen VR-Helms, der wässrige Phantomschein der Menüleiste, der von Alex' Stirn auf die pechschwarzen Fugzeugflügel fiel.

Am Horizont sah man den hellen Funken eines globalen Beobachtungssatelliten. Über ihm waren eine Million Sterne, die Mondsichel, der galaktische Nebel der Milchstraße, ein paar hohe Wolkenwirbel. Der Propeller hinter seinem Rücken schob ihn beinahe lautlos voran, während er mit minimalem Energieverbrauch mit dem langsamen Überlandkonvoi der Truppe tief unter ihm Schritt hielt.

Falls es irgend etwas Schöneres gab, so hatte Alex es noch nicht entdeckt.

Diesmal durfte er die Maschine tatsächlich von Hand fliegen. Bussard hatte den Ultralight Beryl mit der obligatorischen Anfängersoftware gebootet. Jede abrupte Bewegung des Steuerknüppels wurde augenblicklich in ein sanftes, ungefährliches Auf und Ab übersetzt.

Diese Art zu fliegen erinnerte Alex stark an das Fahren in einem motorisierten Rollstuhl. Die gleichen Tipptasten, fast das gleiche leise Motorsummen und das gleiche Gefühl, von einem Übermaß an Sicherheitsvorkehrungen umgeben zu sein und sich in der Obhut einer smarten Maschine zu befinden. Alex hätte am liebsten irgendeine Dummheit gemacht, doch unter den gegebenen Umständen hielt er es für geraten, auf Dummheiten zu verzichten. Er würde solange warten, bis er ihr Vertrauen gewonnen hatte, bis sie ihm mehr Spielraum gaben. *Dann* würde er irgend etwas Dummes probieren.

Rick saß im Ultralight Amber und kundschaftete die Gegend hinter der Truppe aus. Rick hatte sein Gewehr dabei. Unmittelbar vor dem Start hatte Rick Alex einen haarsträubenden Vortrag über die Schlauheit und Brutalität der Hinterwäldlerbanditen und die Notwendigkeit gehalten, als ›Vorhut‹ stets wachsam zu sein.

Alex hatte schwer daran schlucken müssen – mindestens so schwer wie an den Nachtrationen, die aus einem widerlichen Chop Suey aus Kaninchenfleisch, geschmortem Mais und Büffelkürbiswurzel bestanden hatten. Jedenfalls war es eine Mordswurzel gewesen. Zwei Männer hatten sie tragen müssen, und sie schmeckte wie eine Kreuzung aus Sellerie und Bleistiftspänen. Es war die größte Wurzel, die die Truppe jemals ausgegraben hatte.

Alex empfand unwillkürlich Stolz. Und Eskorte für die Truppe zu fliegen, war wesentlich besser, als in einem der vollgestopften, überladenen Busse mitzufahren. Alex konnte sich bloß nicht vorstellen, daß das Eskortefliegen wirklich gefährlich sein sollte. Schließlich befuhren die Jagdteams der Truppe auch die einsamsten Feldwege von Westtexas und waren noch nie angehalten oder ausgeraubt worden.

Angenommen, es gab überhaupt Banditen in der Gegend, dann würden sie sich bestimmt nicht mit Juanita und ihrer kampferprobten springenden Höllenspinne anlegen wollen. Juanitas Verfolgungswagen verfügte über keinerlei Schußwaffen, aber er sah so aus, und wie er sich bewegte, ließ auch nichts Gutes ahnen. Der Aerodromtruck und der Radarbus stellten zwar große, leichte Ziele dar und waren bis zum Dach mit wertvollen Geräten vollgestopft, waren aber trotzdem noch nie behelligt worden.

Alex glaubte, daß die Banditen, wenn sie schon zu ängstlich und daneben waren, einen einzelnen Bus zu überfallen, bestimmt nicht den ganzen Konvoi angreifen würden. Der Konvoi lag jetzt hinter ihm und schlängelte sich langsam die stockdunkle Straße entlang. Zwei Verfolgungsfahrzeuge, zwei Robotbusse mit Anhängern, der Radarbus, der Aerodromtruck, ein alter Strandbuggy, zwei automatikgesteuerte Nachschubjeeps mit Anhängern, drei Dreiradmotorräder mit Beiwagen und ein kleiner Traktor.

In der ganzen Kolonne war kein einziger Scheinwerfer eingeschaltet. Alle bewegten sich im Dunkeln, was angeblich sicherer war. Die smarten Verfolgungswagen fuhren an der Spitze und kundschafteten die Straße mit Radar aus. Hin und wieder flammte in einem Bus- oder Lasterfenster kurz ein Licht auf wenn irgendein Trouper einen Laptop-Monitor aufklappte und entweder arbeitete oder sich mit Spielen die Zeit vertrieb.

Als Alex den VR-Helm auf Infrarot umschaltete, wirkte der Konvoi noch interessanter. Aus den Auspuffen der alkoholbetriebenen Busse und des alten Strandbuggys quoll körnige, gepixelte Hitze hervor. Und aus dem Traktor ebenfalls. Alle anderen Fahrzeuge liefen mit Batteriestrom. Aus den Fenstern der Busse drang der schwache Lichtnebel menschlicher

Körperwärme. Es war eine kalte Frühlingsnacht auf den High Plains, und die Busse waren gut besetzt.

Alex hatte kein Gewehr. Irgendwie war er auch froh darüber, daß die Truppe nicht mehr Gewehre ausgeteilt hatte. Seiner Erfahrung nach wurden auffällige soziale Minderheiten mit vielen Schußwaffen leicht von nervösen Sondereinsatzkommandos zerrieben, denen die Kugeln locker saßen. Daher hatte er keine Waffe. Er hatte sechs verstaubte, nicht mehr funktionsfähig wirkende Leuchtfackeln für den Notfall und eine große Taschenlampe.

Rick hatte ihm heimlich ein Ibogain-Kaugummi zugesteckt, das optimale Einsatzbereitsschaft gewährleisten sollte. Alex hatte den Kaugummi noch nicht probiert. Er war noch nicht müde. Außerdem mochte er Ibogain nicht besonders.

Im Kopfhörer knackte es. »Hier Rick. Wie läuft's? Ende.«

»Gut. Ganz behaglich. Ich hab den Sitz zurückgestellt, Ende.«

»Wie hast du das denn gemacht?«

»Ich bin aufgestanden, hab mich in die Fußbügel gestellt und den Bolzen rausgezogen.«

»Das hättest du nicht tun sollen.«

»Rick, hör mir mal zu. Wir beide sind ganz allein hier oben. Niemand hört uns zu. Ich fall schon nicht runter. Eher würde ich von 'nem Gemüsekarren fallen.«

Rick schwieg eine Weile. »Mach bloß keine Dummheiten, okay?« Er schaltete ab.

Alex flog weiter, fast eine Stunde lang. Das machte ihm nichts aus. Eine Stunde mit Sauerstoff war niemals langweilig. Er versuchte, den Sauerstoff zu strecken, indem er nur hin und wieder einen Zug aus der Flasche nahm, wußte jedoch, daß die Flasche leer sein würde, wenn er landete. Anschließend würde er irgendwie neuen Sauerstoff beschaffen müssen.

Er würde damit anfangen müssen, Zeug für die Truppe zu kaufen.

All ihren Reden zum Trotz, war Alex doch klar, daß dies der eigentliche Knackpunkt war. Die gleiche stillschweigende Übereinkunft galt im wesentlichen auch für Juanita. Diese Leute hingen nicht deshalb mit Juanita herum, weil sie sich groß was aus bombastischen Cyber-Art-Diplomen gemacht hätten. Sie mochten Juanita, weil diese Zeug für sie kaufte und sich um ihre zahlreichen Bedürfnisse kümmerte. Juanita war ihre Gönnerin. Und er, Alex, war gerade im Begriff, in ihre Fußstapfen zu treten.

Trotzdem war da noch diese erstaunliche Sache mit Jerry Mulcahey. Am Ende lief bei der Truppe alles auf Mulcahey hinaus, weil jeder Trouper, der den Typ nicht fürchtete, liebte und verehrte, schnellstens den Laufpaß gekriegt hätte. Alex war sich über Mulcaheys wirkliche Motive noch nicht recht im klaren. Mulcahey war ein wahrhaft undurchsichtiger Typ. Alex hatte sich Mulcahey genau angeschaut, und in zweierlei Hinsicht meinte er sich sicher zu sein: (A) Mulcahey verfügte über irgendeine geniale Begabung, und (B), Mulcahey hatte keine große Ahnung, was Geld eigentlich bedeutete. Wenn er und Juanita gemeinsam in Erscheinung traten, dann behandelte Mulcahey sie mit geradezu archaischer Höflichkeit; er ließ sie als erste am Lagerfeuer Platz nehmen, er half ihr anschließend auf die Beine, er fing erst nach ihr an zu essen, halt so was. Beide machten kein großes Aufhebens um diese stillschweigenden kleinen Aufmerksamkeiten, aber Mulcahey ließ kaum eine Gelegenheit dazu aus.

Und wenn es zu irgendwelchen Streitereien kam, überließ Mulcahey häufig das Reden Juanita. Während sie dann in Fahrt geriet und sich ereiferte, wurde er abstrakt und reserviert und hörte mit versteinerter Miene zu. Es war fast so, als ließe er seine Emotionen stellvertretend durch sie ausleben. Mit diesem Arrangement schienen sich beide wohl zu fühlen. Hin und wieder führte er unvermittelt einen Satz für sie zu Ende, worauf alle zusammenzuckten.

Mulcahey zeigte die seltsamsten Symptome, wenn Juanita ihn nicht beobachtete. Wenn sie irgendwelche gymnastischen Übungen machte, sich beispielsweise in ihrem dünnen Papieranzug vorbeugte und anschließend streckte, dann bekam Mulcahey auf einmal diesen gierigen Gesichtsausdruck. Als wäre er am Verhungern und sie ein teures Cordon Bleu, und als versuchte er sich wirklich zu beherrschen, könnte sich aber nur mit Mühe davon abhalten, ihr das Tischtuch herunterzureißen und auf allen vieren vom zerbrochenen Porzellan zu essen. Der Ausdruck verlor sich rasch wieder, und Mulcahey setzte sein übliches Pokerface auf, aber der Ausdruck war zweifellos immer noch vorhanden. Mit so was kannte ein Mann sich einfach aus.

Alex war sich nicht sicher, worauf das alles für Juanita hinauslaufen würde. Sie kannte den Typ jetzt seit mindestens einem Jahr, und es war schon ziemlich seltsam für ein Liebespaar, wenn es in diesem Zeitraum nicht ein wenig abkühlt war. Aber vielleicht waren sie ja schon abgekühlt. Was wiederum auf einen höchst seltsamen Anfang schließen lassen würde.

Alex blickte auf die unter ihm ausgebreitete Landschaft hinunter. Vom Konvoi nichts zu sehen. Er war so sehr ins Grübeln gekommen, daß er den Konvoi aus den Augen verloren hatte. Höchste Zeit, kehrtzumachen und ein Stück weit zurückzufliegen.

Als er den Ultralight mit maschinenhafter Vorsicht eine Kehre fliegen ließ, kam er dicht am Hang eines Hügels vorbei. Im Infraroten glühte der Highway – zufällig war die Fahrbahn hier geteert – noch ein wenig von aufgespeicherter Tageshitze, aber auf dem Hang war ebenfalls eine Menge Wärmestrahlung.

Alex brach das Manöver ab und beschloß, sich das genauer anzusehen.

Zunächst meinte er, auf der Straße stünde eine ganze Armee. Mindestens hundert Leute. Dann wurde ihm klar, daß die meisten der glühenden Flecken auf allen vieren standen. Rotwild. Nein, Ziegen.

Jemand hatte eine Herde Ziegen auf dem Highway stehen.

Alex schaltete das Funkgerät ein. »Hier Alex«, sagte er. »Rick, Mann, die Straße ist ja voller Ziegen, Ende.«

»Verstanden, Alex. Siehst du jemanden?«

»Yeah – glaub schon. Ist so von oben schwer zu erkennen. Rick, warum sollte jemand mitten in der Nacht mit Ziegen auf der Straße unterwegs sein?«

»Da bin ich überfragt, Mann.«

»Vielleicht wandern sie nachts, weil es da sicherer ist, genau wie wir.«

»Bewegen sie sich?«

»Nein, Mann. Die rühren sich nicht vom Fleck.«

»Könnten Pharmaziegen sein, und die Typen sind Viehdiebe, die auf einen Fleischtransporter aus der Stadt warten.«

»So was gibt's? Ziegendiebe?«

»Manche Leute tun für Geld einfach alles, Mann.« Alex hörte, wie Rick seinen Muntermacherkaugummi vor dem Mikrofon zerplatzen ließ. »Oder sie blockieren die Straße absichtlich mit den Ziegen und warten im Hinterhalt, Ende.«

Alex klappte das Visier hoch und schaute mit bloßen Augen hinunter. Im Dunkeln ließ sich nur schwer etwas erkennen, aber es sah ganz danach aus, als wären beide Seiten der Straße stark mit Mesquit bewachsen. Noch dazu mit ziemlich großem Mesquit, mehrere Stockwerke hoch. Darin hätte sich ein ganzer Stamm Komantschen verbergen können.

»Vielleicht solltest du besser herkommen, Rick.«

»Kommt nicht in Frage, Mann, jetzt, wo ein Überfall droht, kann ich den Konvoi doch nicht ohne Nachhut lassen.«

»Aber du hast das Gewehr, Mann.«

»Ich werd doch niemanden erschießen, bist du verrückt? Wenn das richtige *bandidos* sind, drehen wir um, machen, daß wir wegkommen und rufen die Texas Ranger!«

»Schon klar«, sagte Alex. »Der ›Tod auf leisen Schwingen‹. Hab ich mir gedacht.« Er lachte.

»Jetzt hör mir mal zu, Pillenfreak, wenn's sein muß, schieße ich auch. Aber wenn wir erst mal anfangen, mitten in der Pampa aus heiterem Himmel irgendwelche Leute umzulegen, dann sind wir es am Ende, denen die Texas Ranger das Fell über die Ohren ziehen.«

»Oh.«

»Stell den Motor ab und geh runter, sieh dich mal um.«

»Ist gut«, sagte Alex. »Hab verstanden.«

Er nahm mehrere tiefe Züge Sauerstoff. Das Gefühl war wundervoll. Dann stellte er fest, daß sich der Motor nicht ausschalten ließ. An der Automatiksteuerung kam er nicht vorbei. Auch gut. Es war sowieso kein besonders lauter Motor.

Er ließ sich fast bis auf Höhe der Baumwipfel absacken und überquerte von rechts nach links die Straße. Die Ziegen ließen sich anscheinend nicht stören, oder sie bemerkten ihn nicht. Allerdings machte er am Rande der Mesquitbäume den intensiven Infrarotschein eines rauchlosen elektrischen Kochers aus. Da waren auch Leute – mindestens ein halbes Dutzend. Und sie standen auf.

Er ging wieder auf Sendung. »Hier Alex. Ich zähle etwa achtzig Ziegen und mindestens sechs Typen am Rande der Bäume. Sie sind wach. Ich glaub, die haben irgendwas gekocht, Ende.«

»Das gefällt mir nicht, Ende.«

»Mir auch nicht. Shit, man muß schon ganz schön hart drauf sein, um Leute zu beklauen, die in so einer gottverdammten Gegend Ziegen züchten.« Die Intensität seiner Wut überraschte Alex. Aber verdammt noch mal – er hatte schon selber Ziegen gehütet. Dadurch hatte er ein richtiges Zugehörigkeitsgefühl zu den Ziegenranchern entwickelt.

»Okay.« Rick seufzte. »Dann woll'n wir mal sehen, wer im Konvoi noch wach ist.«

Alex umkreiste langsam die Herde. Weitere Zweifüßer tauchten auf, diesmal an der anderen Straßenseite.

»Greg meint, du sollst eine Leuchtfackel abwerfen und die Situation auskundschaften«, meldete Rick.

»Ist gut«, meinte Alex.

Er zog eine Leuchtfackel aus der Plastikhalterung an der rechten Verstrebung. Die Fackeln waren alt, verstaubt und mit kyrillischen Zeichen bedeckt. Er glaubte nicht, daß sie gut funktionieren würden, aber wenigstens waren sie problemlos einzusetzen.

Er riß die Spitze ab. Die Fackel ploppte, begann zu qualmen, dann wurde es blendend hell. Alex ließ die Fackel überrascht fallen.

Die Fackel beschrieb eine ordentliche Parabel, landete neben der Ziegenherde, die sogleich in Panik geriet, auf dem Highway und sprang mehrmals hoch. Die Ziegen kamen allerdings nicht weit; sie hatten alle Fußfesseln.

Vom Straßenrand ertönte mehrfaches scharfes Knallen. Alex blinzelte, bemerkte mehrere Männer mit großen Hüten und schäbiger, fransenverzierter Kleidung.

»Rick«, sagte er, »die schießen auf mich.«

»Was?«

»Die haben Gewehre, Mann, die schießen auf mich.«

»Mach, daß du wegkommst!«

»Ist gut«, murmelte Alex. Er bemühte sich, an Höhe zu gewinnen. Der Ultralight reagierte mit der schwerfälligen Behäbigkeit eines Sofas, das eine Treppe hochgeschleppt wird. Geblendet vom hellen Schein der Fackel konnten ihn die Fremden bestimmt nicht gut sehen. Das Schießen klang abgehackt, und sie benutzten altmodische, laute Explosivgeschosse. Wenn sie nur lange genug schössen, würde das keinen Unterschied machen.

Auf einmal war Alex fest davon überzeugt, daß er getroffen werden würde. *Der Tod war nah*. Er verspürte ein so intensives Entsetzen, als wäre er tatsächlich getroffen worden. Die Kugel würde ihn unmittelbar über dem Hüftknochen treffen und einen grellroten, brennenden Katheter durch seine Eingeweide ziehen, und er würde blutend und kotzend in den Gurten sterben. Er würde im festen Griff einer smarten Maschine mitten in der Luft verbluten. Die Truppe würde den Flieger landen lassen, und man würde ihn angeschnallt auf dem Sitz vorfinden, kalt und grau und blutig und tot.

Jetzt, wo er der irrationalen Überzeugung war, daß sein Leben zu Ende ging, empfand Alex auf einmal eine so furchtbare Genugtuung, daß es ihn ganz benommen machte. *Von bewaffneten Banditen erschossen*. Das war erheblich besser als die Todesarten, die er sich immer vorgestellt hatte. Er würde sterben wie ein normaler Mensch, als hätte sein Leben irgend etwas bedeutet und als hätte es zum Sterben eine wirkliche Alternative gegeben. Er würde sterben wie ein Trouper, und alle, die von seinem Tod erfuhren, würden bestimmt meinen, er sei vorsätzlich so gestorben. Als wäre er für ihre Arbeit gestorben.

Einen wahnsinnigen Moment lang glaubte Alex tatsächlich an die Arbeit, aus ganzem Herzen. Alles in seinem Leben hatte auf diesen Moment zugesteuert.

Und nun würde er sterben, und das Schicksal hatte es so bestimmt, und alles hatte von Anfang an so sein sollen.

Die Männer mit den Gewehren verfehlten ihn jedoch. Und nach einer Weile hörte das Schießen auf. Und dann rannte ein Mann in zerlumpten Kleidern gebückt auf die brennende Fackel zu und trat sie aus.

Alex wurde bewußt, daß Rick ihm schon seit einer ganzen Weile in die Ohren krächzte.

»Alles okay!« sagte Alex. »Tut mir leid.«

»Wo steckst du?«

»Hmmmm… zwischen den Banditen und dem Konvoi. Ziemlich hoch. Ich glaube, die bringen die Herde jetzt von der Straße. Schwer zu sagen…«

»Du bist nicht verletzt? Was ist mit dem Flieger?«

Alex blickte sich um. Vom Ultralight war so gut wie nichts zu sehen. Er zog die Taschenlampe aus der Halterung und schwenkte den Strahl über die Flügel, den Bug, das Propellergehäuse.

»Nichts«, sagte er und steckte die Lampe wieder weg. »Keinerlei Schäden, die haben mich um zehn Kilometer verfehlt, die wußten gar nicht, wo ich war.« Alex lachte schrill, hustete und räusperte sich. »Verdammt noch mal, das war Klasse!«

»Wir drehen jetzt um, Mann. Es gibt da noch eine andere Route… komm zurück zum Konvoi.«

»Soll ich nicht noch eine Fackel abwerfen?«

»Shit, Mann, bloß nicht! Bleib bloß weg von diesen Arschlöchern.«

Auf einmal wurde Alex von wilder Wut gepackt. »Die Typen bringen's einfach nicht, Mann! Die sind verrückt, ein Scheißdreck! Wir sollten sie in den Arsch treten!«

»Alex, beruhig dich, Mann. Das ist Aufgabe der Ranger. Wir jagen Stürme, keine Banditen.«

»Wir könnten sie auf der Stelle auslöschen!«

»Alex, sei mal vernünftig. Ich hab dir gesagt, es gibt

noch eine andere Route. Wir fahren ein paar Kilometer zurück und nehmen eine andere Straße. Das kostet uns eine halbe Stunde. Was wäre dir denn lieber – eine halbe Stunde zu verlieren, oder mitten in ein Feuergefecht hineinzumarschieren und ein paar deiner Freunde zu verlieren?«

Alex brummte etwas.

»Das ist der eigentliche Grund für die Lufteskorte, Mann«, sagte Rick und ließ den Kaugummi knallen. »Du hast deine Sache gut gemacht. Und jetzt entspann dich.«

»Okay«, meinte Alex. »Klar, schon kapiert. Wenn's so ist, sicher. Ganz wie du willst.« Er war immer noch am Leben. Er war am Leben und atmete. Er lebte, lebte, lebte …

»Nachdem der Anspruch des Designs, eine bessere Welt zu schaffen, gescheitert ist«, sagte April Logan verächtlich, »muß es sich notwendigerweise dafür hergeben, die Barbarei zu bemänteln.« April Logans

SECHSTES KAPITEL

edler Raubvogelkopf mit der einzelnen, sorgsam gekämmten Stirnlocke weißen Haars, ging auseinander, ganz behutsam zunächst, dann mit größerem Nachdruck. Etwa wie ein schmelzendes Sahnebonbon. »Die von den modernen technischen Geräten verkörperte Informationsdichte erzeugt einen tiefgreifenden konzeptionellen Stress, der im Interface Mensch-Maschine *implodiert* ... Kein Wunder, daß gegenwärtig ein heftiger, reaktionärer Luddismus, eine moderne Form der Maschinenstürmerei, en vogue ist, während die Primaten, deklassiert von ihrer eigenen Umwelt, wie wild auf eine postnaturale Welt einprügeln.«

Der Kopf der Kritikerin zog sich auf der schlanken Säule ihres sonnengebräunten, eleganten Halses auseinander wie ein

Zaunpfosten. »Die gleiche Technologie, die unsere Designerwerkzeuge immer komplexer werden läßt, steigert die Anzahl der Optionen, wie ein Gegenstand aussehen und funktionieren könnte, ins Unermeßliche. Wenn man mit bloßem Auge keine Funktionselemente mehr erkennen kann, dann entzieht sich die Technik und wird amorph. Der Beinahezusammenbruch der Republik Amerika war die unabdingbare Voraussetzung dafür, der langwährenden, bedenklichen Vorliebe für das Hüpfen von Kanal zu Kanal und dem ironischen Nebeneinanderstellen endlich ein Ende zu setzen …« April Logans Kopf stülpte sich allmählich von innen nach außen, in voller, feinkörnig gepixelter Farbe. Sogar ihre Stimme veränderte sich; ein akustisches Sampling, das die Verwandlung eines weiblichen Kehlkopfs in eine Helix oder eine Klein-Flasche imitierte.

Janes Gürteltelefon summte. Im selben Moment erschien zu Janes Rechten mitten in der Luft ein klassisches Telefon aus dem zwanzigsten Jahrhundert. Ein von einem gewissen Henry Dryfuss entworfenes Telefon, wie Jane sich erinnerte. Professor Logan sprach häufig über Henry Dreyfuss.

Jane stoppte die Vorlesung der Kritikerin mit einer raschen Bewegung des Handschuhs, dann nahm sie den VR-Helm ab. Sie löste das kleine Telefon vom Gürtel und nahm den Anruf entgegen. »Hier Jane.«

»Janey, ich bin's, Alex. Ich bin draußen bei den Ziegen.«

»Und?«

»Kannst du mir eine Frage beantworten? Ich habe hier einen Laptop und versuche eine Detailaufnahme der Gegend aufzurufen, hab auch ein paar Satellitenfotos in großem Maßstab bekommen, aber ich finde einfach kein Koordinatennetz.«

»Oh«, sagte Jane. Es freute sie, daß Alex so ernst und interessiert klang. Sie konnte sich nicht erinnern, wann Alex sie zum letztenmal offen um einen Gefallen gebeten hatte, daß er sie einfach gebeten hatte, ihm zu helfen. »Nach welcher Länge und Breite suchst du eigentlich?«

»100° 22′ 39″ Länge, 34° 07′ 25″ Breite.«

»Das ist ganz nahe beim Camp.«

»Yeah, hab ich mir gedacht.«

»Müßte etwa dreihundert Meter östlich der Kommandojurte liegen.« Jerry baute die Kommandojurte möglichst immer unmittelbar auf einer Koordinatenlinie auf. Das erleichterte die Funkortung, die Doppler-Dreiecksberechnung und ähnliche Verfahren.

»Yeah, das ist ungefähr da, wo ich jetzt mit den Ziegen bin, ich wollte es bloß genau wissen, Danke. Bye.« Er unterbrach die Verbindung.

Jane dachte einen Moment über das Gespräch nach, dann seufzte sie und legte den Helm weg.

Sie kam an Rick und Mickey vorbei, die über dem System brüteten, und am behelmten Jerry, der wie üblich auf und ab tigerte. Der Teppich zeigte allmählich schon Abnutzungserscheinungen. Jane setzte die Sonnenbrille auf und verließ das Camp.

Ein wundervoller Frühlingshimmel. Liebliche, flaumige Altokumuluswolken. Man mochte meinen, dieser Himmel könne gar nichts Arges im Schilde führen.

Sie traf Alex im Schneidersitz im Schatten eines Mesquitbaums an. Im Schatten der winzigen, gefiederten Blätter Schutz vor der Sonne zu suchen, das war, als wollte man Wasser mit einem Sieb auffangen, allerdings trug Alex auch noch den schon häufig mit Klebstoff ausgebesserten Sombrero. Und er hatte die Atemmaske aufgesetzt.

Er spielte müßig mit dem schlaffen, schwarzen smarten Seil herum. Es überraschte Jane, das Seil wiederzusehen, und es gefiel ihr gar nicht. Das primitive, benutzerfeindliche Interface war ein einziger Witz. Als sie es zum erstenmal verwendet hatte, war das boshafte Seil wie ein plötzlich reißender gespannter Stacheldrahtzaun zurückgeschnappt, und sie hatte am Schienbein einen dicken Striemen zurückbehalten.

Sie ging näher heran, und ihre Stiefel knirschten im scharfen Gras. Alex drehte sich abrupt herum.

»Hi«, sagte sie.

»Hola, hermana.«

»Weißt du, wenn ich ein Cojote wär, würd ich mir einfach eine von diesen Ziegen schnappen.«

»Bitte, bedien dich.« Alex zog die Maske herunter und gähnte. »Wenn du eins von diesen Ortungshalsbändern wegschleppst, kommt Rick mit seinem Gewehr und knallt dich ab.«

»Was machst du hier draußen?«

»Ich aale mich bloß in meinem Ruhm als Held des Tages«, scherzte Alex. »Siehst du die Menge begeisterter Bewunderer?« Das smarte Seil zuckte unbeholfen, als er es erfolglos nach den Ziegen zu werfen versuchte. »Ich wünschte bloß, ihr hätte die Texas Ranger nicht gerufen. Mit diesen Typen will ich nichts zu tun haben.«

»Die Ranger bleiben niemals lange. Was hast du vor?«

Alex antwortete nicht. Er klappte den Laptop auf, sah nach, wie spät es war, dann erhob er sich theatralisch und blickte gen Süden.

Sie wandte sich um und schaute in die gleiche Richtung. Merkwürdig buckelförmige, mit vereinzelten Wacholderbüschen und Mesquitbäumen bestandene Hügel zogen sich endlos bis zum Horizont, und hier und da sah man in der Ferne tropfenförmige grüne Feigenkakteen und die gelb aufleuchtenden Blüten hoher, schwankender Kegelblumen. Weit im Süden sah man den zerwehten Kondensstreifen eines Jets.

»Wow«, sagte er. »Da kommt er endlich. Er ist da. Verdammt noch mal.« Er lachte. »Genau zum richtigen Zeitpunkt! Mann, es ist schon erstaunlich, was man mit ein paar freundlichen Worten und einer Kreditkarte alles erreichen kann.«

Jane sank der Mut. Sie wußte zwar nicht, was da im Schwange war, doch es gefiel ihr bereits nicht. Alex blickte mit einer Miene zum Horizont, die nichts Gutes verhieß.

Sie stellte sich hinter ihn und musterte die Landschaft.

Dann sah sie es ebenfalls. Eine hüpfende Maschine. Sie hatte große Ähnlichkeit mit einem tarnfarbenen Känguruh.

Das Gerät überquerte die Hügel mit weiten, unfehlbaren Zwanzig-Meter-Sätzen. Eine gedrungene Metallkugel, mit unregelmäßig geformten graubraunen und olivfarbenen Flecken. Sie bewegte sich mit Hilfe eines einzelnen dicken Metallbeins mit Kolbenventilen. Der Springroboter benutzte es mit beeindruckender, unfehlbarer Präzision, wie ein einbeiniger Pirat aus einem Alptraum. Er rammte den komplizierten Metallfuß in die Erde wie ein Spieler seinen Queue gegen eine Billardkugel und stieß sich augenblicklich energisch wieder ab. Das Ding flog die meiste Zeit durch die Luft, eine fleckige Kanonenkugel, die um ihre eigene Achse rotierte und wie eine Fliege gegen den texanischen Boden trat. Auf diese Weise schaffte es gute achtzig Stundenkilometer. Als es näher kam, bemerkte Jane, daß die Unterseite mit gittergeschützten Sensoren vollgestopft war.

Es setzte zu einem letzten Sprung an und vollführte dabei tatsächlich einen geschickten kleinen Salto, dann landete es auf dem Boden und zischte kurz, als es die Wucht des Aufpralls abdämpfte. Aus der Unterseite wurde sogleich ein stählernes Dreibein ausgefahren, das an mit Gelenken versehene Schnappmesser erinnerte.

Und dann hockte es in weniger als zehn Metern Entfernung so reglos da wie ein Kaffeetisch.

»Na schön«, sagte Jane. »Und was ist das?«

»Das ist ein Dope-Esel. Von meinen Freunden in Matamoros.«

»Allmächtiger.«

»Also, jetzt beruhig dich mal«, sagte er. »Das ist bloß eine billige Straßenversion von Charlie, deinem Wagen! Charlie ist ein Schmugglerfahrzeug, und das ist auch ein Schmugglergerät. Anstatt zweihundert smarter Speichen und Sitze und Überrollbügel, wie sie dein protziger Wagen hat, besitzt es nur eine Speiche. Eine Speiche, ein eingebautes Gyroskop und ein Satelliten-Navigationssystem.« Alex zuckte die Achseln. »Und so einen Megachip, damit es nicht irgendwo dagegenstößt und keinem Bullen über den Weg läuft.«

»Oh, je«, stöhnte Jane. »Yeah, das ist Klasse, Alex.«

»Es trägt, ich weiß nicht, etwa vierzig Kilo Handelsware. Keine große Sache. Die Dope-Leute haben jetzt Hunderte von diesen Dingern. Sie kosten nicht viel, daher ist das für sie mehr so ein Spielzeug.«

»Warum hast du mir nichts davon gesagt?«

»Du machst wohl Scherze. Seit wann muß ich dich denn vorher um Erlaubnis fragen?« Er ging zum Packesel hinüber.

Jane eilte ihm nach. »Das hättest du aber besser tun sollen.«

»Mach, daß du wegkommst!« schrie er. »Die sind scharf!« Jane zuckte zusammen und sprang zurück, während Alex vergnügt in sich hineinkicherte. »Idiotensicher! Das falsche Paßwort, und das Ding explodiert auf der Stelle und vernichtet sämtliche Beweise! Und außerdem – wenn du nun nicht zu ihren Freunden gehörst? Wenn du ihnen lästig geworden bist? Dann machen sie eben manchmal eine Bombe draus und lassen dich in dem Moment in die Luft fliegen, wo du das Touchpad berührst.«

Er lachte. »Guck nicht so finster. Das ist doch alles bloß Legende. Doper-Geschwätz. Die Dope-Vaqueros lassen so schnell keinen in die Luft fliegen. Wir beide wissen doch, daß die Grenze nicht mehr viel bedeutet. Es gibt keine Grenzen mehr! Bloß noch offene und freie Märkte!« Er kicherte glücklich in sich hinein. »Man kann damit alles mögliche transportieren. Dope, Strengstoff, tiefgefrorene Menschenherzen, ganz egal. Die sind auch bloß so ein Transportunternehmen.«

Alex tippte mit übertriebener Sorgfalt eine lange Zahlenreihe in ein Tastenfeld an der Oberseite des Packesels. Es dauerte eine Weile, bis der Roboter den Code verarbeitet hatte, dann klappte er an Scharnieren aus rostfreiem Stahl zischend auf und enthüllte das um seine Taille laufende Frachtabteil aus Gummi.

Alex holte die darin befindlichen Gegenstände heraus. Eine Menge plastikverschweißte Klamotten. Ein Paar Cowboystiefel. Eine gelbe, zylinderförmige Gasflasche. Eine Plastikkanne. Eine Designersonnenbrille in einem stoßfesten Etui. Eine Handfeuerwaffe.

Alex probierte die Sonnenbrille sogleich an; die Freude darüber war ihm anzusehen. »Hier, das ist für dich«, sagte er und warf Jane die Waffe zu. »Ich kann damit nichts anfangen.«

Jane fing sie japsend auf. Die Waffe war aus Keramik und Spritzguß-Plastik, ein kurzläufiger, sechsschüssiger Revolver. Er fühlte sich steinhart und absolut tödlich an. Er wog etwa soviel wie eine Teetasse. Er würde an jedem Metalldetektor vorbeikommen und hatte in der Herstellung wahrscheinlich keine zwei Dollar gekostet.

»Du bist ein Arschloch!« sagte sie. »Wenn die Ranger den finden, drehen sie durch.«

»Yeah, und den Cops von Houston würde es auch nicht gefallen, wenn die Vaqueros so blöd wären, einen Packesel durch die Straßen von Houston hüpfen zu lassen, aber das werden sie wohl kaum tun, oder? So dämlich ist niemand. Nur wir beide wissen davon. Das heißt, Carol weiß auch Bescheid.« Alex holte ein funkelndes Metallarmband aus dem Fach. »Diese Barometeruhr ist für Carol! Sie hat keine Ahnung, daß ich ihr die gekauft hab, aber ich glaube, sie wird ihr gefallen, was meinst du? Paßt bestimmt prima zu ihrem Trouper-Armband.« Er schob sich den wabbligen Papiersombrero in die Stirn zurück. »Carol ist die einzige, die sich mir gegenüber wirklich anständig verhalten hat.«

»Carol wird das nicht gefallen …«

»Ach, komm schon!« fauchte Alex. »Carol ist ganz wild drauf! Sie mag das!« Er grinste unter seiner goldgerahmten neuen Sonnenbrille. »Mein Gott, Carol war doch mal bei den Häusersprengern. Und sie vögelt mit Greg, und Greg ist so 'ne Art Sondereinsatz-Sprengfreak, ein grusliger, düsterer Typ. Ich bin echt froh, daß die jetzt Stürme jagen, anstatt Brücken in die Luft zu sprengen, aber Carol und Greg sind trotzdem zwei irre Typen. Mit Eia-popeia haben die nichts am Hut.«

»Mir gegenüber haben weder Carol noch Greg etwas von Vandalismus erwähnt«, erwiderte Jane würdevoll.

»Yeah«, meinte er spöttisch. »Abgesehen davon, daß sie dir dabei helfen, in mexikanische Krankenhäuser einzubrechen.« Er schüttelte den Kopf. »Du bist ja bloß sauer, weil ich dir nichts besorgt hab. Also, da hast du einen netten Revolver! Wenn dein Macker fremdgeht, knall ihn einfach ab!« Er lachte.

Jane starrte ihn an. »Du findest das doch nicht etwa *lustig*, oder?«

»Janey, das *ist* lustig.« Er packte ein handbesticktes Baumwollhemd aus. Dann schälte er sich aus dem Papieranzug. Er stand nackt vor ihr, nur mit Papierhut und Sonnenbrille bekleidet, den Papieranzug um die Knöchel, und stopfte seine mageren Arme in die Ärmel des teuren blauen Hemds. »Wenn du möchtest, kannst du dir wegen der möglichen Folgen und der

Moral und dem ganzen Scheiß die Hölle heiß machen. Oder du probierst es einfach und lebst in der modernen Welt! Irgendeinen Unterschied macht das sowieso nicht!«

Er strampelte den Papieranzug weg, dann stellte er sich auf das Papier und zog den rechten Schuh aus. »Die Grenze ist am Arsch, und die Regierung ist am Arsch!« Er zog den linken Schuh aus und schleuderte ihn weg. »Und die Gesellschaft ist am Arsch, und das Klima ist erst *richtig* am Arsch. Und die Medien sind am Arsch, und die Wirtschaft ist am Arsch, und die begabtesten Leute der Welt leben wie Flüchtlinge und Kriminelle!« Er riß die Plastikverpackung von einem Paar seidener Boxershorts herunter und zog sie an. »Und niemand hat auch nur die geringste Ahnung, wie alles besser werden könnte, und das *geht* auch gar nicht und *wird* nicht gehen, und wir haben überhaupt keinen Einfluß auf irgend etwas in unserem Leben, das von *Bedeutung* wäre!« Er lachte kreischend. »Das ist wahnsinnig komisch! Und wenn du das nicht kapierst, dann verdienst du es einfach nicht, in den 2030ern zu leben.«

Alex schlüpfte in ein Paar brauner, seidig glänzender Jeans und stopfte sorgsam die Hemdzipfel hinein. »Aber was viel wichtiger ist, jetzt habe ich endlich ein ordentliches Hemd. Und ordentliche Unterhosen. Und Stiefel, guck mal, die wurden aus mexikanischem Leder handgefertigt, die sind wirklich hübsch.«

»Das wird bei der Truppe schlecht ankommen. Die stehen nämlich nicht auf Spielzeug-Cowboy-Klamotten, weißt du.«

»Janey, es ist mir scheißegal, was deine Freunde von meinen gottverdammten Klamotten halten.« Er streifte die Socken über, steckte die Füße in die Stiefel, dann ging er zum Robotpackesel hinüber, schaute ein letztes Mal in das leere Fach und klappte es zu.

Nach drei Sekunden Pause zog der Packesel ruckartig das Dreibein ein und katapultierte sich in die Luft. »Wenn's nach dir und unseren Freunden ginge«, meinte Alex und schaute zu, wie das Gerät in wilden Sprüngen davonhüpfte, »würde ich für den Rest meines Lebens Klopapier tragen. Ich bin kein Unwetterflüchtling, und ich hab auch nicht vor, so zu tun als ob. Und wenn's denen nicht paßt, wie ich rumlaufe, dann sollen sie mich nur wieder auf Eskorte schicken, wenn sie selbst zuviel Schiß dazu haben.« Er beobachtete, wie das Gerät gen Süden hüpfte, und knöpfte sich sorgfältig die Hemdärmel zu. »Ich bin, wie ich bin. Wenn's euch nicht paßt, dann erschießt mich.«

Das Ranger-Aufgebot tauchte gegen drei Uhr nachmittags auf. Jane war über ihre Ankunft wenig erfreut. Sie war niemals erfreut, die Ranger zu sehen, außerdem hatte sie eine Hefepilzinfektion und leicht erhöhte Temperatur.

Die Pilzinfektion hatte sie nicht zum ersten Mal. Pilze waren weit verbreitet. Die Luftverschmutzung infolge des übermäßigen Gebrauchs von Breitbandantibiotika hatte die Hefepilze widerstandsfähiger und gefährlicher gemacht, so wie sie unter anderem auch supervirulente Staphylokokken, Grippe- und TBC-Erreger hervorgebracht hatte. Die Pilze hatten sich noch nicht so weit emporgearbeitet, daß sie eine tödliche Bedrohung dargestellt hätten wie beispielsweise die Bengalische Cholera, aber sie waren erheblich ansteckender geworden, und heutzutage traten sie auf in Form einer Genitalinfektion, die man sich auf einem Toilettensitz holen konnte.

Ein paar diskrete Erkundigungen im Umkreis des Camps ergaben, daß keine der anderen Trouper-Frauen Pilze hatte, daher handelte es sich um ein Wiederaufleben ihres alten Leidens, nämlich der Pilzinfektion, die sie sich 2027 zugezogen hatte. Von Zeit zu Zeit war sie dann für jeweils etwa sechs Monate wieder aufgeflackert, bis sich ihr Immunsystem schließlich durchgesetzt hatte. Jane hatte gehofft, sie hätte die Hefepilze endgültig besiegt, aber Pilze waren mit Staphylokokken oder Herpes nicht zu vergleichen, sie lauerten immer irgendwo im Hintergrund und flippten aus, wenn sich ihnen nur ein entsprechender Anlaß bot.

Und Jane mußte zugeben, daß es im Moment an Anlässen nicht mangelte. Sie hatte soviel Sex gehabt, daß es schon weh getan hatte. Sonderlich vernünftig war das nicht gerade, aber wenn Sex vernünftig war, machte sie sich nichts daraus. Eigentlich hatte Jane sich in Wirklichkeit gar nicht soviel aus Sex gemacht, bis sie eine volle Dosis leidenschaftlichen Sex abbekommen hatte. Harten, krallenden, lauten Sex, der erst aufhörte, wenn man schweißüberströmt und wundgescheuert war. Sex auf einem behaglichen Lager aus steinharter texanischer Erde, mit einem Mann in körperlicher Höchstform, der erheblich größer war als sie und etwa zwanzig Kilo schwerer. Das war, als entdeckte man auf einmal den Geschmack von richtig gutem Essen. Oder den Geschmack von Whiskey. Abgesehen davon, daß Whiskey ein Gift war, von dem man einen Kater bekam, während die wirklich leidenschaftliche körperliche Affäre eine Labsal für sie gewesen war, die sie nicht einen Moment lang bedauert hatte.

Die Affäre hatte sie verändert. In erstaunlich vielfältiger Weise. Sogar körperlich. Es war schon seltsam und klang unwahrscheinlich, aber sie hätte schwören können, daß ihr Becken im Laufe des letzten Jahres die Form verändert hatte. Daß ihre Beckenknochen einen anderen Winkel bildeten und daß sie jetzt tatsächlich anders ging. Anders und *besser*, mit geradem Rücken und erhobenem Kopf. Aber sie war nur ein Wesen aus Fleisch und Blut. Der Geist war willig, und das Fleisch war mehr als willig, aber der Körper vermochte nur ein bestimmtes Maß zu ertragen. Sie hatte zuviel von ihrem Körper verlangt. Und nun bekam sie dafür die Quittung.

Und dann war da noch dieses viel lästigere Ärgernis, die Bullen. Die Ranger. Zu sechst kamen sie mit drei 08-15- Verfolgungsfahrzeugen der US Army stolz ins Lager gefahren. Sie rollten in einer gelben Staubwolke ohne anzuhalten an den Begrenzungspfosten des Lagers vorbei, die sogleich in Panik gerieten, zu heulen und zu blinken anfingen und harmlose, knisternde Stromschläge auszuteilen versuchten. Einer verfeuerte sogar einen Taserspeer an einer Leine, der sein Ziel allerdings verfehlte.

Greg rannte in die Kommandojurte und stellte die Warnsysteme ab, während die Ranger langsam aus den tiefgeschnittenen, karbonverstärkten Geländewagen kletterten und mit ihren Hüten, verspiegelten Sonnenbrillen und Gewehren abwarteten, bis der Staub sich gesetzt hatte.

Früher einmal waren die Texas Ranger nichts weiter als Vigilantenhaufen gewesen, die an der Grenze so ziemlich alles in die Schranken verwiesen hatten, was sich bewegte. Hundert Jahre später war Texas besiedelt und zivilisiert, und die Texas Ranger waren vorbildliche Vertreter des Gesetzes. Und dann, wiederum ein Jahrhundert später, war alles mehr oder weniger zum Teufel gegangen. Daher waren die Texas Ranger jetzt wieder das, was sie vor zweihundert Jahren gewesen waren.

Eine Ranger-Tradition war über die Zeitläufte hinweg jedoch unverändert geblieben. Texas Ranger waren immer bis an die Zähne bewaffnet. Wenn ein Bösewicht einen sechsschüssigen Revolver hatte, dann hatte der Ranger zwei, und außerdem noch ein Gewehr und ein Bowiemesser. Wenn die Schurken Gewehre hatten, dann hatten die Ranger Maschinenpistolen. Heutzutage hatten die Schurken so verrücktes Zeug wie Plastiksprengstoff, smarte Landminen und elektrische Gewehre, daher hatten die Ranger Pistolen mit Giftpfeilen, fest montierte Maschinengewehre, Gewehre mit Infrarotzielfernrohr und Raketengeschossen und sensorgesteuerte Luftdrohnen. Außerdem noch Satellitenunterstützung und eigene Kommunikationskanäle.

Der Anführer der Ranger war ein gewisser Captain Gault, der aus den Überresten von Amarillo stammte. Captain Gault trug einen weißen Cowboyhut, hatte einen ordentlichen, mit Silberband eingefaßten graugesträhnten Pferdeschwanz, dazu eine smarte Sonnenbrille und einen herabhängenden schwarzen Schnurrbart. Captain Gault war mit zerknitterten Khakihosen und einem langärmligen Khakihemd mit ausgebeulten Taschen und einem Silberstern auf der Brust bekleidet. Er trug ein akkurat geknotetes schwarzes Halstuch und zwei breite, mit Silberknöpfen besetzte schwarze Ledergürtel, der eine für die Khakihose, der andere für seine zwei Pistolen mit Perlmuttgriffen. Die Pistolen waren wunderschöne, polierte Nadler, die in kunstvoll gearbeiteten schwarzen Lederholstern steckten. Von den funkelnden Waffen des Captains strahlte soviel düstere Polizeiautorität aus, daß sie beinahe greifbar schien.

Die vier einfachen Ranger waren mit schokoladebraunen US-Wüstentarnuniformen bekleidet. Sie trugen braune Cowboyhüte, braune Lederholster mit eingeprägtem Stern, Geländestiefel mit dem Stern auf dem Oberleder, und einer der beiden hatte sich sogar einen kleinen Silberstern in einen Schneidezahn einarbeiten lassen. Sie waren bärtig, langhaarig, schmallippig und staubig, und sie starrten vor Waffen und Handys und wirkten äußerst hart.

Und dann war da noch der vierte im Bunde. Er trug ein khakifarbenes T-Shirt, Uniformshorts und Laufschuhe, und er hatte ein lädiertes Stoffkäppi auf und ein von häufigem Gebrauch mitgenommenes Gewehr über den Rücken geschnallt.

Dieser letzte Typ war schwarz. Sein Haar war verstrubbelt wie das eines irren Büffel-Soldaten. Jane bedeutete die Hautfarbe eines Menschen nicht viel. Menschen, die feine ethnische Unterscheidungen machten, hatten für sie immer einen Beigeschmack von rassistischen Wahnideen, und angesichts ihres eigenen ethnischen Hintergrunds nahm Jane an, daß sie das Recht dazu hatte, gegenüber derartigen Haarspaltereien ein wenig auf der Hut zu sein. Carol war schwarz, und niemand scherte sich darum. Rudy Martinez sah aus, als wäre ein Großelternteil von ihm schwarz gewesen. Dieser Ranger jedoch war *richtig* schwarz, von einem geradezu übernatürlichen, seidigen Schwarz. Manche Leute stellten heutzutage seltsame Dinge mit ihrer Haut an, besonders, wenn sie sich oft im Freien aufhielten und sich Gedanken über das Ozonloch machten.

Gefolgt von dem widerwillig hinterdreinschlurfen Alex und flankiert von Greg und Joe Brasseur, kam Jerry aus der Kommandojurte hervor, um die Ranger zu begrüßen. Jerry hatte den gewohnten schäbigen Papieranzug gegen saubere Freizeithosen, ein ordentliches geknöpftes Hemd und einen weißen Mantel eingetauscht. Joe Brasseur trug Hemd, Krawatte und Brille, hatte ein Clipboard in der Hand und wirkte ausgesprochen geschäftsmäßig. Greg wirkte so wie immer: Jeans, Armeehemd, Sonnenbrille, Muskeln. Alex trug sein neues Hemd, braune Jeans und sah aus, als wäre er am liebsten ganz woanders.

Die Männer versammelten sich um die Geländewagen der Ranger und begannen sich mit tiefer Stimme zu unterhalten. Das war auch wieder etwas, das Jane an den Rangern nicht gefiel. Sie waren unglaubliche Chauvis. Jane wußte, daß sich vor einigen Jahrzehnten ein paar texanische Polizistinnen den Rangern angeschlossen hatten, doch als die Ranger damit begonnen hatten, routinemäßig und in großer Zahl Leute abzuknallen, war es mit der ganzen Geschlechterintegration bald wieder vorbei gewesen. Jetzt war sie ebenso tot wie die Durchsetzung der Drogengesetze, die Rassenintegration, das öffentliche Gesundheitssystem und andere auf der Strecke gebliebene Nettigkeiten jener Zeit. Weder bei den Texas Rangern noch bei der Nationalgarde oder der US-Army wurden noch irgendwelche Frauen zu Kampfeinsätzen hinzugezogen. Und die Männer in diesen kleinen, frauenlosen Enklaven waren daran nicht unschuldig.

Alex ließ sich von Captain Gault kurz befragen, dann eilte er erleichtert davon.

Der tiefschwarze Typ bemerkte, daß Jane aus der Nähe zuschaute. Er trottete zu ihr hinüber und grinste sie an. »Könnte ich 'n bißchen Wasser kriegen? Und Salz?«

»Klar, Officer.« Jane rief Ellen Mae ans Telefon.

Der schwarze Ranger nickte friedfertig, holte etwas aus der ausgebeulten Tasche seiner Shorts und drehte sich eine Marihuana-Zigarette. Die Schienbeine und Unterarme des Mannes waren über und über mit schmalen Narben übersät. Seitlich am Hals hatte er einen Narbenkrater, in den das Endglied von Janes Daumen hineingepaßt hätte.

»Ich bin mir nicht sicher, ob ein Vollstreckungsbeamter im Dienst Marihuana rauchen sollte«, sagte Jane.

Der Ranger schnippte mit seinem stumpfen Daumennagel ein Streichholz an, zündete den Joint an und inhalierte gierig. »Hör auf zu träumen, Mädchen«, sagte er.

Der junge Jeff Lowe kam mit einer Kanne, einem antiseptischen Pappbecher, zwei Salztabletten und ein paar Streifen Dörrfleisch von der Küchenjurte herbeigetrabt. Er reichte alles schüchtern dem Ranger.

»Rauchen Sie da Dope?« fragte Jeff und machte große Augen.

»Ich hab grünen Star«, meinte der Ranger. Er schluckte die Salztabletten, spülte mit drei Bechern Wasser nach, nahm zwei tiefe Züge vom Joint, dann trat er ihn aus und machte sich gierig über das Dörrfleisch her.

»Gutes Fleisch«, sagte er mit vollem Mund. »Heutzutage gibt's nicht mehr viele, die Rehfleisch richtig zubereiten können.« Er wandte sich zum Wagen um.

»Warten Sie einen Moment«, sagte Jane. »Bitte.«

Der Ranger hob die Brauen.

»Worum geht es da eigentlich?«

»Tierschmuggel«, antwortete der Ranger. »Die programmieren diese Pharmaziegen jetzt auf allen möglichen Scheiß … Treiben sie nachts über Nebenstraßen und mischen sie mit Fleischziegen, und ohne DNA-Analyse merkt man keinen Unterschied. Da seid ihr auf ein paar richtig harte Burschen gestoßen, wir beobachten sie schon 'ne Weile. Da habt ihr richtig Schwein gehabt.«

»Für was für 'nen Scheiß sind die illegalen Ziegen denn gut?« fragte Jeff.

»Zum Beispiel für Plastiksprengstoff. Den filtert man aus der Milch, macht Käse draus, steckt einen Zünder rein und jagt irgendwas damit in die Luft.«

»Explosive Ziegenmilch«, sagte Jane gedehnt.

»Sie verarschen mich doch, oder?« meinte Jeff.

Der Ranger lächelte breit. »Klar, Leute, ich wollte euch verarschen, tut mir leid.«

Jane starrte ihn an. Der Ranger erwiderte ihren Blick. Die verspiegelten Gläser der Sonnenbrille waren ausdruckslos. »Was werden Sie jetzt tun?« fragte Jane.

»Den Kontaktpunkt finden, sie querfeldein verfolgen … Bis morgen früh haben wir sie geschnappt. Vielleicht auch erst gegen Mittag. Capt'n Gault nimmt's sehr genau mit den Vorschriften, er wird sie auffordern, die Waffen wegzuschmeißen und sich freiwillig festnehmen zu lassen. Danke fürs Wasser, Ma'am. Und passen Sie gut auf sich auf.« Der Ranger trottete davon.

Jeff wartete, bis der Ranger außer Hörweite war. Dann meinte er mit einer Mischung aus gedämpftem Respekt und Verwunderung: »Janey, die werden sie alle umbringen.«

»Yeah«, sagte Jane. »Ich weiß.«

In den letzten beiden Maiwochen des Jahres 2031 gab es heftige, tödliche Unwetter in Hülle und Fülle. Bedauerlicherweise nur in Kansas, Iowa, Missouri, Nebraska und Arkansas. Am 27. Mai fegte eine kleinere Schlechtwetterfront über die Tornadostraße hinweg und wurde von der Truppe eifrig verfolgt, erbrachte jedoch keinerlei Ausbeute an Zacken.

Statistisch betrachtet war das nicht ungewöhnlich. Seit einiger Zeit war auf die Statistik allerdings auch kein Verlaß mehr. Vor den Schwerwetterzeiten hatte es in den Vereinigten Staaten alljährlich etwa neunhundert Tornados gegeben. Vor den Schlechtwetterzeiten hatten die Tornados eines Jahre etwa einhundert Todesfälle und einen Schaden von 200 Millionen Dollars (auf der Basis von 1975) verursacht. Trotz erheblich verbesserter Frühwarnsysteme forderten Tornados mittlerweile tausend Todesopfer pro Jahr, und der Schaden ließ sich nicht mehr genau schätzen, weil die grundlegenden ökonomischen Begriffe ›Wert‹ und ›Währung‹ nichtlinear geworden waren.

Tornados traten heutzutage aus naheliegenden Gründen viel häufiger auf. Die meisten Unwetter, selbst Stürme mit guten Indikatoren, brachten jedoch keine Tornados hervor. Daher waren viele Jagden trotz exzellenter Wetterüberwachung und rascher Verteilung der Bodenkräfte von vorneherein zum Scheitern verurteilt. Und selbst in der am häufigsten von Unwettern heimgesuchten Gegend von Oklahoma und Texas, der Tornadostraße, dem fruchtbarsten Entstehungsgebiet für Wirbelstürme, ging es bisweilen ruhig und friedlich zu.

Die Dürreperiode zog die Truppenmoral merklich in Mitleidenschaft. Alex fiel auf, daß die Trouper sich immer noch von der besten Seite zeigten, solange Mulcahey in der Nähe war, doch Mulcahey selbst wurde immer verschlossener und zog sich zu endlosen Simulationssessions zurück. Die Truppe begann sich erst zu langweilen, dann machte sich allgemeine Reizbarkeit breit. Carol und Greg, deren Beziehung früher bestenfalls instabil gewesen war, machten sich in aller Öffentlichkeit gegenseitig runter. Peter und Rick fuhren mit dem Beiwagenmotorrad nach Amarillo, um ›einen draufzumachen‹, und kehrten anschließend zerschlagen und verkatert zurück. Rudy Martinez fuhr für eine Woche nach San Antonio, um seine geschiedene Frau und seine Kinder zu besuchen. Martha und Bussard, die sich gegenseitig körperlich abstoßend fanden, aber dennoch nicht voneinander lassen konnten, gerieten sich wegen eines unbedeutenden Schadens an einem Ultralight heftig in die Haare. Und Juanita verbrachte eine Menge Zeit damit, daß sie mit dem Strandbuggy ziellos in der Gegend herumfuhr, angeblich, um das neue, verbesserte Interface zu testen, wahrscheinlich jedoch eher, um ihre Nerven zu schonen, als um des Wagens willen, wie Alex vermutete.

Die High Plains rund um Big Spring und Odessa hatten dieses Jahr zwar reichlich Regen abbekommen, aber die Truppe war mittlerweile weit nach Norden vorgestoßen, bis zum Paolo Dura Cañon. Dort oben hatte der Frühling für das Grasland zunächst gut begonnen, doch dann war es abgestorben. Der unnatürlich reichhaltige Treibhausregen hatte wieder der gewohnten windigen Trockenheit Platz gemacht, und das Wachstum der überreizten Vegetation war erst ins Stocken geraten und hatte dann aufgehört. Sie war nicht gerade verdorrt – Pflanzen wie behaartes Moskitogras, Krummbüsche und Büffelgras waren viel zu zäh und niederträchtig, um einfach zu ›verdorren‹ –, aber sie wurden gelb, dürr und stachelig. Und oben in Oklahoma hatte es seit vergangenem März nicht mehr geregnet.

Alex besaß eine hohe Toleranzschwelle für Langeweile. Wahre Rastlosigkeit erforderte ein gewisses Maß an animalischer Energie, die ihm einfach fehlte. Im Gegensatz zu den Troupern wurde er weder unruhig, noch beklagte er sich. Solange seine Lunge frei war und er einen Bildschirm zum Anschauen und einen Platz zum Schlafen hatte, war Alex im wesentlichen zufrieden. Er hatte nicht darum gebeten, sich einer Gruppe reizbarer Risikofreaks anschließen zu dürfen, um deren Ziegen zu hüten, doch im Grunde machte ihm das nichts aus. Das Wetter war wundervoll, die Luft war klar, ihm ging es gut, und man ließ ihn den ganzen Tag über mit ein paar Ziegen, der Kongreßbibliothek und einem smarten Seil in Ruhe.

Das gefiel ihm. Die Ziegen waren ein aufmerksames Publikum für sein wachsendes Repertoire an Seilkunststücken, und sie stellten ausgezeichnete Ziele dar für die tückische Schlinge, die er am Seilende festgeschweißt hatte. Außerdem brauchte Alex sich jetzt, wo er ja die hohen Lederstiefel aus Matamoros hatte, keine Sorgen mehr um Dornen, Stacheln, Brennesseln und große, sich windende, giftige Klapperschlangen zu machen. Am lästigsten waren ihm die täglichen drei Mahlzeiten, bei denen er den Troupern persönlich gegenübertreten mußte. Außerdem schmeckte das Essen furchtbar.

Daß man um der gemeinsamen Sache willen auf ihn geschossen hatte, war Alex' Ansehen im Camp sehr förderlich gewesen. Nicht viele Trouper waren schon beschossen worden, unter welchen Umständen auch immer. Bloß auf Ellen Mae war mehrfach geschossen worden, auf Peter einmal, auf Rudy ein paarmal im bürgerlichen Leben und auf Greg ›viele Male‹. Die Erfahrung, direkten Beschuß überlebt zu haben, stand bei den Troupern in hohem Ansehen, und im Dienste der Truppe beschossen worden zu sein, verlieh Alex ein gewisses Prestige. Die neuen Klamotten hatten ihm ein paar grummelnde, rotzige Bemerkungen eingebracht, doch dann hatte man sich daran gewöhnt. Alex wechselte sie niemals und wusch sie selten, außerdem hatte er aufgehört, sich zu rasieren. Die Jeans und das bestickte Hemd verdreckten rasch, und der Papiersombrero, den er niemals abnahm, wurde immer wabbliger und scheußlicher. Allmählich wuchs ihm ein unregelmäßiger blonder Bart. Irgendwann wurde er nicht mehr viel beachtet. Man erfüllte ihm seinen Wunsch und teilte ihm eine Ziffer zu.

Als jedoch die Spannung im Camp wuchs, kam Alex zu dem Schluß, daß sich die Situation genügend gefestigt habe, um ein paar nützliche Schritte zu unternehmen. Er wandte sich wegen seiner rechtlichen und finanziellen Situation an Joe Brasseur.

Alex war den Umgang mit Rechtsanwälten gewohnt. Er war in Gesellschaft der zahlreichen Anwälte seines Vaters aufgewachsen. Brasseur war ein seltsamer Typ; einer der wenigen Anwälte, die es nicht zu persönlichem Wohlstand gebracht hatten. Alex hegte den starken Verdacht, daß Brasseur während des Ausnahmezustands politisch auf der falschen Seite gestanden hatte.

Die meisten Leute hatten diese Geschichtsperiode längst abgehakt und ihr besonderes Verhalten während dieser Zeit vergessen, aber Joe Brasseur war, wie andere Trouper auch, anders als die meisten Leute.

Alex wußte, daß es sinnlos war, mit einem Anwalt zu sprechen, solange man nicht zu peinlichen Geständnissen bereit war. Da er sich ziemlich sicher war, daß Brasseur weder mit dem Rauschgiftdezernat unter einer Decke steckte, noch ein Bullenspitzel war, erzählte Alex ihm von den finanziellen Vereinbarungen, die er mit der *clínica* in Nuevo Laredo getroffen hatte.

Die meisten Menschen gingen durchs Leben, ohne jemals eine Privatwährung zu benutzen. Schließlich waren die meisten Menschen auch arm. Sie waren nicht wohlhabend genug, um sich in das private Geldsystem einkaufen zu können, oder es fehlte ihnen an Kontakten oder Marktkenntnis, um Privatwährungen effektiv nutzen zu können. Abgesehen natürlich von der Zeit des Ausnahmezustands, als alle Amerikaner, ob reich oder arm, gezwungen gewesen waren, Privatwährungen zu benutzen, weil das Regime den US-Dollar privatisiert hatte.

Alex war sich nicht ganz sicher, wie die ›Währungsprivatisierung‹ damals vonstatten gegangen war. Gleichermaßen vage waren seine Vorstellungen von der ›Verstaatlichung der Daten‹, die das Regime in großem Umfang durchgeführt hatte. Joe Brasseur jedenfalls schien sich mit diesen Dingen hervorragend auszukennen. Brasseur erledigte die Buchführung der Truppe, und dabei hatte er es mit einem ganzen Haufen von Privatwährungen zu tun.

Alex war wohlhabend und hatte ein paar unmögliche Freunde, darum kannte er sich mit den Grundlagen recht gut aus. Es ging dabei um nicht zu knackende Verschlüsselung, um digitale Echtheitsprüfung, anonymes Remailing und das Verwischen von Spuren im Netz. Diese Netztechniken hatte man früher als höchst ausgefallen und ungehörig betrachtet, doch inzwischen waren sie so weit verbreitet, daß sie nicht mehr rückgängig zu machen waren, ohne daß das ganze Netz zusammengebrochen wäre.

Waren diese Techniken erst einmal implementiert,

machten sie es den Regierungen natürlich unmöglich, den elektronischen Datenfluß zu kontrollieren, wo, wann und zu welchem Zweck auch immer. Im Verlauf dieses Prozesses hatte sich die moderne elektronische Wirtschaft jeglichem menschlichem Einfluß weitgehend entzogen. Als man dahinterkam, daß die wilde, nichtlineare Anarchie den Betroffenen nicht unbedingt zum Vorteil gereichte, war es bereits zu spät gewesen. Sämtliche praktikablen Vermögensstandards hatten sich verflüchtigt, waren digitalisiert worden und in einem Hurrikan aus dünner elektronischer Luft verschwunden. Selbst wenn man die Glasfaserkabel tatsächlich wieder aus dem Boden gerissen hätte, würde sich dadurch nichts geändert haben; Regierungen, die das versuchten, stellten fest, daß der ganze Verschlüsselungswirrwarr alsbald auf die Voice Mail und selbst Faxgeräte übergriff.

Infolge der Währungsprivatisierung waren auf einmal zahlreiche Schwarzmarktvermögen aufgetaucht. Das war offenbar auch so beabsichtigt gewesen – während die Regierung ihre eigene Fähigkeit, erfolgreich Einkommenssteuer einzutreiben, sabotierte, hielt sie sich andererseits dadurch schadlos, daß sie die ehemals verborgenen Schwarzmarkttransaktionen mit Strafsteuern belegte.

Schon bald stellte sich heraus, daß das Schwarzgeld einen gewaltigen Umfang hatte. Das Schwarzmarktvermögen, das sich aufgrund von Steuerhinterziehung, Schmiergeldzahlungen, amtlich geduldeter Korruption, Betrug, Unterschlagung, Waffen- und Drogenhandel, Prostitution, Hehlerei und Schwarzarbeit gebildet hatte, war weitaus größer, als sich die konventionellen Ökonomen je hatten träumen lassen. Augenblicklich wurde klar: Der globale Ozean des Schwarzmarktgeldes hatte so gewaltige Ausmaße, daß die gewohnten Doktrinen des konventionellen Finanzsystems mit der Realität kaum noch etwas zu tun hatten. Die Ökonomen, die gemeint hatten, sie verstünden die Grundlagen des modernen Finanzwesens, hatten in einem dogmatischen Wolkenkuckucksheim gelebt, das ebenso irrelevant war wie der Marxismus. Infolge dieser furchtbaren Erkenntnis waren die meisten nationalen Währungen stark unter Druck geraten, und die Währungsmärkte waren zusammengebrochen.

Als der Notstand immer schlimmer wurde, hatte das Regime in Panik die Datenverstaatlichung durch den Kongress gedrückt und das Wesen des Geldes und der Informationen mit dieser Zwangsmaßnahme unwiederbringlich verändert.

Das daraus resultierende Chaos war die Basis, auf der sich Alex einen Begriff von der modernen Normalität gebildet hatte.

Alex wunderte es nicht, daß Leute wie die chinesischen Triaden oder die korsische Schwarze Hand ihr eigenes elektronisches Geld prägten. Das nahm er einfach als selbstverständlich hin: privates elektronisches Geld ohne amtliche Rückendeckung, nicht zu verfolgen, vollkommen anonym, weltweit zugänglich, blitzschnell übertragbar, allgegenwärtig – effektiv, und im allgemeinen höchst flüchtig. Natürlich posaunte derartiges Kapital auf dem Transaktionsbildschirm nicht hinaus, daß es der ›sizilianischen Mafia‹ gehörte; normalerweise führte es eine bombastische, offiziell klingende Bezeichnung, wie ›Banco Ambrosiano ATM EuroDigiLira‹, doch die privaten Währungsspekulanten vermochten die Solvenz der Emittenten im allgemeinen recht gut einzuschätzen.

Nicht selten brachen diese Privatwährungen aufgrund von schierer Gier oder Mißmanagement zusammen, und manchmal war es auch bloß Pech. Die unerbittlichen Kräfte des freien Marktes hatten allerdings eine gewisse Ordnung in das Kuddelmuddel gebracht. Viele Leute kannten heutzutage einfach nichts anderes als Privatwährungen mehr und glaubten, es müsse so sein.

Wenn man privates digitales Geld benutzte, kannten nicht einmal die Geldverkäufer die Identität ihres Kunden. Wahrscheinlich hatte man als Käufer ebenfalls keine Ahnung, mit wem man es zu tun hatte, sondern kannte bloß den Kurs, die Marktkennung und die Performance. Abgesehen von einem nicht zu knackenden, verschlüsselten Paßwort hatte man selbst keine Identität. Wenn man unbedingt wollte, konnte man immer noch Regierungswährungen benutzen, und die meisten Leute taten das auch, entweder, weil es so für sie einfacher war, oder weil es ihnen an Alternativen mangelte. Die meisten Leute hatten in der Beziehung keine Wahl, denn der größte Teil der Weltbevölkerung war halt arm.

Wegen des katastrophalen Verlusts an Kontrolle über die Grundlagen der Wirtschaft litten auch die meisten Regierungen. Von Regierungsseite emittierte Währungen waren kaum stabiler als die privaten. Die Regierungen, selbst diejenigen mächtiger, fortgeschrittener Länder, hatten die Kontrolle über ihre Währungen bereits Anfang der neunziger Jahre an die hin und her schwappenden Fluten des Währungshandels abgegeben. Das war der Hauptgrund, warum das Regime darauf verzichtet hatte, den US-Dollar zu stützen.

Joe Brasseurs Privatwährungsnode im System der Truppe war in dem Geschäft keine Seltenheit: es war das digitale Äquivalent eines ganzen Bankenkonglomerats des zwanzigsten Jahrhunderts, konzentriert in ein paar Sektoren auf einer Festplatte.

Um in der *clínica* von Nuevo Laredo aufgenommen zu werden, hatte Alex einen hübschen Batzen Privatgeld bei einer dritten Partei deponiert. Er hatte das Geld nicht zurückbekommen und hatte eigentlich auch keine Ahnung, wie er an das Geld herankommen könnte, meinte aber, Brasseur werde vielleicht eine Möglichkeit finden, das Geld aufzuspüren und es irgendwie wieder loszueisen. Falls er das schaffte, sollte die Truppe frei darüber verfügen können.

Brasseur nahm Alex' Geständnis mit priesterlicher Gelassenheit auf, dabei ernst über den Brillenrand blickend, schließlich nickte er und machte sich an die Arbeit, und Alex hörte nie wieder von der Angelegenheit. Bloß daß sich die Lage für die Truppe anderthalb Wochen später merklich aufhellte. Ein Konvoi ehemaliger Trouper, Fred, José, Maureen, Palaniappan und Kenny, brachte einen Haufen Konservennahrung und ein Faß Bier mit. Die Kommandojurte erhielt einen neuen Teppich. Ein neuer Luftkondenser traf ein, der weniger wog als der alte, weniger Energie verbrauchte und mehr Wasser lieferte. Man veranstaltete eine Party, und ein paar Tage lang hatten alle bessere Laune.

Niemand bedankte sich bei Alex dafür. Ihm sollte es recht sein, wenn kein großes Aufhebens um ihn oder seine Rolle gemacht wurde. Die, die davon wissen sollten, würden es auch erfahren. Alex hatte bereits herausgefunden, daß die meisten wichtigen Dinge bei der Truppe verdeckt abliefen. Es war beinahe wie das Leben in einer Baracke, in einem Schlafsaal oder einem Krankenzimmer für Tuberkulosekranke.

Einige Trouper, darunter Mulcahey, Brasseur, Carol und Greg, wußten ziemlich viel und erfuhren es auch rasch. Zur zweiten Garnitur gehörten die, welche von sich aus ziemlich rasch dahinterkamen. Dazu gehörten Ellen Mae, Rudy Martinez und Mickey Kiehl. Dann waren da noch diejenigen, die von jemand anderem die offizielle Version aufgetischt bekamen, darunter Peter, Rick, Martha und Sam. Und gewisse innig geliebte Personen wie Bussard, Joanne, Jeff und auf ihre einzigartige Weise auch Juanita, wurden vor der ganzen furchtbaren Wahrheit zu ihrem eigenen Vorteil verschont.

Den allerletzten und niedrigsten Rang nahmen die Kandidaten, die Freunde/Freundinnen aus der Stadt, die Ex-Ehemänner/Ex-Ehefrauen, die Besucher, Netzfreunde, Alex Unger selbst und die verschiedenen, nicht unmittelbar zur Truppe gehörenden Underdogs ein. Und so würde es bei der Storm Troupe auch solange bleiben, bis sie alle aufeinander losgingen, von Banditen erschossen oder von einem Blitz getroffen wurden oder bis sie den F-6 fanden.

Alex war sich nicht sicher, ob er an den F-6 glaubte. Er glaubte allerdings, daß die Truppe daran glaubte. Mit jedem Tag, der verstrich, wurden sie immer gieriger darauf, sich Hals über Kopf auf etwas wirklich Furchtbares einzulassen. Und das Schlimmste dabei war, daß er nicht fortgehen wollte – jedenfalls solange nicht, bis er wußte, worauf sie sich da eingelassen hatten und was es mit ihnen anstellen würde.

Am 31. Mai verlegte Mulcahey, als wollte er das Glück damit zwingen, das Camp willkürlich zwanzig Kilometer nach Nordwesten, ins Hall County hinein. Die plötzliche Betriebsamkeit half der Truppenmoral wieder etwas auf die Beine.

Am 2. Juni schlug das Wetter abermals zu. Der Zufall – falls man von Zufall überhaupt sprechen konnte, wenn es um Mulcaheys Anweisungen ging – wollte es so, daß Alex als ›Nachschubcrew‹ ins Camp eingeteilt war. Das war Alex ganz recht. Sollten die anderen ruhig ein bißchen Dampf ablassen.

Und dann war da noch ein anderer, weitaus ernsterer Umstand: er hatte wieder angefangen zu husten. Zunächst war es nur ein leichtes Räuspern gewesen, doch Alex kannte sich zu gut, als daß er sich darüber hätte hinwegtäuschen können, daß der blaue Schleim seine Wirkung verlor. Seine Lunge fühlte sich längst nicht mehr an wie in Öl getunktes Hochglanzpapier. Nach und nach, aber mit furchtbarer Unabänderlichkeit, begann sie sich wieder wie seine gewohnte

Lunge anzufühlen. Er hatte die Atemmaske geduldig getragen, bis er in seinem braungebrannten Gesicht eine dreieckige weiße Schnauze hatte wie ein Waschbär, doch das hatte nicht ausgereicht. Er mußte irgend etwas unternehmen.

Die Jagd war in vollem Gange. Sie waren vor dem Morgengrauen aufgestanden, und diesmal war auch Mulcahey persönlich vor Ort. Nur Joe Brasseur, der die Navigation besorgte, Bussard als Netzwerkkoordinator und Sam Moncrieff als Nowcaster waren im Lager geblieben. Und natürlich Alex, der nominell das Sagen über die Nachschubjeeps hatte.

Das war kein sonderlich anstrengender Job. Die Nachschubjeeps waren unbemannt und sollten, gesteuert mittels Satellitennavigation, Nachschub vor Ort befördern. Auf Anforderung mußte Alex die Jeeps unverzüglich mit allem möglichen technischen Krimskrams beladen und sie ferngesteuert ans Ziel schicken.

Alex vermutete, daß diese Einteilung von Mulcahey als subtiler Hinweis auf Alex' klammheimlichen Einsatz eines Dope-Esels gemeint war. Als dezenter Rüffel seitens des großen Zampanos. Zu Alex' großer Erleichterung nahm dieser kaum jemals Notiz von ihm, weder im Guten noch im Schlechten. Er hatte Alex noch nie zu einem der berüchtigten Vieraugengespräche einbestellt, nach denen die anderen Trouper immer so mitgenommen waren. Hin und wieder kam es zu solchen zweideutigen kleinen Sticheleien. Wohl mit der Absicht, ihn einzuschüchtern, ihm klarzumachen, daß Mulcahey ein Auge auf ihn hatte, damit er keine Dummheiten machte. Und wenn man's recht bedachte, funktionierte diese Taktik gar nicht mal schlecht.

In Wirklichkeit war Alex bei seinem Nachschubjob vor allem damit beschäftigt, Sam, Joe und Bussard mit Wildbretchili zu versorgen, denn die Männer konnten nicht von ihren Geräten weg. Für die Ziegen war gesorgt; die Truppe hatte einen Draht um die Außenpfosten gespannt und die Ziegen innerhalb des Camps eingesperrt. Die Ziegen fraßen nun das ganze Gras ab und schissen alles voll, aber am nächsten Tag würde das Lager sowieso abgebrochen werden, daher war das nicht weiter schlimm.

Sam Moncrieff war begeistert von seinem Nowcasterstatus. Bevor Mulcahey der akademischen Welt den Rücken gekehrt hatte (und dabei ein Trümmerfeld hinterlassen hatte), war er Mulcaheys Vorzeigestudent gewesen, und Sam nahm die wichtige Rolle des Nowcasters äußerst ernst. Den Kopf unter einem VR-Helm verborgen, stapfte er blind in der Kommandojurte umher und wühlte sich wie ein vernetzter Ziesel durch wissenschaftliche Darstellungen.

Joe Brasseur hatte sein Navigationssystem im linken Anbau der Kommandojurte aufgestellt.

Daher war Alex im rechten Anbau, dem Arbeitsplatz des Sysadministrators, allein mit Bussard.

Bussard war in einer eigenartigen Stimmung.

»Mann, ich find's zum Kotzen, was Jane mit dem System angestellt hat«, meinte Bussard und drehte sich unbeholfen eine Marihuana-Zigarette. »Es stürzt nicht mehr so häufig ab und *sieht* auch erheblich besser aus, aber damit zu arbeiten ist echt beschissen.«

Alex musterte die Anzeigen der Nachschubjeeps. Er wunderte sich jedesmal von neuem, wie viele verlassene kleine Geisterstädte es hier draußen in Westtexas gab. »Ich finde, du solltest dich lieber um deine VR-Thopter kümmern.«

»Shit, man kann sie halt nicht alle jagen«, erwiderte Bussard nachsichtig. »Soll Kiehl ruhig seine Chance bekommen, bei dieser beschissenen Schreibtischarbeit muß man ja einfach durchdrehen.« Er zündete den Joint mit einem mexikanischen Feuerzeug an und inhalierte. »Willste auch mal probieren?« ächzte er.

»Nein, danke.«

»Wenn die Katze weg ist, Mann.« Bussard zuckte die Achseln. »Jerry würde mir deswegen eins aufs Dach geben, aber glaub mir, wenn du vierzehn Stunden an einem Stück nur mit Icons jonglierst, dann gehst du echt auf dem Zahnfleisch.«

Alex schaute zu, wie Bussard ins Dickicht der Monitore und Menüs eintauchte. Anscheinend spielte er mit dem Datenfluß der weitentfernten Wetterinstrumente herum, doch wenn es nach Alex gegangen wäre, hätte er ebensogut nach digitalen Äpfeln haschen können.

Bussard arbeitete lange wie in Trance und mit glasigem Blick und legte zwischendrin zweimal eine Pause ein, um irgendeinen gräßlichen Kräuteraufguß in einen Pappbecher zu gießen.

Indem er die Grenzen seines Erfindungsreichtums testete, schaffte es Alex, auf einem unbenutzten Laptop einen der truppeneigenen Kommunikationskanäle zu öffnen. Rudy und Rick, die mit Baker irgendwo in Cimarron County unterwegs waren, gerieten ganz aus dem Häuschen wegen des Hagels. Weniger wegen dessen Größe, sondern wegen seiner Farbe. Der Hagel war schwarz.

»Schwarzer Hagel«, meinte Alex.

»Nichts besonderes«, sagte Bussard und zupfte an dem Metallklumpen, den er an einem Lederriemen um den Hals trug. »Das bedeutet bloß, daß Staub drin ist. In Colorado wird's richtig trocken. Viel Staub, viel Dunst ... schwarzer Hagel. So was kommt vor.«

»Also, ich hab noch nie schwarzen Hagel gesehen«, meinte Alex. »Und die beiden anscheinend auch noch nicht.«

»Ich hab mal einen Stein vom Himmel fallen sehen«, sagte Bussard. »Hat mein Haus getroffen.«

»Wirklich?«

»Yeah. Und das ist er.« Bussard zerrte heftig an dem Metallklumpen. »Jedenfalls das größte Stück davon.

Kam geradewegs durchs Dach von meinem Schlafzimmer. Damals war ich zehn.«

»Dein Haus wurde von einem Meteor getroffen?«

»Irgend jemand muß es schließlich treffen«, sagte Bussard. »Das beweist die Statistik.« Er zögerte, starrte abwesend auf den Bildschirm, dann sah er auf. »Das ist aber auch noch keine große Sache. Einmal hab ich erlebt, wie's Fleisch geregnet hat.«

»Was?«

»Das Fleisch fiel vom Himmel«, erklärte Bussard kategorisch. »Hab's mit eigenen Augen gesehn.« Er seufzte. »Du glaubst mir wohl nicht, was, Kleiner? Also, dann schau mal in die alten Aufzeichnungen rein und guck dir an, was in der Vergangenheit schon alles vom Himmel gefallen ist. Erstaunliches Zeug! Schwarzer Hagel. Schwarzer Regen. Roter Regen. Große Steine. Frösche und Unmengen von Fischen. Schlangen. Quallen. Roter Schnee, schwarzer Schnee. Eisklumpen, so groß wie Elefanten. Mann, ich habe gesehn, wie *Fleisch* vom Himmel gefallen ist.«

»Was für Fleisch?« fragte Alex.

»Rasiertes Fleisch. Ohne ein Härchen dran. Sah aus wie … ich weiß nicht, wie geschnittene Pilze oder geschnittene Kartoffeln oder so, bloß daß es rot und blutig war, so mit kleinen Adern drin. Irgendwann im Sommer fiel es aus einem dunklen Wolkenhimmel, und zwar ziemlich langsam, als hätte jemand Kartoffelchips runtergeschmissen. Ein kleiner Hackfleischschauer. Etwa so breit wie ein ordentlicher Highway, und über eine Länge von ungefähr achtzehn Metern. Genug, um ein paar große Einkaufsbeutel damit zu füllen, wenn man's zusammengekratzt hätte.«

»Und – hast du's zusammengekratzt?«

»Shit, Mann, nein. Wir waren total entsetzt.«

»Haben das auch noch *andere* Leute gesehen?« fragte Alex verwundert. »Gab es Zeugen?«

»Aber ja! Mich, meinen Dad, meine Cousine Ellen

und den Bewährungshelfer meines Cousins Elvin. Wir haben uns alle zu Tode geängstigt.« Bussards Pupillen waren geweitet, seine Augen glänzten. »Das war während des Ausnahmezustands … Der größte Teil des Mittelwestens war ein einziges Staubbecken. Ich lebte damals in einer Vorortsiedlung in Kentucky, und mittags wurde der Himmel immer schwarz, und man bekam eine Ladung aus Iowa oder Nebraska oder irgend so was mit, auf Türen und Fenster, fingerdicken braunen Dreck. Schwere Wetter, Mann. Die Leute glaubten, das Ende der Welt sei gekommen.«

»Von den großen Staubstürmen hab ich gehört. Aber noch nicht von rasiertem Fleisch.«

»Ich weiß nicht, Mann. Ich hab's selbst gesehn. Und ich hab's auch nicht vergessen. Ich glaube, mein Dad und Elvin schafften es nach ein paar Jahren, nicht mehr dran zu denken und die Erinnerung daran irgendwie zu verdrängen, aber bei *mir* war das anders. Manchmal meine ich, so ein Scheiß müßte ständig passieren. Aber die Leute haben immer zuviel Schiß, um es weiterzuerzählen. Niemand läßt sich gern für verrückt erklären … Zumal damals während des Ausnahmezustands, als es diese beschissenen ›demographischen Umsiedlungen‹ gab und die Leute Angst hatten, daß sie irgendwann in irgendwelchen Flüchtlingslagern landen würden. Das war megahart, megaschlimm …«

Bussard blickte auf seinen Monitor hinunter. »Was, zum Teufel, ist denn das?« Er tauchte in das Labyrinth der Bildschirme ein und stieß auf einen blinkenden Sicherheitsalarm. »Shit, draußen vorm Camp ist irgendein Bodenfahrzeug! Mann, lauf raus und sieh nach!«

Alex lief zwar nicht, verließ jedoch energischen Schritts die Jurte und ging nachsehen. Dem Camp näherte sich ein nahezu lautloser, brandneuer ziviler Truck, ein großer, cremefarbener Vierräder mit getönten Scheiben und einem klimatisierten Wohnwagenanhänger. Der Truck kam in einer Staubwolke in respektvollem Abstand von den Begrenzungspfosten zum Stehen und scheuchte die Ziegen auf, die verängstigt zwischen den Zelten umherrannten.

Alex verdrückte sich wieder in die Kommandojurte. »Da ist jemand, Mann! So ein teurer Truck mit 'ner großen Antenne.«

»Shit!« Bussard wirkte verärgert. »Sturmbeobachter, Kandidaten. Sag ihnen, sie sollen verschwinden, sag ihnen, hier läuft nichts. Falls du Hilfe brauchst, schrei, dann komme ich mit Joe und Sam raus.«

»Ist gut«, meinte Alex. »Schon kapiert. Kein Problem.«

Er trat vorsichtig ins Freie, winkte den Neuankömmlingen mit seinem Papierhut zu und wartete darauf, daß sie das Feuer auf ihn eröffneten.

Die Fremden schossen nicht. Zwei Männer kletterten friedlich aus dem hübschen Wagen und blieben abwartend stehen. Alex' Herzschlag beruhigte sich wieder. Das Leben ging weiter.

Alex empfand beinahe so etwas wie Sympathie für die beiden Männer. Es war ausgesprochen nett von ihnen, daß sie sich so normal verhielten, daß sie einfach zwei Typen in einem Truck waren und keine alptraumhaften, wahnsinnigen Vandalen, die wahllos das Camp zusammenschossen, während sich alle anderen in Oklahoma aufhielten. Alex setzte den Hut wieder auf und schlenderte langsam auf die Fremden zu, wobei er darauf achtete, daß seine leeren Hände zu sehen waren. Er hüpfte vorsichtig über den Draht, der zwischen den Begrenzungspfosten gespannt war.

Beim Näherkommen erkannte er einen der beiden Männer. Es war der schwarze Ranger, der zu der Gruppe gehört hatte, die vor ein paar Wochen im Camp gewesen war. Der Ranger trug Zivilkleidung, abgeschnittene, ausgebleichte Jeans und ein zerlumptes gelbes T-Shirt mit der Aufschrift NAVAJO NATION RODEO. Diesmal war er anscheinend unbewaffnet.

Zu Alex' Verblüffung kannte er den anderen Mann ebenfalls.

Die Erinnerung an die Umstände durchzuckte ihn wie ein Stromstoß.

Er hatte sich in einem Hinterzimmer des Gato Negro in Monterrey aufgehalten, zusammen mit vier Bekannten aus dem Umkreis der Dope-Vaqueros. Sie waren von Matamoros herübergekommen, wo Alex sich damals einer Behandlung unterzogen hatte. Die Vaqueros schlugen die Zeit tot, während sie auf das Erscheinen ihres Mannes aus Monterrey warteten, der ein paar benötigte Medikamente mitbringen sollte. Daher zogen sie Linien Koks von der Marmorfläche des Cafétischs, mit Don Aldos selbstgebrauten Erinnerungsstimulantien verschnittenes Kokain, eines dieser unglaublich wirksamen synthetischen Drogengebräus, welche die Funktionsweise von Regierung und Wirtschaft auf lange Sicht immer stärker beinträchtigen sollten.

Da sie nun mal Dope-Vaqueros waren, bestand ihre Vorstellung von Spaßhaben darin, sich erst mit diesem Teufelszeug zuzudröhnen und dann um hohen Einsatz die spanische Version von Trivial Pursuit zu spielen. Von Kokain bekam Alex Herzflimmern, er trank auch nicht, und aufgrund seiner gewaltigen Bildungslücken war er bei jeder Art von Trivial Pursuit hoffnungslos unterlegen, von der mexikanischen Version ganz zu schweigen. Don Aldo hatte ihm jedoch freundlicherweise eine Prise der synthetischen Droge überlassen, und Alex wagte es nicht, die Einladung des guten Don zurückzuweisen. Daher schniefte er das Zeug und begann im Verlauf des Spiels kleine Wetten zu plazieren. Alex war ein ausgezeichneter Verlierer. Das war auch der Grund für seine Beliebtheit in diesen Kreisen.

Nach etwa zwanzig Minuten hatte alles im Gato Negro eine zwar trügerische, aber ausstrahlende tiefe Bedeutung angenommen, wie sie stets mit der chemischen Gedächtnisverstärkung einherging, und dann waren diese *anderen* Typen aufgetaucht. Drei an der Zahl, sehr gut gekleidet. Sie stürmten am Rausschmeißer an der Tür vorbei, ohne daß sie nach Waffen abgetastet worden wären. Das machte Don Aldo, Juan, Paco und Snoopy sogleich mißtrauisch, denn Monterrey war nicht ihr Revier, und ihre eigenen Samstagabend-Keramikspielzeuge waren in Verwahrung.

Die drei Fremden übersahen die Vaqueros zunächst hochnäsig, nahmen in einem Winkel des Raumes Platz, bestellten *café con leche* und stürzten sich sogleich in eine leise, angeregte Unterhaltung.

Don Aldo winkte mit einer fremden, geknackten Platin-Kreditkarte barsch den Kellner herbei und wechselte ein paar Worte mit ihm, in einem dermaßen mit Gaunerkauderwelsch durchsetzten Grenzspanisch, daß nicht einmal Alex, in diesen Dingen eine Art Kenner, ihnen folgen konnte. Und dann lächelte Don Aldo breit und gab dem Kellner ein Trinkgeld. Einer der drei Fremden war nämlich der Polizeichef des Bundesstaates Sinaloa. Und wer die beiden guten Freunde von El General waren, brauchte sie nicht zu kümmern.

Bloß daß einer der Freunde von El General genau der Herr war, der aus dem Truck geklettert war. Damals hatte er für Alex keine besondere Bedeutung gehabt, doch aufgrund der synthetischen Gedächtnisstütze hatten sich das Gesicht des Mannes und seine Art unauslöschlich in Alex' Hirn eingeprägt. Jetzt, da er ihn wiedersah, hatte er auf einmal einen solchen Flashback, daß er den Staub der Erinnerung am Gaumen zu schmecken meinte.

»¿Que pasa?« fragte er.

»Hallo, guten Tag«, antwortete der Fremde höflich. »Ich bin Leo Mulcahey, und das ist mein Reisegefährte, Mr. Smithers.«

»Guten Tag, Mr. Smithers«, sagte Alex, unwillkürlich in die Parodie abgleitend. »Erfreut, Sie wiederzusehen.«

»Hallo«, brummte Smithers.

»Und wer bist du?« fragte Mulcahey.

Alex sah in die dünnen Rosenquarzgläser von Mulcaheys Sonnenbrille auf und wurde auf einmal von der tiefen, absoluten Überzeugung erfaßt, daß diese Begegnung weder in seinem, noch im Interesse der Gruppe lag. Vom hochgewachsenen, charmanten und distinguierten Leo Mulcahey ging ein so intensiver Drogengestank aus, daß Alex im Innersten erschauerte. Ranger waren schon schlimm genug, aber der gepflegte Gespensterfreund von El General war nicht der Typ, der das Camp der Storm Troupe jemals hätte betreten dürfen, egal aus welchem Grund und unter welchen Umständen.

»Mr. Leo Mulcahey«, sagte Alex. »Irgendwie verwandt?«

»Ich bin Jerrys großer Bruder«, antwortete Leo Mulcahey mit sanftem Lächeln.

»Muß ein komisches Gefühl sein, einen kleinen Bruder zu haben, der einem das Rückgrat brechen konnte, als wär's ein Streichholz.«

Mulcahey zuckte zusammen. Keine heftige Reaktion, bloß ein überraschtes Zusammenzucken. »Ist Jerry da? Kann ich mit Jerry sprechen?«

»Bedauerlicherweise hält sich Jerry gegenwärtig nicht im Camp auf, er ist auf Sturmjagd.«

»Ich dachte immer, Jerry würde die Verfolgungsjagden *koordinieren*. Daß er im Lager bleiben würde, als ... Der Ausdruck fällt mir nicht ein.«

»Als Nowcaster. Yeah, das tut er auch meistens, aber im Moment ist Jerry gerade irgendwo in Oklahoma auf Tornadojagd, daher darf ich Ihnen den Zutritt zum Camp gegenwärtig nicht gestatten.«

»Ich verstehe«, sagte Leo.

»Was soll der ganze Scheiß eigentlich?« sagte auf einmal Smithers. »Hör mal, Kleiner, wir waren erst vor drei Wochen in eurem Camp, und ich freu mich schon auf noch 'ne Portion von dem Dörrfleisch.«

»No Problema«, meinte Alex. »Geben Sie mir Ihre Koordinaten, dann schickte ich Ihnen soviel Dörrfleisch, wie Sie wollen. Heute noch. Kostenlos.«

»Könnten wir vielleicht mit *jemand anderem* reden?« fragte Leo.

»Nein«, entgegnete Alex. Brasseur würde Zeit zu gewinnen versuchen. Bussard würde klein beigeben. Sam Moncrieff würde tun, was er für das Beste hielt. »Nein, das geht nicht.«

»Kleiner, sei doch nicht so«, sagte Smithers. »Ich bin das Gesetz.«

»Sie sind das Gesetz, wenn Sie als Ranger unterwegs sind. In Begleitung dieses Typs sind Sie nicht das Gesetz. Wenn Sie Cops sind, dann zeigen Sie mir irgendeine ID und einen amtlichen Ausweis.«

»Ich bin kein Police Officer, um Himmels willen«, meinte Leo vorwurfsvoll. »Zufällig bin ich Entwicklungsökonom.«

Smithers blickte Leo mit unverhohlenem Unglauben an, dann sah er wieder zu Alex. »Kleiner, da gehört aber schon 'ne gehörige Traute dazu, hier draußen so 'ne Halbwüchsigen-Scheiße abzuziehen. Wo ist denn deine gottverdammte ID?«

Alex brach der Schweiß aus. Die Angst machte ihn aber bloß wütend. »Hören Sie, Smithers oder wie Sie tatsächlich heißen mögen, ich habe Sie eigentlich für 'ne größere Nummer gehalten. Wie kommt's eigentlich, daß Sie mich wegen diesem Scheiß in die Mangel nehmen? Der Typ ist nicht mal ein Cop! Wieviel *bezahlt* er Ihnen eigentlich?«

»Das ist mein richtiger Name!« widersprach Smithers verletzt. »Nathan R. Smithers.«

»Ich verstehe nicht, warum das so eskaliert ist«, sagte Leo vernünftig.

»Vielleicht sollten Sie mal daran denken, wie Sie damals in Sinaloa Ihren guten Freund, den *general de polícia*, behandelt haben.« Das war ein Schuß ins Dunkle, eine blindlings abgefeuerte Harpune, aber sie traf genau ins Schwarze. Leo zuckte so heftig zusammen, daß selbst Smithers beunruhigt schien.

»Sinaloa«, sagte Leo nachdenklich und faßte sich wieder. Er blickte durchdringend auf Alex hinunter. Er war sehr groß, und wenn es ihm auch an den Gewichthebermuskeln seines Bruders Jerry mangelte, wirkte er auf seine aalglatte Art doch wie jemand, mit dem nicht gut Kirschen essen war. »Natürlich«, sagte er auf einmal. »Du mußt Alex sein. Der kleine Alejandro Unger. Mein Gott.«

»Ich glaube, Sie sollten jetzt besser gehen«, sagte Alex. »Leute Ihres Schlages sind hier nicht erwünscht.«

»Du bist noch keinen Monat hier, Alejandro! Und schon führst du dich auf wie Jerrys Wachhund! Es ist schon erstaunlich, welche Loyalitätsgefühle dieser Mann auslöst.«

»Das können Sie sehen, wie Sie wollen, Leo«, sagte Alex. »Ich lasse Sie ins Camp, wenn *Jerry sagt*, daß Sie reinkommen können, wie gefällt Ihnen das?« Auf einmal spürte er bei seinem Gegenüber eine Schwäche und stieß unerbittlich nach. »Wie wär's, wenn Sie hier solange warten, bis ich mit Jerry gesprochen habe? Ich kann Jerry jederzeit erreichen, gar kein Problem. Warten wir mal ab, was Jerry dazu meint.«

»Ich habe einen Gegenvorschlag«, sagte Leo. »Wenn ich nun davon ausgehe, daß du überhaupt nichts zu sagen hast? Daß du dir einfach was zusammenreimst, weil du einen dummen, persönlichen Groll gegen mich hegst. Daß du ein unausgeglichener, kranker, verdorbener kleiner Luxuspunk bist, der völlig übergeschnappt ist, und daß wir einfach an dir vorbeigehen können.«

»Dann müssen Sie mich erst niederschlagen.«

»Das scheint nicht weiter schwierig zu sein, Alex. Du bist gerade erst aus diesem Schwarzmarktschuppen in Nuevo Laredo rausgekommen. Du wirkst ziemlich krank.«

»Und Sie Leo, werden ziemlich tot wirken, wenn der Typ, der Ihnen den Laserflecken auf die Stirn gesetzt hat, den Abzug drückt und Ihr Gehirn umherfliegt.«

Leo wandte sich an Smithers. »Mr. Smithers. Bitte sagen Sie mir, ob mich tatsächlich ein Lasergewehr im Visier hat.«

Smithers schüttelte den Kopf. »Soweit ich erkennen kann, nicht. Kleiner, mir auf die Tour kommen zu wollen, ist wirklich dämlich.«

Alex nahm erst die Sonnenbrille ab und dann den Hut. »Sehen Sie mich an«, meinte er zu Smithers. »Mache ich einen verängstigten Eindruck auf Sie? Wirke ich vielleicht *eingeschüchtert?*« Er wandte sich Leo zu. »Und was meinen Sie, Leo? Sehe ich so aus, als würde es mir was ausmachen, wenn wir aufeinander losgehen und Sie am Ende erschossen werden? Wollen Sie mich wirklich schlagen und dabei riskieren, sich eine höchst reale Kugel einzufangen, bloß damit Sie in ein paar leeren Papierzelten rumstöbern und Ihren Bruder überrumpeln können, wenn er zurückkommt – wahrscheinlich in Begleitung all seiner Freunde?«

»Nein«, sagte Leo entschlossen. »Für diesen ganzen Blödsinn besteht überhaupt kein Anlaß. Wir wollen doch Juanita nicht verärgern, oder? Janey?«

»Jane lassen Sie, verdammt noch mal, aus dem Spiel«, sagte Alex mit mühsam unterdrückter Wut.

»Das ist ja wohl die Höhe! Lassen Sie mich und meine Schwester in Ruhe, lassen Sie uns alle in Ruhe, Sie Narko von einem Hurensohn. Verschwinden Sie, bevor ich mich vergesse und eine noch größere Dummheit mache, als überhaupt hierherzukommen.«

»Das hat so keinen Zweck«, sagte Leo. »Mir ist völlig schleierhaft, was du mit diesem lächerlichen Junkie-Starrsinn eigentlich erreichen willst. Wir kommen halt ein andermal wieder, wenn hier vernünftige Leute sind.«

Alex nickte und verschränkte die Arme. »Okay. Yeah. Es ist zwecklos. Kommen Sie nächste Weihnachten wieder, großer Bruder. Aber jetzt verschwinden Sie. Und zwar jetzt gleich.«

Leo und Smithers wechselten Blicke. Leo zuckte vielsagend die Achseln, hob die Schultern unter der wattierten brandneuen Safarijacke.

Die beiden Männer stiegen ohne Eile in den Truck. Smithers ließ den Motor an, wendete und fuhr los. Alex bemerkte, daß Leo das Camp systematisch mit einer Videokamera abfilmte.

Alex ging langsam zur Kommandojurte zurück. Bussard erwartete ihn an der Eingangsklappe. Sam hatte immer noch den Nowcasterhelm auf. Joe Brasseur war nirgendwo zu sehen.

»Wer waren die Typen?« fragte Bussard.

Alex zuckte die Achseln. »Kein Problem. Ich hab sie weggeschickt. Ein paar Bewerber.«

Sechs Wochen lang hatte ein unerschütterliches, gehässiges Hoch über Colorado gelegen. Es schien dort verankert zu sein. Das Hoch hatte sich nicht von der Stelle gerührt, aber stetig ausgedehnt. Eine gewaltige Kuppel trockener, überhitzter

SIEBTES KAPITEL

Luft hatte sich von Colorado bis in den Nordosten Mexikos und nach Oklahoma und Texas hinein ausgebreitet. Darunter herrschte bittere Dürre.

Jane mochte Oklahoma eigentlich recht gern. Die Straßen waren im allgemeinen in einem besseren Zustand als in Texas, dafür war der Staat dichter besiedelt. Die öffentliche Ordnung war gut, die Menschen waren freundlich, und selbst außerhalb der riesigen Metropole von Oklahoma City gab es intakte Städtchen, wo man immer noch ein ordentliches Frühstück und eine gute Tasse Kaffee bekam. Der Himmel war ein wenig blauer in Oklahoma, und die wildwachsenden Blumen zeigten eine sanftere Farbpalette als die grellen Gewächse des texanischen Frühlings. Der Boden war fruchtbarer und hatte eine tiefere, rostrote Farbe, und ein großer Teil davon wurde landwirtschaftlich genutzt. Die Sonne stieg niemals so mörderisch hoch in den Zenit empor, und es regnete häufiger.

Doch im Moment gab es keinen Regen. Nicht unter dem langsam anschwellenden kontinentalen Monster. Mächtige Sturmfronten waren über Missouri, Iowa, Kansas und Illinois hinweggefegt, aber das Hoch am Fuße der Rocky Mountains hatte sich von einer bloßen Tatsache erst in ein Ärgernis und dann in eine örtliche Plage verwandelt.

Das Klimaanalysezentrum von SESAME übertrug gern eine graphische Standardkarte, ›Abweichung der Durchschnittstemperatur vom Normalwert in Grad Celsius‹, ein meteorologisches Dokument, das SESAME von irgendeiner präcybernetischen Regierungsstelle geerbt hatte. Das Format der Karte war lächerlich antiquiert, sowohl wegen der altmodischen Hervorhebung der Celsiuseinteilung (die alte Fahrenheitskala war schon seit vielen Jahren nicht mehr gebräuchlich), als auch aufgrund der wehmütigen Behauptung, beim amerikanischen Wetter gäbe es noch eine Art von ›Normalität‹. Die unterschiedlichen Temperaturen waren farblich scharf voneinander abgegrenzt, entsprechend der engen ästhetischen Grenzen der frühen Computergrafik, aber um der archivarischen Kontinuität willen war die Karte nie überarbeitet worden. In ihrer Zeit bei der Truppe hatte Jane Dutzende dieser Durchschnittstemperaturkarten gesehen, so viele auffällige, pinkfarbene Hitzegebiete jedoch noch nie.

Es war erst Juni, und unter diesen pinken Hitzeflecken starben bereits die Menschen. Sie starben nicht in großer Zahl; so schlimm war es noch nicht, daß die staatlichen Stellen bereits vergitterte Evakuierungslaster losgeschickt hätten. Um diese Jahreszeit kam es häufig zu ungewöhnlichen Hitzewellen, ohne daß die Hitze tatsächlich tödlich gewesen wäre. Es war jedoch die Art Hitze, die den Stress um mehrere Grad nach oben trieb. Daher fielen die Herzschrittmacher der Alten aus, abends wurde geschossen, und in der Mall gab es eine Schlägerei.

Die Temperaturkarte löste sich auf Charlies Bildschirm auf und machte einer neuen, gesprenkelten Abbildung Platz. SESAMEs Boden-Lidars.

»So was seh ich zum erstenmal«, bemerkte Jerry auf Charlies Beifahrersitz. »Guck dir bloß mal an, wie das Wetter ein gutes Stück vom Rand des Hochs entfernt umschlägt. Das ist höchst ungewöhnlich.«

»Ich kann mir nicht vorstellen, wie *irgend etwas* passieren sollte, ehe diese Luftmasse in Bewegung kommt«, sagte Jane. »Das halte ich für ausgeschlossen.«

»Das Zentrum rührt sich ums Verrecken nicht, aber entlang der sekundären Trockenlinie wird's trotzdem heute noch losgehen«, meinte Jerry. »Wir werden erleben, wie sich ein paar F-2 und F-3 abspalten, und das« – er wählte seine Worte mit Bedacht – »wird bloß ein unbedeutendes Ereignis sein.«

Jane blickte zum nördlichen Horizont; die Unwetterlinie dort war ihr Ziel. Hinter einer Reihe verdorrter Oklahoma-Pappeln ragten Wolkenungetüme in den Himmel – teilweise flach wie Papier oder halb konkav, nach Feuchtigkeit lechzend. Sie wirkten nicht bedrohlich, aber sie wirkten auch nicht unbedeutend; sie wirkten verkrampft. »Na ja«, sagte sie, »vielleicht kriegen wir ihn ja doch noch zu sehen. Vielleicht fängt ja so alles an.«

»Der F-6 müßte sich eigentlich anders bilden. Die Bedingungen der Mesosphäre sind völlig falsch, und der Jetstream hängt im Norden fest, als wäre er dort festgenagelt.«

»Aber dort sollte der F-6 entstehen. Und der Zeitpunkt stimmt auch. Was soll es denn sonst sein?«

Jerry schüttelte den Kopf. »Frag mich, wenn's losgeht.«

Jane seufzte, stopfte sich eine Handvoll Regierungsmüsli in den Mund und zog die gestiefelten Beine auf den Fahrersitz. »Mir will einfach nicht in den Kopf, warum du die Wetterberichterstattung aufgegeben hast und mit mir rausfährst, um ein paar Zacken festzunageln, und jetzt erzählst du mir, es handele sich um ein *unbedeutendes Ereignis*.«

Jerry lachte. »Zacken. Das ist wie beim Sex. Bloß weil man einmal damit zu Potte gekommen ist, heißt das nicht, daß man beim nächsten Mal kein Interesse mehr dran hat.«

»Es tut gut, dich bei mir zu haben.« Sie legte eine Pause ein. »In Anbetracht der Umstände warst du in letzter Zeit richtig nett zu mir.«

»Schatz«, sagte er, »du warst zwei Monate im Camp, bis meine Willenskraft erlahmt ist, weißt du noch? Wenn wir nicht miteinander schlafen können, dann tun wir's halt nicht. Ganz einfach.« Er zögerte. »Es ist *beschissen*, das stimmt, aber so einfach ist das.«

Jane wußte es besser, als daß sie ihm seine männliche Prahlerei so einfach abgekauft hätte. Nicht alles stand im Camp zum Besten. Da waren ihre Infektion, die Trockenheit. Die Nerven, die Rastlosigkeit. Fehlgeschlagene Verbindungen.

Was Jane an der Sturmjagd am meisten mochte, das war die befreiende Art und Weise, wie die gewaltigen Stürme alles, was in ihrem Privatleben nicht stimmte, zerschmetterten und bedeutungslos werden ließen. Man konnte angesichts eines Monstertornados nicht seine eigene Angst ausschwitzen; das war dumm und vulgär und völlig daneben, etwa so, als wollte man den Grand Canyon zu seinem Spucknapf machen.

Sie liebte Jerry; sie liebte ihn als Mensch, von ganzem Herzen, und bestimmt hätte sie ihn ebensosehr geliebt, wenn er ihr keine Tornados geschenkt hätte.

Sie hätte Jerry selbst dann geliebt, wenn er beispielsweise ein durchschnittlicher, überhaupt nicht exotischer, blasser Ökonom gewesen wäre. Jerry war geschickt, vielseitig gebildet, engagiert und, wenn man sich erst einmal an ihn gewöhnt hatte, auch recht attraktiv. Manchmal war Jerry sogar komisch. Bisweilen glaubte sie, daß sie auch unter anderen Umständen seine Geliebte oder sogar seine Frau geworden wäre.

Dann wäre es wohl eher so gewesen wie in ihren früheren Beziehungen; die mit dem Zerdeppern von Vasen und den Schreikrämpfen und der absoluten, pechschwarzen Verzweiflung, drei Uhr Morgens auf dem Rücksitz einer Limousine.

Jerry brachte sie dazu, verrückte Dinge zu tun. Jerrys Verrücktheiten hatten ihr jedoch stets gut getan und sie stärker gemacht, und in Jerrys Gegenwart hatte sie zum erstenmal in ihrem Leben nicht das deprimierende Gefühl, ihr eigener größter Feind zu sein. Sie war immer zu hochgespannt und zu aufgedreht gewesen und hatte den Teufel im Leib gehabt; im Rückblick sah sie das jetzt ganz deutlich. Jerry war der erste und einzige Mann in ihrem Leben, der ihren Teufel wirklich zu würdigen gewußt hatte, der ihren Teufel akzeptiert und lieb zu ihm gewesen war, der ihrem Teufel teuflisch-fiese Dinge zu tun gegeben hatte. Ihr Teufel war nicht mehr unbeschäftigt. Ihr Teufel arbeitete die ganze Zeit über unter Volldampf.

Daher ging es ihr und ihrem Teufel jetzt richtig gut.

Es war so, als ob die verrückten Dinge, die sie tat, und die Risiken, die sie einging, sie von jeglicher Verpflichtung, tatsächlich verrückt zu werden, befreit hätten. Es mochte reichlich schwülstig klingen, aber es war wirklich wahr: Jerry hatte eine freie Frau aus ihr gemacht. Die meiste Zeit über war sie verdreckt, fühlte sich zerschlagen und stank, aber sie war frei und verliebt. Die meiste Zeit ihres Lebens hatte sie sich heftig und vergeblich bemüht, sich zu mäßigen und vernünftig, gut und glücklich zu sein; und dann hatte sie Jerry Mulcahey kennengelernt und hatte den Kampf aufgegeben. Und als sich der ganze alte Stacheldrahtverhau in ihrem Innern plötzlich gelockert hatte, hatte sie erstaunliche Reservoirs an Anstand und gutem Willen in sich entdeckt. Sie war nicht einmal halb so schlecht, wie sie immer geglaubt hatte. Sie war nicht verrückt, sie war nicht böse, sie war nicht einmal sonderlich gefährlich. Sie war eine reife, erwachsene Frau, die keine Angst vor sich hatte, und sie konnte anderen Menschen sogar eine wahre Stütze sein. Sie konnte anderen Menschen etwas geben und sich für sie aufopfern, sie konnte lieben und geliebt werden, ohne Angst und ohne schnöde Berechnung. Und all dies war ihr bewußt, und sie war dankbar dafür.

Es war ihr bloß zuwider, darüber zu reden.

Jerry ging es genauso. Jerry Mulcahey war anders als andere Männer. Nicht, daß das sein besonderes Verdienst gewesen wäre; Jerry war einfach anders als die meisten Menschen. Jane war eine intelligente Person, und sie wußte, was es hieß, intelligenter als andere Menschen zu sein; so intelligent, daß man sich manchmal deswegen unbeliebt machte. Sie wußte aber auch, daß sie nicht so intelligent wie Jerry war. Auf manchen Gebieten war Jerry so intelligent wie ein Wesen von einem anderen Stern. Andere große Bereiche seiner geistigen Aktivität waren wiederum so leer und heiß und leuchtend wie bei jemandem, der unter Drogen stand.

Jane besaß keine große mathematische Begabung; wenn es um Mathematik ging, mußte sie auf dem Bauch kriechen, wie im Schlamm. Es hatte eine Weile gedauert, bis ihr klargeworden war, daß dieser seltsame Mann im westtexanischen Ödland mit seiner zusammengewürfelten Exzentrikertruppe in Wirklichkeit einer der begabtesten Mathematiker der Welt war.

Jerrys Eltern hatten als Computerwissenschaftler in Los Alamos gearbeitet. Beide waren in ihrem Beruf gut gewesen; ihr Sohn Jerry hatte sich bereits im Alter von zwölf Jahren mit haarspalterischer Magnetohydrodynamik beschäftigt. Jerry war ein Pionier auf den Gebieten der multidimensionalen Mannigfaltigkeiten minimaler Oberfläche und der invarianten Polynome höherer Ordnung gewesen – alles Dinge, die einem schon beim bloßen Hinschauen den Kopf sprengten. Jerry war so gut in Mathe, daß es anderen Leuten Angst machte. Seine Kollegen konnten sich nicht entscheiden, ob sie ihn wegen seiner Begabung beneiden oder es ihm übelnehmen sollten, daß er nicht häufiger publizierte. Hin und wieder setzte Jane irgendein Netzidiot wegen Jerrys ›beruflicher Qualifikationen‹ zu, worauf sie dem Skeptiker per Email die Schrift zusandte, mit der Jerry 2023 die Mulcahey-Mutmaßung bewiesen hatte, und dann versuchte der Skeptiker sie zu lesen, und es sprengte ihm den Schädel, und er verschwand still und leise in der Versenkung und ward nie wieder gesehen.

Es sei denn, er gehörte zu den Möchtergernmathematikern. Die Truppe zog alle möglichen Möchtegerntypen an, und meistens waren sie ziemlich bekloppt, doch hin und wieder kreuzte ein schüchterner, schlaksiger Typ im Camp auf, der sich einen Scheißdreck aus Tornados machte und der Jerry dazu bewegen wollte, das alles zu vergessen und lieber zu beweisen, wie viele Seifenblasen im Hyperraum in einem kollabierenden Torus Platz hatten. Zu diesen Leuten war Jerry jedesmal furchtbar freundlich.

Das Gewichtheben gehörte auch zu Jerrys Merkwürdigkeiten. Früher war er anders gewesen. Sie hatte Fotos von Jerry als Halbwüchsiger gesehen – seine Mutter hatte sie ihr geschickt –, auf denen Jerry rank und schlank gewesen war und ein wenig gebückt, wie alle großen Jungs, die sich ihrer Größe schämten. Viele Trooper beschäftigten sich mit Gewichtheben; auch Jane arbeitete mit Gewichten, genug, um stark zu werden, genug, um zu begreifen, worum es dabei eigentlich ging. Jerry hingegen beschäftigte sich damit, *bloß weil es ihm Zeit sparte.* Wie ein Kleiderschrank auszusehen, sparte ihm Zeit und Mühe, weil er so kurz aus dem Abgrund seiner Zerstreutheit auftauchen und jemanden anfahren konnte, worauf dieser Jemand alles fallenließ und sich beeilte, seine Anweisungen auszuführen. Weil er schiere physische Autorität ausstrahlte, brauchte Jerry sich keine Zeit für lange Erklärungen zu nehmen. Außerdem konnte er sich mit den Gewichten beschäftigen, wenn er ernsthaft nachdachte, und Jerry dachte täglich etwa fünf Stunden lang intensiv nach. Die Tatsache, daß er dabei dreißig Kilo Stahl an den Beinen mit sich herumschleppte, schien ihn nicht weiter zu beeindrukken.

Es stand außer Frage, daß die Beziehungen zu anderen Menschen Jerrys großes Problem darstellten. Jerry hatte wirklich hart daran gearbeitet, mit soviel gewissenhafter Geduld und Hingabe und unter so schweren Leiden, daß ihm ihr Herz nur so entgegenflog, wenn sie daran dachte.

Jerry fühlte sich nicht leicht in andere Menschen ein, weil er halt anders als sie war. Aber er konnte andere Menschen formen. Er vermochte ihre Persönlichkeitsstruktur abstrakt in sich aufzunehmen und sie als eine Art Simulation in seinem Kopf ablaufen zu lassen. Seine Beziehungen zu den anderen Troupern hatte er gestaltet wie ein Einarmiger, der Spielzeugkathedralen aus Zahnstochern baute.

Und wenn er sich alles zurechtgelegt hatte, dann setzte er sich mit einem zusammen und erklärte einem genau, was man in Wirklichkeit dachte, was einen im Innersten antrieb, wie man das bekommen konnte, was man wirklich wollte, und wie das ihm und auch den anderen ganz nebenbei helfen würde. All dies legte er mit einer so verblüffenden Klarheit und dermaßen detailliert dar, daß das eigene Selbstbild im Vergleich dazu zerbröselte. Jerry hatte das alles *erfunden*, aufgrund genauer Beobachtung und Spekulation, doch es war einem um soviel ähnlicher als man selbst, daß man den Eindruck hatte, es sei realer als die eigene Identität. Es war, als stünde man seinem idealen Selbst gegenüber, seiner wahren Natur, die stimmiger, vernünftiger, viel besser gemanagt war. Man brauchte bloß zuzulassen, daß einem die Schuppen von den Augen fielen, und danach zu greifen.

Jane hatte diesen Prozeß ein einziges Mal mitgemacht. Ein halbes Mal, um genau zu sein. Es war schwer, jemanden zu verführen, solange man in einem Papieroverall steckte. Wenn man den Reißverschluß bis zur Hüfte runterzog und sich spielerisch entblätterte, war das, als böte man einem Mann ein paar Kleiebrötchen aus einem Einkaufsbeutel an. Als er jedoch mit seinen Haarspaltereien anfing, war ihr klar gewesen, daß die einzige Möglichkeit, ihn davon abzubringen, darin bestand, ihn niederzuschlagen und sich rittlings auf ihn zu setzen.

Und es hatte hervorragend geklappt. Es hatte Jerry zur großen Genugtuung aller Beteiligten den Mund gestopft. Jetzt konnten sie und Jerry sich offen über alle möglichen Dinge unterhalten; über Spione, Interfaces, Werkzeug, das Camp, über Cops, Ranger, andere Trouper, sogar über Geld. Sie sprachen jedoch nicht über ihre Beziehung. Diese Beziehung hatte nicht einmal einen Namen. Die Beziehung hatte ihre eigene Gestalt und ihr eigenes Leben und bestand nicht aus Zahnstochern.

Aber jetzt hatte Jerry sich ihrem Wagen zugeteilt. Er tat niemals etwas ohne Grund. Früher oder später würde er die Katze aus dem Sack lassen. Der schmelzflüssige Kern ihrer Beziehung war abgekühlt, beide bedauerten sie das, und Jerry würde irgendeine rationale Analyse ausspucken. Sie hoffte das Beste.

»Zum erstenmal fängt die ganze Sache an, mir Angst zu machen«, sagte er.

Jane stellte die Müslitüte auf den Boden. »Was macht dir Angst, Schatz?«

»Ich glaube, das schlimme Szenario nimmt allmählich Gestalt an.«

»Was ist schlimm daran?«

»Ich habe dir noch gar nicht gesagt, was es bedeuten würde, wenn das zu einer dauerhaften Einrichtung würde.«

»Na schön«, meinte sie, sich innerlich wappnend. »Wenn dir das auf dem Herzen liegt, dann schieß los.«

»Der Wind ist längst noch nicht alles. Er könnte die Erdoberfläche bis aufs Muttergestein kahlfegen. Er könnte mehr Staub in die Troposphäre hochwirbeln als ein größerer Vulkanausbruch.«

»Oh«, sagte sie. »Du meinst den F-6.«

Er schenkte ihr den seltsamsten Blick, mit dem er sie je bedacht hatte. »Fühlst du dich gut, Janey?«

»Ja, klar. Ich fühle mich so gut, wie man sich mit einer Pilzinfektion nur fühlen kann. Tut mir leid, ich dachte, wir würden über ein anderes Thema sprechen. Was ist mit dem F-6, Liebster?«

»Ach, eigentlich gar nichts«, meinte Jerry, starr durch die Windschutzscheibe blickend. »Bloß, daß es im Umkreis von Hunderten von Kilometern keine Überlebenden geben würde. Uns natürlich eingeschlossen. Das alles in den ersten paar Stunden. Anschließend – ein gewaltiger, permanenter Wirbel auf der Planetenoberfläche. Das könnte durchaus passieren! Es könnte tatsächlich so weit kommen.«

»Das weiß ich«, sagte Jane. »Aus irgendeinem Grund mache ich mir bloß keine großen Sorgen deswegen.«

»Vielleicht solltest du dir aber mehr Sorgen machen, Jane. Das könnte das Ende der Zivilisation bedeuten.«

»Mein Glaube daran ist einfach nicht stark genug, um mir Sorgen zu machen«, erwiderte sie. »Ich meine, ich glaube schon, daß dieses Jahr irgend etwas wirklich Schreckliches passieren wird, aber daß damit alles zu Ende sein soll, kann ich nicht glauben. Irgendwie will mir einfach nicht in den Kopf, daß sich die Zivilisation *so leicht unterkriegen lassen würde*. ›Das Ende der Zivilisation‹ – was heißt hier Ende? Und überhaupt, welche Zivilisation eigentlich? Es gibt kein Ende. Wir sind viel zu tief darin verwickelt, als daß es ein Ende haben dürfte. Die Probleme, die wir haben, die *dürfen* einfach nicht aufhören.«

»Die Atmosphäre könnte sich mit Staub anreichern. Dann bräche ein nuklearer Winter an.« Er zögerte. »Ein stärkerer Temperaturabfall würde den Wirbel natürlich aushungern.«

»Das sag ich doch! Irgendwas ist es immer! Die Situation kann wirklich schrecklich werden, aber dann taucht irgend etwas so total Abwegiges auf, daß alles andere irrelevant wird. Es hat nie einen Atomkrieg und auch keinen nuklearen Winter gegeben. Es wird auch nie einen geben. Das war nichts weiter als ein billiger Trick, damit man fortfahren konnte, die Umwelt zu ruinieren, und jetzt müssen wir die Folgen ausbaden.«

Sie seufzte. »Weißt du, als Kind hab ich gesehen, wie der Himmel schwarz wurde – so schwarz wie ein Pik-As. Aber das war nur vorübergehend. Es war bloß eine große Staubglocke. Selbst wenn der F-6 wirklich furchtbar sein sollte, irgendwo wird irgend jemand überleben. Millionen Menschen, Milliarden vielleicht. Sie würden einfach mitsamt dem Chlorophyllzeug, den genmanipulierten Viechern und ein paar Supraleitern in ein Scheißsalzbergwerk hineinmarschieren, und solange sie ihre Virtual Reality und Kabelfernsehen haben, würden es die meisten nicht einmal bemerken!«

»Vor dem schweren Wetter haben viele so geredet«, entgegnete Jerry. »Das Ende der Welt war's nicht, aber gemerkt haben sie's schon. Falls sie lange genug überlebt haben.«

»Okay«, meinte Jane. »Wie du willst. Nehmen wir einfach mal an, der F-6 bedeute tatsächlich das Ende der Welt. Was gedenkst du dann zu unternehmen?«

Jerry schwieg.

»Hast du Lust, nach Costa Rica zu fliegen? Ich kenne da ein nettes kleines Hotel, da gibt's eisgekühlte Margaritas und 'ne warme Dusche.«

»Nein.«

»Du willst den F-6 knacken, koste es, was es wolle, hab ich recht? Natürlich willst du das. Und die gute, alte Janey wird an deiner Seite sein. Natürlich werd ich das. Ende der Geschichte.«

»Ich mag's nicht, wenn du so redest, Jane. Du bist kein Zyniker.«

Jane stutzte. Jerry ließ sich seine Verärgerung nur selten so deutlich anmerken. Sie senkte die Stimme. »Schatz, jetzt hör mir mal zu. Mach dir nicht soviel Sorgen um uns. In der Truppe weiß jeder, daß es sehr gefährlich ist. Du hast uns nichts vorgemacht, das ist nichts Neues für uns. Du kannst uns nicht schützen, das wissen wir. Wir sind alle erwachsen – na ja, fast alle –, und wir wissen, was wir tun.« Sie zuckte die Achseln. »Jedenfalls mehr oder weniger. Wir wissen erheblich besser Bescheid als die Regierungsbeamten von SESAME. Und erst recht als die armen Zivilisten.«

»Ich glaube, wir sollten zu dem Thema eine Versammlung abhalten und das allen klar und deutlich vor Augen führen.«

»Gut. Prima. Wenn du dich dann besser fühlst. Aber ich kann dir jetzt schon sagen, wie es laufen wird. Niemand wird aufspringen und sagen: ›He, einen Moment mal, Jerry! Ein richtig großer Tornado? Nee, kommt nicht in Frage, tut mir leid, ich hab zuviel Angst, um da mitzumachen.‹ Das passiert in acht Millionen Jahren nicht!« Sie lachte. »Du könntest sie nicht mal mit der Peitsche daran hindern.«

»Der F-6 ist nicht bloß irgendein Zacken. Ich stelle ihn mir immer mehr vor wie … wie eine ganz andere Art von Sturm, wie etwas noch nie Dagewesenes. Wir werden mit etwas zu tun haben, das ich noch überhaupt nicht begreife. Die Trouper sind gute Leute. Sie vertrauen meinem Urteil, und deswegen könnten sie umkommen. Das wäre nicht richtig.«

»Jerry, wir Trouper sind wie Soldaten, wir brauchen keine besonderen Rechte. Außerdem würden wir auch ohne dich Zacken jagen. Wenn du meinst, ich täte dir damit einen Gefallen, dann irrst du dich. Der F-6 ist der große Knaller, der absolute Höhepunkt. Und den will ich haben.« Sie hob die Müslitüte hoch. »Ich kann April Logan bitten, hierherzukommen.«

»Deine Design-Professorin? Warum das?«

»April hat den akademischen Betrieb längst hinter sich gelassen, die ist jetzt eine megagroße Netzkritikerin! Die hat wirklich Einfluß! Sie ist meine beste Freundin im Netz. Wenn April Logan das Gerücht ausstreut, hier würde in nächster Zeit eine heiße Vorstellung stattfinden, könnten wir ein paar richtig große Postproduzenten herlocken. Leute, die unsere Daten übernehmen und sie einmal richtig aufbereiten. Dann bekämen wir ein größeres Publikum.«

»Mehr Geld, meinst du wohl.«

»Stimmt, Jerry. Geld. Haufenweise Geld.« Sie zuckte die Achseln. »Na ja, jedenfalls dessen Netzäquivalent. Aufmerksamkeit, Zugang. Ruhm. Ich könnte Geld draus machen. Leicht wär's nicht, aber möglich schon.«

»Ich verstehe.«

»Gut. Und hör auf, den edlen Ritter zu spielen, der

die kleine Jane vor dem großen, bösen Sturm beschützen will.«

»In Ordnung«, sagte er. »Ist gut, Jane. Du hast deine Sache immer gut gemacht, und im Grunde habe ich auch nichts anderes von dir erwartet. Aber was wird nach dem Sturm?«

»Wie meinst du das?«

»Das ist die andere Möglichkeit, die mir Sorgen macht. Nehmen wir mal an, daß wir den F-6 überleben. Daß wir ihn richtig packen. Daß wir ihn festnageln und jede Menge Geld und Ruhm scheffeln und alles hinter uns lassen. Was machen wir dann? Was wird dann aus uns? Aus dir und mir?«

Es überraschte und erschreckte sie, Jerry so reden zu hören. »Also, da braucht sich gar nichts zu ändern, Schatz! Es ist doch nicht so, als ob ich noch nie Geld gehabt hätte! Ich kann mit Geld umgehen, das weißt du doch! Das ist kein Problem für uns! Wir machen erst mal Urlaub, wie jedesmal, wenn die Saison vorbei ist. Und wir rüsten unsere Hardware auf, diesmal richtig gründlich. Du kannst eine Veröffentlichung schreiben, und ich werd alle Hände voll im Netz zu tun haben... Dann warten wir auf die nächste Saison.«

»Es wird keine nächste F-6-Saison geben. Selbst wenn der CO_2-Gehalt sinken sollte, bedeutet das nicht, daß sich das Wetter beruhigen wird. Während des Ausnahmezustands war der CO_2-Gehalt der Luft niedriger als heute! Außerdem ist das CO_2 bloß ein Aspekt des Klimaproblems. Dann ist da noch die Abholzung des tropischen Regenwaldes und die verzögerte Erwärmung der Meere.«

Jerry schwieg.

»Vergiß nicht die thermische Umweltverschmutzung der Städte. Und die Veränderungen der Meeresströmungen im Nordatlantik. Den Gletscherschwund in der Antarktis und die höheren Albedos in Afrika, die CKWs in der Ozonschicht, das permanente Problem des ENSO-Zyklus und die Schwankungen der Sonneneinstrahlung ... Mein Gott, ich krieg nicht mal alles zusammen. Jerry, das Wetter wird sich nie und nimmer beruhigen und normalisieren. Jedenfalls nicht zu unseren Lebzeiten. Wahrscheinlich in dreihundert Jahren nicht. Wir werden so viele Zacken haben, wie wir uns nur wünschen! Wir beide, wir sind Katastrophenexperten mit einem unerschöpflichen Vorrat an Katastrophen! Und wenn du den F-6 festnagelst, während die Regierungsbeamten auf ihrem Arsch hocken und meinen, einen F-6 könne es gar nicht geben, dann wirst du ein für allemal berühmt!«

»Jane, ich sage den F-6 jetzt seit zehn Jahren voraus. Ich jage nicht bloß irgendwelche Zacken, das kann jeder. Zacken sind nicht genug. Es gibt Tausende von Zacken und Tausende von Wetterleuten, aber ich bin da anders, und der Grund dafür ist der F-6. Ich bin besessen davon, ich bin so fasziniert davon und versessen auf dieses furchtbare Ding, daß ich nicht die leiseste Ahnung habe, wie ich anschließend weiterleben soll. Wir haben diese Krise herbeigesehnt und sind hervorragend dafür gerüstet, wir sind darauf vorbereitet, durch die Hölle zu gehen, um dieses Ding festzunageln. Aber was wird anschließend aus uns?«

»Jerry ...« Sie biß sich auf die Lippe. »Jerry, ich verspreche dir, solange ich bei dir bin, wird es dir niemals an Aufgaben und an einem Grund zu leben mangeln. Okay?«

»Das ist lieb von dir, aber das ist nicht der Punkt«, meinte er traurig. »Es ist schwer zu erklären, aber ... Ich brauche meine Arbeit. Und die Aufgabe muß groß sein, größer als ich, ich brauche einfach den Umgang mit etwas Größerem. Das bin auch ich, das ist ein Teil von mir, aber das ist auch etwas, über das ich keine Kontrolle habe. Das ist wie eine Kraft, ein Zwang, der an den Dingen zerrt, sie zerfetzt und verdaut und sie versteht, und ich habe keine Kontrolle darüber, habe sie niemals gehabt. Es geht einfach nicht. Verstehst du das?«

»Ja. Das verstehe ich. Das ist, als hätte man einen Zacken in sich drin.«

»Ja.«

»Ich hab auch einen, weißt du. Er ist bloß völlig verschieden von deinem. Und mit dir zusammen zu sein, Jerry, hilft mir, damit klarzukommen! Was zwischen uns ist, was wir einander geben, ist nicht schmerzhaft oder verbogen oder zerstörerisch, sondern wahrhaft gut und stark! Wir bekommen eine Menge Leid zu sehen. Und ich weiß nicht, vielleicht ist die Welt ja zum Untergang verurteilt. Und wir studieren die Zerstörung, Tag für Tag. Aber das, was inmitten dieses ganzen Wirrwarrs zwischen uns ist, das ist wahrhaft gut und stark! Das hat nichts Schwaches oder Zerbrechliches an sich. Ich werde niemals jemanden so lieben, wie ich dich liebe.«

»Aber wenn das Monster alles zertrümmert hat, wenn alles kaputtgeht und wir mit dazu?«

»Dann werde ich dich immer noch begehren und lieben.«

»Vielleicht wird nach dem F-6 ein ganz anderer Mensch aus mir. Ich weiß, daß ich nicht stehenbleiben kann. Ich werde mich verändern müssen, da führt kein Weg dran vorbei. Wer weiß? Vielleicht werde ich dann wie Leo.«

Sie straffte sich. »Was meinst du damit? Sag es mir.«

»Ich meine damit, daß ich einfach bloß Zeugnis ablege, Jane. Die Truppe, wir alle legen Zeugnis ab. Halb Oklahoma könnte in dem Chaos untergehen, und wir werden bloß Zeugnis ablegen. Aber manche reden über das Wetter – wie du und ich –, während andere etwas dagegen unternehmen. Leo und seine Freunde, seine Leute, die tun alle was. Er ist ein Mann von Welt, mein älterer Bruder, ein Mann der Tat, ein Mann mit Einfluß. Und es ist eine furchtbare Welt, und mein Bruder tut manche furchtbaren Dinge. Ich schaue der Zerstörung zu, aber Leo unternimmt etwas dagegen. Ich habe nichts als meine Augen, aber Leo hat Hände.«

Jerry schüttelte den Kopf. »Ich weiß nicht genau, was Leo getan hat oder wie er es getan hat und wem er geholfen hat – er erzählt mir nichts, aus guten, praktischen Gründen, und ich will es auch gar nicht wissen. Aber ich kenne den Grund. Ich weiß, warum Leo sich so verhält, und ich weiß, warum ihn das Handeln fasziniert. Weißt du, es geht nicht bloß um einen vereinzelten, vorübergehenden, örtlich begrenzten Schrecken wie bei einem Zacken. Die moderne Welt der globalen strategischen Politik und Wirtschaft, das ist Leos Welt, und die umfaßt acht Milliarden Menschen, die die Kontrolle über ihr Schicksal vollständig verloren haben und den Planeten bis auf die Knochen abnagen. Das ist unsere Zivilisation, verwandelt in einen endlosen, allesverzehrenden Schrecken, als was sich auch der F-6 am Ende herausstellen könnte. Und Leo lebt mitten drin, nimmt die Energie in sich auf und versucht, sie sich zunutze zu machen. Er wünscht sich sehnlichst, daß ich mich ihm anschließe, weißt du. Und ihm dabei helfe, das Chaos einzudämmen, mit welchen Mitteln auch immer. Und ich verstehe meinen Bruder. Ich kann ihm das nachfühlen. Mein Bruder und ich, wir haben dasselbe Leiden. Wir verstehen einander, wie es nur wenige Menschen tun.«

»Also gut«, sagte Jane. Sie legte ihre Hand auf seine. »Jerry, wenn alles vorbei ist, dann tun wir genau das. Wenn der F-6 vorbei ist und alles hinter uns liegt, dann schließen wir uns deinem Bruder an. Du und ich, wir beide, und wir befreien ihn aus den Schwierigkeiten, in denen er steckt, worin sie auch bestehen mögen, und bringen ihn auf den rechten Weg.«

»Das ist eine große Herausforderung, Schatz.«

»Jerry, du hast gesagt, du wolltest eine große Herausforderung. Na, und die hast du, das ist mir jetzt klar. Es ist mir egal, wie viele Freunde dein Bruder in der Politik hat, er stellt ein großes Problem dar, aber er ist auch bloß ein Mensch, und er ist nicht so mächtig wie ein Sturm, der Oklahoma verwüsten kann. Ich fürchte mich nicht vor deinem Sturm, ich fürchte mich nicht vor dir, und ich fürchte mich nicht vor deinem Bruder. Du kannst mich mit diesem ganzen Gerede nicht verschrecken, ich liebe dich, und ich bleibe bei dir, und nur der Tod kann uns scheiden. Wir können es schaffen. Wir sind keine hilflosen Zuschauer, wir sind auch Menschen der Tat, auf unsere Art. Auf unsere Art sind wir beide ausgesprochen praktische Leute.«

»Schatz«, sagte er mit Nachdruck, »du bist sehr lieb zu mir.«

Der Lautsprecher schaltete sich ein. »Hier spricht Rick in Baker! Es geht los!«

Unablässiger Regen hatte etwas Deprimierendes, und keine andere Naturkatastrophe war einer Überschwemmung vergleichbar, aber Trockenheit bedeutete eine Härte ganz eigener Art, sie war ekelhaft und bedrückend. Trockenheit war eine Prüfung des Schicksals.

Sie waren dem Zacken am Rand des riesigen Hochs entlang gefolgt. Es handelte sich um einen langen, fadenscheinigen, exzentrischen F-2, und er hatte sich eigensinnig von Norden nach Südwesten bewegt, was für die Tornadostraße höchst ungewöhnlich war. Der F-2 war außergewöhnlich langlebig gewesen und hatte zwar nie erderschütternde Ausmaße erreicht, vom Rand des Hochs aber doch hartnäckig Energie abgezogen. Und er hatte Hagel mit sich geführt, ekligen, schwarzen, staubgesättigten Hagel; aber kaum einen Tropfen Regen.

Nun war der F-2 ausgefasert, und Jane und Jerry befanden sich im Cañongebiet westlich von Amarillo, in dem Teil des Bundesstaates Texas, der als ›The Breaks‹ bezeichnet wurde. Sie waren in flachem Terrain querfeldein gefahren, und dann hatte sich auf einmal der Erdboden vor ihnen aufgetan. Der Canadian River war kein großer Fluß mehr, aber er war es während der letzten Eiszeit mal gewesen, und er hatte die Landschaft tiefgreifend geprägt. Richtige Tafelberge waren hier entstanden, nicht zu vergleichen mit den zusammengesackten Hügeln der südlichen High Plains. Tafelberge waren keine Berge. Es handelte sich dabei nicht um geologische Verwerfungen. Tafelberge waren Überbleibsel, sie waren alles, was nach einer Ewigkeit des hartnäckigen Widerstandes gegen Regenfälle, Auswaschungen und Aushöhlungen noch übriggeblieben war. Die Tafelberge bestanden aus einer Schicht harten Sandsteins, der eine Art Kopfbedeckung aus Fels bildete, doch unter der Kopfschicht befand sich weiches, rötliches, weiches und trügerisches Gestein, das aus kaum petrifiziertem Schlamm bestand. Dieses Gestein war so weich, daß man mit den Händen Brocken davon losreißen und sie zwischen den Fingern zu Staub zerkrümeln konnte. Die Tafelberge waren zahnlos, unglaublich geduldig und an den Seiten völlig verwittert, durchfurcht von senkrechten Wasserrinnen, die Hänge übersät von den geborstenen Überbleibseln unterspülter Sandsteinplatten.

Es war ein altes und sehr wildes Land. Die wenigen Straßen, die es gab, waren in schlechtem Zustand. An den ausgetrockneten Bachläufen und Wasserlöchern fand man manchmal zwölftausend Jahre alte Speerspitzen aus Feuerstein, vermischt mit den geschwärzten, zerbrochenen Knochen ausgestorbener Riesenbison. Jane fragte sich manchmal, wie die Feuersteinmenschen von Folsom Point vor zwölftausend Jahren wohl reagiert haben mochten, als ihnen klar geworden war, daß sie den Riesenbison ausgerottet hatten, mit ihren furchtbaren High-Tech-Speeren, ihrer Feuersteinindustrie und den allesverzehrenden riesigen Buschfeuern, mit denen sie ganze Bisonherden vor sich her getrieben hatten, bis sie sich in ihrer Panik Hals über Kopf von den Steilwänden der Cañons stürzten. Vielleicht hatte jemand die Buschfeuer und Speere verflucht und versucht, den Feuerstein zu vernichten. Während andere Zeit ihres Lebens trauerten, weil sie an einem solch furchtbaren Verbrechen teilgenommen und ihr Wild dem Verderben preisgegeben hatten. Die große Mehrheit hatte wahrscheinlich gar nichts gemerkt.

Die Cañonwände der Breaks beeinträchtigten stark den Funkverkehr. Sie warfen einen größeren Funkschatten, und wenn man zu dicht an sie herankam, unterbrachen sie sogar die Verbindung zum Satellitenrelais. Für das Verfolgungsfahrzeug Charlie stellte das jedoch kein Problem dar; es setzte seine Supraleiter in Gang und arbeitete sich zum Gipfel des größten Tafelbergs empor. Dieser Tafelberg war glücklicherweise mit großen Sendemasten und Mikrowellenantennen bestückt.

Vor Jane und Jerry waren schon andere hier gewesen. Die meisten Radarschüsseln waren von Einschüssen durchsiebt, manche davon alt, manche neu. Eine Vandalen-Gang hatte die Blockhäuser der Sendemasten mit mittlerweile verwitterten Graffitis geschmückt. Mit veralteten psycho-radikalen Slogans wie ZERSCHLAGT DEN STIMMEMMARKT und SOLLEN SIE DOCH DATEN FRESSEN und HEULENDER WOLF ÜBERLEBT, ausgeführt mit der irren Intensität, die großstädtische Graffiti früher einmal besessen hatte, ehe sie ihren Schwung auf einmal unerklärlicherweise verloren hatte und die Praxis des Sprühens erst ausgetrocknet war und dann irgendwann aufgehört hatte.

Es gab eine Feuergrube mit alten, verkohlten Mesquitstrünken darin, einen Haufen zerbeulter Bierdosen, die Art alter Aluminiumdosen, die sich im Regen nicht auflösten. Man konnte sich gut vorstellen, wie diese modernen luddistischen Maschinenstürmer hier oben mit ihren Geländemotorrädern und Pistolen rumgegrölt und ihre Ghettoblaster hatten spielen lassen.

Jane fand diesen Ort höchst deprimierend, irgendwie noch einsamer, als wenn überhaupt noch nie jemand hier gewesen wäre. Sie fragte sich, was für eine Gang das wohl gewesen sein mochte, was, zum Teufel, sie gemeint hatten, hier draußen verloren zu haben, und was wohl aus ihnen geworden war. Vielleicht waren sie einfach bloß tot, so tot wie die Feuersteinleute von Folsom Point. Der Bundesstaat Texas war mit dem Strick, dem Stuhl und der Nadel immer rasch bei der Hand gewesen, und in der Anfangszeit der Haftverschonungshandschellen hatte man sich noch kaum etwas dabei gedacht, sie mit Nervengift narrensicher zu machen. So waren halt die Vorschriften gewesen – eine saubere und legitime Methode, Menschen auszulöschen. Wenn die Gang von Rangern erwischt worden war, dann gab es jetzt irgendwo am Straßenrand ein paar ungekennzeichnete Gräber, grüne Hügel auf irgendeiner unkrautüberwucherten Weide. Vielleicht hatten sie sich auch selbst in die Luft gejagt bei dem Versuch, aus einfachen Haushaltschemikalien Vernichtungsbomben zu basteln. Oder waren sie wieder vernünftig geworden und hatten im sogenannten wirklichen Leben Fuß gefaßt? Hatten sie jetzt Jobs?

Einmal hatte sie Carol taktvoll nach dem Untergrund gefragt, und Carol hatte barsch geantwortet: »Es gibt keine alternative Gesellschaft mehr. Bloß Menschen, die aller Voraussicht nach überleben werden, und solche, die's nicht tun werden.« Dem hatte

Jane nur zustimmen können. Denn ihrer Erfahrung mit Bombenlegern nach waren die Leute, die sich mit dieser radikalen Kacke abgaben, genau wie die Ranger, bloß dümmer und weniger geschickt.

Die Sonne ging unter. Im Westen, unter den sich auflösenden Wolken, machte Jane mit intensiver, wunderbarer Klarheit die skelettartigen Silhouetten weitentfernter Bäume aus. Die Bäume waren viele Kilometer entfernt und nicht größer als eine Nagelschere, und dennoch konnte sie in der klaren, stillen Luft die Form jedes einzelnen Astes erkennen, scharf abgehoben von den Farben rund um die Sonne, große Bänder zarter, abgestufter Wüstenfarbe, die von Umbra über Bernstein bis zu durchscheinendem Perlweiß reichte.

Die Jagd war vorbei. Es war Zeit, ins Camp zurückzufahren.

Jerry holte die Dreifußantenne aus der Tasche, klappte das Gestell auseinander und zog die Antenne auf volle Länge aus.

Und dann legte sich der Wind. Und es wurde sehr still.

Und dann wurde es heiß.

Jane blickte auf die Barometeranzeige. Der Luftdruck stieg – die Bewegung der Nadel war deutlich zu sehen.

»Was ist los?« fragte sie.

»Eine einzelne Welle«, antwortete Jerry. »Muß sich irgendwie vom Hoch abgespalten haben.« Kein Wind, kein wahrnehmbarer Luftzug, sondern eine Art Druckwelle in der Atmosphäre, ein sich lautlos ausbreitender Anstieg von Druck und Hitze. In Janes Ohren knackte es laut. Die heiße Luft fühlte sich sehr trocken an, und sie hatte einen eigenartigen Geruch. Sie roch nach Dürre und nach Ozon.

Als Jane sich an den Wagen lehnte, sprang von der Wagentür mit einem vernehmbaren Knall statische Elektrizität auf sie über.

Jerry schaute zu den höchsten Mikrowellenantennen hoch. »Jane«, meinte er in gepreßtem Ton, »steig in den Wagen, schalt die Kameras ein. Irgendwas geht da vor.«

»Ist gut.« Sie kletterte in den Wagen.

Es wurde dunkler, und dann hörte sie es. Ein dünnes, fließendes Zischen. Kein Knistern, eher ein Geräusch wie von entweichendem Gas. Vom hohen Sendemast ging irgend etwas aus, es sickerte aus ihm hervor, etwas sehr Seltsames, etwas wie Wind, etwas wie ein Fell, etwas wie eine Flamme. Etwas Weißes, Streifiges, gasförmig Spitzes, etwas Flackerndes, sich Kräuselndes, an den Ecken der metallenen Stützpfeiler und Querverstrebungen des alten Mastes. Nur auf einer Seite, an einem Metallrand des Mastes hoch und runter laufend, wie leuchtendes Kugelmoos. Es zischte, und es flackerte, und es bewegte sich unstet, wie der zischende Atem von Gespenstern. Jane beobachtete es unverwandt durch den Kamerasucher und rief unsicher aus: »Jerry! Was ist das?«

»Das ist Elmsfeuer.«

Auf einmal spürte Jane, wie sich ihre Kopfhaare aufrichteten. Sie unterbrach die Aufzeichnung nicht, doch das elektrische Feuer hatte sie nun erfaßt, es war heruntergekrochen und mit ihr in den Wagen eingedrungen. Die Korona hob ihr Haar, bis es wie ein Nadelkissen aussah. Von ihrem Kopf entlud sich natürliche Elektrizität. Ihr ganzer Schädel, vom Hals bis zur Stirn, fühlte sich einen Moment lang an wie ein Augenlid, das sanft zurückgeklappt wurde.

»Ich habe so was schon mal am Pike's Peak gesehen«, sagte Jerry. »Aber noch nie in so niedriger Höhe.«

»Kann es uns gefährlich werden?«

»Nein. Wenn die Welle vorbei ist, müßte es wieder aufhören.«

»Ist gut. Ich habe keine Angst.«

»Zeichne weiter auf.«

»Keine Bange, ich hab's drauf.«

Und in weniger als einer Minute war die Welle vorbeigezogen. Und das seltsame Feuer war wieder vollkommen verschwunden. Als wäre nichts gewesen.

Es war sehr schwer, beieinander zu schlafen, wenn man nicht miteinander schlafen durfte. Jane hatte häufig Schwierigkeiten einzuschlafen, sie neigte dazu, rotäugig herumzustöbern und die Nacht durchzumachen. Jerry hatte diese Probleme nicht. Jerry konnte immer und überall ein Nickerchen einlegen; er konnte den VR-Helm ausschalten, sich auf den Teppich legen, den Kopf im schwarzen Innern des Helms, eine Viertelstunde schlafen und wieder aufstehen und seine Berechnungen fortführen.

Heute jedoch war Jerry zwar ruhig und still, doch er schlief nicht. Jane hatte den Kopf in die Höhlung seiner linken Schulter gebettet, ein Ort, der wie geschaffen für sie war, der Ort, an dem sie die süßesten und erholsamsten Nächte ihres Lebens zugebracht hatte. Wenn sie von der Jagd gekommen waren und sich heftig geliebt hatten, warf sie immer besitzergreifend ein nacktes Bein über ihn und bettete ihren Kopf auf seiner Schulter, und dann schloß sie die Augen, hörte sein Herz schlagen und fiel in einen dunklen, gesättigten Schlaf, der so tief und heilsam war, daß er selbst Lady Macbeth zur Vernunft gebracht hätte.

Jedoch nicht heute nacht. Ihre Nerven waren so straff gespannt wie eine Mariachi-Violine, und Jerry vermittelte ihr keinen Trost. Irgendwie roch er nicht richtig. Und sie roch auch nicht richtig; sie roch nach medizinischer Vaginalsalbe, wahrscheinlich der am wenigsten erotische Geruch weit und breit. Aber ehe nicht wenigstens einer von ihnen wirklich Ruhe fand, würde etwas Schreckliches passieren.

»Jerry?« sagte sie. In der Stille des Camps – man

vernahm nur das Zirpen der Insekten, das ferne Zischen des Windgenerators – klang selbst ein zärtliches Flüstern so laut wie ein Pistolenschuß.

»Hmmm.«

»Jerry, mir geht's schon wieder besser, wirklich. Vielleicht sollten wir's mal probieren.«

»Ich finde, das wäre keine gute Idee.«

»Okay, vielleicht hast du ja recht, aber es gibt keinen Grund, warum wir stocksteif daliegen sollten. Laß mich mal was probieren, Schatz, mal sehen, ob du dich dann nicht besser fühlst.« Ehe er antworten konnte, langte sie hinunter und umfaßte sein Glied.

Es fühlte sich so seltsam und heiß an, daß sie einen Moment lang meinte, etwas stimme nicht mit ihm. Dann wurde ihr klar, daß er kein Kondom anhatte. Sie berührte seinen Penis nicht zum erstenmal, hatte ihn auch schon gestreichelt und im Mund gehabt, aber noch nie ohne Kondom.

Na ja, schaden konnte es ja nicht. Nicht, wenn sie sich auf die Finger beschränkte.

»In Ordnung?« fragte sie.

»In Ordnung.«

An Enthusiasmus fehlte es ihm offenbar nicht. Und wenn sie jetzt aufgehört hätte, im Stockdunklen aufgestanden und ihn gebeten hätte, ein Kondom anzulegen, wäre das ein Mordsaufstand gewesen. Also, was soll's; so weit, so gut. Sie streichelte ihn geduldig und beharrlich, bis sie einen schlimmen Krampf im Unterarm bekam. Dann beugte sie sich in den Schlafsack hinunter und probierte es eine Weile mit der Zunge und den Lippen, und wenn er auch nicht kam, machte er doch endlich die richtigen Geräusche.

Dann tauchte sie zum Luftschnappen wieder aus dem Schlafsack hoch und probierte es mit weiterem Reiben.

Es dauerte sehr lange. Zunächst war es ihr ausgesprochen peinlich; dann gewöhnte sie sich daran und bekam allmählich ein besseres Gefühl. Es war zwar ein äußerst unpraktischer und unbefriedigender Ersatz für Sex, aber sie tat wenigstens etwas Praktisches. Zumindest nahm sie ihre Probleme in Angriff. Dann bekam sie den Eindruck, er werde niemals kommen, sie sei nicht geübt oder zärtlich genug, um ihn soweit zu bringen, und das löste das deprimierende Gefühl des Scheiterns aus.

Er aber streichelte sie aufmunternd an Hals und Schulter, und schließlich begann er auch richtig schwer zu atmen. Dann stöhnte er im Dunklen, und sie hielt behutsam seinen Schwanz und fühlte, wie er pulsierte.

Die Feuchtigkeit auf ihren Fingern fühlte sich zähflüssig und klebrig an. Eher wie heißes Motorenöl. Sie hatte schon Sperma gesehen und kannte sogar seinen seltsamen, eigentümlichen Geruch, aber noch nie zuvor hatte es tatsächlich ihre Haut berührt. Es war eine intime Körperflüssigkeit. Intime Körperflüssigkeiten waren hochgefährlich.

»Ich bin sechsundzwanzig Jahre alt«, sagte sie, »und das ist das erste Mal, daß ich dieses Zeug angefaßt habe.«

Er legte ihr den Arm um die Schultern und zog sie an sich. »Mein kleiner Liebling«, sagte er ruhig, »es wird dir nicht schaden.«

»Das weiß ich. Du hast keine Viren. Du bist nicht krank! Du bist der gesündeste Mensch, den ich kenne!«

»Das kannst du nicht wissen.«

»Hattest du jemals ungeschützten Geschlechtsverkehr?«

»Nein, natürlich nicht, niemals.«

»Ich auch nicht. Woher solltest du dann einen Erreger haben?«

»Vielleicht durch eine Bluttransfusion? Durch IV-Drogen? Außerdem könnte ich dich belogen haben.«

»Ach, um Himmels willen! Du bist kein Lügner, ich habe dich noch nie bei einer Lüge ertappt. Du hast mich nie belogen!« Ihre Stimme zitterte. »Es will mir einfach nicht in den Kopf, daß ich dich schon solange kenne, daß ich dich mehr liebe als alles auf der Welt, aber von diesem simplen Zeug, das aus dir rauskommt, weiß ich nichts.« Sie brach in Tränen aus.

»Nicht weinen, Schatz.«

»Jerry, warum ist unser Leben so?« fragte sie. »Haben wir das denn verdient? Wir tun uns doch nicht weh! Wir lieben uns doch! Warum können wir nicht so sein, wie Männer und Frauen früher waren? Warum ist für uns alles so *kompliziert?*«

»Das dient unserem Schutz.«

»Ich brauche keinen Schutz vor dir! Ich *will* mich nicht vor dir schützen! Ich habe keine Angst! Herrgott noch mal, Jerry, das ist der Bereich unseres Zusammenseins, vor dem ich *niemals* Angst hatte! Das ist der Bereich, der wirklich wundervoll ist, der Bereich, in dem wir wirklich gut sind.« Sie klammerte sich schluchzend an ihn.

Er hielt sie lange Zeit fest, während sie zitterte und schluchzte. Schließlich küßte er die Tränen von ihrem heißen, schmerzenden Gesicht. Als sich ihre Münder trafen, wurde sie so heftig von Leidenschaft überwältigt, als flösse ihr die Seele aus den Lippen. Sie wälzte sich über eine kühle, klebrige Stelle hinweg auf ihn und ließ seinen Schwanz in ihren schmerzenden, bedürftigen Körper gleiten.

Und es tat wirklich weh. Es ging ihr gar nicht gut, sie war krank, sie hatte eine Pilzinfektion. Es brannte, jedoch nicht stark genug, daß sie hätte aufhören mögen. Sie stützte sich mit ausgestreckten Armen ab und wiegte sich im Dunkeln.

»Juanita, yo te quiero.«

Daß er das sagte, war so wunderbar und berauschend, daß sie sich einen Moment lang völlig vergaß.

Sie überging den Schmerz und steigerte sich in Raserei. Vielleicht für vierzig Sekunden, vielleicht für vierzig Ewigkeiten trat sie in den heißesten tantrischen Zirkel ein. Ihr Lustschrei klang ihr noch in den Ohren, als er sie so fest bei den Hüften packte, daß es weh tat, seinen Schwanz von unten in sie hineinrammte und kam, ein Pulsieren tief in ihrem Innern.

Sie wälzte sich von ihm herunter und wischte sich den Schweiß ab. »Mein Gott.«

»Ich habe gar nicht geahnt, daß es sich so anfühlen würde.« Er schien verblüfft.

»Ja«, meinte sie nachdenklich, »es ging irgendwie … so schnell.«

»Ich konnte nicht anders«, sagte er. »Ich wußte nicht, daß es so intensiv sein würde. Das ist eine vollkommen neue Erfahrung für mich.«

»Wirklich, Schatz? Ist es so gut für dich?«

»Ja. Sehr gut.« Er küßte sie.

Sie war jetzt vollkommen ruhig. Alles wurde sehr klar. Das übellaunige, angespannte Singen in ihren Nerven hatte aufgehört, hatte sich in das sachte Vibrieren nachhallender, sanft angeschlagener Engelsharfen verwandelt, und auf einmal fügte sich alles zusammen.

»Weißt du was, Jerry, vielleicht ist ja das Latex schuld.«

»Was?«

»Ich glaube, der Grund für mein Gesundheitsproblem sind die *Kondome*. Ich bin allergisch auf Latex, oder woraus die Kondome heutzutage gemacht werden, und vor allem deshalb geht's mir nicht gut.«

»Wieso solltest du nach einem ganzen Jahr auf einmal eine Allergie entwickeln?«

»Na ja«, meinte sie, »aufgrund wiederholten Kontakts.«

Er lachte.

»Ich hab nämlich schon ein paar Allergien, weißt

du. Ich meine, nicht so schlimm wie Alex, aber ein paar hab ich schon. Ich finde, wir sollten von jetzt an immer so miteinander schlafen. Es ist toll, es ist wunderbar. Abgesehen davon, daß… na ja, daß alles feucht ist. Aber das macht nichts.«

»Jane, wenn wir immer so miteinander schlafen, dann wirst du schwanger werden.«

»Ach du lieber Gott! Daran hab ich nicht gedacht.« Die Vorstellung verblüffte sie. Sie könnte schwanger werden. Sie könnte ein Kind bekommen. Ja, dieses erstaunliche Ereignis könnte tatsächlich eintreten; was geschehen war, ließ sich nicht mehr rückgängig machen. Sie kam sich wie eine Idiotin vor, weil sie nicht daran gedacht hatte, daß sie schwanger werden könnte; die langen Schatten von Krankheit und Verhängnis hatten diesen Gedanken völlig verdeckt.

»Genau wie früher. Wie vor den Zeiten der Empfängnisverhütung.« Jerry lachte. »Vielleicht sollten wir schon mal unsere Ersparnisse zählen. Wenn wir das Jahr 1930 schreiben würden, wärst du jetzt eine überlastete Akademikergattin mit fünf Kindern.«

»Fünf Kinder in weniger als einem Jahr, Herr Professor? Du bist mir schon einer.« Jane gähnte, herzhaft und ungeniert. Der Schlaf war nah, er würde ihr gut tun. »Es gibt doch diese Pillen für solche Fälle. Diese Pillen für danach.«

»Kontrazeptiva.«

»Yeah, man schluckt eine Pille, und man kriegt wieder die Regel. Kein Problem! Staatlich subventioniert und alles.« Sie kuschelte sich an ihn. »Das kriegen wir schon hin, Schatz. Jetzt wird alles gut. Alles wird gut. Ich bin ja so glücklich.«

Die meisten Trouper waren eifrig damit beschäftigt, Daten zu schaufeln. Sie stellten gerade eine größere Netzpräsentation zusammen, um irgendeinen einflußreichen Freund von Juanita zu beeindrucken, der in den nächsten Tagen das Camp besuchen würde.

Alex hatte den Eindruck, daß sich, abgesehen von Juanita selbst, keiner der Trouper so recht für die Arbeit an der Netzpräsentation begeistern konnte. Eine Netzpräsentation hatte jedoch ein potentielles Publikum von Millionen läppischer Netzabonnenten auf der ganzen Welt, und wer Juanita kannte, wußte auch, daß sie es wahrscheinlich bekommen würde.

Die allgemeine Hektik ließ Carol Cooper jedoch kalt. Carol Cooper war in der Werkstatt mit Schweißarbeiten beschäftigt. »Computer mag ich nicht«, sagte sie zu Alex. »Ich bin eher ein analoger Typ.«

»Ja«, sagte Alex und räusperte sich, »das war mir von Anfang an klar.«

»Was ist denn in dem großen Plastikkanister da drin?«

»Du bist sehr direkt, das ist mir auch gleich aufgefallen.«

Carol brachte noch ein paar Schweißpunkte an einem gebogenen, verchromten Rohr an, dann legte sie es zum Abkühlen beiseite. »Für dein Alter bist du wirklich ein raffiniertes kleines Arschloch. Eine Schlinge am Ende eines smarten Seils festzuschweißen, darauf wär nicht jeder gekommen.« Sie nahm die Schweißbrille ab und setzte eine normale Schutzbrille auf.

»Jetzt ist das ein smartes Lasso. Lassos sind nützlich. Komantschen haben mit Lassos Cojoten gefangen. Im Sattel natürlich.«

»Klar«, höhnte Carol. »Wußtest du schon, daß Jane die Waffe, die du ihr mitgebracht hast, in die Latrine geworfen hat?«

»Macht nichts, war wahrscheinlich ziemlich blöd von mir, ihr so ein Ding überhaupt anzuvertrauen.«

»Du solltest nachsichtiger mit Janey sein«, sagte Carol tadelnd. Sie hob eine eingedellte Stoßstange des

Strandbuggys hoch und spannte sie in einen großen Schraubstock. Unter dem geschlitzten Papierärmel sah man ihre Barometeruhr. Am rechten Handgelenk trug sie das Trouperarmband.

»Klar war sie laut heute nacht«, meinte Carol nachdenklich, während sie den Schraubstock anzog. »Weißt du, als ich zum erstenmal gehört hab, wie Janey so abgefahren ist, dachte ich, wir würden angegriffen. Und dann dachte ich, Herrgott noch mal, das ist so eine perverse Statusscheiße, die will bloß, daß wir alle wissen, daß Jerry sie endlich vögelt. Aber nach ein paar Wochen kam ich allmählich dahinter, daß Janey halt nicht anders kann. Janey muß einfach schreien. Wenn sie nicht schreit, stimmt bei ihr was nicht.«

Carol nahm einen großen Holzhammer mit Bleikopf und versetzte der Stoßstange ein paar wuchtige Schläge. »Aber das seltsamste daran ist, daß wir uns alle *so daran gewöhnt haben*. Monatelang fanden wir das megalustig, aber mittlerweile reißen wir nicht mal mehr Witze über Janeys Schreien. Und als sie dann für ein paar Wochen damit aufgehört hat, fingen wir echt an, uns *Sorgen* zu machen. Aber heute nacht, da war sie wieder echt gut drauf, weißte. Und heute hab ich ein richtig gutes Gefühl. Als ob wir die Sache am Ende doch noch hinkriegen würden.«

»Man gewöhnt sich an alles«, sagte Alex.

»Nein, tut man nicht, Mann«, erwiderte Carol scharf. »Das meinst du bloß, weil du jung bist.« Sie schüttelte den Kopf. »Für wie alt hältst du mich?«

»Fünfunddreißig?« schlug Alex vor. Er wußte, daß sie zweiundvierzig war.

»Falsch, ich bin fast vierzig. Ich hatte mal ein Kind, das mittlerweile etwa in deinem Alter sein müßte. Ist aber gestorben.«

»Das tut mir leid.«

Sie schwang den Hammer. *Kloing. Boing. Ping-ping-*

ping. »Yeah, man sagt, ein Kind könnte eine Ehe retten, und da ist auch was Wahres dran, denn wenn ein Kind da ist, muß man sich drum kümmern, nicht nur umeinander. Aber daß der Verlust des Kindes eine Ehe ruinieren kann, hab ich nicht gewußt.« *Zack. Wumm.* »Damals war ich jung und ziemlich dumm, weißte, und ich hab mich viel gestritten mit dem Typ, aber verdammt noch mal, daß ich ihn geheiratet hab, war kein Zufall. Wir kamen einigermaßen miteinander aus. Und dann starb unser Kind. Und damit kamen wir nicht klar. Überhaupt nicht. Das hat uns einfach fertiggemacht. Hinterher konnten wir uns nicht mehr in die Augen sehen.«

»Woran ist dein Kind gestorben?«

»An Enzephalitis.«

»Tatsächlich? Meine Mom ist auch an Enzephalitis gestorben.«

»Das soll wohl 'n Witz sein. Welche Welle?«

»Die Epidemie von '25 hat in Houston ziemlich schlimm gewütet.«

»Oh, das war aber spät, mein kleiner Junge ist 2014 gestorben. Während des Ausnahmezustands.«

Alex schwieg.

»Kannst du mir mal die große Klammer reichen?«

Alex nahm die smarte Seilrolle von der Schulter und legte seine behandschuhte Hand darauf. Das dünne, schwarze Seil kroch gehorsam über den Bubblepak-Boden, richtete sich auf wie eine Kobra, packte die Klammern mit der Metallschlinge und hob das Werkzeug hoch. Dann schlängelte es sich über den Boden und verharrte mit der Klammer mitten in der Luft, so daß Carol mühelos herankam.

»Mann, du wirst ja allmählich richtig gut mit dem Ding.« Carol nahm die Klammer schwungvoll entgegen, worauf das Seil zurückschnellte und sich wieder um Alex' Schulter wickelte.

»Ich muß dir was sagen«, meinte Alex.

Sie setzte die Klammer auf die Stoßstange und zog sie mit aller Kraft an. »Ich weiß«, knurrte sie. »Und ich warte.«

»Kennst du Leo Mulcahey?«

Ihre Hände erstarrten, und als sie hochschaute, waren ihre Augen wie die eines von einem Scheinwerfer geblendeten Rehs. »Oh, verdammt.«

»Also kennst du ihn.«

»Yeah. Was ist mit Leo?«

»Leo war gestern hier. Er kam mit einem Laster. Er hat gemeint, er wolle mit Jerry sprechen.«

Carol starrte ihn an. »Und was war dann?«

»Ich hab ihm heimgeleuchtet, ich wollte nicht, daß er einen Fuß ins Camp setzt. Ich hab gesagt, ich würde ihn niederschlagen, und im Zelt wäre ein Trouper, der ihn abknallen würde. Er hatte einen Ranger dabei, den Spürhund, der schon mal da war. Aber den wollte ich auch nicht ins Camp lassen.«

»Verdammt! Und warum nicht?«

»Weil Leo böse ist. Leo ist ein Gespenst, deshalb.«

»Wie kommst du auf so einen Scheiß?«

»Hör mal, ich weiß einfach, daß er ein Gespenst ist, okay?« Alex hustete, dann senkte er die Stimme. »Das Gespensterhandwerk hat seine eigene Atmosphäre, und die kann man riechen.« Es war ein schlimmer Fehler gewesen, sich aufzuregen. Er hatte das Gefühl, in seiner Brust hätte sich irgend etwas gelockert.

»Wie sah er aus? Leo, meine ich?«

»Sehr elegant. Sehr unheimlich.«

»Dann war er's wirklich. Er ist sehr charmant.« Carol hob den Hammer hoch, betrachtete ihn mit leerem Blick und legte ihn wieder weg. »Weißt du«, meinte sie bedächtig, »ich mag Greg. Ich mag Greg sogar sehr. Aber außerhalb der Saison läßt er nie was von sich hören. Kein einziger Anruf. Nicht mal 'ne Email. Dann kraxelt er im Gebirge rum oder unternimmt Wildwasserfahrten oder irgend so 'nen Scheiß, aber er ruft mich nicht an, niemals.« Sie machte ein finsteres Gesicht. »Deshalb mußt du netter zu Janey sein. Das ist keine normale Truppenromanze, falls man überhaupt Romanze dazu sagen kann, wenn zwei Tornadofreaks zusammenkommen. Jane liebt Jerry wirklich sehr. Sie ist ihm treu, sie ist gut zu ihm, sie würde für Jerry durch die Hölle gehn. Wenn ich so eine Schwester hätte und ich wäre ihr Bruder, würde ich mich um sie kümmern und ihr zu helfen versuchen.«

Alex versuchte sich einen Reim auf diese seltsame Ansprache zu machen und gelangte zum einzig möglichen Schluß. Allmählich bekam er Halsschmerzen. »Heißt das, du hast mit Leo *gevögelt?*«

Carol schaute ihn schuldbewußt an. »Ich hoffe, ich werde dich nie schlagen, Alex. Denn du bist nicht der Typ, bei dem ich's bei einem Mal belassen würde.«

»Schon gut«, krächzte Alex. »Hab mir schon gedacht, daß Leo im Camp eine Kontaktperson hat. Deshalb hab ich auch noch keinem davon erzählt. Ich überlege noch, wie ich Seiner Hoheit die Neuigkeit beibringen soll.«

»Du willst, daß *ich* Jerry davon erzähle?«

»Yeah. Wenn du magst. Das wäre vielleicht ganz gut. «Er holte tief Luft. »Sag Jerry, daß ich Leo ohne seine vorherige Erlaubnis nicht ins Camp lassen wollte.«

»Weißt du, wie Leo ist?« fragte Carol langsam. »Leo ist so, wie Jerry wäre, wenn er mit den Köpfen anderer Leute vögeln wollte anstatt mit dem ganzen Universum.«

»Ich weiß nicht, wie Jerry ist«, sagte Alex. »Jemandem wie Jerry bin ich bisher noch nicht begegnet. Aber Leo – du kannst jeden Dope-Vaquero in Lateinamerika nach einem Typ wie Leo fragen, die wissen alle, wie er ist und was er macht. Vielleicht weiß man's in den Estados Unidos nicht, aber in El Salvador wissen sie's, in Nicaragua wissen sie's, alle wissen sie's, das ist schließlich kein Geheimnis.« Er bekam einen Hustenanfall.

»Was, zum Teufel, ist eigentlich los mit dir, Alex? Du siehst furchtbar aus.«

»Das ist das zweite, was ich dir sagen muß«, meinte Alex. Er setzte zögernd zu einer Erklärung an.

Als er geendet hatte, war Carol ziemlich blaß geworden.

»Und das nennt man *Lungeneinlauf?*« fragte sie.

»Ja. Aber es ist egal, wie man es nennt. Es kommt nur darauf an, daß es funktioniert, daß es mir wirklich hilft.«

»Zeig mir mal den Kanister.«

Alex wuchtete den medizinischen Plastikkanister mühsam auf die Werkbank. Carol besah sich skeptisch das Klebeetikett mit den roten Buchstaben auf weißem Grund.

»Palmitinsäure«, las sie langsam vor. »Anionische Lipide. Detergentien auf Silikonbasis. Phosphatidylglykol ... Mann Gottes, das ist ja das reinste Hexengebräu! Und was heißt dieser *andere* Scheiß, dieses spanische Zeug?«

»Isotherme Mischung von PA/SP-B1-25m auf Basis einer mit $NaHCO_3$ gepufferten Salzlösung«, übersetzte Alex rasch. »Das sind bloß noch mal die wichtigsten Inhaltsstoffe auf spanisch.«

»Und ich soll dir einen Schlauch in den Hals stekken und dieses Zeug in dich reinpumpen? Und dich dann *mit dem Kopf nach unten aufhängen?*«

»So in etwa hab ich mir das vorgestellt, ja.«

»Kommt nicht in Frage, tut mir leid.«

»Carol, jetzt hör mir mal zu. Ich bin krank. Ich bin viel schlimmer krank, als euch allen klar ist. Ich leide an einer ernsten Krankheit, und im Moment schlägt sie wieder zu. Wenn du mir nicht hilfst oder sonst irgend jemand, dann könnte es passieren, daß ich hier über kurz oder lang sterbe.«

»Warum gehst du dann nicht nach Hause?«

»Meine Eltern können mir nicht helfen«, erklärte Alex kategorisch. »Ihr ganzes Geld kann mir nicht helfen, niemand kann mich heilen. Versucht haben sie's. Aber ich hab halt nicht so was Einfaches wie Enzephalitis, Cholera oder eine dieser Krankheiten, an denen man rasch stirbt. Was ich habe, das ist was *Kompliziertes*. Umweltbedingt. Oder genetisch. Ist ja auch egal. Seit meinem sechsten Lebenstag versuchen die schon, mich zusammenzuflicken. Wäre ich zu einer anderen Zeit auf die Welt gekommen, wäre ich schon in der Wiege gestorben.«

»Kann das nicht jemand anders für dich machen? Janey? Ed? Ellen Mae?«

»Ja. Vielleicht. Ich werd sie notfalls auch fragen. Aber ich möchte nicht, daß außer dir jemand davon erfährt.«

»Oh«, machte Carol. »Ja, ich begreife auch, warum... Weißte, Alex, ich frag mich schon seit längerem, warum du hier draußen bei uns rumhängst. Es ist jedem klar, daß du dich mit Janey nicht gut verstehst. Und zwar nicht bloß deshalb, weil du gern mit deinem Seil rumspielst. Sondern weil du dich versteckst. Weil du irgendwas verheimlichst.«

»Hm... ja, das stimmt«, sagte Alex. »Ich hab mich versteckt. Ich meine, weniger vor den *contrabandista medicos*, die ich in Nuevo Laredo abgezockt habe – irgendwie sind das schon harte Typen, aber, verdammt noch mal, denen bin ich doch scheißegal, vor der *clínica* wartet eine Schlange von hoffnungslosen Fällen, die länger ist als der Rio Grande. Ich hab mich vor meinem eigenen beschissenen Leben versteckt. Nicht vor meinem Leben, sondern vor dem, was ich tue, was andere Leute Leben nennen. Ich stehe mit einem Bein im Grab, Carol. Das ist nicht gelogen, ich bilde mir das nicht bloß ein. Ich kann dir nicht beweisen, was mit mir nicht stimmt, aber ich weiß, daß es die Wahrheit ist, weil ich nämlich mein Leben lang in diesem Körper gesteckt habe, und ich spür's. Es ist nicht mehr viel los mit mir. Ganz egal, was man mit mir anstellt oder wieviel Geld man für mich ausgibt oder wie viele Medikamente man in mich reinpumpt, ich glaube nicht, daß ich's bis zweiundzwanzig schaffen werde.«

»Mein Gott, Alex.«

»Ich verstecke mich hier bei euch, weil das ... ein anderes Leben ist. Ein realeres Leben. Ich mache nicht viel für die Truppe, weil ich nicht viel tun kann, ich bin einfach zu krank und zu schwach. Aber hier bei euch bin ich einfach bloß irgend so ein Typ, ich bin kein sterbender Typ.« Er brach ab und dachte angestrengt nach. »Aber da ist noch etwas, Carol. Ich meine, so war ich am Anfang, und daran hat sich auch nichts geändert, aber ich fühle mich nicht mehr so. Weißt du was? Ich bin *interessiert*.«

»Interessiert?«

»Ja. Interessiert am F-6. An diesem großen Ding, das über unseren Köpfen schwebt. Mittlerweile glaube ich nämlich dran. Ich weiß, daß es ihn gibt! Ich weiß, daß es tatsächlich irgendwann losgehn wird! *Und dann will ich dabeisein.*«

Carol nahm schwerfällig auf einem Campingstuhl Platz. Sie stützte den Kopf in die Hände. In ihre starken, faltigen Hände. Als sie wieder aufsah, war ihr Gesicht tränenüberströmt.

»Warum ausgerechnet ich? Warum mußtest du ausgerechnet mir erzählen, daß du sterben wirst?«

»Tut mir leid, Carol, aber du bist die einzige, der ich hier wirklich vertraue.«

»Weil ich ein großes, weiches Herz habe, du kleines Arschloch. Weil du genau weißt, daß du auf mir rumhacken kannst! Herrgott, dasselbe hab ich mit Leo durchgemacht. Kein Wunder, daß du ihn so schnell durchschaut hast. Zwischen euch besteht nämlich nicht der geringste Unterschied.«

»Na ja, abgesehen davon, daß er Leute umbringt, und daß ich sterben werde! Komm schon, Carol.«

»Wir haben niemanden umgebracht«, sagte Carol bitter. »Beim Bombenlegen geht's doch bloß darum, *Sachen* kaputtzumachen. Leo hat das gewußt. Mann, Leo war der beste, den wir je hatten. Daß wir Leute umlegten, kam einfach nicht vor, obwohl wir's leicht hätten tun können. Wir wollten doch bloß die *Maschinerie kaputtmachen*. Ein für allemal beseitigen. Diesen ganzen Mist, der unsere Welt zugrunde gerichtet hat, weißte, die Bulldozer, die Kohlegruben, die Abholzmaschinen und die Schornsteine, Goliath, das Monster, Behemoth, den Teufel. Halt *das!*« Sie schüttelte sich und wischte sich mit dem Handrücken die Tränen von den Wangen. »Weil es für alles andere bereits zu spät war und weil wir genau wußten, wie es um die Welt stand ... Und wenn du meinst, den Untergrund gäb's nicht mehr, also, dann irrst du dich aber! Den gibt's nämlich immer noch. Shit, nein, heute ist alles anders. Heute haben sie Macht, große Macht. Die sitzen sogar in der Regierung, das heißt, was man heute so Regierung nennt. Die haben wirkliche Macht, das ist was anderes als diese hoffnungslose Rebellenkacke mit Molotow-Cocktails und Universalschraubenschlüsseln und den beschissenen Manifesten, ich rede von wirklicher Macht, von wirklichen Plänen, von furchtbarer Macht und furchtbaren Plänen. Das sind alles Leute wie er.«

»Tut mir leid ...«

»Aber Typen wie du ... ihr jungen Leute, ihr hoffnungslosen kleinen Hosenscheißer ... Ihr gewöhnt euch an alles ... ja, an alles, wenn ihr bloß jung genug seid! Früher hätten die Leute bei dem Gedanken, an so 'ner blöden Scheiße wie TBC oder Cholera zu sterben, einen *Schreikrampf* gekriegt, aber ihr macht keinen Mucks, ihr macht euer kleines, privates Geheimnis draus und glotzt in die Röhre, bis ihr irgendwann in aller Stille auf eurem Sofa tot umfallt. Die Leute finden sich einfach damit ab, daß ihr Leben die Hölle ist! Die ignorieren alles und meinen, es würde immer noch schlimmer und schlimmer werden, sie wollen nichts mehr davon hören und sind bloß dankbar, daß man sie nicht in ein Umsiedlungslager steckt.«

»Ich gebe nicht auf, Carol. Ich bitte dich bloß, mir zu helfen. Bitte hilf mir.«

»Hör mal, ich bin kein Arzt. Ich kann das nicht. Das ist zu schrecklich, das erinnert mich zu sehr ans Lager.«

»Carol«, krächzte er, »die Unwetterlager sind mir scheißegal. Und deine verrückten Ludditenfreunde können mich mal. Ich weiß, es war schwer damals, und ich weiß, es war schrecklich, aber da war ich gerade erst fünf Jahre alt, das ist für mich alles Geschichte, tote Geschichte. Ich lebe jetzt und hier in einem Lager, in diesem *Lager*, und wenn ich in einem Lager sterbe, werde ich meinen, ich hätte noch *Glück gehabt*! Ich werde nie eine persönliche *Geschichte* haben. Ich werde nicht mal das nächste Jahr schaffen! Ich will bloß diesen Brummer noch erleben, um mehr bitte ich dich gar nicht!« Er stützte sich schwer auf den Tisch. »Offen gesagt, hoffe ich sogar, daß ich den F-6 nicht überleben werde. Die Vorstellung gefällt mir irgendwie, das ist es wert und erspart allen eine Menge Ärger. Und wenn du mir jetzt hilfst, dann werd ich's vielleicht noch erleben, solange ich aufrecht stehen kann, dann werd ich möglicherweise noch als menschliches Wesen gelten, während ich damit beschäftigt bin, mich umbringen zu lassen. Würdest du mir bitte helfen, Carol? Bitte!«

»Also gut. Hör auf zu flennen.«

»Du hast damit angefangen.«

»Ja, ich bin blöd.« Sie stand auf. »Ich heule. Ich habe ein loses Mundwerk, ich kann nichts für mich behalten, nur deshalb hänge ich hier am Arsch der Welt herum, anstatt irgendwo in einer Stadt ein richtiges Leben zu führen, wo irgendein gutaussehender Bulle mir alles aus der Nase ziehen, meine alten Freunde aus ihren Eigentumswohnungen zerren und sie wegen Terrorismus und Sabotage drankriegen könnte. Ich bin halt der geborene Arsch, ein richtiger Verlierer.« Sie seufzte. »Hör mal, wenn's unbedingt sein muß, dann sollten wir's rasch hinter uns bringen, bevor uns jemand sieht, denn das ist was richtig Perverses, was du da von mir verlangst, und Greg kann verdammt eifersüchtig werden.«

»Okay. Du hast recht. Schon kapiert. Vielen Dank auch.« Alex wischte sich mit dem Ärmel die Augen trocken.

»Und ich möchte, daß du mir etwas versprichst, Pillenfreak. Ich will, daß du aufhörst, auf deiner Schwester rumzuhacken. Sie hat es nicht nötig, sich von einem verdammten Idioten wie dir fertigmachen zu lassen, sie ist ein guter Mensch, sie hat ein reines Gewissen, und sie meint es gut.«

»Vielleicht«, sagte Alex. »Als wir noch Kinder waren, hat sie mich immer verprügelt. Ich hab noch ein Video, auf dem sie mich mit einem Kissen zu ersticken versucht.«

»Was?«

»Ich war drei, sie war acht. Ich hab damals viel gehustet. Ich glaube, das ist ihr auf die Nerven gegangen.«

Carol fixierte ihn eine Weile, dann rieb sie sich mit den Daumen über die geröteten Augen. »Also, dann mußt du ihr das halt verzeihen.«

»Ich verzeihe ihr, Carol. Klar. Um deinetwillen.« Alex kletterte auf die Werkbank und legte sich flach auf den Rücken. Er holte einen dünnen, transparenten Schlauch und ein flaches Döschen mit anästhesierender Paste aus der Tasche seiner Jeans. »Hier, nimm das und schraub das auf das Ventil am Kanister.«

»Wow, der ist aber heiß.«

»Ja, hab ihn heute in der prallen Sonne stehen lassen, damit er auf Bluttemperatur kommt.«

»Ich kann's einfach nicht glauben, daß wir das tun.«

»So geht das schon mein ganzes Leben lang.« Alex legte den Kopf zurück und übte, seinen Schlund zu entspannen. »Hast du eine Ahnung, wie sehr sie sich mit Jerry eingelassen hat? In finanzieller Hinsicht, meine ich?«

»Ich glaube, er hat sie ziemlich ausgenommen, Alex. Ohne es zu wollen, denn das einzige, was ihn interessiert, ist eben Stürme jagen.«

»Also, erzähl's keinem weiter. Aber ich hab Juanita zu meiner Alleinerbin gemacht. Ich glaube, das würde der Truppe ein Stück weiterhelfen. Ein ganzes Stück.«

Carol zögerte. »Das war ziemlich dumm von dir, mir das zu sagen. Ich bin schließlich auch ein Trouper, weißte.«

»Ist schon gut. Ich wollte, daß du's weißt.«

»Du vertraust mir *wirklich*, nicht wahr?«

»Carol, ich glaube, du bist hier der einzige gute Mensch. Einer der wenigen wahrhaft guten Menschen, denen ich je begegnet bin. Danke, daß du mir hilfst. Danke, daß du dich um mich kümmerst. Du hast es verdient, Bescheid zu wissen, deshalb hab ich's dir gesagt. Wahrscheinlich werde ich zwischendurch ohnmächtig. Mach dir nicht soviel Sorgen.«

Er öffnete das Döschen, schmierte die Paste mit dem Steuerhandschuh auf das Schlauchende, nahm dann all seinen Mut zusammen und schob sich den Schlauch behutsam den Hals hinunter. Er schaffte es, der Zungenwurzel auszuweichen, fühlte, wie der Schlauch den wunden und geschwollenen Schlund hinunterglitt, bis ins pochende Zentrum seiner Brust. Die Prozedur und vielleicht auch das vorhergehende Gespräch hatten ihn nervös gemacht, doch als die Wirkung des Betäubungsmittels einsetzte, verflüchtigte sich seine ganze Kraft wie ein aufstiebender Schwarm Wachteln und ließ ihn leer, kalt und benommen zurück.

Dann kam die Flüssigkeit. *Sind Sie ein guter Schwimmer, Alex?* Sie war kalt. Zu kalt, so kalt wie der Tod, so kalt wie der rote Laredo-Ton. Ein heftiger Rülpser brach aus seiner Lunge. Alex schnappte nach Luft, die Augen quollen ihm aus den Höhlen, er spürte, wie eine gewaltige innere Flutwelle von dem Zeug durch seine Tuberkel glitt, eine widerliche, aberwitzige, kalte Amöbe. Er biß die Zähne in den Schlauch, geriet in Panik und setzte sich auf. Die Flüssigkeit schwappte in ihm, als habe man einem halbleeren Bierfaß einen heftigen Tritt versetzt, und er begann krampfhaft zu husten.

Carol stand mit verschränkten Armen da, die Verkörperung des Abscheus und Entsetzens. Alex zog am Schlauch, zog am Schlauch, zog am Schlauch, ein haßerfüllter Kampf mit einem widerlichen Bandwurm, und bekam ihn, Blasen spuckend, endlich frei. Carol sprang zurück, denn der Kanister leerte sich immer noch, der herabbaumelnde Schlauch spritzte, und Alex hustete in einem fort. Seine Lunge fühlte sich an wie blutiger Schaumgummi.

Er stand auf. Er fühlte sich entsetzlich schwach. Aber er war nicht bewußtlos geworden. Er war halb voller Lungeneinlaufflüssigkeit, und er war immer noch bei Bewußtsein. Er schleppte das Gewicht der Flüssigkeit mit sich herum wie eine obszöne Leibesfrucht.

Dann versuchte er zu reden. Er wandte sich Carol zu und bewegte den Mund, doch es kam nur ein Laut heraus, der von einem ertrinkenden Waschbär hätte stammen können, und sein Mund füllte sich mit zerplatzenden sauren Blasen.

Dann zerriß irgend etwas in ihm, und jetzt tat es auch richtig weh. Er fiel auf die Knie nieder, krümmte sich zusammen und würgte das Zeug auf den Bubble-pak-Boden. Einen gewaltigen, ekelhaften Schwall, einen großen, ekelhaften, Blasen werfenden Klumpen. Ihm klangen die Ohren. Seine Hände waren damit bespritzt. Seine Klamotten waren voll damit. Und er wurde immer noch nicht ohnmächtig, es klappte einfach nicht.

Allmählich fühlte es sich besser an.

Carol starrte ihn ungläubig an. Die ganze Flüssigkeit rann aus dem Kanister, tröpfelte unerbittlich aus dem Schlauch. *Dreh das ab, dreh das ab*, bedeutete er ihr und gab gurgelnde Laute von sich, und dann schüttelte ihn ein neuerlicher Hustenanfall, und er machte einen weiteren langen, qualvollen Satz auf den endgültigen Zusammenbruch zu.

Im nächsten Moment schloß ihn Carol in die Arme. Sie setzte ihn aufrecht hin und lehnte ihn ans Tischbein. Sie blickte ihm ins Gesicht und hob ein Augenlid an, ihr breitwangiges Gesicht blaß und grimmig. »Alex, hörst du mich?«

Er nickte.

»Alex, das ist arterielles Blut. Das hab ich schon mal gesehen. Du hast eine Blutung.«

Er schüttelte den Kopf.

»Alex, jetzt hör mir mal zu. Ich hole jetzt Ed Dunnebecke, und wir bringen dich in die Stadt, in irgendein Krankenhaus.«

Alex schluckte mühsam. »Nein«, flüsterte er. »Dahin geh ich nicht, das könnt ihr nicht machen. Sag nichts. Erzähl's niemandem. Ich fühle mich schon wieder besser.«

Bis zum 15. Juni war auch dem eingefleischtesten Anfänger auf dem Gebiet der Wetterbeobachtung klar, daß sich über Oklahoma eine Katastrophe gewaltigen Ausmaßes zusammenbraute. Als unmittelbare Folge davon erlebte der Bundes-

ACHTES KAPITEL

staat den größten Touristenansturm seit zehn Jahren.

Jeder, der noch über einen Rest gesunden Menschenverstands verfügte, hatte seine Wohnung verrammelt, seine Sachen zusammengepackt und/oder war evakuiert worden. Die vernünftigen Flüchtlinge vermochten der schieren Anzahl der Leute ohne gesunden Menschenverstand, die sich in einer endlosen Prozession von Autos mit Wohnanhängern, Mietbussen und motorisierten Zweirädern in den Bundesstaat ergossen, allerdings nichts entgegenzusetzen. Oklahoma war das Mekka der Schwerwetterfreaks geworden. Und davon gab es viel mehr, als Jane sich jemals hätte träumen lassen.

Nach kurzem Zögern waren die Vernünftigen wieder beschämt an den Ort des Geschehens zurückgekehrt, damit die Freaks nicht alles klauten. Was die Freaks auf ihre merkwürdig zerstreute Art auch tatsächlich taten. In Anadarko, Chickashaw, Weatherford und Elk City waren die billigeren Hotels ausgebucht und die Parkplätze voller Campingzelte, und es fand eine endlose Bierparty statt, durchbrochen von gelegentlichen nächtlichen Schießereien und kleinen Ausflügen, bei denen jeder soviel zusammenraffte, wie er konnte. Man hatte die Nationalgarde damit betraut, die Ordnung aufrechtzuerhalten, doch in Oklahoma hatte die Nationalgarde auch so schon zuviel zu tun. Die Nationalgarde war neben der Landwirtschaft, der holzverarbeitenden Industrie und der Zementindustrie von Portland einer der größten Arbeitgeber des Bundesstaates. Die paramilitärische Garde verkaufte den Plünderern tagsüber T-Shirts und Snowballs, ein Getränk aus Eierlikör und Limonade, und nachts legten sie Uniformen an, zogen los und prügelten auf sie ein, was das Zeug hielt.

Der entfesselten, enthusiastischen TV-Berichterstattung nach zu schließen, verspürten jedoch nicht alle Beteiligten ein perverses, unverhohlenes Vergnügen an der hysterischen, unerträglichen Wetterspannung. Der Himmel war kanariengelb und voller Staub, und abends flackerten furchteinflößende, trockene Hitzegewitter über den Himmel, und alles roch nach Dreck, Schweiß und Ozon, und die Menschen genossen das auch noch. Die Trockenheit dauerte einfach schon zu lange. Die Bewohner der Tornadostraße hatten bereits viel zuviel erduldet. Sie hatten die Angst längst hinter sich gelassen und auch die verbitterte Resignation. Und nun nahmen sie zu krampfhaftem, schwarzem Humor Zuflucht.

Die Menschen, die von ganz Amerika eintrafen – natürlich einschließlich Mexiko und Kanada –, waren ein ganz anderer Schlag als die üblichen Tornadojäger. Der normale Tornadofreak war im Grunde eher ein belesener, eulenhafter Typ, der sorgsam die neuesten

Wetterberichte studierte und die Okulare seines digitalen Fernglases polierte, damit er im richtigen Moment ins Freie springen und begeistert ein kurzes, flüchtiges Phänomen beobachten konnte, das gewöhnlich nur ein paar Minuten zu sehen war.

Die gegenwärtigen Schwerwetterfreaks hingegen waren ganz anders als die Wetterleute, die Jane gewohnt war, anders, als sie erwartet hatte. Obwohl sie sich im Herzen des Kontinents befanden, viele Kilometer von jeder Küste entfernt, ähnelten sie eher den modernen Hurrikan-Beobachtern.

Schwerwetterfreaks traten in unterschiedlichen soziologischen Varianten auf. Zunächst war da mal eine gewisse Anzahl von Leuten, die sich einfach nichts aus dem Leben machten. Verzweifelte Menschen, die aktiv ihren eigenen Untergang betrieben. Doch obwohl die potentiellen Selbstmörder ein realer Faktor und sozusagen das Herz und die Seele des Phänomens waren, stellten sie doch eine sehr kleine Minderheit dar. Die meisten dieser sorgenbeladenen, schwarzgekleideten Hamlets entwickelten einen starken Überlebenswillen, wenn der Wind erst einmal zu einem massiven, pulsierenden Brüllen anschwoll.

Zweitens und in weit größerer Zahl waren da die sensationsgeilen Freaks, die übermäßig gebräunten Sportler und die krebsgefährdeten muskulösen Surfertypen. Es war schon erstaunlich, wie wenige von diesen leichtsinnigen Idioten selbst bei den schlimmsten Unwettern ums Leben kamen oder verletzt wurden. Meistens hatten sie Atmungsgeräte und smarte Surfbretter dabei und machten Jagd auf die Große Welle, die Richtig – Große – Welle, die Wahnsinnig – Große – Welle. Da man in Oklahoma nicht surfen konnte, hatte der bizarre Erfindungsreichtum einer völlig durchgeknallten Freizeitindustrie Dutzende gemeiner, kleiner ›Windschoner‹ mit Diamantnaben auf den Markt gebracht, segelbetriebene Fahrzeuge, die von Natur aus so unberechenbar waren, daß sie selbst mit der eingebauten Computersteuerung kaum zu beherrschen waren. Dennoch schienen die Leute, die damit fuhren, einen Schutzengel zu haben. Sie waren ebenso schwer umzubringen wie Küchenschaben.

Dann war da noch die größte Gruppe, die unterschiedlichen Menschen, die einfach für Unwetter schwärmten. Die meisten beschäftigten sich nicht weiter mit Stürmen. Manchmal machten sie Fotos oder Videoaufnahmen, hatten ansonsten aber keinerlei intellektuelle oder professionelle Ambitionen. Sie waren halt Sturmfans. Manche waren sogar tief religiös. Einige posteten erbärmlich schlechte Lyrik ins Netz. Ein paar von ihnen waren höchst eigenwillige, mit Tätowierungen, Ketten und Kratzkunst geschmückte Leute, die Halluzinogene nahmen und/oder auf dem Höhepunkt der Krise in Bunkern wilde Orgien feierten. Ihr aller Markenzeichen waren eine inhaltslose Ernsthaftigkeit und seltsame Kleider- und Eßvorschriften.

Viertens waren da die Gauner. Leute auf der Suche nach der großen Chance. Plünderer, Schwarzmarkthändler, Einbrecher. Und natürlich auch Vandalen. Nicht gerade überwältigend viele, keine marodierenden Heerscharen, aber doch genug, um sich Sorgen zu machen. Wo immer sie auftraten, ließen sie seltsame Kreidezeichen zurück und trafen sich zum Currysuppe-Essen in leerstehenden Gebäuden.

Und schließlich waren da noch die Evakuierungsfreaks – zahlenmäßig stetig zunehmend und gleichzeitig die Gruppe, die Jane bei weitem am unerklärlichsten, widerlichsten und unheimlichsten war. Menschen, die erst *nach dem Unwetter* so richtig aufblühten. Menschen, die gerne in Evakuierungslagern lebten. Vielleicht waren sie während des Ausnahmezustands in so einem Lager aufgewachsen und trauerten der Erfahrung nun perverserweise nach. Oder sie genossen das ein wenig halluzinatorische, intensive Gemeinschaftsgefühl, das sich nach einer Naturkatastrophe jedesmal einstellte. Vielleicht brauchten sie aber auch die Katastrophe, um sich wirklich lebendig zu fühlen, weil sie unter dem drückenden Gewicht des schweren Wetters aufgewachsen waren und nie wirklich gelebt hatten.

Wenn man über keine starke Persönlichkeit verfügte, dann konnte man in einem Evakuierungslager alle möglichen Identitäten annehmen. Der Untergang einer Stadt oder eines Vororts brachte sämtliche auf gesellschaftlichem Status und Erfahrung beruhenden Barrieren zum Einsturz und steckte alle in den gleichen Papieranzug. Manche Leute – und es wurden immer mehr – genossen offenbar diese Situation. Sie bildeten eine neue soziale Schicht von Menschen, eine Mischung aus Scharlatan, Betrüger oder Gauner, etwas wirklich noch nie Dagewesenes, ohne Geschichte, ohne eigene Identität. Hin und wieder – eher häufiger – war der Evakuierungsfreak Herz und Seele des örtlichen Wiederaufbaus, eine manische, rotwangige, stets freundliche Person, die für jeden ein Lächeln übrig hatte, stets bereit, die Hinterbliebenen zu trösten, die Verletzten zu baden und stundenlang am Bett der dankbaren, verletzten Kinder zu sitzen und mit ihnen Faxen zu machen. Häufig gaben sich diese Leute als Pastoren, Sanitäter, Sozialarbeiter oder untergeordnete Regierungsbeamte aus, und damit kamen sie meistens auch durch, denn in dem ganzen Schrecken, dem Leid und der Verwirrung fragte niemand nach Papieren.

Sie blieben solange, wie sie sich trauten, aßen den Regierungsfraß, trugen Papieranzüge wie alle anderen und behaupteten vage, sie seien ›aus der Gegend‹. Seltsamerweise waren die Evakuierungsfreaks fast immer harmlos, zumindest in physischer Hinsicht. Sie stahlen nicht, sie raubten nicht, sie töteten nicht und sprengten nichts in die Luft. Manche waren zu benommen und zu verwirrt, um mehr zustandezubringen als herumzusitzen, zu essen und zu lächeln, doch recht häufig arbeiteten sie mit geradezu selbstloser Hingabe und inspirierten die Menschen in ihrer Umgebung, und die Menschen blickten zu ihnen auf, bewunderten sie, vertrauten ihnen bedingungslos und betrachteten diese hohlen Typen als Säulen der Gemeinschaft. Unter den Evakuierungsfreaks gab es sowohl Männer als auch Frauen. Ihr Tun war nicht unbedingt kriminell, und selbst wenn man sie erwischte, ermahnte oder bestrafte, schienen sie doch nicht damit aufhören zu können. Sie verzogen sich einfach zu einem anderen Katastrophengebiet in einem anderen Bundesstaat, zerfetzten ihre Kleider, beschmierten sich mit Dreck und taumelten als angeblich Betroffene in irgendein Lager.

Am seltsamsten dabei war, daß die Evakuierungsfreaks immer allein zu reisen schienen.

»Juanita«, sagte April Logan, »ich hatte schon immer das Gefühl, daß Sie einmal zu meinen Musterschülern gehören würden.«

»Danke, April.«

»In welche Kategorie würden Sie sich bei Ihrer kleinen sozialen Analyse einordnen?«

»Ich mich?« fragte Jane. »Ich bin Wissenschaftlerin.«

»Oh« – April nickte bedächtig –, »das ist ausgezeichnet.«

Jane lachte. »Sie sind ja *auch* hier, nicht wahr.«

»Natürlich«, meinte April Logan. Ihr gestyltes Haar hob sich ein wenig in der trockenen, sauren Brise, und sie musterte nachdenklich das Truppencamp und nahm alles mit ihren flachen, gelblichen, allesverstehenden Augen in sich auf.

Wenn die Dürre nicht gewesen wäre, hätte das Gelände ganz nett ausgesehen. Die Truppe lagerte westlich von Reno an der Interstate 40, in einer Gegend voll roter Steilfelsen aus bröckligem Sandstein, mit roter Erde und ausgetrockneten Wasserläufen voller Pacanobäumen, Espen und blühendem Geißblatt, ein Ort, wo Goldrute, wilder Wein, Kegelblumen und purpurfarbene Rankgewächse wuchsen. Der Frühling hatte noch nicht aufgegeben. Er war versengt und staubbedeckt, aber aufgegeben hatte der Frühling noch nicht.

April Logan trug einen maßgearbeiteten, mit goldenen Blättern bedruckten Papieroverall: eine perfekte, anatomisch geformte Adaption eines der psychedelischeren Ornamente aus dem Buch von Kells. Irgendwie paßte das zu April, als Oxymoron kostümiert herumzulaufen. Von einer postindustriellen Maschine ausgeführte präindustrielle Handarbeit, ein Konsumentenparadoxon aus dem widersprüchlichen Niemandsland der Kosten gegen Wert gegen Kosten. Und gleichzeitig war es auch noch recht hübsch. »Ich bin immer noch voll mit dem Projekt beschäftigt«, sagte April Logan. »Das Projekt wollte, daß ich hierherkomme, wissen Sie.«

»Sie scherzen.«

»Aber nein«, meinte April. »Das Projekt spinnt manchmal, aber scherzen tut es nie.«

Jane hatte als Studentin beim Aufbau des Projekts mitgeholfen. Professor Logan hatte es darum geduldig zum Laufen gebracht und jahrelang verbessert – eine schauerliche Schimäre, zusammengestoppelt aus genetischen Algorithmen und neuralem Netz. Eine postliterarische, neoakademische Korrelationsmaschine, ein Synchronizitätsgenerator mit Mega-Rechenleistung. In Aprils breitgefächertem analytischem Ragout gab es eine Menge unterschiedlicher Brocken: Demographie, Arbeitsmarktdaten, Konsumententrends. Die geographische Verteilung des netzwerkabhängigen Datenverkehrs. Sterblichkeitsraten, die Wanderwege von Privatwährungen. Und verschiedene geheimnisvolle Indizes für Grafikdesign – wie April selbst war das Projekt Experte für Trends auf dem Gebiet des Grafikdesigns.

Wenn sie über ihr Projekt sprach, ließ sich April gern über den geheimnisvollen Zusammenhang zwischen der Saumlänge in der Kleidermode und dem Aktienmarkt aus. Wenn die Kurse stiegen, wurden die Kleider kürzer. Fielen die Kurse wieder, gingen auch die Säume nach unten. Niemand kannte den Grund, dennoch war die Korrelation über Jahrzehnte hinweg verblüffend konstant geblieben. Irgendwann hatte der Aktienmarkt natürlich jeglichen Kontakt zur Realität verloren, und die Frauen, falls sie überhaupt noch Röcke trugen, scherten sich einen Dreck um die Saumlänge, doch eigentlich, meinte April, ginge es bei dem Projekt darum, moderne Korrelationen ausfindig und dingfest zu machen, solange sie noch neu seien und bevor das ständige gesellschaftliche Chaos sie notwendigerweise wieder hinfällig werden ließ. In Anbetracht des Chaos war die Frage nach dem Warum der Korrelation nicht exakt zu beantworten. Und in Anbetracht der genetischen Algorithmen war die Kausalverknüpfung innerhalb der Schaltkreise der Maschine nicht einmal logisch nachzuvollziehen. Auf jeden Fall war es April nicht in erster Linie um Rationalität und Kausalität zu tun. Bei der ganzen Angelegenheit ging es darum, ob Aprils umfassende Simulation die Realität so gut abzubilden vermochte, daß sie ein nützliches Design-Werkzeug darstellte.

Auf der Ebene der grundlegenden digitalen Operationen unterschied sich das Projekt gar nicht so sehr von Jerrys Wettermodellen – abgesehen davon, daß Jerrys Simulationen auf nachprüfbaren, allgemein anerkannten physikalischen Gesetzen beruhten, während April Logan keine Wissenschaftlerin, sondern eine Künstlerin und Design-Kritikerin war. Soweit Jane erkennen konnte, besaß Aprils Analysevorrichtung nur geringe Vorteile gegenüber Tarotkarten. Trotzdem schien das verdammte Ding, genau wie Tarotkarten, stets irgendwie zu funktionieren und irgendeinen tiefen, verlockenden Sinn zu enthüllen, ganz egal, was für einen Unsinn es zu Tage förderte.

Es war keine Wissenschaft und hatte auch nicht den Anspruch, eine zu sein, dennoch hatte es eine sehr wohlhabende und einflußreiche Frau aus April Logan gemacht. Sie hatte dem akademischen Betrieb – obwohl sie dort recht erfolgreich gewesen war – den Rücken gekehrt und strich nun enorme Honorare als Privatberaterin ein. Die Leute – vernünftige, praktische Leute – zahlten April Logan gewaltige Summen, um sich von ihr ›die Farbe der Saison‹ vorhersagen zu lassen. Und ob sich ein Massenmarkt für eßbare Fastfood-Verpackung entwickeln würde. Und warum Hotels unter einer Selbstmordwelle von Jugendlichen zu leiden hatten, die sich in Glasaufzügen das Leben nahmen, und ob ein hellrosa Teppich dagegen Abhilfe schaffen könnte. April war ein wahrer Design-Guru geworden.

Die Jahre hatten bei April Spuren hinterlassen. Jetzt, da Jane ihrer Lehrerin abseits des kontrollierten Glamours von Aprils genau kalkuliertem öffentlichem Image persönlich gegenüberstand, bemerkte Jane ein Zittern und eine gewisse Flatterhaftigkeit an ihr, sogar einen Anflug von Wahnsinn. April Logan war keine glückliche Frau. Der Erfolg hatte sie jedoch nicht sehr verändert. Die Nervosität und Schärfe waren ihr angeboren, und jetzt verzehrten sie allmählich ihr Herz – aber April Logan hatte ein großes Herz. Sie hielt ihre Muse im Schwitzkasten, und sie war besessen von der Arbeit. In Aprils Umgebung meinte man, von der begabten, scharfsichtigen, brillanten Frau, die Dingen, welche die meisten Menschen nicht einmal wahrnahmen, unerhört konzentrierte Beachtung schenkte, eine radioaktive Ausstrahlung ausgehen zu spüren. April war eine wahre Künstlerin, die wahrste Künstlerin, der Jane je begegnet war. Ein Markenartikel. Nicht einmal der schlimmste kommerzielle Dreck auf einem zum Untergang verdammten Planeten konnte dagegen etwas ausrichten.

»Wahre Innovation betrifft den Exzentriker«, meinte April nachdenklich. »Eine Minderheit unter den Exzentrikern, vielleicht einen von hundert.« Sie zögerte. »Die Gesellschaft muß sich dann allerdings mit neunundneunzig prätentiösen, ungezogenen Nervenbündeln herumschlagen.«

»Professor Logan, wie sie leibt und lebt.«

»Ich hätte mir denken können, daß Sie mal bei so was landen würden, Juanita. Es steht völlig außer Frage, daß es sich um ein Ereignis von einiger Bedeutung handelt. Ich habe mitverfolgt, wie es sich von reiner Spekulation über eine Modeerscheinung bis zur Manie entwickelt hat … Wenn diese Naturkatastrophe den Erwartungen gerecht wird, könnte das langfristige gesellschaftliche Auswirkungen haben.«

»Und wir dokumentieren es.«

»Ist das nicht sehr gefährlich? Nicht nur in physischer Hinsicht, meine ich, sondern das zieht doch bestimmt eine Menge instabiler sozialer Elemente an.«

»Das Schicksal belohnt die Tapferen«, erwiderte Jane vergnügt. »Es wird schon klappen. Wir wissen, was wir tun. Und alle anderen werden auch im Bilde sein, wenn Sie uns helfen.«

»Interessant«, sagte April. Aus ihrem Mund war das ein großes Lob. »Ich habe das Projekt umfassend nach neuralen Gewichtungen für Ihren Freund, Dr. Mulcahey, durchsucht. Es kommt nur selten vor, daß das Projekt ein einzelnes Individuum auswählt, aber Dr. Mulcahey kommt in sage und schreibe vierzehn unterschiedlichen Kategorien vor.«

»Ach.«

»Das ist ziemlich ungewöhnlich. Und außerdem hat

er einen noch weniger bekannten Bruder, der sogar in siebzehn Kategorien vertreten ist!«

»Haben Sie schon mal unter *Ihrem Namen* in dem Projekt nachgeschaut?«

»Das mache ich jeden Tag. Manchmal komme ich auf bis zu fünf Nennungen. Vor kurzem waren es sechs.« Sie runzelte die Stirn. »Man könnte natürlich so argumentieren, daß eine niedrigere Zahl von Kategorien den elementaren gesellschaftlichen Einfluß vertieft.«

»Stimmt. Haben Sie in letzter Zeit mal unter meinem Namen nachgeschaut?«

April ließ den Blick taktvoll über das Camp schweifen. »Was ist denn das für ein Gerät, daß da gerade gestartet wird?«

»Ein Wetterballon«, antwortete Jane und erhob sich. Zwecklos, die Beleidigte zu spielen. Es war halt bloß eine große, gottverdammte Wahrsagemaschine. »Hätten Sie Lust, sich das anzusehen?«

Jerry stand im Feuerschein, mit unbedecktem Kopf, die Hände auf dem Rücken. »Morgen werden wir den heftigsten Sturm der Geschichte verfolgen«, sagte er. »Er wird morgen losbrechen, wahrscheinlich gegen Mittag, und er wird Tausende, wahrscheinlich sogar Zehntausende von Menschenleben fordern. Wenn er stabil ist und ein paar Stunden andauert, könnten es auch Millionen sein. Wenn wir genug Zeit und Energie hätten und sich eine Gelegenheit böte, würde ich versuchen, Menschenleben zu retten. Aber das geht nicht. Wir haben keine Zeit, und wir verfügen über keine Autorität, daher können wir niemanden retten. Wir können nicht einmal uns selber retten. Unser eigenes Leben genießt morgen nicht die höchste Priorität.«

Die Menschen im Versammlungskreis machten keinen Mucks.

»Angesichts des furchtbaren Ausmaßes der morgigen Ereignisse zählt unser Leben nicht viel. Erkenntnisse über den F-6 sind wichtiger als jeder einzelne von uns. Ich wünschte, es wäre nicht so, aber das ist die Wahrheit. Ich möchte, daß ihr die Wahrheit begreift und sie akzeptiert, ich möchte, daß ihr sie euch zu Herzen nehmt und euch entsprechend verhaltet. Leute, ihr habt alle die Simulationen gesehen, ihr wißt, worum es geht, wenn ich vom F-6 rede. Aber, Leute, das verdammte Ding bricht jetzt über uns herein. Es ist da, es ist real, keine Aufzeichnung diesmal, kein Scheinbild. Es ist so real wie ihr und ich. Wir müssen soviel wie möglich über den F-6 in Erfahrung bringen, um jeden Preis. Dieses furchtbare Ereignis muß dokumentiert werden. Morgen müssen wir diesem grauenhaften Ereignis soviel wie möglich von seiner Wahrheit entreißen. Selbst wenn wir alle dabei umkämen, würden einige Überlebende aufgrund unserer Arbeit doch die Wahrheit darüber erfahren, und das wird ein lohnender Preis für unser Leben sein.«

Jerry ging unruhig auf und ab. »Ich möchte morgen keinen Leichtsinn erleben. Amateure haben dabei nichts verloren. Also keine Dummheiten. Was ich von euch will, das ist die vollständige Einsicht in die Notwendigkeit und die sich daraus ergebenden Konsequenzen. Wir haben nur eine einzige Chance. Das ist die größte Schwerwetterherausforderung, vor der unsere Truppe jemals stehen wird, und ich hoffe und glaube, daß sie Zeit unseres Lebens auch ein Einzelfall bleiben wird. Wenn ihr glaubt, euer Leben sei wichtiger, als diesen Sturm zur Strecke zu bringen, dann habe ich dafür Verständnis. Das ist eine kluge Entscheidung. Die meisten Leute würden sie vernünftig nennen. Ihr alle seid hier bei mir, weil ihr anders als die meisten Menschen seid, aber worum ich euch bitte, ist etwas Schreckliches. Das ist keine Sturmjagd wie jede andere. Das ist nicht irgendeine Schlechtwetterfront und irgendein Zacken. Dieses Ding ist der

Tod, Leute. Das ist ein Vernichter, ein Weltenzerstörer. Das ist das Schlimmste, was menschliches Handeln seit Los Alamos hervorgebracht hat. Wenn euer Leben bei euch höchste Priorität genießt, dann solltet ihr das Camp unverzüglich verlassen. Ich sage ein Wetterereignis voraus, das um eine ganze Größenordnung schneller, massiver und heftiger ist als der stärkste F-5-Maxi-Tornado. Wenn ihr der Katastrophe entgehen wollt, solltet ihr auf der Stelle nach Osten fliehen und erst anhalten, wenn ihr am anderen Ufer des Mississippi angelangt seid. Wenn ihr aber bleibt, dann bleibt im klaren Bewußtsein, daß ihr kopfüber ins Verderben rennt.«

Niemand rührte sich. Niemand sagte etwas.

Auf einmal ertönte ein animalischer Schrei, der einem das Blut in den Adern gefrieren ließ, ein trillerndes, jodelndes, jubilierendes Kreischen, als frohlockte eine Wahnsinnige über ihren soeben abgezogenen Skalp.

Der Schrei kam von Joanne Lessard. Alle blickten Joanne verwundert an. Joanne saß mit untergeschlagenen Beinen auf einem Stück Bubblepak in der Nähe des Lagerfeuers. Sie hatte sich soeben das blonde Haar gewaschen und kämmte es gerade. Sie sagte nichts, sondern blickte bloß strahlend in den flackernden Feuerschein, zuckte einmal die Achseln und kämmte sich weiter.

Selbst Jerry wirkte verblüfft.

»Das war alles«, wurde Jerry auf einmal klar, dann nahm er bedächtig Platz.

Rudy Martinez erhob sich. »Jerry, wirst du morgen den Nowcaster machen?«

»Ja.«

»Wenn Jerry die Wetteranalyse macht, dann gehe ich überall hin. Das war alles.« Rudy setzte sich wieder.

Joe Brasseur erhob sich. »Ich stehe jedem zur Verfügung, der noch nicht sein Testament gemacht hat. Ohne Hinterlassung eines Testaments zu sterben, das ist kein Spaß für die Erben. Uns bleibt noch ausreichend Zeit, ein Testament aufzusetzen, es mit einer digitalen Unterschrift zu versehen und an einem sicheren Ort zu hinterlegen. Damit meine ich dich, Dunnebecke. Das war alles.« Er setzte sich.

Lange Zeit sagte niemand etwas.

Schließlich fand Jane, jetzt sei die Reihe an ihr, aufzustehen. »Ich möchte bloß sagen, daß ich wirklich stolz auf euch bin. Und daß ich ein gutes Gefühl bei der Sache habe. Ich wünsche euch morgen eine gute Jagd, Leute. Das war alles.« Sie setzte sich.

April Logan stand auf. »Verzeihen Sie mir, daß ich mich in Ihre Beratung einmische, aber wenn Sie nichts dagegen haben, würde ich Sie gerne etwas fragen.«

April Logan blickte Jerry an. Jerry hob die Brauen.

»Eigentlich handelt es sich um eine Meinungsumfrage.«

»Na los, fragen Sie schon«, flüsterte Jane ihr zu.

»Meine Frage an Sie lautet: Wann, glauben Sie, hat die Menschheit endgültig die Kontrolle über ihr Schicksal verloren? Nach Möglichkeit würde ich Sie bitten, einzeln zu antworten.« April zückte einen Notizblock. »Bitte beginnen Sie irgendwo im Kreis – zum Beispiel hier zu meiner Linken.«

Martha Madronich erhob sich widerwillig. »Also, ich hasse es, die erste zu sein, aber um Ihre Frage zu beantworten, Professor, ich finde, wir haben die Kontrolle irgendwann während des Ausnahmezustands verloren.« Sie setzte sich.

Ed Dunnebecke stand auf. »Ich würde sagen, es war 1968. Vielleicht 1967. Wenn man sich die CO_2-Statistik anschaut, dann stellt man fest, daß damals noch gute Aussichten bestanden, alles zurückzufahren, und daß die Leute ganz genau wußten, wie gründlich sie dabei waren, die Umwelt zu ruinieren. Zu dieser Zeit gab es ein beträchtliches revolutionäres Potential und auch einen beträchtlichen politischen Willen, aber statt dessen hat man die Gelegenheit wegen der Drogen, dem Marxismus und dem ganzen mystischen Scheiß ungenutzt verstreichen lassen, und danach konnte man sich nicht mehr aufraffen. Neunzehnhundertachtundsechzig, ganz eindeutig. Das war alles.«

Greg Foulks stand auf. »Ich stimme mit Ed soweit überein, bloß meine ich, daß es auch noch 1989 eine letzte Möglichkeit gegeben hat. Vielleicht sogar noch '91, nach dem ersten Golfkrieg. Aber nachdem man die Chance auf eine wirklich neue Weltordnung '89 und '91 vertan hatte, war endgültig alles im Eimer. Das war alles.« Er setzte sich.

Carol Cooper stand auf. »Also, diese Frage wird einem natürlich häufiger gestellt... Halten Sie mich ruhig für romantisch, aber ich glaube, es war 1914. Der Erste Weltkrieg. Ich meine, wenn man sich die lange Friedensperiode in Europa vor dem Gemetzel anguckt, möchte man eigentlich meinen, die politische Vernunft hätte damals die Chance gehabt, sich durchzusetzen. Und wenn wir nicht den größten Teil des zwanzigsten Jahrhunderts mit Faschismus, Kommunismus und den ganzen anderen bescheuerten Ismen vertan hätten, dann hätten wir vielleicht was Ordentliches zustande gekriegt, und außerdem, ganz gleich, was Janey dazu meint, war der Jugendstil die letzte vernünftige Bewegung auf dem Gebiet der grafischen Kunst. Das war alles.«

Als nächstes war Sam Moncrieff dran. »Ende der 1980er... da gab es ein paar Kongreß-Anhörungen zum Thema globale Erwärmung, die keinerlei Beachtung fanden... Und die Vereinbarungen von Montreal hinsichtlich der FCKW; wenn man da schon konsequent gegen CO_2 und Methan vorgegangen wäre, stünden wir heute erheblich besser da. Wahrscheinlich hätten wir immer noch schweres Wetter, aber nicht so wahnsinnig schwer. Ende der Achtzigerjahre. Das war die letzte Chance. Ganz eindeutig. Das war alles.«

Rick Sedletter stand auf. »Wie Greg bereits sagte.« Er setzte sich.

Peter Vierling erhob sich. »Vielleicht irre ich mich da, aber ich meine, der PC hätte in den Fünfzigerjahren kommen müssen anstatt erst in den Siebzigern, das hätte uns eine Menge Zeit erspart. Na ja … ist ja auch egal.« Er setzte sich.

Bussard stand auf. »Ich glaube, der Völkerbund hat's in den Zwanzigerjahren vermasselt. Die Idee war an sich gar nicht schlecht, wegen des strikten, saublöden Isolationismus der USA ist bloß nichts draus geworden. Außerdem hätte es in der Anfangszeit der Luftfahrt besser laufen sollen. Wenn sich die Freiheit über den Wolken eher durchgesetzt hätte … Eine Schande, daß Charles Lindbergh mit den Faschisten sympathisiert hat. Das war alles.«

Joanne stand auf. »Neunzehnhundertfünfundvierzig. Die Vereinten Nationen hätten alles wieder richten können. Das haben sie auch versucht. Ein paar recht ordentliche Deklarationen, aber keine gute Umsetzung. Schade. Das war alles.«

Joe Brasseur stand auf. »Was das Datum angeht, stimme ich mit Joanne überein. Ich glaube nicht, daß die Menschheit die Vernichtungslager jemals richtig verarbeitet hat. Und Hiroshima auch nicht. Nach den Konzentrationslagern und der Atombombe war jede Art Schrecken möglich, und es gab keine Gewißheiten mehr … Davon haben sich die Leute nie erholt, sie liefen nur noch gebückt herum, bibbernd und verängstigt. Manchmal meine ich, ich würde mich lieber vor dem Himmel fürchten als vor dem, was anderen Leuten Angst macht. Vielleicht haben wir's ja dem schweren Wetter zu verdanken, daß das nukleare Armageddon und der große Genozid ausgeblieben sind … Ich hätte nichts dagegen, später mit Ihnen darüber weiterzudiskutieren, Professor Logan. Für den Moment war das alles.«

Ellen Mae Lankton ergriff das Wort. »Wenn man mich fragt, dann war Columbus schuld. Fünfhundertneununddreißig Jahre der Unterdrückung und des Völkermords. Ich gebe Columbus die Schuld, und dem Bastard, der das Repetiergewehr erfunden hat. Einen F-6 auf 'ner Prärie mit lauter Büffeln wird es nicht mehr geben … Aber das habe ich schon mal gesagt, und jetzt reicht's.« Sie setzte sich.

Ed Dunnerbecke erhob sich zum zweitenmal. »Schon irgendwie komisch, aber ich glaube, die französische Revolution hatte ausgezeichnete Chancen und hat sie vermasselt. Europa hat die nächsten zwei Jahrhunderte darauf verschwendet, das zu verwirklichen, was 1789 unmittelbar erreichbar war. Aber wenn man erst mal mit öffentlichen Exekutionen und diesem ganzen Scheiß anfängt … Also, als das Regime während des Ausnahmezustands anfing, diese gottverdammten Exekutionen über Kabel zu übertragen, da war mir klar, das wird nichts. Gib ihnen Madame Guillotine, und die Revolution wird ihre Kinder fressen, das ist mal klar … Ja, ich finde, 1789 war der Anfang vom Ende. Das war alles.«

Jeff Lowe stand auf. »Mit Geschichte kenne ich mich nicht besonders gut aus. Tut mir leid.«

Mickey Kiehl stand auf. »Ich glaube, es war ein Fehler, nicht auf die Atomkraft zu setzen. Man hätte viel bessere Anlagen bauen und für eine erheblich bessere Endlagerung sorgen können, aber wegen der moralischen Belastung durch die Bombe hat man's nicht getan. Die Leute hatten eine Mordsangst vor jeder Art von ›Strahlung‹, obwohl ein paar zusätzliche Curie eigentlich ganz harmlos sind. In den 1950ern, würde ich sagen. Als sich die Atomindustrie hinter der militärischen Sicherheitsscheiße versteckt hat, anstatt die Atomspaltung für reale Menschen und fürs reale

Leben sicher zu machen. Statt dessen haben wir dann das CO_2bekommen. Und das CO_2 hat alles ruiniert. Das war alles.«

Jerry stand auf. »Ich glaube, es ist zwecklos, nach den eigentlichen Ursachen zu forschen oder jemandem die Schuld in die Schuhe zu schieben. Die Atmosphäre ist unberechenbar; die Menschheit hätte alle diese Fehler vermeiden können, bloß um am Ende genauso dazustehen. Das wirft die Frage auf, wann wir die Kontrolle über unser Schicksal verloren haben. Heute haben wir keine Zukunft mehr; ich bezweifle, daß wir jemals eine hatten.«

»In diesem Punkt stimme ich mit Jerry überein«, meinte Jane vergnügt. »Aber da ist noch etwas. Ich meine, wenn man sich die Ablagerungen der letzten Eiszeit anschaut, damals gab es keine nennenswerte Anzahl von Menschen, und dennoch hat das Wetter komplett verrückt gespielt. Die durchschnittliche Erdtemperatur ist im Laufe eines einzigen Jahrhunderts um acht, neun, zehn Grad gestiegen und wieder gesunken! Das Klima war äußerst instabil, trotzdem war das ein vollkommen natürliches Phänomen. Und unmittelbar anschließend breiteten sich gewaltige Gletscher über den größten Teil von Europa, Asien und Amerika aus, die alles zerquetschten und gefrieren ließen, was sich ihnen in den Weg stellte. Das war sogar noch schlimmer als die Auswirkungen der Landwirtschaft und der Urbanisierung! Und erheblich schlimmer als das schwere Wetter heute. Ich bedaure es sehr, daß wir uns das angetan haben und daß wir in ein solches Schlamassel geraten sind, aber die sogenannte Mutter Erde hat dem Planeten schon Schlimmeres zugefügt. Und ob ihr's nun glaubt oder nicht, die Menschheit hat auch schon Schlimmeres erduldet.«

»Ausgezeichnet«, sagte April Logan. »Ich bedanke mich für dieses Meinungsspektrum von Leuten, die es eigentlich wissen müßten. Da ich nicht beabsichtige, mich hier aufzuhalten, wenn Dr. Mulcaheys Theorien auf den Prüfstand kommen, nehme ich seinen Rat an und begebe mich unverzüglich nach Oklahoma. Ich wünsche Ihnen allen viel Glück.« Sie wandte sich an Jane. »Wenn ich etwas für Sie tun kann, schicken Sie mir eine Email.«

»Danke, April.«

»Einen Moment noch«, meinte Carol laut. »Sie wollen sich doch bestimmt nicht die Abendunterhaltung entgehen lassen.«

»Ich bitte um Verzeihung?«

»Alex hat im Anschluß an die Versammlung etwas für uns vorbereitet.«

Alex. Wo war Alex? Jane machte sich schuldbewußt klar, daß sie ihn gar nicht vermißt hatte.

»Ja«, platzte Rick heraus. »Wo steckt der Kerl?«

Carol lächelte. »Ladies und Gentlemen, Alex Unger und sein Magisches Lasso!«

Alex spazierte in den Lichtkreis hinein. Er trug Lederstiefel, ein Hemd mit Perlmuttknöpfen und einen Zehn-Gallonen-Hut. Die mexikanischen Stiefel hatte er poliert und sich mit weißer Farbe und Lippenstift ein Clownsgesicht aufgeschminkt.

»Yippee-ti yi-yo«, meinte Peter zurückhaltend.

Alex riß das Seil von der Schulter. Er hatte irgendwas damit angestellt, es gefettet oder eingeölt, jedenfalls glänzte es heute richtig.

Er peitschte es mit seinem mageren Arm ein bißchen auf, dann ließ er es in einer großen Schlinge über dem Kopf rotieren. Dazu machte er ein versteinertes, vollkommen ernstes Gesicht.

Die Schlinge verharrte eine Weile über ihm wie ein Heiligenschein und summte vor Geschwindigkeit. Dann neigte sich die Schlinge irgendwie seitlich herunter, und Alex sprang hindurch. Eigentlich war es kein richtiger Sprung; eher ein zaghafter Hüpfer, bei dem sich die Stiefelabsätze kaum vom Boden hoben, doch die Schlinge des smarten Seils zischte mit beeindruckender Geschwindigkeit an ihm vorbei, wobei sie kurzzeitig Staubwolken aufwirbelte.

Nun warf Alex das Seil volle zwanzig Meter in die Luft, dann ließ er die Schlinge an seinem Ende hin und her zucken, über die Köpfe der Zuschauer hinweg. Es sauste in alle Richtungen, wirbelte wie ein Schlangenkopf zwischen den Zuschauern umher. Diese schrien auf und zuckten davor zurück, manche schlugen mit den Händen danach.

Die Lassoschlinge am Seilende wurde auf einmal quadratisch: ein holperig rotierendes Quadrat aus umherwirbelndem Seil. Dann wurde es dreieckig. Dann verwandelte es sich überraschend in einen fünfzackigen Texas-Stern. Es war überaus seltsam, dabei zuzuschauen, wie ein Cowboylasso derartige Kunststücke vollführte; es war, überlegte Jane benommen, geradezu extravagant.

Alex zog den Stern wieder zu sich heran, dann ließ er ihn ihm Kreis herumhüpfen, prägte den Stern dem Erdboden ein. Alex drehte sich langsam auf den Fersen. Das Seil durchquerte unversehrt das Feuer.

Die ersten Zuschauer lachten.

Alex bedankte sich mit einer Handbewegung, dann ließ er das Seil nach brennenden Holzstücken schnappen. Er holte ein brennendes Zedernscheit aus dem Feuer, schleuderte es hoch in die Luft und fing es mit der Lassoschlinge wieder auf. Dann schnellte er den brennenden, senkrechtstehenden Ast abwechselnd hoch und fing ihn mit unfehlbarer, unglaublicher Präzision wieder auf. Nach einer Weile wurde Jane allerdings klar, daß der Trick nicht schwer zu bewerkstelligen war; eigentlich zielte Alex gar nicht mit dem Seil, sondern hielt die Schlinge in Wartestellung und ließ sie in dem Moment zuschnappen, wenn der Ast hindurchfiel. Das Ganze ging allerdings so unglaublich flüssig und schnell vonstatten, daß es tatsächlich wie Zauberei wirkte. Es war, als hätte ihr kleiner Bruder die Gesetze der Physik überlistet. Jane lachte schallend heraus. So etwas Komisches hatte sie schon seit Ewigkeiten nicht mehr gesehen, und noch nie war Alex so lustig gewesen.

Und nun umgürtete Alex mit dem Seil seine Hüfte, hob sich in die Luft und verharrte dort. Es sah aus, als hielte er sich an den eigenen Schürsenkeln oben. Auf magische Weise von seinem indischen Seiltrick dort festgehalten, verharrte er mitten in der Luft, während die weiten Schlingen des smarten Seils unter ihm auf dem Boden umherwirbelten wie der Rand eines schlotternden Korkenziehers.

»Also wirklich«, sagte April Logan. »Der ist ja richtig gut!«

»Das ist Alex!« sagte Jane. »Das ist mein…« Sie zögerte. »Er gehört zur Truppe.«

Jemand berührte sie an der Schulter. Es war Ed Dunnebecke. Ed beugte sich zu ihr herüber und flüsterte ihr ins Ohr: »Ich wußte gar nicht, daß er so komisch ist, du etwa?«

»Nein, ich auch nicht.«

»Ich muß los, Jane. Ich muß noch was erledigen heut abend, aber dein kleiner Bruder hat's wirklich drauf.«

»Yeah, Ed, das hat er, was?«

»Ist nicht unbedingt zu was gut, aber das ist richtiges Entertainment! Der hat Phantasie!«

»Danke, Ed.«

»Ich bin froh, daß du ihn zu uns gebracht hast. Bye, Janey.« Er klopfte ihr auf die Schulter und ging.

Während zusätzliche Schlingen seine Knöcheln umfingen, umklammerte Alex das Seil nun mit beiden Händen und rollte wie ein überdimensionales Wagenrad am Rand des Zuschauerkreises entlang. Um und um, um und um, um und um drehte sich sein weißes

Clownsgesicht, während die Nacht von Anfeuerungsrufen und Beifall widerhallte.

Dann verlor er auf einmal den Halt, geriet ins Schwanken und fiel hin. Er stürzte mit dem Kopf voran und traf ziemlich schwer auf. Wo seine gestiefelten Beine aufschlugen, wirbelte Staub empor.

Niemand sagte etwas. Jane hörte das Feuergeprassel.

Alex erhob sich rasch, wenn auch ziemlich unsicher. Er klopfte sich den Staub vom teuren Hemd und lächelte tapfer. Irgendwie war er in der Stadt gewesen, in einem Laden für Neowesternkleidung. Hatte sich wahrscheinlich mit dem Motorrad nach Oklahoma City abgesetzt, als gerade niemand aufgepaßt hatte.

Er sprach die ersten Worte des Abends. »Lassoschwingen macht 'ne Menge Spaß«, brüllte er abgehackt, »wenn man nicht gerade den Hals drin stecken hat!«

Die Trouper brachen in schallendes Gelächter aus.

»Und jetzt kommt der absolute Höhepunkt!« rief Alex grimmig. Mit peitschenden Bewegungen brachte er das Seil auf Touren. Das Seil stieg empor, begann zu rotieren und zog sich dann zu einer Spirale zusammen. Am Boden schmal. Breiter an der Spitze. Es wirbelte so rasch, daß man es nur noch als funkelnden Schemen wahrnahm.

Und es wurde immer noch schneller. Das Feuer wogte im Luftzug. Das Seil saugte Staub vom Boden auf.

Ein Spielzeugtornado.

Das peitschende Seil erzeugte soviel Wind, daß man es spürte. Als der Wirbel am Ende des Seils an ihr vorbeikam, fühlte Jane, wie der Luftzug an ihrem Haar zerrte. Dann riß sich das Ende des smarten Seils ganz oben los und zuckte mit einem unangenehmen Peitschenknall, ein Spielzeugdonnerschlag, über ihre Köpfe. Es knallte noch ein zweites und ein drittes Mal.

Der Wirbel rotierte immer schneller, wobei er summte wie ein Dynamo. Alex verausgabte die Batterie bis zum letzten. Jane sah ihn dort hocken, wie er zurückzuckte vom Seil, das er nur mühsam unter Kontrolle hielt, vorsichtig, erschreckt von seiner eigenen Schöpfung.

Dann schaltete er das Seil aus. Es sackte mitten in der Luft in sich zusammen und fiel zu Boden, wo es als ein Haufen loser Schlingen liegenblieb. Ein totes Ding, ein totes Seil.

Die Truppe applaudierte begeistert.

Alex bückte sich und sammelte das tote Seil auf.

»Das war alles, was ich für euch habe«, sagte er und verneigte sich. »Ich danke euch für eure freundliche Aufmerksamkeit.«

Der Tag dämmerte mit einem gallenartigen, blau geäderten Gelb, wie ein verdorbener Käse. Der Jetstream hatte sich verlagert, und das Hoch war endlich in Bewegung gekommen.

Jane und Alex fuhren mit Char-

NEUNTES KAPITEL

lie über den Highway Nr. 40 zum Ort des Geschehens. Jane hatte keine Ahnung, warum Jerry ihr an diesem kritischen Tag ausgerechnet Alex als Jagdgefährten zugeteilt hatte. Vielleicht um ihr eine Lektion hinsichtlich der unvermeidlichen Auswirkungen einer arroganten guten Tat zu erteilen.

Eigentlich hatte sie erwartet, daß es zwischen ihr und ihrem Bruder zu einer gehässigen Machtprobe kommen würde, aber Alex war ungewöhnlich zahm. Er wirkte wirklich krank – vielleicht stand er aber auch nur unter Drogen. Das hätte Alex ähnlich gesehen, sich nach Oklahoma City zu stehlen und sich irgendein Teufelszeug zu besorgen.

Er tat jedoch, was sie ihm sagte. Er befolgte ihre Anweisungen, versuchte, die Kameras zu bedienen, verfolgte die Jagdberichte aus dem Camp, lud Karten herunter und machte sich Notizen. Vielleicht war er nicht gerade mit Begeisterung bei der Sache, aber er war aufmerksam und umsichtig, und er machte keine Fehler. Eigentlich war Alex kein schlechterer Fahrtbegleiter als jeder andere Trouper auch. Trotz alledem hatte er es tatsächlich geschafft. Ihr Bruder war ein richtiger Trouper geworden.

Das Seil hatte er dabei. Er schleppte es jetzt ständig mit sich herum und trug es wie einen abgerissenen Marionettenfaden über der mageren Schulter. Seine Spielzeug-Cowboyklamotten hatte er allerdings wieder weggepackt und trug jetzt einen einfachen Papieranzug, frisch von der Rolle. Und er hatte sich mit dem Schwamm gewaschen, rasiert und sich sogar gekämmt.

Diesmal hatte Alex auf die Atemmaske verzichtet. Fast wäre es ihr lieber gewesen, wenn er sie getragen hätte. Mit seiner bleichen Schnauze, den gestreiften Wangen, der wächsernen Haut und dem allzu ordentlichen Haar wirkte er wie der halbfertige Kunde eines Leichenbestatters.

Kilometerweit fuhren sie westlich von Oklahoma in tiefem Schweigen dahin, das nur von den Meldungen des Aerodromtrucks und des Radarbusses unterbrochen wurde.

»Wieso trägst du jetzt den Papieranzug, Alex?«

»Weiß nicht. Die anderen Klamotten haben mir einfach nicht mehr gepaßt.«

»Ich weiß, was du meinst.«

Erneutes Schweigen.

»Mach das Verdeck runter«, sagte Alex.

»Es ist ziemlich staubig draußen.«

»Mach's trotzdem runter.«

Jane machte es runter. Das Wageninnere füllte sich mit feinem, wirbelndem Staub. In Bodenhöhe wehte eine unangenehme, heiße Brise, eine Brise, die von

Westen den Gestank von Asche und Mumifizierung mit sich führte.

Alex verrenkte sich den schmalen Hals und blickte zum Zenit empor. »Siehst du das Zeug dort oben, Janey?«

»Was denn?«

»Sieht so aus, als würde der Himmel auseinanderbrechen.«

Überall war ein niedriger, gelblicher Dunst, ein Dunstnebel wie der dünne Film auf einem Tierzahn, doch über dem Staub war es trocken und klarer. So klar, daß Jane irgendwo in der Stratosphäre eine kleine Zirruswolke bemerkte. Mehr als eine kleine Zirruswolke, wenn sie genau hinschaute. Eine höchst seltsame, spinnennetzartige Zirruswolke. Lange, dünne Filamente aus wattigem Nebel, die sich weit über den Himmel erstreckten, jedoch nicht in parallelen Wellen, wie man es von einer Zirruswolke hätte erwarten können, sondern kreuz und quer in seltsamen Winkeln angeordnet. Ein Gitternetz hoher, rasiermesserscharfer Eiswolken, wie ein in Sechsecke zerbrochener schmutziger Spiegel.

»Was ist das für ein Zeug, Janey?«

»Sieht aus wie eine Bénard-Strömung«, antwortete Jane. Es war schon erstaunlich, um wie vieles besser schweres Wetter aussah, wenn man nur ein Schlagwort dafür hatte. Wenn man ein Schlagwort hatte, konnte man sich über das Wetter richtig unterhalten, und es war beinahe so, als könnte man etwas dagegen tun. »Diese Art Stratus bildet sich bei einer sehr langsamen, sanften allgemeinen Aufwärtsströmung. Wahrscheinlich ein Wärmeeffekt weit über dem Hoch.«

»Warum gibt es keine Wolkentürme?«

»Die Luftfeuchtigkeit ist zu niedrig.«

Auf der 283 North, unmittelbar östlich von Antelope Hills, begegneten sie einer Kaninchenhorde.

Obwohl sie im vergangenen Jahr streng schmekkende, scharfgewürzte Kaninchengerichte im Überfluß genossen hatte, hatte Jane den Kaninchen nie sonderlich große Beachtung geschenkt. In Westtexas waren Kaninchen ebenso allgegenwärtig wie der Staub. Kaninchen waren schnell wie der Wind und konnten mit Leichtigkeit über einen Wagen drüberspringen, aber ihrer Erfahrung nach rafften sie sich nie zu etwas derart Spektakulärem auf. Es gab nicht mehr viele Raubtiere, die Jagd auf Kaninchen machten. Daher fraßen die Kaninchen – eigentlich waren es Eselhasen, wenn man es ganz genau nahm –, vermehrten sich und starben an ihren zahllosen Parasiten und Krankheiten, genau wie die unbestrittenen Herren der Erde.

Eselhasen hatten ein grau-braun gesprenkeltes Fell, lächerlich lange, geäderte, an den Enden schwarze Ohren und die langen, grazilen Gliedmaßen eines Wüstentiers. Man sah sie häufig im Gebüsch umherhoppeln, und sie fraßen nahezu alles – Kakteen, Beifuß, Bierbüchsen, alte Reifen, vielleicht sogar verrosteten Stacheldrahtzaun. Eselhasen waren pittoreske Tiere mit dicken Hinterteilen, wenn auch ihre hervorquellenden gelben Nageraugen an Dummheit mit denen einer Eidechse wetteiferten. Bis jetzt hatte Jane noch keinen richtig aufgeregten Eselhasen gesehen.

Doch nun hoppelten hier Dutzende von Eselhasen wie ein Schwarm schlaksigen, schmutzfarbenen Ungeziefers über die Straße. Auf einmal waren es Hunderte. Dann Tausende, eine endlose, abgerissene, hoppelnde Ungezieferbrut. Charlie, vollständig verwirrt von einer Straße, die sich auf einmal in eine brodelnde, springende Flutwelle aus Fell verwandelt hatte, verlangsamte bis auf Schrittempo.

Die Hasen waren alles andere als pittoresk. Sie waren braun und ausgemergelt, sie zitterten und waren verzweifelt und unansehnlich, wie ausrangierte, schäbige Stofftiere, die man gewaltsam durch ein Astloch gedrückt hatte. Jane meinte sogar, die Eselhasen riechen zu können. Der heiße Geruch der Panik ging von ihnen aus, ein Gestank nach brennendem Dung.

Der Wagen fuhr an den Straßenrand und hielt an.

»Also, jetzt ist alles klar«, meinte Alex nachdenklich. »Selbst diese Viecher mit ihrem Hasenhirn haben mehr Verstand als wir. Wenn wir gescheit wären, würden wir auf der Stelle kehrtmachen und in die gleiche Richtung abhauen wie sie.«

»Ach Gott, Alex. Die ziehen doch bloß woanders hin. Das ist wegen der Dürre. Die armen Viecher haben Hunger.«

»Schon möglich, aber das ist nicht der Grund, warum sie weglaufen. Hast du in letzter Zeit hier irgendwelche Vögel gesehen? Rotschwänzige Falken? Truthahngeier? Scherenschwänze?«

»Worauf willst du hinaus?«

»Jane, jedes wildlebende Tier, das von hier weg kann, haut so schnell wie möglich ab. Kapiert? Das ist kein Zufall.« Er hustete leicht und räusperte sich. »Ich hab mich ein bißchen erkundigt«, sagte er. »In dieser Gegend gibt es einige Orte mit einer Menge Unterschlupf. Richtig gute, solide Sturmbunker. Zum Beispiel in Woodward. Dieser Ort wurde vor zehn Jahren von einem F-4 plattgemacht, daher haben sie sich ein paar Diamantbohrer besorgt und riesige unterirdische Schutzräume angelegt. Großstadtbunker, mit ganzen Malls und auch einer Menge Privatunterkünften. Bis dahin sind es nur zwanzig Minuten.«

»Was du nicht sagst. Ist ja nett, daß du soviel Initiative zeigst.«

»Ich möchte ein Abkommen mit dir treffen«, sagte er. »Wenn es hier wirklich losgeht, dann möchte ich, daß du in einem Bunker bist.«

»Ich, Alex? Ich, nicht du?«

»Genau. Dadurch vergibst du dir nichts. Ich kann dir soviel Daten beschaffen, wie du willst. Für dich würde ich den Kern von dem Ding anbohren, ich schwör's bei Gott. Das werd ich auch. Aber du mußt überleben, damit du hinterher alles zusammensetzen und auswerten kannst. Und auch, um es zu verkaufen. Hab ich recht? Wenn ich dabei draufgehe, ist das für niemanden ein großer Verlust. Aber, Janey, wenn du das nicht überlebst, dann war's das für deine Karriere.«

»Alex, es ist *meine* Karriere.«

»Wenn du nicht überlebst, hast du gar nichts. Das ist nur vernünftig, denk mal drüber nach.«

»Sehe ich etwa so aus, als hätte ich Angst? Glaubst du, ich wollte weglaufen und mich verstecken? Glaubst du, deine blöden Ideen gefielen mir?«

»Ich weiß, daß du richtig mutig bist, Janey. Das beeindruckt mich nicht. Ich habe auch keine Angst. Sehe ich etwa so aus, als hätte ich Angst?« Das tat er nicht. »Sehe ich vielleicht so aus, als wär's mir nicht ernst?« Auch das war nicht der Fall. »Ich versuche bloß dir klarzumachen, daß es blödsinnig wäre, wenn wir beide umkämen. Beide Unger auf einmal? Was würde dann aus unserem Dad?«

»Ja, was wohl?«

»Na ja, mit unserem *querido papá* haben wir nicht gerade das große Los gezogen, aber er macht sich Sorgen! Ich meine, ein bißchen schon. Zumindest würde er seine Tochter nicht ins Verderben schicken, bloß um seine eigene Neugier zu befriedigen!« Alex redete immer schneller. »Ich glaube, Mulcahey macht sich schon was aus dir, wenn er dich bei seiner ganzen Mathematik überhaupt bemerkt, und eben deshalb hat Jerry uns zusammen eingeteilt, damit du's ein bißchen langsamer angehen läßt und keine Dummheiten machst. Stimmt's? Stimmt! Das sieht ihm ähnlich!«

Jane sah ihn sprachlos an.

»Dann macht sich Jerry also was aus dir, das gestehe ich ihm durchaus zu, *aber er macht sich nicht genug aus dir!* Es ist mir egal, womit er dich becirct und dazu gebracht hat, dieses Leben zu führen, aber wenn er dich so lieben würde, wie es sein sollte, dann hätte er dich nie im Leben hierhergeschickt! Das ist doch ein Selbstmordunternehmen! Du bist eine junge Frau, die eine Menge auf dem Kasten hat, und du solltest nicht als kaputte, zermatschte, blutige Puppe hier in dieser gottverfluchten Ödnis enden!« Er bekam einen Hustenanfall. »Sieh dir bloß mal diese Wolken an, Jane!« krächzte er. »So sollten Wolken einfach nicht aussehen! Wir werden hier draußen doch plattgewalzt, als wären wir auch bloß zwei von diesen Kaninchen.«

»Nimm's leicht! Du verlierst die Nerven.«

»Quatsch mir nicht die Ohren voll, guck lieber mal nach oben!«

Jane tat unwillkürlich wie geheißen. Der Staub hatte sich ausgedünnt, die Sonne stand jetzt höher, und die Zirruswolken wirkten absolut bizarr. Mittlerweile waren es Hunderte kleiner, wachsender Flecken. Geformt wie Frost auf einer Fensterscheibe, wie unregelmäßige, mutierende Schneeflocken. Die Wolken sahen aus wie eine Daunenfeder, nachdem man zehntausend Volt durch sie hindurchgejagt hatte.

Aber das war bei weitem noch nicht alles. Das verrückte dabei war, daß die kleinen Federwölkchen alle exakt die gleiche Form hatten. Gleichgroß waren sie nicht. Manche waren groß, andere winzig. Sie zeigten in verschiedene Richtungen. Allerdings nicht in *sämtliche* Richtungen – genau in sechs verschiedene Richtungen. Und teuflischerweise, unheimlicherweise waren die Wolken alle miteinander identisch. An einem Ende ein kleines Komma, ein geschwungenes Rückgrat mit einem Haken am Ende und Hunderte feiner, kleiner, elektrisierter Streifen, die beiderseits des Rückgrats entsprangen.

Das Ganze wirkte wie ein Kachelmuster. Wie Keramikflieseln. Der Himmel von Oklahoma war gekachelt wie ein Badezimmerboden.

»Die Bénard-Strömung hat manchmal so eine Wirkung«, plapperte Jane drauflos. »Die Zellen haben sechs unterschiedliche Rotationsachsen, und diese Selbstähnlichkeit muß bedeuten, daß die Zellvektoren der Aufwärtsströmung alle … na ja …« Ihr fehlten die Worte. Auf einmal fehlten ihr die Worte, und zwar vollständig. Eine Art sprachlicher Software-Absturz. Worte – ja, selbst wissenschaftliche Worte … es gab Zeiten und unvorhergesehene Ereignisse, da die Wirklichkeit sich von den verbalen Symbolismen ablöste und ihre eigenen Wege ging. Und das war ein solcher Moment.

»Was ist das für ein großer See, der sich da in der Mitte bildet?« fragte Alex.

»Keine Ahnung. Richte die Kameras drauf.«

Alex setzte die Kamerabrille auf und richtete die Kameras auf der Lafette nach oben. »Wow.«

»Das muß der Jetstream sein«, sagte Jane. »Der kräftigere, polare Jetstream, der die ganze Zeit im Norden festgesessen hat. Jetzt bewegt er sich endlich.«

»Janey, ich weiß nicht viel über den Jetstream, bloß soviel, daß er nicht in einem solchen Winkel abknickt.«

»Also, wahrscheinlich ist das gar kein richtiger Knick; das sieht aus diesem Blickwinkel bloß so aus.«

»Ist es doch, verdammt noch mal. Janey, ich habe durch die Kameras eine erheblich bessere Sicht als du, und was immer das sein mag, es kommt genau auf uns zu. Es kommt geradewegs zu uns herunter, es wird den Boden berühren.«

»Toll! Zeichne weiter auf!«

»Ich glaube, wir sollten besser von hier verschwinden«, krächzte Alex.

»Kommt gar nicht in Frage! Das ist sie! Natürlich!

Natürlich, danach hat Jerry die ganze Zeit gesucht – nach einer dauerhaften Energiequelle für den F-6, und der Jetstream bedeutet permanente Energie! Er umspannt die ganze Erdkugel und ist sieben Kilometer dick, hat eine Temperatur von dreißig Grad unter Null und macht zweihundert Stundenkilometer. Mein Gott, der Jetstream, wenn der Jetstream aus der Stratosphäre runterkommt, dann fügt sich alles zusammen!« Sie griff nach dem Kopfhörer.

»Janey, dieses Ding wird uns umbringen. Wir werden hier sterben.«

»Halt den Mund und zeichne auf.« Auf einmal raste ein bemerkenswert dummer Robottruck an ihnen vorbei, wobei er Dutzende von Eselhasen zermanschte und verstümmelte, die blutig und zappelnd liegenblieben. Die übrigen Hasen spritzten nach allen Seiten auseinander, wie Fliegen auf einem heißen Teller.

»Jane in Charlie!« rief Jane. »Wir haben hier einen gewaltigen Ausbruch! Die Koordinaten lauten ...«

Mit erhobener Stimme las sie die Koordinaten ab.

Eine Sturzflut eiskalter Luft fiel vom Himmel. Die Stratosphäre lag in zehn Kilometern Höhe. Selbst mit zweihundert Stundenkilometern benötigte der Jetstream mehr als vier Minuten, um den Erdboden zu erreichen.

Zunächst barst der Himmel entlang eines langen, pelzartigen, gezackten Saumes entzwei. Dann, etwa neunzig Sekunden später, traf der mächtige, dicke Luftschwall auf eine warme Schicht in der oberen Atmosphäre. Gefrierende, eisweiße Wolkenfetzen wurden in alle Richtungen davongewirbelt. Die Wolken erreichten die Sonne, und im nächsten Moment wurde es auch schon dunkel.

Der Jetstream pflügte durch die auseinanderspritzenden Wolken wie ein Geschoß durch einen Apfel und traf auf eine zweite thermische Zwischenschicht. Es kam zu einer weiteren, unglaublich machtvollen

Explosion. Am Boden war von Wind noch immer nichts zu spüren, doch dann erreichte das Geräusch der ersten Explosion den Erdboden, ein kataklystisches Donnergrollen, das sich weder veränderte noch aufhörte. Ein Kapokbaum am Straßenrand erzitterte heftig, ohne sichtbaren Grund, so heftig, daß er all seine Blätter verlor.

Von der zweiten Explosion schossen Wirbel in alle Himmelsrichtungen davon, regelrechte Wirbelstürme aus sich teilender, gefrierender, brodelnder Luft, Luftwirbel, die so groß wie Städte waren.

Jane warf einen letzten Blick durchs Zentrum des herabstürzenden Jetstreams empor. Er war klar, kalt, weit und tödlich. Sie sah durch ihn hindurch die Sterne.

Dann traf der Jetstream die Erdoberfläche, in etwa drei Kilometern Entfernung. Die gequälte Erde reagierte, und Dutzende riesige Kobras aus Staub und Dreck sprangen augenblicklich himmelwärts. Jane rammte sich den geräuschdämmenden Kopfhörer auf den Kopf, damit sie nicht taub wurde, doch das Geräusch des F-6 war weit machtvoller als das der Schleppe. Es war eine Schallwaffe, die sich in ihren Körper bohrte und sie inwendig zermanschte. Es war mehr als ein Geräusch, es war ein furchtbarer, unerträglicher, grauenvoller Schock.

Dann kämpfte sie mit dem Wagen und bemühte sich, Charlie zum Umkehren zu veranlassen. Nichts geschah; der Wagen rührte sich nicht vom Fleck, als stünde er unter Schock. Aus den emporschießenden Staubsäulen brachen Blitze hervor, Blitze, wie Jane noch keine gesehen hatte. Es waren Staubblitze, Steinblitze. Dick, gebogen und horizontal, und sie sahen aus wie fliegende, rotierende Hakenkreuze. Ein gewaltiger, gebogener Blitz flog unmittelbar über sie hinweg und zerbrach vor ihren Augen in riesige, leuchtende, funkensprühende Brocken.

Der Wagen bewegte sich endlich. Sie machte kehrt und raste davon. Das Tageslicht war verschwunden. Sie befanden sich in einer schwarzen Hölle, in Gehenna. Ein Hurrikan aus Staub nahm den ganzen Himmel ein. Sie waren lebendig begraben unter einem gewaltigen, sich ausbreitenden Plateau aus brüllendem, knisterndem Dreck. Die Luft bestand zur Hälfte aus Staub. Die rasende Erde hatte vergessen, was den Unterschied zwischen Luft und Staub ausmachte. Staub und Luft würden von nun an ein und dasselbe sein. Das schwarze Windgemisch hing über ihnen und umgab sie von allen Seiten.

Und am äußersten Rand – am weitentfernten, sich ausdehnenden Rand, wo vom Horizont noch ein schwaches, breiiges, fahles Licht ausging: dort fielen Zacken herunter. Zacken, wohin sie auch sahen. Dutzende von Zacken. Eine Korona von Zacken, ein Halo von Zacken. F-1, F-2, F-3. Geknickte Zacken. Dicke Zacken. Zacken, so gedrungen wie Fußbälle. Zacken, die wie giftspritzende Mambas umherschnellten. Zacken, die der F-6 mit einer einzigen Bewegung ausgestreut hatte, Zacken, die er heraufbeschworen und in einem Augenblick zur Erde geschleudert hatte, tanzende Teufel am Rande seines Vernichtungstanzes.

Charlie flog so schnell dahin wie noch nie. Sie fuhren über eine dunkle Straße, und die komplexen Räder des Verfolgungsfahrzeugs berührten den Boden kaum. Jane warf Alex einen Blick zu. Er schaute immer noch durch die Kamera. Er zeichnete immer noch auf – soviel er konnte. Er hatte die Kameras nach hinten gerichtet und blickte hinter den Wagen.

Dann riß sich Alex auf einmal das Okular vom Gesicht, beugte sich heftig vor und legte die Arme um den Kopf. Einen Moment lang fragte sich Jane, was er wohl gesehen haben mochte, und dann hob der Wagen auch schon ab. Charlie flog tatsächlich. Keine

Illusion. Keine Simulation. Keine Halluzination. Eine simple Tatsache.

Sie flogen durch die Luft. Etwa zehn Meter über der Straße. Sie flogen in einem arktischen, polaren, stratosphärischen Windschwall dahin, der den Wagen einfach gepackt und wie einen Pappbecher vom Boden gepflückt hatte, und nun riß er sie mit sich wie eine überschallschnelle Strömung aus schwarzem Eis.

Als sie immer weiterflogen und alle möglichen Gegenstände sanft und deutlich sichtbar an ihnen vorübertrieben, überkam Jane ein bodenloses Grauen. Gegenstände? Ja, alle möglichen Gegenstände. Straßenschilder. Büsche. Große, gewundene Baumteile. Halbgerupfte Hühner. Eine Kuh. Die Kuh lebte noch, das war das Seltsamste dabei. Die Kuh lebte und war unverletzt, und sie flog an ihnen vorbei. Jane sah eine fliegende Kuh. Eine Holsteiner. Eine große, plumpe, gutgepflegte Milchkuh, mit einem smarten Halsband um den Hals. Es sah so aus, als versuchte die Kuh zu schwimmen. Die Kuh ruderte mit den großen, ungeschlachten Beinen durch die eiskalte Luft, und dann hörte sie einen Moment lang auf und machte ein verdutztes Gesicht.

Und dann stieß die Kuh gegen einen Baum, wurde zerschmettert und blieb tot hinter ihnen zurück.

Und dann stieß auch Charlie gegen einen Baum. Und der Airbag explodierte Jane ins Gesicht.

Als sie zu sich kam, fuhr Alex oder versuchte es zumindest. Um sie herum war es stockdunkel. Mächtige Blitzvorhänge flackerten über den Himmel, und der geräuschdämmende Kopfhörer saß erstaunlicherweise immer noch auf ihrem Kopf. Sie war auf dem Beifahrersitz zusammengesackt und klatschnaß.

Sie befanden sich in einer kleinen Stadt. Die Stadt flammte periodisch um sie herum auf, im Licht gewaltiger Blitze, die den Himmel zu zerreißen schienen. Wegen des Getöses war es unter dem Kopfhörer still. Es war eine Geisterstadt, die unter lautlosem Artilleriefeuer lag. Die Stadt wurde einfach zusammengeschossen. Wände wurden zerschmettert, Dächer eingedrückt. Doch es war nicht allein der Wind. Der Wind hatte Freunde mitgebracht. Gegenstände – Projektile, Schrapnelle –, welche die Stadt wahllos in Trümmer legten, die alles zerschmetterten, was sich ihnen in den Weg stellte und Widerstand leistete, die vernichteten, sprengten und zersplitterten. Die alles kaputtmachten. Alte Telefonmasten aus der Zeit vor der drahtlosen Kommunikation wurden säuberlich abgeknickt, hochgehoben und durch die Wände mehrstöckiger Gebäude gerammt. Mit seltsamer Leichtigkeit, als ob jemand große Tofubrocken mit einem Zahnstocher durchbohrte.

Alles mögliche flog durch die Luft, als hätte man eine Kleinstadt zu einem dichten Brei verrührt. Wäsche. Ampeln. Fahrräder. Hundehütten. Wellblech, das sich bog und wellte wie große, glänzende Blätter Papier. Haufenweise Äste, Berge von Blättern. Satellitenschüsseln, verzweigte Radio- und Telefonantennen. Der Wasserturm der Stadt war eingestürzt und geborsten wie ein großes, metallenes Ei. Dreck. Überall Dreck. Plötzliche Staubböen wie von einem Sandstrahlgebläse. Dreck, der die Haut durchbohrte wie Tinte aus einer Tätowiernadel. Dreck und Hagel, und Wasser, das voller Dreck war, und Wassertropfen, die so hart auftrafen wie Hagelkörner.

Alex liefen zwei schwarze Rinnsale übers Gesicht, und Jane wurde undeutlich bewußt, daß er Nasenbluten hatte. Sie ebenfalls. Die Nase tat ihr weh; beim Zusammenstoß hatte sie sich tatsächlich die Nase verletzt ... Alex fuhr über die Hauptstraße, ziemlich langsam und unbeholfen und voll gespannter Aufmerksamkeit. Überall lagen Autos auf dem Dach, als hätte ein Riesenkind haufenweise Schildkröten umgedreht.

Ein ziemlich großes Backsteingebäude gab anmutig

den Geist auf, als sie daran vorüberkamen, und ergoß sich wie ein Sack Dominosteine in Kaskaden auf die Straße. Die darin befindlichen Gegenstände flogen wie freigelassene Tauben himmelwärts, und die gekappten Stromleitungen sprühten Funken.

Außerhalb der Stadt wurden sie wieder schneller. Jane bekam schlimme Kopfschmerzen und wurde schlagartig wieder klar im Kopf. Sie schaltete unverzüglich das Funkgerät ein, schirmte das Mikro mit beiden Händen ab, drückte es sich an die Lippen und schrie hinein. Hören konnte sie sich nicht, und das mochte auch für die anderen Trouper gelten. Bloß um Zeugnis abzulegen. Um über alles Zeugnis abzulegen, solange es ging.

Sie gelangten in eine Art Wald. Charlie hüpfte über umgestürzte Bäume hinweg, welche die Straße blokkierten, und daran, wie die Räder auf dem Straßenbelag knirschten, merkte Jane, daß dies dem Wagen gar nicht gut tat. Charlie war schwer beschädigt. Wie schwer, ließ sich ohne weiteres nicht sagen.

Die Bäume am Straßenrand peitschten hin und her, als wären sie die Seelen der Verdammten und versuchten sie verzweifelt zum Anhalten zu bewegen. Ein weiterer himmelumspannender Blitz erhellte das Zenit wie ein Lichtbogen und beleuchtete zufällig auch einen F-1, der neben ihnen knietief durch den Wald watete, keine fünfzig Meter entfernt. Der Zacken wühlte dort einfach, rotierte wie ein schwarzer Kegel aus feuchtem Gummi und machte systematisch Kleinholz aus den Bäumen. Sie sah ihn noch dreimal von drei weiteren Blitzen aufleuchten, dann schlängelte er sich davon.

Am anderen Ende des Waldes traf sie eine so starke Bö, daß sie beinahe davongeweht worden wären. Charlie sprang in die Luft wie ein Fisch am Haken und machte eine Art Satz, neigte sich zur Seite und stemmte sich heftig gegen den Wind, ein seltsames Manöver, das er aus irgendeiner Subroutine hervorgekramt hatte und das sie noch nie beobachtet hatte. Jane sprach auch das ins Mikrofon, um überhaupt irgend etwas zu sagen, dann schaute sie auf ihr beleuchtetes Trouper-Armband.

Es war der 16. Juni, nachmittags um halb drei.

Dann wurde Charlie seitlich von einer noch stärkeren Bö getroffen, er überschlug sich und sprang wieder hoch. Und überschlug sich abermals und sprang wieder hoch, überschlug sich noch einmal und vollführte einen dritten Purzelbaum, tanzte unter der Wucht des Sturms wie ein Aikido-Meister. Bis Charlie auf einmal sehr hart landete und mit dem Fahrgestell gegen einen Baumstamm prallte. Und dann hörten alle Manöver auf.

Jane war nicht ohnmächtig geworden. Die Airbags waren wieder explodiert, jedoch nicht mit der gleichen Wucht wie beim erstenmal. Am scharfen Ozongeruch und dem stetigen Summen merkte sie, daß der Supraleiter geborsten war.

Alex packte sie bei der Schulter – von oben, denn sie hingen seitlich in den Sitzen, und der Wagen lehnte am Baum – und rief ihr etwas zu, das sie nicht mitbekam. Er schüttelte sie und rief wieder etwas und schüttelte seinen schmalen, regennassen Kopf, und dann kletterte er auf den Wagen und verschwand in der Dunkelheit.

Jane nahm an, daß Alex zumindest eine vage Vorstellung davon hatte, was er da tat, aber sie fühlte sich zu schwach und müde und hatte keine Lust, das Fahrzeug zu verlassen. Jane hatte sich schon häufig vorgestellt, wie es wäre, in einem zerschmetterten Verfolgungsfahrzeug zu sterben, daher war ihr die Situation einigermaßen vertraut. Jedenfalls war es erheblich angenehmer, als bei einem heftigen Unwetter in den Wald zu laufen und nach einer anderen Todesursache Ausschau zu halten.

Sie redete weiter. Sie wischte sich frisches Blut von

der Oberlippe und redete weiter. Niemand antwortete ihr, aber sie redete trotzdem. Als Charlies Supraleiter knisternd den letzten Rest Spannung versprühten, fielen sämtliche Instrumente aus. Das Funkgerät funktionierte allerdings noch. Es verfügte über eine eigene Batterie. Jane redete weiter.

Nach einer halben Stunde tauchte Alex wieder auf. Der Sturm ließ hin und wieder nach, jedesmal ein langer, gläserner Moment gespenstischer Ruhe inmitten des Tosens. Außerdem war es nicht mehr ganz so finster. Im Westen sah man einen grünlichen, fahlen Lichtstreifen – der F-6 wanderte nach Osten. Der F-6 zog an ihnen vorbei.

Und die Zivilisation war offenbar nicht so weit entfernt, wie es vom Sitz des umgekippten Wagens zunächst ausgesehen hatte, denn Alex hatte erstaunlicherweise einen Frotteemantel mit Kapuze dabei, ein Sechserpack Bier in biologisch abbaubaren Dosen und einen halben Laib Brot.

Sie versuchte mit Alex zu reden, schrie ihn durch das ständige Donnergrollen hindurch an, doch er schüttelte den Kopf und faßte sich ans Ohr. Er war völlig taub. Wahrscheinlich war er schon im ersten Moment taub geworden, als der F-6 zugeschlagen hatte. Vielleicht würde er für immer taub sein, dachte Jane bei sich. Schlimmer noch, er wirkte wie von Sinnen. Sein Gesicht war mit schwarzem Dreck verschmiert – nicht bloß Dreck auf der Haut, sondern eintätowierter Dreck; sein ganzes Gesicht war getüpfelt von Hochgeschwindigkeitsdreck.

Er bot ihr eine Dose Bier an. Sie hatte nicht den mindesten Appetit darauf – zumal es sich um billiges, bakteriell erzeugtes Oklahoma-Bier namens ›Okie Double-X‹ handelte –, aber vom Schock hatte sie eine trockene Kehle, daher trank sie ein paar Schluck. Dann wischte sie sich das blutige Gesicht mit dem Handtuch ab, was unerwartet weh tat.

Alex stahl sich abermals davon. Er machte in dem stockdunklen Baumdickicht Jagd auf irgend etwas. Wonach suchte er bloß? Nach einem Regenschirm? Nach Galoschen? Einer Kreditkarte, einem funktionierenden Faxgerät? Wonach?

Keine zwei Minuten später kam Leo Mulcahey und rettete sie.

Leo traf in einem betagten Spezialeinsatzfahrzeug der Texas Ranger ein, einem achträdrigen städtischen Brummi mit einem abblätternden Texas-Stern auf der schwarzen Keramikpanzerung. Was ein Fahrzeug der Texas Ranger außerhalb der texanischen Jurisdiktion verloren hatte, stellte Jane vor ein Rätsel, doch das Ding war schwierig zu steuern, und Leo saß auf einem kleinen Kommandosessel, blickte durch ein VR-Sichtgerät und trug einen Kopfhörer. Jane hockte weiter hinten zusammengesunken auf einem beengten kleinen Campinghocker und zitterte wie Espenlaub. Leo war vollständig aufs Fahren konzentriert.

Sie fuhren etwa zehn Kilometer weit, eine schwankende, furchtbare Fahrt mit einem halben Dutzend Unterbrechungen, als sie umgestürzten Bäumen entweder auswichen oder gewaltsam drüberfuhren. Dann steuerte Leo das Fahrzeug über eine feuchte Betonrampe in eine Tiefgarage. Hinter ihnen schloß sich ein Stahltor wie eine Luftschleuse, die Windgeräusche brachen unvermittelt ab, und flackernd schalteten sich Neonleuchten ein.

Sie befanden sich in einem Sturmbunker.

Ein Privatbunker, aber dennoch groß. Von der Garage gingen sie eine Treppe hinunter. Ein netter Ort, auf den ersten Blick ein richtiges unterirdisches Wohnhaus. Dicker Teppichboden, an den Wänden Ölgemälde, dazu Designerleuchten und irgendwo ein großer Supraleiter, der die Lampen mit Strom versorgte. Draußen war die Hölle los, aber sie hatten sich in einem großen, geldgefütterten Bunkergewölbe von Oklahoma in Sicherheit gebracht.

Leo betrat einen kleinen, gekachelten Raum mit einer Komposttoilette, öffnete einen Wandschrank und reichte ihr ein kanariengelbes Handtuch. Dann zog er sich Schaumstoffstöpsel aus den Ohren und fuhr sich durchs wirre Haar. »Nun, Juanita«, meinte er und lächelte sie an. »Endlich sind wir uns begegnet!«

Jane rieb sich Haar und Gesicht trocken. Schmutzig. Und sie hatte immer noch leichtes Nasenbluten. Es war wirklich eine Schande, ein so hübsches, dickes Handtuch blutig zu machen. »Wie hast du mich da draußen eigentlich gefunden?«

»Ich habe deinen Notruf aufgefangen! Erst habe ich mich nicht getraut, den Bunker zu verlassen, aber dann ließ der Wind etwas nach, und du warst ganz in der Nähe, und … na ja« – Leo lächelte –, »da sind wir nun, beide wohlbehalten und unversehrt, also hat sich das Risiko wohl gelohnt.«

»Mein Bruder ist noch da draußen.«

»Ja« – Leo nickte –, »das habe ich auch gehört. Schade, daß dein Bruder – Alex, nicht wahr? – nicht beim Fahrzeug geblieben ist. Wenn der Wind weiter nachläßt, suchen wir nach deinem kleinen Bruder. Was meinst du?«

»Warum retten wir ihn nicht jetzt gleich?«

»Jane, ich bin kein Meteorologe, aber ich kann die SESAME-Meldungen lesen. Da draußen ist die Hölle los. Es tut mir wirklich leid, aber solange es draußen von Tornados nur so wimmelt, durchkämme ich keinen Wald wegen irgendeines vermißten Jungen. Wir beide hatten wirklich Glück, daß wir es lebend bis hierher geschafft haben.«

»Dann fahre ich eben allein, ich kann das Ding steuern.«

»Jane, mach keinen Ärger. Das Fahrzeug gehört mir nicht.«

»Wem gehört es dann?«

»Es gehört der Gruppe. Ich bin hier nämlich nicht allein, weißt du. Ich habe Freunde! Freunde, die sehr dagegen sind, daß ich den Bunker überhaupt verlasse. Würdest du das bitte zur Kenntnis nehmen? Betrachte es mal aus meiner Perspektive.«

Jane verstummte. Doch lange zurückhalten konnte sie sich nicht: »Mein Bruder befindet sich in Lebensgefahr!«

»Mein Bruder auch«, sagte Leo ernst. »Weißt du, wie viele Menschen in diesem Grauen bereits umgekommen sind? Fünf Städte wurden bereits plattgemacht, und der F-6 wandert geradewegs auf Oklahoma City zu! Zehntausende werden sterben, nicht bloß eine Person, die du zufälligst kennst! Das ist eine Katastrophe, und ich habe nicht vor, blindlings ins Verderben zu rennen! Reiß dich endlich zusammen!« Er öffnete einen hohen Schrank. »Da hast du einen Bademantel. Zieh das nasse Papier aus, Jane, und versuch zur Besinnung zu kommen. Du befindest dich in einem Sturmbunker, und dort sollten sich vernünftige Leute während eines Sturm aufhalten. Wir bleiben jetzt hier! Wir fahren nicht wieder los!«

Er schloß hinter sich die Tür und ließ sie im Bad allein. Auf einmal begann sie heftig zu zittern. Sie schaute in den Spiegel. Vom Anblick ihres Gesichts bekam sie eine Gänsehaut. Sie sah furchtbar aus: eine Wahnsinnige, ein blutverschmierter Drachen.

Sie probierte den Wasserhahn; ein dünnes Rinnsal übelriechenden Wassers kam heraus. Stark gechlort. Wenn man zu den Reichen von Oklahoma gehörte, konnte man ein Loch in die Erde buddeln und ein Haus hineinsetzen, aber dann hatte man immer noch kein ordentliches Wasser. Sie tat den Stöpsel in den Abfluß und wusch sich rasch das Gesicht. Dann schöpfte sie sich eine Handvoll Wasser übers Haar. Etwa ein Kilo rostfarbenen Oklahoma-Staubs tröpfelte aus ihrem Haar ins Waschbecken. Auch der Papieranzug war mit feuchtem Dreck verschmiert.

Sie stieg aus dem Anzug, legte ihn ins Waschbecken, ließ etwas Wasser darüberlaufen und wusch sich Hände und Unterarme. Dann holte sie den Papieranzug wieder heraus und trocknete ihn ab. Der Anzug war wieder leidlich sauber und im Nu trocken. Gutes, altes Papier. Sie zog ihn wieder an und schloß den Reißverschluß.

Dann öffnete sie die Tür. In der Ferne eines gewundenen Korridors vernahm sie Stimmen. Jane stapfte in ihren Geländestiefeln den Korridor entlang. »Leo?«

»Ja?« Er reichte ihr eine Tasse mit etwas Heißem. Milchkaffee. Er schmeckte ausgezeichnet. Und tat richtig gut.

»Leo, was in aller Welt machst du eigentlich hier?«

»Ich bin natürlich nicht zufällig hier.«

»Das hab ich mir schon gedacht.«

»Auch am schwärzesten Horizont gibt es einen Silberstreif«, meinte Leo lächelnd. Er geleitete sie in einen Wohnraum mit gewölbter, bombensicherer Decke. In einer Vertiefung gab es eine Sitzecke mit niedrigen, schwungvoll geformten Ledersofas. Die Wände waren aus stuckverzierter Keramik, und das Dach war eine dicke, einsturzsichere, gleichfalls stuckverzierte Keramikkuppel, unter der man sich wie in einem Roch-Ei vorkam. An einer Kette hing von der Mitte der Kuppel ein Kronleuchter aus Messing herunter. Der Leuchter pendelte sachte hin und her.

Es gab ein Mediencenter mit zwei Fernsehgeräten, die ohne Ton liefen, eine alte Hausbar aus Rosenholz und mehrere Sitzkissen aus Messing mit braun-weiß geschecktem Rindslederbezug. Zwei Skulpturen von Remington standen im Raum, die schnurrbärtige Viehtreiber beim Zureiten darstellten, und an der Wand waren zwei furchterregende Flinten mit achteckigen Läufen aufgehängt.

Und es befanden sich acht Leute im Bunker, Leo mitgerechnet. Zwei Frauen, sechs Männer. Zwei der Männer spielten an der gegenüberliegenden Seite der Sitzmulde mit mexikanischen Figuren Schach. Ein dritter hantierte behutsam an einem kreischenden Breitbandscanner, der an ein Antennenkabel angeschlossen war. Die übrigen vier spielten auf einem Couchtisch irgendein verwirrendes Kartenspiel, Binokel oder Poker vielleicht, und bedienten sich von einem Lacktablett mit in der Mikrowelle zubereiteten Appetithappen.

»Also, das ist sie«, verkündete Leo. »Darf ich vorstellen, Jane Unger.«

Die Anwesenden sahen mit verhaltener Neugier auf. Niemand sagte etwas. Jane nippte am warmen Kaffee und hielt die Tasse dabei mit beiden Händen fest.

»Entschuldige, daß ich keine Namen nenne«, sagte Leo.

»Weißt du, was eine wirklich gute Idee wäre, Leo?« meinte einer der Schachspieler in freundlichem Ton, über seine randlose Brille hinwegblickend. »Es wäre eine wirklich gute Idee, Ms. Unger wieder vor die Tür zu setzen.«

»Alles zu seiner Zeit«, sagte Leo. Er wandte sich den stummen Fernsehern zu. »Ach, sieh dir bloß mal dieses Chaos an«, meinte er. Seine Stimme war so tonlos, daß es Jane völlig überraschte. Sie stellte die Kaffeetasse ab. Leo schaute sie an. Sie nahm die Tasse wieder hoch.

»El Reno ist so ziemlich platt«, bemerkte der andere Schachspieler vergnügt. »Verdammt gute Ausbeute.«

»Wurde der Sendemast bei Woodward plattgemacht?« fragte Leo.

»Yeah. Kam vor drei Minuten runter. Gute Arbeit, Leo. Wirklich gute Arbeit. Professionell.«

»Das ist prima«, sagte Leo. »Ausgezeichnet. So,

Jane. Was hättest du gern? Ein paar Frühlingsrollen mit heißem Senf? Du magst doch thailändisches Essen, oder? Wir müßten eigentlich noch was im Kühlschrank haben.« Er faßte sie beim Ellbogen und geleitete sie zur Kochnische.

Jane machte sich los. »Was, zum Teufel, treibt ihr hier eigentlich?«

Leo lächelte. »Kurze Erklärung oder lange Erklärung?«

»Kurz. Und mach schnell.«

»Also«, meinte Leo, »kurz gesagt, interessieren meine Freunde und ich uns für tote Winkel. Das hier ist ein großer toter Winkel, und deshalb sind wir hier. Wir haben mit voller Absicht hier Stellung bezogen, genau wie du und deine Truppe. Weil wir nämlich wußten, daß dies das Epizentrum der Verwüstungen durch den F-6 sein würde.«

»Leo, das muß man deinem Bruder lassen!« rief der zweite Schachspieler. »Ich persönlich hatte die größten Zweifel, was den sogenannten F-6-Tornado anging, ich dachte, das wäre zu weit hergeholt, ein Schuß in den Ofen, aber Leo, ich muß zugeben, ich habe mich geirrt.« Er richtete sich vom Schachbrett auf und hob einen Finger. »Dein Bruder hat wirklich Wort gehalten. Ich meine, guck dir bloß mal die Ausbeute an!« Er deutete zum Fernseher. »Diese Katastrophe ist Spitze!«

»Danke«, sagte Leo. »Weißt du, Jane, es gibt viele Orte in Amerika, an denen Menschen nicht mehr leben können, aber für die Kommunikationstechnologien gilt das nicht. Die Geräte sind praktisch überall. In den USA – sogar in Alaska! – gibt es keinen Quadratmeter Boden mehr, der nicht im Erfassungsbereich eines Satelliten oder innerhalb eines Navigationsdreiecks läge, der nicht über Handy, über Netzrelais oder kabelloses Kabelfernsehen erreichbar wäre … ›Kabelloses Kabelfernsehen‹, das ist ein häßliches kleines Oxymoron, hab ich recht?« Leo schüttelte den Kopf. »Eine Gesellschaft muß schon ganz schön auf den Hund gekommen sein, um so einen Begriff zu prägen ...«

Einen Moment lang schien er den Faden zu verlieren, dann faßte er sich wieder. »Bloß hier und jetzt nicht, Jane! Für einen leuchtenden Moment gilt das nicht für diesen einen Ort! Weil wir uns nämlich innerhalb des F-6 befinden! Am Ort der intensivsten, gründlichsten, weiträumigsten Zerstörung von nationaler Kommunikations-Infrastruktur, die es je gegeben hat. Vollständiger als bei einem Hurrikan. Gründlicher als bei einem Erdbeben. Weitaus effektiver als Brandstiftung und Sabotage, denn Brandstiftung und Sabotage wären in diesem großen Maßstab viel zu riskant und aufwendig. Und dennoch sitzen wir hier, verstehst du? Inmitten der Stille! Und niemand kann uns belauschen! Niemand kann uns überwachen! Kein Mensch.«

»Deshalb habt ihr mich im Wagen also gehört? Meinen Notruf? Weil ihr den Funkverkehr so intensiv abhört?«

»Genau. Wir hören das ganze Spektrum ab. In der Hoffnung auf die vollkommene Stille. Zum Glück verfügen wir über die erforderlichen Mittel, dem Projekt ein wenig nachzuhelfen – um ein paar essentielle Relais, besonders widerstandsfähige Sendemasten und so plattzumachen. Denn, bei Gott, die verfluchten Reparaturteams werden früh genug wieder an Ort und Stelle sein! Mit ihren Notfalltelefonanlagen und den provisorischen Funkrelais, und dann sind da noch diese beknackten Amateure, die ihre Dienstleistungen in Privatschuppen und selbst Badezimmerschränken betreiben, Gott sei uns gnädig! Aber für diesen kurzen Moment herrscht leuchtende, vollkommene Stille, und alles ist möglich! Alles ist möglich! Selbst Freiheit.«

Irgend jemand applaudierte lustlos.

Jane nahm einen Schluck Kaffee. »Warum braucht ihr soviel Stille?«

»Weißt du, was ›elektronische Haftverschonung‹ bedeutet?«

»Klar. Wenn beispielsweise Gefangene von der Regierung ein Armband verpaßt bekommen. Mit eingebautem Ortungsrelais. Wie bei meinem Trouper-Armband.« Sie hielt den Arm hoch.

»Genau. Wir haben hier alle ganz ähnliche Geräte.«

Jane war verblüfft. »Ihr seid auf Bewährung?«

»Nicht in der üblichen Bedeutung des Wortes. Es ist etwas Besonderes, Komplizierteres. Treffender wäre es, zu sagen, daß wir alle gebunden sind. Wir haben uns mit unserem Wort gebunden. Wir sind auch eine Art Truppe. Eine Truppe von Leuten in Knechtschaft.«

»Entschuldigung«, sagte der Mann am Breitbandscanner. Er war groß, stämmig, in mittleren Jahren und hatte einen kurzen Bürstenschnitt. »Dürfte ich das Gerät bitte mal sehen?«

»Mein Trouper-Armband?«

»Ja. Ma'am.«

Jane schnallte es ab und reichte es ihm.

»Danke.« Der Mann erhob sich, untersuchte Janes Armband sorgfältig, dann ging er in die Küche. Er legte das Armband neben die Spüle, öffnete eine Schublade, holte rasch einen Fleischklopfer heraus und schlug damit wiederholt auf Janes Armband ein.

»Was machen Sie denn da?« rief Jane.

»Die Welt ist groß«, sagte Leo zwischen den präzisen Hammerschlägen seines Freundes. »Die Welt ist alt, ein trauriger und böser Ort ... Wir befinden uns in diesem Raum, wir sind unbestreitbar von dieser Welt, Jane. Wir sind ein ausgesprochen weltlicher Haufen!« Der Funker ließ Wasser über Janes kaputtes Armband laufen.

»Wir haben zu unserer Zeit mitgeholfen, die Bestimmung der Welt zu erfüllen«, sagte Leo. »Aber diese

Art Macht erlangt man nicht ohne Verantwortung. Macht geht stets mit Verpflichtung einher, man muß dafür bezahlen. Die Menschen, die uns diese Armbänder anlegen – man könnte allerdings einwenden, daß wir sie uns einander eigentlich eher freiwillig anlegen –, diese Armbänder sind Ehrenabzeichen. Wir hielten sie für Auszeichnungen. Für narrensicher, für eine Art moralischer Rückversicherung. Für Talismane der Sicherheit! Aber im Laufe der Jahre … Es hört niemals auf, Jane, die Zeit schreitet fort, die Konsequenzen summieren sich.« Er hob den Arm und blickte auf seine Uhr. Sie sah aus wie jede andere Uhr. Leos Uhr hatte nichts Besonderes. Die gewöhnliche Uhr eines Geschäftsmannes mit Metallarmband. Abgesehen davon, daß die Haut unter der Uhr sehr weiß war.

»Wir sind hierhergekommen, um aufzuhören, das zu sein, was wir waren«, sagte Leo. »Man kann sich dem Spiel und dem Code der Stille nicht entziehen. Daher haben wir jetzt eine Stille entdeckt, die gleichbedeutend ist mit einem elektronischen, virtuellen Tod. Wir sind dabei, unsere Fesseln abzustreifen. Wir werden in der Welt der Netzwerke sterben und werden andere Menschen werden. Wir werden uns ihnen ein für allemal entziehen und aus ihnen verschwinden.«

»Wie die Evakuierungsfreaks?«

Einer der Pokerspieler lachte schallend heraus. »He! Das war gut! Das ist Spitze. Evakuierungsfreaks. Meinst du etwa diese verrückten Poseure ohne ID, die sich in den Lagern rumtreiben? Das trifft haargenau ins Schwarze.«

»Leo, was habt ihr Furchtbares getan? Warum müßt ihr etwas dermaßen Verrücktes und Abgehobenes tun?« Sie sah ihm in die Augen. Seine Augen waren nicht grausam. Sie waren wie Jerrys Augen. Sie blickten nur sehr gequält. »Leo, warum kommst du nicht zu uns ins Truppen-Camp? Wir haben unsere Leute, wir kennen Mittel und Wege, um jemanden aus Schwierigkeiten rauszuholen. Ich kann mit Jerry drüber reden, vielleicht kriegen wir das schon irgendwie hin.«

»Das ist sehr lieb von dir, Jane. Das ist wirklich nett von dir. Ich bedaure, daß wir uns nicht näher kennengelernt haben.« Er wandte sich mit erhobener Stimme an die anderen. »Habt ihr das gehört? Was sie mir eben angeboten hat? Ich habe mich doch richtig verhalten.« Er blickte ihr ins Gesicht. »Aber was soll's. Nach dieser Begegnung wirst du mich sowieso nie wiedersehen.«

»Wieso das?«

Er deutete zur Decke – zum Unwetter hoch, das über dem Bunkergewölbe tobte. »Weil wir uns jetzt tief unterhalb der Katastrophe befinden. Wir sind bloß noch leere Namen in der langen Liste der vom F-6 Getöteten und Vermißten. Die du hier siehst – wir sind alle im F-6 umgekommen. Wir sind verschwunden, ausgelöscht. Du wirst mich nie wiedersehen; auch Jerry wird mich nie wiedersehen. Wir kappen alle Verbindungen, löschen unsere Identitäten aus, und Jane, damit kennen wir uns aus, darin sind wir gut. Und so muß es auch sein. Was ich geworden bin, läßt sich nicht mehr ungeschehen machen, es sei denn, ich würde aufhören zu sein, was ich bin. Für immer.«

»Was in aller Welt hast du gemacht?«

»Das läßt sich unmöglich sagen, wirklich«, bemerkte eine der Frauen. »Das macht ja gerade die Schönheit des Plans aus.«

»Vielleicht verstehst du es so am besten«, sagte Leo. »Als deine Freundin und Kollegin April Logan die Trouper fragte, wann die Menschheit die Kontrolle über ihr Schicksal verloren habe ...«

»Leo, das weißt du? Du warst doch gar nicht da.«

»Oh«, machte Leo überrascht. Er lächelte. »Ich bin in die Truppensysteme eingedrungen. Ich war von

Anfang an drin. Niemand hat was gemerkt, aber – na ja, ich bin drin. Tut mir leid.«

»Oh.«

»Mein Bruder ist Akademiker, und Akademiker machen sich nicht viel aus Datenschutz.«

»Das will ich meinen«, warf einer der Bunkerleute ein, der zum erstenmal das Wort ergriff. Er war groß und dunkel und trug einen pechschwarzen Maßanzug, und Jane fiel jetzt erst auf, wie jung er war. Noch keine zwanzig. Vielleicht gerade erst siebzehn. Wie kam dieser Junge ...? Und dann sah sie ihn an. Er war sehr jung, aber seine Augen war völlig leblos. Er hatte den unheimlichen Blick eines professionellen Giftmörders.

»Weißt du«, sagte Leo, »die Menschheit hat immer noch eine Menge Einfluß auf ihr Schicksal. Die Lage ist bei weitem nicht so hoffnungslos chaotisch, wie manche Leute meinen. Die Regierungen sind machtlos, und unser Leben verläuft sehr anarchisch, aber das bedeutet bloß, daß die Aufgaben auf Vigilanten abgewälzt werden. Es gibt gewisse Dinge, gewisse Aktivitäten, die offenbar getan werden müssen. Außerdem gibt es Leute, die die Notwendigkeit, sie zu tun, einsehen und die sogar bereit dazu sind. Die einzige Herausforderung besteht dabei darin, daß diese notwendigen Dinge unglaublich schrecklich und widerwärtig sind.«

»Leo«, sagte der erste Schachspieler mit mühsam unterdrückter Wut, »warum, zum Teufel, läßt du vor dieser Frau die Hosen runter?«

Eine der Frauen ergriff das Wort. »Na los, Leo, sag's ihr schon. Mir macht das Spaß. Es kommt nicht mehr drauf an. Wir sind jetzt frei. Wir befinden uns innerhalb der großen Stille. Wir können offen reden.«

»Das sieht dir ähnlich, Rosina«, meinte der Schachspieler angewidert. »Mich kotzt dieser Mist an! Es kotzt mich an, mitansehen zu müssen, wie jemand alle

Vorsicht in den Wind schießen läßt und wie ein halbwüchsiger Einbrecher, der sich in irgendeiner Bar hat vollaufen lassen, sein Innerstes nach außen kehrt. Wir sind Profis, Herrgott noch mal, und das ist bloß irgend so eine Proletin. Hast du denn gar keinen Stolz?«

»Das ist nicht irgend jemand«, widersprach Leo. »Sie gehört zur Familie. Das ist meine Schwägerin.«

»Nein, bin ich nicht«, sagte Jane. »Ich bin nicht mit ihm verheiratet, Leo.«

»Nebensächlichkeiten.« Leo zuckte verärgert die Achseln. »Jerry wird dich heiraten. Ich nehme an, das ist dir noch nicht klar, aber er wird es mit Sicherheit tun. Er wird dich niemals gehen lassen, weil er jetzt schon zuviel von dir in sich aufgenommen hat. Aber das ist gut, das ist gut, mir gefällt diese Vorstellung; du würdest Jerry doch niemals weh tun, oder? Nein, das sehe ich. Natürlich nicht. Das ist gut; wirklich gut.«

»Du bist ein Idiot«, sagte der Schachspieler.

»Jetzt hör mal«, fauchte Leo ihn an, »wenn ich weiter beim Großen Spiel mitmachen wollte, meinst du, ich wäre dann so weit gegangen? Kennst du sonst noch jemanden, der dir dein verdammtes Armband abnehmen könnte? Dann halt die Klappe und hör zu. Das ist das letzte Mal, daß du je von mir hören wirst.«

»Wie du willst«, unterbrach ihn der Schachspieler mit ruhigem, feindseligem Blick. »Jane Unger, hören Sie mir zu. Wie ich sehe, sind Sie eine sehr aufmerksame Person. Hören Sie auf, mich so aufmerksam anzuschauen. Das kann ich nicht haben. Es ist langweilig und plump, Menschen zu drohen, aber ich drohe Ihnen, also hören Sie zu.« Er nahm seine manikürten Hände vom Schachbrett und legte die Fingerspitzen aneinander. »Ich kann innerhalb von drei Sekunden etwas anstellen, wonach Sie achtzehn Monate lang eine klinische Schizophrene sind. Sie werden Stimmen in Ihrem Kopf hören, Sie werden über Intrigen, Verschwörungen und Feinde phantasieren, Sie werden sich mit Ihrer eigenen Scheiße beschmieren, und das alles läßt sich innerhalb von drei Sekunden mit weniger als dreihundert Mikrogramm bewirken. Manchmal erzählen mir tatsächlich Tote Geschichten… aber verrückte Frauen erzählen nichts als pathetische Lügen, und niemand schenkt einer Verrückten jemals Glauben, ganz gleich, was sie sagt. Habe ich mich klar ausgedrückt? Ja? Gut.« Er zog einen Läufer.

Jane nahm mit weichen Knien auf einem der Rindsledersitzkissen Platz. »Leo, was hast du hier verloren? Wie bist du da hineingeraten?«

»Es ging nicht um uns. Es ging niemals um uns. Es war für die Zukunft.«

Die Frau ergriff wieder das Wort. »Das Tolle am Großen Spiel – ich meine, das wirklich Clevere und Innovative daran – ist, daß wir nicht einmal wissen, was wir getan haben! Das beruht alles auf elektronischen Tarnvorrichtungen, geheimen Zellen, Sicherheitsvorkehrungen, speziellem Knowhow, digitaler Anonymität und Verschlüsselung. Eine Zelle denkt sich beispielsweise fünf mögliche direkte Aktionen aus. Dann wählt eine andere Zelle eine dieser fünf Aktionen aus und zerlegt sie in voneinander unabhängige Teile. Und dann verteilen wiederum andere Zellen diese Arbeit auf kleine, voneinander unabhängige Aktionen, die bis zur Bedeutungslosigkeit fragmentiert sind. Als ob bedrucktes Papier und Geld noch immer etwas bedeuteten.«

»Genau«, sagte der zweite Schachspieler und nickte. »Irgendwann meint zum Beispiel irgendein Theoretiker, es wäre doch ganz nützlich, irgendein übervölkertes Höllenloch von einer Stadt mit der bengalischen Cholera zu dezimieren. Und acht Monate später sieht jemand, wie sich kleine Papiersegelboote in einem Staubecken auflösen.«

Jane war fassungslos. »Warum sollte jemand so etwas tun?«

»Aus den besten Gründen«, antwortete Leo. »Um des Überlebens willen. Um des Überlebens der Menschheit und Millionen gefährdeter Spezies willen. Damit die Menschheit die Chance bekommt, sich aus dem schweren Wetter wieder zu wirklichem Sonnenschein und blauem Himmel emporzuarbeiten. Wir hatten viele Gelegenheiten, Maßnahmen zur Rettung der Erde zu ergreifen, und wir haben sie alle verschenkt, Jane. Alle ohne Ausnahme. Wir waren gierig und dumm und kurzsichtig, und wir haben sämtliche Chancen vertan. Nicht du persönlich, nicht ich persönlich, keiner von uns persönlich, unsere Vorfahren eben. Niemand, dem man so ohne weiteres die Schuld geben könnte. Aber du und ich und diese Leute hier, wir alle sind mit dem schweren Wetter großgeworden, und wir hatten unter den Konsequenzen zu leiden und mußten damit fertigwerden. Und die einzige echte Möglichkeit, damit fertigzuwerden, ist häßlich, einfach bloß unerträglich häßlich.«

»Aber, Leo, warum?«

»Weil wir Bescheid wissen! Weil wir die Möglichkeiten haben! Um der Überlebenden willen, nehme ich an.« Er zuckte die Achseln. »Es gibt keine globale Regierung. Es gibt keine formale, bewußte Kontrolle über den Lauf der Ereignisse, nirgendwo. Die Institutionen haben aufgegeben. Die Regierungen haben aufgegeben. Die Konzerne haben aufgegeben. Aber die Leute hier in diesem Raum und viele andere, die sind wie wir und die auf unserer Seite stehen, wir haben niemals aufgegeben. Wir kommen einer funktionierenden planetarischen Regierung am nächsten.«

Jane blickte sich im Zimmer um. Die anderen waren seiner Meinung. Das war kein Scherz. Er hatte die Wahrheit ausgesprochen, die sie alle anerkannten.

»Einige von uns, die meisten, sind sogar *in* der Regierung. Bloß gibt es keine Regierung auf der Welt, die sich kaltblütig hinstellen und öffentlich sagen könnte, daß von den acht Milliarden Menschen auf diesem kollabierenden Planeten mindestens vier Milliarden zuviel sind. Jane, jedes Jahr werden auf der Welt so viele Kinder geboren, wie ganz Mexiko Einwohner hat. Das ist Wahnsinn, und so geht es jetzt schon achtzig Jahre lang. Die Situation ist so katastrophal, daß der Versuch, etwas daran zu ändern, dem Beitritt zu einem Entschärfungskommando gleichkommt. Alljährlich geht eine Bombe hoch, und diese Bombe besteht aus menschlichem Fleisch, und jeder einzelne Bombensplitter bedeutet mehr ausgerottete Arten, mehr Kohlendioxid, mehr Toxine, Methan und Pestizide, mehr Abholzung, Müll und weiteren Niedergang. Früher mal gab es mehrere Auswege aus dem Dilemma, doch heute gibt es keine Alternativen mehr. Bloß noch Menschen, die wahrscheinlich überleben, und solche, die wahrscheinlich umkommen werden.«

»Leo neigt ein bißchen zum Dramatisieren, aber das macht halt seinen Charme aus«, sagte Rosina und lächelte ihn zärtlich an. Rosina sah aus wie eine Lehrerin – wie eine Lehrerin mit einer Vorliebe für Platinschmuck und teure Gesichtschirurgie. »Das Große Spiel ist weniger romantisch, als man meinen möchte. Im Grunde handelt es sich dabei auch bloß wieder um eine Art amerikanische Geheimregierung, und die sind alle zwar nichts Besonderes, aber sie bestehen nicht lange. Wir ähneln stark dem Widerstand im Süden während der Rekonstruktion. Genau wie das Unsichtbare Imperium – der Ku-Klux-Klan. Etwa zehn Jahre lang war der Ku-Klux-Klan eine richtige Untergrundregierung! Wo alle abwechselnd für einen Moment das Seil in der Hand hielten. Damit niemand die Verantwortung dafür trug, daß der arme Schwarze gelyncht wurde. Den Neger hat's halt irgendwie erwischt.«

Sie lächelte. Während Jane das Blut in den Adern gefror, lächelte sie, denn sie fand das lustig. »Und dann gingen die Beteiligten zurück an ihre Arbeit als County-Richter, Polizist, Anwalt und Ladenbesitzer. Und in der folgenden Woche ritten sie mit ihren Kapuzen und Masken wieder los und töteten jemand. Bei uns ist es genau das gleiche, Jane. Es ist wirklich möglich. Das hat es alles schon gegeben, hier in den Vereinigten Staaten. So was gab es hier schon, lange bevor es Netzwerke, Codierungsverfahren und all die anderen leicht zugänglichen, sicheren, bequemen Mittel gab, die große Verschwörungen so leicht machen. Es ist ganz einfach, wenn man ernsthaft daran arbeitet, und es ist sehr real, so real wie dieser Tisch.« Sie schlug mit der flachen Hand darauf.

»Bloß weil wir uns aus dem Spiel zurückziehen, heißt das noch lange nicht, daß das Große Spiel aufhört«, meinte ein anderer Pokerspieler. Er hatte leicht asiatische Züge und einen Westküstenakzent. Unter den Anwesenden waren keine Schwarze. Auch keine Hispanics. Jane hatte den Eindruck, daß ethnische Ausgewogenheit bei ihrer Nachwuchsbeschaffung keinen hohen Stellenwert genoß, wie immer diese vonstatten gehen mochte. Vielleicht indem sie in irgendwelchen Winkeln der Netzwerke Intelligenztests in Umlauf brachten, mit denen sie Nietzsches Übermenschen suchten. Durch reizvolle intellektuelle Rätsel, die nur Leute einer bestimmten Denkungsart zu lösen vermochten. Mit kleinen Anziehungspunkten im Netz, durch die man in den Untergrund abtauchen konnte, um niemals wieder rauszukommen... »Zum Beispiel Aids. Dieses Virus ist ein Geschenk des Schicksals, wir hätten längst ein Gegenmittel finden können, aber es gibt tapfere, entschlossene, kluge Leute, die die letzte Aids-Variante wie den Heiligen Gral behüten werden... Ein Virus, das sexuell nachlässige Menschen umbringt! Und das gleichzeitig die Immunabwehr schwächt, so daß die Infizierten zu einem riesigen, natürlichen Reservoir für Epidemien werden. Es ist hauptsächlich Aids zu verdanken, daß die neuen Methoden zur Behandlung von Tuberkulose so schnell wirkungslos werden… Wenn es Aids nicht schon gäbe, hätten wir es erfinden müssen. Ohne Aids hätten wir jetzt zehn Milliarden Menschen und nicht bloß acht.«

»Meine Freundin hat dich mit dieser alten KKK-Analogie etwas in die Irre geführt«, meinte Leo sanft. »Wir sind gewiß keine Rassisten, wir sind im Gegenteil ausgesprochen multikulturell; wir zielen niemals darauf ab, eine bestimmte ethnische Gruppe auszulöschen, wir arbeiten lediglich konsequent daran, die globale Geburtenrate zu senken und die globale Sterblichkeit zu erhöhen. Im Grunde haben unsere Aktivitäten ebensowenig mit dem Lynchen zu tun wie der F-6. Wie beim F-6 ist auch bei uns der Tod von ferne auf menschliches Handeln zurückzuführen, aber Schritte zur Erhöhung der globalen Sterblichkeitsrate zu unternehmen, macht aus dem einzelnen Todesfall noch lange keinen Mord. Eine Epidemie ist kein Genozid, sondern eben bloß eine Epidemie unter vielen. Der überwiegende Teil unserer Aktionen ist jedenfalls vollkommen legal und über alle Zweifel erhaben, und niemand hätte einen zweiten Blick dafür übrig. Zum Beispiel… wenn wir einem Medizinstudenten ein Stipendium anbieten.«

Er schenkte sich Kaffee nach und gab geschäumte Milch dazu. »Warum sollte man diesen Arzt nicht dazu ausbilden, komplizierte, kostspielige Verfahren wie neuronale Gehirnscans anzuwenden, anstatt tausende schädlicher Menschenleben durch sauberes Wasser und Kanalisation zu retten? Für gewöhnlich bilden ein paar sehr einsame, sehr hingebungsvolle Menschen das Rückgrat eines nationalen Gesundheitssystems. Sie sind leicht zu finden, und ihre Organisation läßt sich auf sehr subtile Weise torpedieren. Man braucht diese selbstlosen Neurotiker gar nicht über den Haufen zu knallen oder von Rassisten lynchen zu lassen, Gott bewahre. Meistens reichen schon ein paar freundliche Worte und ein wenig sanfte Ablenkung.«

»Hier ein bißchen, da ein bißchen«, sagte der Asiate, »eine kurze Verzögerung bei der Anreise zu einer schweren Hungersnot, oder ein Skandal irgendeiner Berühmtheit, um die Medien vom Ausbruch einer tödlichen Epidemie abzulenken ... Die gegenwärtige verworrene, halblegale Situation bei den Drogen zum Beispiel, das war schon ein genialer Coup ... Eine großartige Finanzierungsquelle für alle möglichen Arten von Untergrund, außerdem sind die Leute, die sich Heroin spritzen, extrem leichtsinnig und leichtgläubig. Solange sie nur den richtigen Kick bringen, werden Straßendrogen kaum jemals auf Zusatzstoffe getestet. Es gibt Narko-Verhütungsmittel – ein Schuß läßt eine Frau auf Dauer allergisch auf ihre eigene Uterusschleimhaut reagieren, wovon die Frau gar nichts bemerkt, bloß daß sich niemals ein befruchtetes Ei in ihrem Uterus einnisten wird.« Er nickte verständig. »Auch bei Massenimpfungen funktioniert das gut, falls man es schafft, die Impfmittel zu kontaminieren ... Man könnte dagegen einwenden, daß die Methode recht sexistisch ist, aber wir haben es bereits mit verdeckter Sterilisation der Männer probiert, und die Statistik zeigt nun mal, daß die Gruppe der fruchtbaren Frauen die eigentliche Ursache für das Bevölkerungswachstum ist; es dreht sich alles um die Gebärmutter, so funktioniert die menschliche Fortpflanzung nun mal ... Menschen, die intravenöse Drogen zu sich nehmen, liebäugeln bereits mit dem Selbstmord; ist es dann so falsch, ihnen dabei zu helfen?«

»Ganz zu schweigen von der Legalisierung der Euthanasie auf Verlangen«, meinte die zweite Frau gereizt. »Und zumindest diese Form des Selbstmords scheint bei Männern weit verbreitet zu sein.«

»Die ganze terroristische Militärtaktik hat darauf abgezielt, die feindliche Infrastruktur zu zerstören – anstatt daß es peinliche Opfer auf dem Schlachtfeld gab, starb die feindliche Bevölkerung an scheinbar natürlichen Ursachen.« Diesmal hatte der Funker gesprochen, der so aufrecht vor dem Scanner saß, als hätte er einen Ladestock verschluckt. »Das war Luddismus in großem Maßstab – zum erstenmal wurde der Luddismus bewußt in nationale Politik umgemünzt. Daß die Praxis des Terrorismus rasch Eingang in die amerikanische Zivilbevölkerung fand, zeigt nur, auf welch breite Unterstützung diese Praxis stößt... Ganz ähnlich wie die Sache mit der CIA und dem LSD, wenn ich mal meine Lieblingsanalogie anbringen darf.«

Leo nippte am Kaffee. »Ihr werdet mir alle fehlen«, gestand er.

»Ich hab dir ja gesagt, er ist sentimental«, sagte Rosina. »Es ist wirklich eine furchtbare Schande, daß die Talente einer solchen Gruppe auf vollkommen geheime Unternehmungen verschwendet werden. Daß man die Verantwortung niemals euch zuschreiben wird. Ihr hättet es alle besser verdient.«

»Ach, wir sind auch nicht schlechter dran als Alan Turing*«, wandte der zweite Schachspieler ein. »Wir sind bloß noch geheimere, dunkle, digitale Gespenster.«

»Eines Tages wird irgend jemand alles aufdröseln«, meinte Rosina tröstend zu Leo. »Wir kennen das ganze Ausmaß der Spielaktivitäten ja selbst nicht einmal, aber es muß zahllose verborgene Spuren geben... Irgend jemand in der Zukunft, vielleicht im nächsten Jahrhundert, mit genügend Zeit und ausreichend

* Alan Turing, 1912–1954, britischer Mathematiker, der das mathematische Modell einer Rechenmaschine entwarf, die sog. Turing-Maschine – *Anm. d. Übers.*

Mitteln für eine umfangreiche Datenbankrecherche, könnte alles wieder ausgraben und die Einzelteile zusammenfügen.« Sie lächelte. »Und uns in Bausch und Bogen verdammen.«

»Das ist ihr Privileg. Ein Privileg, das wir der Zukunft gewähren. Zwei große Privilegien – Überleben und Unschuld.«

»Deshalb sind wir jetzt tote Leute«, erklärte Rosina. »Weißt du, was wir sind, Jane? Wir sind Rettungsbootkannibalen. Wir haben etwas Furchtbares getan, das getan werden mußte, und nun sitzen wir auf diesen Sofas vor dir und lecken uns die Lippen von den letzten Fleischfetzen am Schenkelknochen eines toten Babies. Wir sind gemeine, bleiche, gruselige Wesen, die tief unter der Erde hausen, und von Rechts wegen gehören wir zu den anonymen Toten.« Sie wandte sich an den Mann am Scanner. »Wie schaut's aus, Red?«

»Sieht ziemlich gut aus«, antwortete Red. »Völlig ruhig.«

»Dann bin ich die erste. Los, jemand muß mir das Scheißding abnehmen.« Sie hob den linken Arm. Niemand rührte sich.

Rosina hob die Stimme. »Ich sagte, ich will die erste sein! Ich melde mich freiwillig! Also, wer schneidet mir das ab?«

Der junge Mann im Anzug erhob sich. »Weißt du, was wirklich beschissen daran ist?« meinte er zu Jane, und seine dunklen Augen waren wie zwei Austern aus einer Konservendose. »Es ist beschissen, sich fünf Jahre lang den Arsch aufzureißen, nur um ein paar wirklich exzellente Netzwerktypen zu finden, und dann stellt sich heraus, daß es sich um einen Haufen alter Politiker und Rechtsanwälte handelt! Um Leute, die viel zuviel akademischen, politischen, philosophischen Scheiß posten, der nichts bedeutet, und wenn's dann endlich ernst wird, ist immer jemand anders schuld, dann heuern sie am Ende einen korrupten mexikanischen Cop an, der die Sache für sie erledigt. Allmächtiger!« Er seufzte. »Gib mir mal das Ding da, Mann.«

Der zweite Schachspieler griff unter die Ledercouch und reichte dem jungen Mann einen pneumatischen Bolzenschneider mit Diamantschneide. »Willst du eine Schutzbrille?«

»Seh ich etwa so aus, als ob ich 'ne Scheißschutzbrille wollte? Schwächling!« Er nahm den Bolzenschneider und wandte sich an Rosina. »Los, auf die Treppe.«

Sie gingen hinaus.

Dreißig Sekunden lang sagte niemand etwas. Sie spielten Karten, sie studierten das Schachbrett, Leo heuchelte Interesse am Breitbandscanner. Sie hatten Angst.

Rosina kam ohne Armband zurück. Ein breites Lächeln im Gesicht. Wie eine Frau auf Kokain.

»Es klappt!« keuchte der zweite Schachspieler. »Ich bin der nächste!«

Der junge Mann mit dem Bolzenschneider kam zurück. Unter den Armen war sein Anzug völlig durchgeschwitzt.

»Nimm mich als nächsten!« sagte der zweite Schachspieler.

»Bist du verrückt?« meinte der junge Mann. »Ich kenne die Statistik. Diesmal soll's mal jemand anders probieren.«

»Ich mach's«, sagte Leo zum Schachspieler. »Wenn du dir anschließend mich vornimmst.«

»Abgemacht, Leo.« Der Schachspieler blinzelte dankbar. »Du bist ein ehrliches Haus, Leo. Ich werd dich auch vermissen, Mann.«

Sie gingen hinaus. Eine Minute verstrich. Sie kamen wieder zurück.

»Wir haben wirklich Glück«, spottete der junge

Mann, »oder sie sind doch nicht so gut, wie wir dachten. Was habt ihr mit den toten Armbändern gemacht?«

»Liegen in der Diele.«

»Wir sollten sie später besser sprengen. Möchte nicht, daß jemand die Schaltungen aufdröselt.«

»Ist gut«, sagte Leo mit einem Seitenblick zu Jane. »Jetzt siehst du, warum sich der Scharlachrote Rächer so gut in unsere Gruppe integriert hat! Gerade erst neunzehn Jahre alt – aber von dieser Sorte Gauner gibt's in jedem Netz einen; so was kommt sogar in der besten Gesellschaft vor.«

»Wieso bist du hier?« fragte Jane den Scharlachroten Rächer.

»Ich mache jetzt fünf Jahre beim Großen Spiel mit«, murmelte der Scharlachrote Rächer. »Wird allmählich öde.« Seine Miene umwölkte sich. »Außerdem, wenn ich nicht endlich aus der Stadt verschwinde, muß ich meine dämlichen Eltern umbringen! Mit 'ner Schrotflinte!«

Zwei der Pokerspieler erhoben sich – der asiatische Typ und die zweite Frau. Sie wechselten einen bedeutungsvollen Blick, dann nahm der Mann den Bolzenschneider, und sie gingen hinaus.

Fünfzehn Sekunden später ertönte eine laute Explosion. Dann hörte man Schreien.

Alle wurden kalkweiß im Gesicht. Das Schreien ging in ein gequältes, atemloses Schluchzen über.

Der Scharlachrote Rächer holte einen stumpfnasigen Keramikrevolver aus dem Jackett und ging steifbeinig zur Tür. Er riß sie auf und ließ sie hinter sich offen. Kurzzeitig vernahm man unverständliches Geheul, dann einen Schuß. Dann noch einen Schuß. Dann war Stille. Und schließlich einen letzten Schuß.

Der Scharlachrote Rächer kam zurück. Die Hosenbeine seines schwarz-grauen Anzugs waren mit kleinen Blutstropfen bespritzt. Er hatte den Bolzenschneider dabei – die Diamantschneide des Geräts hatte sich bei der Explosion schwarz gefärbt. »Ihres ist detoniert«, sagte er. »Seins können wir uns jetzt sparen. Er ist ebenfalls tot.«

»Ich hab's mir anders überlegt«, sagte der erste Schachspieler.

Ohne eine Miene zu verziehen, senkte der Scharlachrote Rächer den Revolver und zielte auf den Brillensteg des Schachspielers. »Okay, Mann.«

»Schon gut, ich geh ja schon.« Er schaute zu Red, dem Funker. »Bringen wir's hinter uns.«

»Ich gehe mit«, sagte der Scharlachrote Rächer.

»Warum?« fragte der Schachspieler.

»Weil ich überzählig bin und du mich als letzten losmachen wirst. Und weil du von mir eine Kugel in den Kopf kriegst, wenn du schlappmachst und mit dem Armband wegzulaufen versuchst.« Er schniefte und hustete. »Mann, für 'nen Typ mit drei akademischen Graden, *Mann*, bist du aber verflucht *langsam!*«

Sie gingen hinaus. Und kamen lebend zurück.

»Ich finde, eine Sterblichkeitsrate von fünfundzwanzig Prozent ist außergewöhnlich gut unter den gegebenen Umständen«, sagte Leo.

»In Anbetracht der extremen Vorsichtsmaßnahmen, die uns davon abhalten sollten … ja, durchaus akzeptabel«, meinte der andere Schachspieler.

Der Fernseher, auf dem bislang Schneetreiben geherrscht hatte, erwachte flackernd zum Leben.

»Seht mal, jetzt trifft es Oklahoma City«, sagte der erste Schachspieler. Er drehte die Lautstärke etwas hoch, und die sechs überlebenden Spieler setzten sich aufs Sofa und schauten gespannt zu.

»Guckt euch bloß mal an, wie sie die städtischen Überwachungskameras vernetzt haben, um die erste Schadenswelle aufzunehmen«, sagte Red. »Und nicht nur das, sie sind auch als erste auf Sendung! Die Mannschaft von Kanal 005 ist technisch wirklich Spitze.«

»Bleib auf 005«, sagte der zweite Schachspieler. »Das ist das reaktionsschnellste Sturmteam im ganzen Land.«

»Du sagst es.« Red nickte. »Abgesehen davon, daß wir gar keine Alternative hätten. Ich glaube, die anderen sind noch nicht so weit.« Er probierte am zweiten Gerät die Kanäle durch.

»Wow«, meinte Leo. »Seht euch mal die Satellitenaufnahme von SESAME an... Das ist aber sehr seltsam, Leute. Oklahoma City scheint unter einem riesigen Doughnut zu liegen.«

Rosina kicherte.

»Das ist wirklich eine seltsame Form, findest du nicht, Jane? Was hat das zu bedeuten?«

Jane räusperte sich. »Das bedeutet... das bedeutet, daß Jerry recht hatte. Ich kenne die Form nämlich schon von seinen Simulationen her. Das ist kein Zakken, das ist... also, das ist ein gewaltiger Torus-Wirbel am Boden. Ich meine, stell dir einen Tornado vor... und kipp ihn dann auf die Seite und verbinde die Spitze mit dem Oberteil, als würde sich eine Schlange in den eigenen Schwanz beißen... Dann bekommt man einen großen Ring, einen Torus. Und der saugt von unten und von außerhalb des Rings Luft an und stößt sie oben und an den Seiten wieder aus, und er ist stabil. Und er wird solange größer, bis sich die Wärme und die Feuchtigkeit vollständig abgebaut haben.«

»Was bedeutet das nun genau?«

Tränen strömten Jane über die Wangen. »Ich glaube, das bedeutet, daß meine Freunde alle tot sind.«

»Und daß Oklahoma City endgültig im Eimer ist«, setzte Rosina hinzu.

»Mega«, meinte der Scharlachrote Rächer.

Oklahoma City zeichnete ihren Untergang systematisch auf. Jane wußte sogleich, daß auf dem Bildschirm Geschichte geschrieben wurde, eine seltsame und intensive Art von Geschichte. So als rezitierte ein alter, römischer Poet seine eigene Autobiographie, während er sich im Bad die Pulsadern aufschlitzte.

Beim Zusammentreffen mit dem inzwischen zu voller Wucht erstarkten F-6 explodierte Oklahoma City über Fernsehen, Straßenzug um Straßenzug. Es wurde aufgesaugt, auseinanderklaubt und zerschmettert. Verstärkte Hochhäuser wurden als Ganzes aus dem Boden gezogen, als pflückte jemand Mohrrüben aus dem Erdboden. Es waren sehr harte und starke Gebäude, und wenn sie umkippten und umherzurollen begannen, ergoß sich ihr Inhalt in einem Gemenge aus Glas, Müll und Nebel durch die Fenster. Die umkippenden Hochhäuser rissen große Straßenstücke mit sich, und wenn der Wind unter die Straße gelangte, schossen alle möglichen Sachen empor. Unter der Erde von Oklahoma City war eine Menge Platz, eine Menge Platz mit vielen Menschen darin, und wenn der Wind in diese langgestreckten Schutzräume geriet, blies er hinein wie in eine Flöte. Kanaldeckel wehten durch die Straßen, und aus dem Pflaster schossen Walfontänen aus Dampf, und dann schien ein ganzer Walrumpf unter der Straße aufzutauchen, denn ein weiteres Hochhaus kippte langsam um, und das riß die Straße mitsamt seinen Internetverbindungen und unzerstörbaren Wasserleitungen aus Keramik und den Fußgängerunterführungen aus Beton auf.

Und irgend jemand setzte seine Vision zusammen, montierte sie mit Bedacht. Irgend jemand hatte den Bildschirm in facettenartige Minibildschirme unterteilt: Verkehrsüberwachungskameras und Gebäudeüberwachungskameras und Minibankkameras und all die anderen modernen städtischen Sicherheitskameras, die jetzt aber auch nicht mehr die geringste Sicherheit boten. Und wenn die Kameras dunkel wurden, wenn sie zerschmettert und zerfetzt wurden, explodierten und blind wurden, ersetzte sie irgend jemand durch andere Blickwinkel.

Einer zeigte auf einmal die Truppe. Jerry war zu sehen, wie er den Rücken halb der Kamera zuwandte und sich dem tosenden Wind entgegenstemmte. Er schrie etwas und winkte. Es war das Truppen-Camp, und sämtliche Papierjurten waren zerrissen und zerfetzt und flatterten im Wind. Jerry wandte sich auf einmal der Kamera zu und hielt einen Ornithopter mit kaputten Flügeln hoch, und sein Gesicht leuchtete vor Begreifen und Entsetzen.

Und dann verschwand er.

Es wirkte nicht so, als ob ein Gerät die Blickwinkel auswählte, vielmehr hatte Jane den Eindruck, irgend jemand erledigte das von Hand. Daß menschliche Arroganz dies zusammensetzte, daß irgendwelche Angestellten all dies vorsätzlich, rasch und energisch mit ihren geschäftigen Fingerspitzen zusammenstellten. Im vollen Bewußtsein, daß sie im Dienst sterben würden.

Auf einmal überwältigte sie der Jammer und das Leid dieser gewaltigen Katastrophe, bohrte sich durch das geschäftige Dickicht des Interfaces unmittelbar in ihr Innerstes. Sie spürte, wie der Schmerz in ihr explodierte. Und mit größerer Klarheit als je zuvor dachte sie, daß sie, falls sie jemals diesem Bunker und diesen Menschen des Abgrunds entkommen sollte, lernen würde, etwas anderes zu lieben. Etwas Neues. Etwas, dessen rotierender Kern nicht nach Katastrophe, Zerstörung und Verzweiflung stank.

Dann verblaßte das Bild.

»Übertragung wieder abgebrochen«, sagte Red. »Ich wette, diesmal hat es die Hauptmasten an der Britton Road erwischt – wer hält dagegen?«

»Das war großartig«, meinte Rosina anerkennend. »Ich kann's gar nicht erwarten, bis das Material endgültig bearbeitet wird und als CD rauskommt.«

Red durchkämmte die Kanäle. »SESAME ist immer noch auf Sendung.«

»Yeah, die Bundesregierung hat die Wetterverbindungen in alten Raketensilos untergebracht«, sagte der eine Schachspieler. »Praktisch unzerstörbar.«

»Wo sind wir eigentlich?« fragte der Scharlachrote Rächer, auf die SESAME-Karte blickend. Red zeigte mit dem Finger darauf. »Also«, sagte der Rächer, »ich kann über uns keine Bewölkung erkennen. Ich glaube, es ist klar.«

Auf einmal vernahm man vor der Tür mehrere heftige Explosionen – eigentlich Explosionen innerhalb des Bunkers. Leo zuckte zusammen, dann grinste er plötzlich. »Habt ihr das gehört, Leute! Das waren unsere Detonationssignale!«

»Knapp«, meinte der Schachspieler und zupfte an der Unterlippe. Er war ziemlich blaß geworden. »Verdammt knapp.«

»Wie haben die bloß das Signal durchgebracht?« fragte der andere Schachspieler.

»Mit einer automatisch gestarteten Flugdrohne, möchte ich wetten«, überlegte Red. »Haben wahrscheinlich die ganze Gegend plattgemacht. Wenn eine Drohne unbehelligt über uns drüberfliegen kann, dann müßte das eigentlich bedeuten, daß wir hier sicher rauskönnen.«

»Scheiß auf die Theorie, ich probier's aus«, erklärte der Scharlachrote Rächer. Er ging hinaus.

Als er kurz darauf zurückkam, hinterließen seine eleganten Lederschuhe frische Blutflecken auf dem dicken Teppich des Bunkers. »Die Sonne scheint!«

»Du machst Witze.«

»Keineswegs, Mann! Es ist naß draußen, und alles ist vollkommen plattgemacht, aber der Himmel ist blau, und die Sonne scheint, und der Himmel ist wolkenlos, und ich hau ab, Leute.« Er ging in die Küche und zog einen glänzenden Reisekoffer aus Keramik vom Kühlschrank herunter.

»Weit wirst du zu Fuß nicht kommen«, sagte der Schachspieler.

Der Scharlachrote Rächer funkelte ihn an. »Für wie blöd hältst du mich eigentlich, Gramps? Ich hab's nicht weit. Ich weiß genau, wo ich hin will und was ich tue, und du kommst nicht vor in meinen Plänen. Macht's gut, Leute. Auf Nimmerwiedersehn.« Er öffnete die Tür, stolzierte hinaus und ließ die Tür hinter sich weit offen.

»Recht hat er«, meinte Leo. »Es ist eine gute Idee, daß wir uns so rasch wie möglich aufteilen.«

»Bringst du uns mit dem Personentransporter raus?«

»Nein«, sagte Leo. »Es ist besser, nach Plan A vorzugehen. Ihr geht zu Fuß, und ich demoliere die Anlage. Die Wagen, den Panzer, die Räder, den Bunker, alles.«

»Die Leichen«, bemerkte Rosina.

»Ja, klar, ich werde sie in den Panzer legen, bevor ich ihn in die Luft jage.«

»Ich helfe dir, Leo«, sagte der zweite Schachspieler. »Soviel bin ich dir nach alledem schuldig.«

»Ist gut. Die Zeit ist knapp, Leute, also fangen wir an.«

Leo und seine fünf verbliebenen Freund gingen in die Diele. Die Frau und der Asiate lagen tot auf dem schräg abfallenden Boden, der Teppich war blutgetränkt. Die Wände waren von den Schrapnellsplittern der acht detonierten Armbänder wie mit Pockennarben übersät. Es stank nach verschmortem Plastik. Rosina, der eine Schachspieler und Red, der Funker, zwängten sich umständlich an den Leichen vorbei, ohne sie anzuschauen.

Jane hielt sich im Hintergrund. Der Anblick der Toten machte ihr gar nicht soviel aus. Sie hatte schon schlimmer zugerichtete Leichen gesehen. Eher widerten sie die Lebenden an.

»Eine schmierige Angelegenheit«, meinte der andere Schachspieler betrübt.

Leo zögerte. »Ich glaube, wir sollten dafür besser Gummihandschuhe und medizinisches Papier verwenden. Da ist eine Menge Körperflüssigkeit ausgetreten.«

»Dafür haben wir keine Zeit, Leo. Außerdem waren das zwei von uns; die sind sauber!«

»Ich weiß nicht. Bei Ruby bin ich mir da nicht so sicher«, meinte Leo nachdenklich. »Ruby ist genau der Typ, der auf Retroviren steht.«

Jane durchquerte die Diele. Sie zwängte sich an den beiden vorbei. Ihre Schritte schmatzten auf dem feuchten Teppich. Sie zitterte.

»Jane!« rief Leo.

Sie begann zu laufen.

»Jane!«

Sie rannte aus dem Garagentor. Es war windstill. Die Sonne schien. Die Welt roch wie frischgepflügter Boden. Der Himmel war wolkenlos. Sie lief um ihr Leben.

Alex hockte in einem Baum und knabberte an einem Laib Brot. Das Brot war nicht mehr frisch, denn das zerstörte Haus, aus dem er es hatte, war seit mindestens zwei Tagen verlassen gewesen. In dem Haus hatten ein Mann und seine Frau, die Mutter des Mannes und die beiden Kinder der Eheleute gewohnt, beide mit einem Pferdegebiß. Zusammen mit einem Haufen religiösen Krams; Devotionaliendrucke in Goldrahmen, fromme Literatur, ein völlig zerschmetterter Farmtruck, auf dessen Stoßstangen stand: DIE EWIGKEIT – WANN IST ES SOWEIT? und NACH DEM TOD – WAS DANN?

Offenbar war es mal eine hübsche, kleine Farm gewesen, immerhin mit eigener Zisterne und einem Hühnerstall, aber jetzt war alles zerstört, und als Christen waren die ehemaligen Bewohner womöglich richtig dankbar dafür. Zu seiner Verblüffung hatte Alex sogar einen großen Stapel Papiercomics entdeckt, christlich-biblische Comics, ganz nach alter Art und sogar in Englisch, mit handgezeichneten Illustrationen, gedruckt mit Druckerschwärze und geheftet mit metallenen Heftklammern. Schade, daß sie alle zerfleddert und naß vom Regen waren.

In der Ferne, in nördlicher Richtung, ertönte eine gewaltige Explosion, dann schoß eine schmutzige Rauchsäule gen Himmel. Es war mittlerweile so windstill, und der Himmel war so wundervoll blau, daß die Rauchsäule gerade emporstieg und sich stolz zur Schau stellte. Es sah so aus wie eine heftige Bombenexplosion und hatte sich auch so angehört, aber vielleicht irrte er sich. Ebensogut hätte es ein explodierender Gastank sein können oder eine geborstene Propangasleitung. So was kam vor. Nicht jedes Unglück in der Welt war auf menschliche Einwirkung zurückzuführen.

Alex kaute noch ein wenig Brot und trank etwas Karottensaft. Die christliche Familie hatte auf organischen Vollwertsäften gestanden. Mit Ausnahme des Dads wahrscheinlich, der sein wirklich ungenießbares Okie Double X unter der Spüle versteckt hatte.

Alex' Baum war eine hohe und wohlriechende Zeder, die entwurzelt worden und umgekippt war. Ein Großteil der Äste war abgerissen; ein vorbeiziehender F-2 hatte das rote, wundervoll riechende Kernholz zu Tage treten lassen. Alex war auf den umgekippten Baum geklettert und lag nun in vier Metern Höhe auf dem sonnenwarmen Stamm, mit dem Rükken gegen einen der dickeren Äste gestützt. Der graurindige Stamm unter seinem papierumhüllten Hintern war so stabil wie eine Sitzbank. Das Wrack des Verfolgungsfahrzeugs Charlie lag in Sichtweite.

Juanita war weg, und den Spuren im feuchten Boden nach zu schließen, war sie mit einem Retter in Zivilschuhen verschwunden, der mit einer Art Militärlaster hergekommen war. Das waren gute Nachrichten für Alex, denn die letzten Stunden über war Juanitas Blick glasig gewesen, und sie hatte leicht verwirrt gewirkt. Alex war sicher, daß über kurz oder lang Juanita oder irgendein hilfreicher Trouper auftauchen würde. Sie würde bestimmt nach ihm suchen. Und selbst wenn sie es nicht unbedingt auf ihn abgesehen hätten, im Wagen waren noch viele Megabyte an Daten gespeichert.

Alex fühlte sich recht entspannt und mit sich im Frieden. Er war teilweise taub, das Gesicht tat ihm weh, außerdem die Lunge und die Augen, und am hinteren Gaumen schmeckte er Blut. Vom Rennen durchs Unterholz – überwiegend in heller Panik – hatte er viele häßliche Schrammen und ein paar schmerzhafte Blutergüsse zurückbehalten, außerdem war er mit Zedernsaft und Dreck verschmiert.

Aber er hatte den F-6 gesehen. Der F-6 hatte seine Erwartungen weit übertroffen. Es was schön, endlich einmal nicht enttäuscht zu werden. Er hatte das Gefühl, sich jetzt mit größerer Würde ins Sterben schicken zu können.

Er kaute noch etwas Brot. Das Brot war nicht gut, aber es war besser als die Nahrung im Camp. Ein graues Eichhörnchen flitzte auf dem Waldboden umher. Es trank aus einer Regenpfütze in den Wurzeln eines umgestürzten Baums. Wobei es völlig gelassen wirkte. Halt wie ein Eichhörnchen, das seiner Beschäftigung nachging.

Durch das hartnäckige Ohrensausen hindurch hörte Alex jemanden rufen. Jemand rief seinen Namen. Er richtete sich auf, setzte den Fuß in das smarte Seil, ließ sich vom Baumstamm auf den Boden hinab und legte sich das aufgerollte Seil eilends über die Schulter.

Er arbeitete sich durch das Labyrinth umgestürzter Bäume zum Unfallort vor.

Und als er seinen Retter erspähte, der sich im Umkreis des Unfallorts umsah, floh Alex. Er gelangte wieder zu der umgestürzten Zeder, warf das Seil hinauf und zog sich rasch wieder in den Baum hoch.

Er stellte sich auf den Stamm, winkte und rief: »Hier drüben!« Allzu laut rufen konnte er nicht, sonst bekam er Schmerzen im Brustkorb.

Leo Mulcahey kam herüber, indem er sich systematisch durch das Baumlabyrinth vorarbeitete. Er trug einen robusten Filzstetson und eine Safarijacke.

Auf einem kleinen Flecken kniehohen Unterholzes blieb er stehen und schaute zu Alex hoch. »Läßt du's dir gutgehen?« fragte er.

Alex faßte sich an die Ohren. »Was hast du gesagt, Leo? Komm näher. Ich bin irgendwie taub. Tut mir leid.«

Leo kam näher, lehnte sich an den Stamm und blickte wieder hoch. »Hätte ich mir denken können, daß du's dir gut gehen läßt!«

»Du brauchst nicht mehr zu schreien, es geht schon. Wo ist Juanita?«

»Dasselbe wollte ich eigentlich dich fragen. Obwohl's dir doch wurscht ist.«

Alex kniff die Augen zusammen. »Ich weiß, daß du sie abgeholt hast, also verarsch mich nicht. So blöd, ihr was anzutun, bist du doch nicht, oder, Leo? Es sei denn, du willst dich mit uns beiden anlegen.«

»Ich habe keinen Streit mit Jerry. Nicht mehr. Das ist jetzt alles Vergangenheit. Ich werde Jerry sogar helfen. Das ist die letzte Tat, mit der ich meinem Bruder wirklich helfen kann.« Er holte eine Keramikpistole aus der Jackentasche.

»Also, das ist ja toll«, höhnte Alex. »Du blödes Arschloch von einem Gespenst! Ich hatte letzte Woche zwei Bronchialblutungen, und da willst du mich erschießen und unter diesem Baum liegenlassen? Du hoffnungsloser Gringo-Idiot, ich habe den F-6 überlebt, ich brauche keinen beschissenen Mörder wie dich! Ich kann wunderbar auch allein sterben. Verschwinde, bevor ich die Geduld verliere!«

Leo lachte überrascht auf. »Das ist wirklich komisch! Soll ich dich gleich dort oben erschießen, wo es vielleicht schmerzhaft sein könnte, oder willst du lieber runterkommen, damit es effizienter und rascher vonstatten geht?«

»Ach«, meinte Alex geziert, »ich ziehe es vor, auf möglichst indirekte, unpersönliche und klinische Weise umgebracht zu werden, vielen Dank.«

»Oh, wenn's um uns beide geht, dann ist es schon persönlich«, versicherte ihm Leo. »Wegen dir konnte ich meinem Bruder nicht persönlich Lebewohl sagen. Ich hätte meinen Bruder wirklich liebend gern gesprochen, weil ich ein paar wichtige persönliche Angelegenheiten mit ihm zu bereden hatte, und ich hätte mühelos an seinem Gefolge vorbeikommen und ihn unter vier Augen sprechen können, aber das hast du verhindert. Und jetzt, bei der ganzen Hetze, ist es zu spät.« Leos Miene verdüsterte sich. »Ich nehme an, das ist kein ausreichender Grund, dich umzubringen; aber dann ist da noch das Geld. Juanita hat kein Geld mehr übrig; wenn du tot bist, bekommt sie deins und Jerry bekommt ihres. Dann wird dein Vermögen in die Umweltforschung investiert, anstatt daß es für den Medikamentenkonsum eines hinfälligen Schwächlings vergeudet wird. Dich zu töten, ist wirklich eine gute Tat. Dadurch wird die Welt ein kleines Bißchen besser.«

»Das ist wirklich wundervoll«, sagte Alex. »Ich fühle mich ja so geehrt, auf diese Weise zu deinem guten Gewissen beizutragen. Deiner scharfsichtigen Einschätzung meines moralischen und sozialen Werts kann ich nur beipflichten. Dürfte ich noch eine Bemerkung machen, bevor du mich exekutierst? Wäre es genau anders rum, und ich hätte vor, dich zu exekutieren, dann würde ich es *ohne Scheißpredigt* tun!«

Leo runzelte die Stirn.

»Was hast du, Leo? Ein alter Künstler wie du kann es nicht haben, daß der Verurteilte das letzte Wort behält?«

Leo hob die Pistole. Hinter seinem Kopf richtete sich lautlos eine dünne, schwarze Schlinge auf.

»Du solltest dich beeilen, Leo! Schieß schon!«

Leo zielte lächelnd.

»Zu *spät*!«

Das smarte Seil schnappte um seinen Hals zu und riß ihn in die Höhe. Das Genick knackte vernehmlich. Leo schnellte vom Waldboden empor wie eine Marionette an ihren Fäden. Dann, als sich das smarte Seil zischend um den Ast wickelte, roch es nach verbrannter Rinde, und der Körper zappelte heftig. Nach einer Weile kam er zur Ruhe.

Alex brauchte siebenundvierzig Stunden, um von dem zerstörten Wald in Oklahoma bis zum Penthouse seines Vaters in Houston zu gelangen. Rund ums Katastrophengebiet gab es eine Menge bürokratischer Schikanen, aber die Nationalgarde und die Cops konnten ihn nicht am Weitergehen hindern, und sein Geschick wendete sich, als er ein Motorrad fand. Er aß nicht viel. Er schlief kaum. Er hatte Fieber. In der Brust hatte er heftige Schmerzen, und der Tod war nah. Der Tod war nun in greifbare Nähe gerückt, kein romantischer Tod diesmal, nicht der süße, drogenumnebelte, transzendente Tod. Sondern der wirkliche Tod, der Tod von der kalten, altmodischen Art, ein Tod, wie es der Tod seiner Mutter gewesen war, eine Leere und ein Stillsein für immer. Er liebte den Tod nicht mehr. Er mochte den Tod nicht einmal mehr. Das Sterben war etwas, das er hinter sich bringen mußte.

Es war nicht leicht, in den Stadtteil seines Vaters hineinzugelangen. Die Cops von Houston waren schon immer zahlreich und hart gewesen, die Art

Cops, die Zähne wie Dobermänner hatten, und das schwere Wetter hatte sie nicht milder gestimmt. Die Cops von Houston waren nett zu Leuten, wenn sie wie nette Leute aussahen; aber wenn Leute so aussahen wie er jetzt, dann waren die Cops des Jahres 2031 die Art Cops, die Landstreicher festnahmen und mit ihnen draußen in den Sümpfen furchtbare Sachen anstellten.

Aber Alex hatte seine Methoden. Er war nicht umsonst in Houston aufgewachsen, und er wußte, was es bedeutete, wenn einem jemand eine Gefälligkeit schuldig war. Er erreichte das Haus seines Vaters, ohne auch nur die Klamotten zu wechseln.

Und dann mußte er sich an den Leuten seines Vaters vorbeiarbeiten.

Er schaffte es, das Gebäude zu betreten. Er setzte sich beim Aufzugcomputer durch. Der Portier an der Tür zum Penthouse-Stockwerk ließ ihn ein; er kannte den Portier. Und dann mußte er im marmornen Vorzimmer mit den riesigen aztekischen Mandalas, den Orang-Utan-Schädeln und den chinesischen Lampen warten.

Er saß in seinem schmutzigen Papieranzug hustend und zitternd auf der samtbezogenen Sitzbank, die Hände auf den Knien und mit schwindligem Kopf. Er wartete geduldig. So war es bei seinem Vater jedesmal. Wenn er lange genug gewartet hatte, tauchte irgendein Laufbursche auf und brachte ihm Kaffee und süße englische Kekse.

Nach etwa zehn Minuten öffnete sich die bronzene Doppeltür am anderen Ende des Vorraums, und hindurch trat die schönste Frau, die er je gesehen hatte. Sie war ein neunzehnjähriger Wildfang mit violetten Augen, mit einer reizenden schwarzen Ponyfrisur, kurzem Rock, aufgeknöpfter Bluse und hohen Absätzen.

Sie machte ein paar zögernde Schritte auf dem getäfelten Marmorboden, schaute Alex an und lächelte affektiert. »Bist *du* das?« fragte sie auf spanisch.

»Tut mir leid«, sagte Alex. »Ich glaube nicht.«

Sie wechselte ins Englische über, und ihre Augen weiteten sich. »Möchtest du ... *Shopping* gehen?«

»Nein, danke, im Moment nicht.«

»Ich könnte dich *herumführen*. Ich kenne viele nette Geschäfte in Houston.«

»Vielleicht ein andermal«, sagte Alex und nieste heftig. Sie betrachtete ihn nun mit tiefer Sorge, dann drehte sie sich um und ging hinaus, worauf sich die Türen mit einem dumpfen Laut hinter ihr schlossen.

Etwa sieben Minuten später tauchte ein Laufbursche mit dem Kaffee und den Keksen auf. Es war ein neuer Laufbursche – es war fast jedesmal ein neuer Laufbursche, der unterste Rang im Unger-Imperium –, aber die englischen Kekse waren wirklich gut, und der Kaffee stammte wie immer aus Costa Rica und war hervorragend. Alex hielt sich bei den Keksen zurück, nippte mehrmals vorsichtig am Kaffee und erholte sich so weit, daß er heftige Schmerzen bekam. Er bat den Laufburschen, ihm ein Aspirin oder besser noch ein Kodein zu bringen. Der Laufbursche kehrte nicht zurück.

Dann tauchte einer der Privatsekretäre auf. Es war einer der älteren Sekretäre, Señor Pabst, der Familie loyal ergeben, ein gepflegter alter Herr mit einem mexikanischen Anwaltspatent und einem gut kaschierten Alkoholproblem.

Pabst musterte ihn mit aufrichtigem Mitgefühl. Pabst stammte aus Matamoros. Die Unger-Familie hatte eine Menge Verbindungen in Matamoros. Alex wäre nicht so weit gegangen, zu sagen, daß er eine Beziehung zu Pabst hatte, aber ihr Verhältnis kam gegenseitigem Verständnis recht nahe.

»Ich glaube, du solltest dich besser gleich ins Bett legen, Alejandro.«

»Ich muß mit El Viejo sprechen.«

»Du bist nicht in der Verfassung, um mit El Viejo zu sprechen. Du wirst irgendwelche Dummheiten machen, die dir hinterher leid tun werden. Sprich morgen mit ihm. Das ist besser.«

»Also, will er mich nun empfangen oder nicht?«

»Er will dich empfangen«, gab Pabst zu. »Er will dich immer empfangen. Aber wohl kaum in diesem Zustand.«

»Mittlerweile dürfte ihn doch nichts mehr so leicht umhauen, oder? Bringen wir's hinter uns.«

Pabst brachte Alex zu seinem Vater.

Guillermo Unger war ein hochgewachsener, schlanker Mann Ende fünfzig, mit kunstvoll verwobenem, künstlichem blondem Haar von der Farbe von Molkereibutter allerbester Qualität. Er hatte blaue und sehr wässrige Augen, die hinter dicken Brillengläsern verborgen waren, das unselige Ergebnis eines längeren Herumexperimentierens mit computerunterstützter Wahrnehmung. Unter dem medizinischen Puder-Make-up breitete sich wieder der Ausschlag von einer fehlgeschlagenen Hormonbehandlung aus. Er trug einen Tropenanzug aus Leinen. Offenbar war seine Stimmung – nein, nicht gut, das war eigentlich nie der Fall, aber positiv.

»Da bist du also wieder«, sagte er.

»Ich war mit Juanita zusammen.«

»Das habe ich gehört.«

»Ich glaube, sie ist tot, *papá*.«

»Sie ist nicht tot«, sagte sein Vater. »Tote lesen keine Email.« Er seufzte. »Sie lebt immer noch mit diesem dämlichen Mathematiker zusammen! Er hat sie mittlerweile nach Neumexiko gebracht. Ein gescheiterter Akademiker, großer Gott. Ein Wahnsinniger. Sie hat alles hingeschmissen, hat zugelassen, daß er ihre Karriere zerstört. Gott allein kann ihr jetzt noch helfen, Alejandro. Denn Gott weiß, daß ich es nicht vermag.«

Alex setzte sich. Er legte die Hände auf den Kopf. Seine Augen füllten sich mit Tränen. »Ich bin froh, daß sie am Leben ist.«

»Alejandro, sieh mich an. Was soll der Papieranzug, warum läufst du herum wie ein Penner? Was soll der Dreck? Warum kommst du in einem solchen Aufzug in mein Büro, kannst du dich nicht wenigstens vorher waschen? Wir sind keine armen Leute, wir haben Bäder.«

»*Papá*, sauberer ging's nicht. Ich habe einen Tornado überlebt. Der Dreck sitzt tief in der Haut. Man kann ihn nicht rauswaschen, man muß warten, bis sich die Haut erneuert hat. Tut mir leid.«

»Du warst in Oklahoma City?« fragte sein Vater interessiert.

»Nein, Dad. Wir waren dort, wo der Sturm zuerst zugeschlagen hat. Wir haben ihn verfolgt, und wir haben gesehen, wie es losging.«

»Oklahoma City wurde ausführlich übertragen«, meinte sein Vater nachdenklich. »Das war ein ziemlich bedeutsames Ereignis.«

»Wir waren nicht in Oklahoma City. Dort sind jedenfalls alle umgekommen.«

»Nicht alle«, widersprach sein Vater. »Kaum mehr als die Hälfte.«

»Davon haben wir nichts mitbekommen. Wir haben nur die Entstehung des F-6 miterlebt. Wir – die Truppe – wollten den Sturm von Anfang an dokumentieren, aus wissenschaftlichen Gründen, um ihn zu begreifen.«

»Um ihn zu begreifen, wie? Höchst unwahrscheinlich! Wissen diese Leute, warum sich der Sturm unmittelbar hinter Oklahoma City so plötzlich gelegt hat?«

»Nein. Ich weiß nicht, ob sie das wissen. Ich bezweifle, daß sie es wissen.« Alex starrte seinen Vater an. Das führte zu nichts. Er wußte nicht, was er dem

Mann sagen sollte. Er hatte ihm nichts mitzuteilen. Abgesehen von der unangenehmen Nachricht, daß er sterbenskrank war und daß jemand aus der Familie ihm beim Sterben würde zusehen müssen. Hauptsächlich aus formalen Gründen. Und er wollte nicht, daß Jane diejenige sein müßte. Sein Vater war der einzige, der sonst noch in Frage kam.

»Also«, sagte sein Vater, »ich habe mich schon gefragt, wann du zurückkommen und wieder Vernunft annehmen würdest.«

»Ich bin wieder da, *papá*.«

»Ich habe versucht, dich zu finden. Gelungen ist es mir nicht, schließlich hat deine Schwester dich vor mir versteckt.«

»Sie … äh … Na ja, ich kann sie nicht verteidigen, *papá*. Juanita ist sehr dickköpfig.«

»Ich hatte gute Neuigkeiten für dich, deshalb wollte ich mit dir sprechen. Sehr gute medizinische Neuigkeiten, Alex.«

Alex brummte etwas. Er lehnte sich zurück.

»Ich kann dir nichts Genaues sagen, aber seit einiger Zeit haben wir Dr. Kindscher verpflichtet, und als ich hörte, daß du da bist, habe ich ihn gleich herkommen lassen.« Er schwenkte die Hand über einer in den Schreibtisch eingelassenen Linse.

Dr. Kindscher betrat das Büro. Alex hatte den Eindruck, Dr. Kindscher habe bereits eine ganze Weile gewartet. Halt eine Frage der medizinischen Etikette, um klarzumachen, wessen Zeit wertvoller war.

»Hallo, Alex.«

»Hallo, Doktor.«

»Wir haben neue Ergebnisse aus der Schweiz, Ihren Genscan betreffend.«

»Ich dachte, das Projekt hätte man schon vor Jahren aufgegeben.«

Dr. Kindscher runzelte die Stirn. »Alex, es ist gar nicht so leicht, ein ganzes menschliches Genom bis auf die letzten paar Centimorgan zu analysieren. Bei einem einzelnen Individuum ist das eine äußerst komplizierte Angelegenheit.«

»Wir mußten uns für die Analyse Sublabors suchen«, sagte sein Vater, »und die Aufgaben in kleine Fitzelchen unterteilen.«

»Und wie Mr. Unger sagte, haben wir ein neues Fitzelchen entdeckt«, meinte Dr. Kindscher, strahlend vor Genugtuung. »Wirklich sehr ungewöhnlich!«

»Worum handelt es sich?«

»Um einen neuen Typ von Mucopolysaccharidose auf Chromosom 7-Q-22.«

»Könnte ich das verständlicher haben? Geben Sie mir eine Zusammenfassung«, krächzte Alex. »Sagen Sie mir, was dabei rausgekommen ist.«

»Nun, seit Ihrer Geburt blockiert der genetische Defekt, an dem Sie leiden, zeitweise das ordentliche Funktionieren Ihrer Lungenzellen, was die Absonderung von Flüssigkeiten betrifft. Ein sehr seltenes Syndrom. Auf der ganzen Welt sind nur vier solche Fälle bekannt. Einer in der Schweiz – ich finde, das war ein glücklicher Zufall – und zwei in Kalifornien. Sie sind der erste bekannte Fall in Texas.«

Alex blickte den Arzt an. Dann seinen Vater. Dann wieder den Arzt. Diesmal war es ernst. Diesmal fehlten die üblichen Rückversicherungen, das medizinische Kauderwelsch und die alternativen Prognosen. Sie glaubten wirklich, sie hätten die Ursache gefunden. Sie hatten sie gefunden. Sie hatten sie. Diesmal hatten sie den wahren Grund seiner Krankheit entdeckt.

»Warum?« krächzte er.

»Eine mutagene Schädigung der Eizelle«, sagte Dr. Kindscher. »Das kommt nur äußerst selten vor, aber bei allen bislang diagnostizierten Fällen war die Mutter einem industriellen Lösungsmittel ausgesetzt, einem ganz speziellen industriellen Lösungsmittel, das inzwischen nicht mehr verwendet wird.«

»Chipfertigung«, sagte sein Vater. »Lange, bevor du geboren wurdest, war deine Mutter in einer Grenzfabrik in der Chipfertigung beschäftigt.«

»Was? Das ist es also, mehr steckt nicht dahinter?«

»Damals war sie jung«, meinte sein Vater traurig. »Wir lebten an der Grenze, ich stand gerade erst am Anfang, und wir hatten nicht viel Geld.«

»Das ist es also, wie? Meine Mutter war in einer *maquiladora*-Fabrik einem Mutagen ausgesetzt. Und deshalb ging's mir die ganze Zeit über dreckig.«

»Ja, Alex.« Dr. Kindscher nickte. Er wirkte tief gerührt.

»Ich verstehe.«

»Die beste Neuigkeit aber lautet, es gibt eine Behandlungsmethode.«

»Das hätte ich wissen müssen.«

»In den USA ist sie illegal«, sagte sein Vater. »Und viel zu fortschrittlich für eine Grenz-*clínica*. Aber diesmal klappt es, mein Sohn. Diesmal werden sie das Problem bei der Wurzel packen.«

»Wir haben uns bereits an eine Klinik gewandt, und dort ist man bereit, dich aufzunehmen, Alex. Eine Genreparatur. Legal in Ägypten, im Libanon und auf Zypern.«

»Ach...«, meinte Alex. »Hoffentlich nicht Ägypten.«

»Nein, Zypern«, sagte sein Vater.

»Gut, ich hab nämlich gehört, in Ägypten gäbe es einen schlimmen Staphylokokkenstamm.« Alex erhob sich und trat unter Schmerzen neben den Arzt. »Also sind Sie sich diesmal wirklich sicher?«

»So sicher wie nur je zuvor in meiner Laufbahn. Diesmal können Sie sich darauf verlassen. Die Ursache liegt in Ihren Genen, deutlich sichtbar für jeden ausgebildeten Techniker, und nun, wo wir die genaue Position auf dem Chromosomenast ausgemacht haben, kann Ihnen das jedes beliebige Labor bestätigen. Ich habe das Ergebnis bereits zweimal bestätigen lassen!« Er strahlte. »Wir haben es endlich geschafft, Alex. Wir werden Sie heilen!«

»Ich danke Ihnen«, sagte Alex. »Sie Arschloch.« Er schlug Dr. Kindscher ins Gesicht.

Der Arzt taumelte und fiel hin. Er rappelte sich verblüfft hoch, hielt sich die Wange, dann machte er kehrt und rannte aus dem Büro.

»Das wird mich eine Stange Geld kosten«, bemerkte Alex' Vater.

»Tut mir leid«, sagte Alex. Er stützte sich zitternd auf den Tisch. »Wirklich.«

»Ist schon gut«, sagte sein Vater, »ein Schlag ist viel zuwenig für diese Nervensäge.«

Alex brach in Tränen aus.

»Ich möchte die Behandlungskosten übernehmen, Alejandro. Denn jetzt weiß ich, daß es nicht deine Schuld war, mein Junge. Du hast die Krankheit schon bei der Geburt mitbekommen.«

Alex wischte sich die Tränen ab. »Immer noch der Alte, *papá*«, krächzte er.

»Ich weiß nicht, ob alles beim alten bleiben wird, wenn die Mutation beseitigt ist«, erklärte sein Vater, »aber vielleicht wirst du dich verändern. Wer weiß? Ich bin dein Vater, mein Junge, ich glaube, diese Chance, gesund zu werden, bin ich dir schuldig.« Er runzelte die Stirn. »Aber diesmal keine Dummheiten mehr! Keine Skandale mehr wie diese schändliche Geschichte in Nuevo Laredo! Alejandro, diese Leute haben Anwälte auf mich angesetzt! Du fliegst nach Zypern, und zwar auf der Stelle, und dort bleibst du auch. Keine Gespräche, keine Anrufe, keine Kreditkarten, du tust einfach, was man dir sagt! Und keine Dummheiten mehr, besonders nicht seitens deiner verrückten Schwester.«

»Ist gut«, sagte Alex. Er ließ sich auf den Stuhl fallen. »Du hast gewonnen. Ich gebe auf. Ruf die Ambulanz.« Er begann zu kichern.

»Lach nicht, Alex. Gentherapie soll sehr schmerzhaft sein.«

»Schmerzhaft ist es immer«, meinte Alex lachend. »Alles tut weh. Solange man noch etwas spürt.«

EPILOG

Austin, Texas, wurde früher einmal ›Stadt der Violetten Krone‹ genannt, damals, als die Stadt noch so klein gewesen war, daß sie in das Hügelbecken hineingepaßt hatte. Dieses Hügelbecken sollte angeblich vor örtlichen Tornados schützen. Diesen Zweck erfüllte die Violette Krone längst nicht mehr, falls sie es jemals getan hatte, und selbst der älteste Stadtkern von Austin war in den vergangenen fünf Jahren von einem F-2 verwüstet worden.

Der Zacken war mitten durch den ältesten nördlichen Vorort der Stadt gezogen, einen traditionellen Wohnbezirk, der unmittelbar nördlich der Universität von Texas gelegen war. Das Gebiet gehörte mittlerweile zur Universitätsdomäne, stand unter privater Verwaltung und privater Polizeigewalt. Abgesehen von ein paar alten, eindrucksvoll gerupften Bäumen, fielen die Sturmschäden nicht sonderlich auf. Hauptsächlich waren es große, alte Pecanobäume; einige waren abgestorben und durch Schößlinge ersetzt worden, doch viele waren verstümmelt und standen noch aufrecht.

Alex stach die Spur der Verwüstung allerdings gleich ins Auge. Eben noch war man unter einem gleichmäßigen Blätterdach gedeihender, gehätschelter, CO_2-genährter Giganten hergefahren, und auf einmal standen am Straßenrand all diese gequälten, goyaesken Mutanten, aus denen magere, kleine grüne Triebe hervorsprossen und an denen man vielleicht noch einen alten, verkrümmten Ast als eine Art mahnenden Zeigefinger übriggelassen hatte. Er machte eine entsprechende Bemerkung zu seiner Begleiterin.

»In Boston gab es früher keine Tornados«, sagte sie.

Seine Schwester bewohnte einen Schuhkarton von einer Wohnung. Ein kleines, braun-weißes Häuschen, das hundert Jahre alt wirkte, wenn der Tag danach war. Anfang der 2020er, als das gerade in Mode war, hatte jemand das Äußere des Hauses mit wasserdichtem Lack besprüht. Die weiße Hausfarbe unter dem Lack wirkte unnatürlich sauber und lebhaft.

Als Alex zur Betonveranda hochging, sah er, daß die unter dem Lack eingesperrte Farbe den Geist aufgegeben und in unzählige winzige Farbflöckchen zersplittert war, die nicht größer waren als feiner Staub. Aber das machte nichts. Der Staub konnte nicht raus. Der Lack hatte ihn für die Ewigkeit konserviert.

Jane spähte durchs Sicherheitsglas der Tür und erblickte einen kleinen, plumpen jungen Mann in Anzug und Krawatte. Und eine sehr seltsam aussehende Frau. Einen hexenhaften, zigeunerhaften Typ in einem geschlitzten Seidenkleid, gestreiften Strümpfen und roten, an den Knöcheln verschnürten Sandalen. Ihre eine Gesichtshälfte – Ohr, Wangen, Schläfe – war von einer großen, purpurfarbenen Tätowierung entstellt.

Bewaffnet zu sein schienen sie jedenfalls nicht. Und auch nicht sonderlich gefährlich. Auf dem Universitätsgelände gab es sowieso nur selten Ärger. Die Universität verfügte nämlich über gewaltige Mengen an Daten und stand im Mittelpunkt der Aufmerksamkeit, außerdem hatte sie einiges Geld und konnte, was noch wichtiger war, auf eine Phalanx bewaffneter, disziplinierter und einsatzfreudiger Studenten zurückgreifen.

Jane öffnete die Tür. »Hallo?«

»Janey?«

»Ja?«

»Ich bin's.«

Jane starrte ihn entgeistert an. »Allmächtiger! Alex.«

»Das ist Sylvia«, meinte Alex. »Sylvia Muybridge. Sie ist meine Reisebegleiterin. Sylvia, das ist meine Schwester, Jane Unger.«

»Hallo, wie geht's«, sagte Jane. »Eigentliche heiße ich jetzt Jane Mulcahey. Das ist einfacher, und außerdem ist es legal.« Sie hielt die Hand mit dem goldenen Ring hoch.

»Ja«, sagte Alex gequält, »ich wußte, daß du einen Ehenamen führst, aber ich dachte, im Netz würdest du immer noch unter dem Namen Jane Unger arbeiten.«

»Na ja, also, das werd ich wohl auch noch ändern.«

Alex zögerte. »Dürfen wir reinkommen?«

»Aber sicher doch!« Jane lachte. »Los, kommt rein.«

Sie wußte, daß ihre Wohnung katastrophal aussah. Überall lagen Ausdrucke, Lehrbücher und haufenweise Disketten herum. An der Wand hing eine riesige gerahmte, mehrfarbene Karte mit der Überschrift: FREQUENZVERTEILUNG DER USA: DAS FUNKSPEKTRUM.

Jane scheuchte eine Katze vom Sofa – ein Futon mit Papierbezug – und räumte ihnen ein Fleckchen zum Sitzen frei. »Bist du immer noch allergisch gegen Katzen?«

»Nein. Nicht mehr«, antwortete Alex.

»Wie lange ist es her, Alex?«

»Elf Monate«, sagte er und nahm Platz. »Fast ein Jahr.«

»Verdammt«, sagte Jane. »Was kann ich euch anbieten?«

Zum erstenmal ergriff Sylvia das Wort. »Hast du irgendwelches Ibogain?«

»Was ist denn das?«

»Schon gut, vergiß es.«

Jane berührte ihren Bruder an der Schulter. »Die haben wirklich gute Arbeit geleistet auf Zypern, du siehst nämlich prächtig aus, Alex.«

»Ja«, sagte Alex, »in Nikosia haben die sämtliche Nähte aufgetrennt und alles neu vernäht. Man hat mir gesagt, daß ich fett werden würde. Metabolisch, meine ich. Genetisch bin ich eigentlich ein großer, fetter, blonder Typ, Janey. Natürlich werd ich nie drüber wegkommen, daß ich in meiner Entwicklung gehemmt war.« Er lachte.

»Tut mir leid, daß ich dich nicht gleich erkannt habe. Vor allem lag das am Anzug.«

»Nein«, sagte er. »Nein, ich bin jetzt ein vollkommen anderer Mensch, das weiß ich. Alles dreht sich um die Gene, Janey, das ist Mega-Hexerei. Schau dir mal meine Hände an! Eigentlich sollte sich bloß meine Lunge verändern, und das hat sie auch getan, meine Lunge ist jetzt nicht mehr zu erschüttern. Aber guck dir bloß mal meine Hände an! Vorher sahen sie anders aus.«

Jane hielt ihre Hand hoch und legte sie sanft an seine. »Du hast recht. Jetzt sehen sie wie meine aus. Sie sind gar nicht mehr… na ja, sie sind gar nicht mehr schmal.«

»Es ist wirklich ganz einfach«, sagte Alex. »Bevor sie mich neu zusammengesetzt haben, hatte ich kein eigenes Leben, und jetzt, nach diesem Eingriff, nach allem, was ich durchgemacht habe, lebe ich endlich! Jetzt bin ich wie alle anderen. Der Fluch ist von mir genommen. Er ist getilgt und ausgelöscht. Wahrscheinlich werde ich sogar richtig alt werden.«

Jane blickte Alex' Freundin an. Sie vermutete, daß es seine Freundin war. Wenn nichts zwischen ihnen war, hätte sie sich bestimmt nicht so herausfordernd gekleidet und wäre nicht mit ihm hergekommen. Ihre

Anwesenheit konnte nur bedeuten, daß Alex sie bewußt vorzeigen wollte.

Aber da war dieses Gesicht. Dieser große Fleck in ihrem Gesicht. Der Anblick war nur schwer zu ertragen. Außerdem hatte sie irgend etwas damit angestellt; es war nicht bloß ein großes, portweinfarbenes Muttermal, sie hatte auch noch zusätzlich daran herumgepfuscht; die Ränder waren mit sehr feinen und sehr kunstvollen punktierten Linien umgeben. Wie mit getüpfelter, schimmernder, regenbogenfarbener Tinte. Jane hatte so etwas noch nicht gesehen. Sie fand es abstoßend.

»Was machen die Leute von der Truppe?«

»Oh, hin und wieder hören wir von ihnen«, sagte Jane. »Von Bussard ziemlich oft. Rudy, Sam, Peter und Rick haben oben in Kansas jetzt ihr eigenes Team und sind immer noch auf der Jagd. Martha ruft nur selten an, aber mit Martha hab ich mich sowieso nicht so gut verstanden. Mit Joe Brasseur treffen wir uns häufiger, der hat einen ruhigen Job bei der Bundeswasserkommission.«

»Ich hatte noch gar keine Gelegenheit, dir zu sagen, wie leid mir das mit Greg und Carol tut. Und das mit Mickey natürlich auch.«

»Na ja«, meinte sie. »Mickey war ein guter Mensch, und Greg und Carol waren meine engsten Freunde.«

»Wie geht's Ed?«

»Also, Ed kann wieder beide Arme gebrauchen. Nicht so wie früher, aber es geht. Ellen Mae geht es auch schon wieder viel besser. Die ist jetzt oben in Anadarko ...«

»Was macht Jerry? Ist Jerry da?«

»Nein. Der ist an der Universität. Er muß jeden Moment zurückkommen.« Sie sah auf die Uhr. »Möchtet ihr zum Mittagessen bleiben? Ich mache Tacos, das geht schnell.«

»Ich helfe dir«, sagte Alex.

Sie gingen in Juanitas vollgestopfte und alte Küche hinüber. Sylvia blieb auf dem Sofa sitzen. Alex zuckte zusammen, als er hörte, wie sie den Fernseher mit der Fernbedienung auf Touren brachte. Mit raschen Daumenbewegungen durchforstete sie systematisch die in Austin verfügbaren achthundert Kanäle.

Er stellte sich zu den elektrischen Küchengeräten und schaute zu, wie der Taco-Teig in der Pfanne Blasen warf. Die Oberseite von Juanitas Herd war mit orangefarbener Schmiere bespritzt. Jane würzte den Taco-Teig so ausgiebig mit Knoblauchsalz, als wollte sie ihn damit zur Unterwerfung zwingen. Seine Schwester war so ziemlich die schlechteste Köchin auf der Welt.

»Du mußt Nachsicht mit Sylvia haben«, meinte er ruhig. »Mit anderen Leuten hat sie so ihre Probleme, sie ist ziemlich schüchtern.«

»Ich bin richtig gerührt, daß du deine Freundin mit zu mir bringst, Alex.«

»Ich fänd's schön, wenn ihr beide gut miteinander auskämt. Sie bedeutet mir eine ganze Menge. Eigentlich mehr als jede andere Frau bisher.«

»So ernst ist es also, hm?«

»Das kann ich noch nicht sagen«, antwortete er. »Ich hab sie übers Netz kennengelernt, in einer Selbsthilfegruppe für Gengeschädigte. Sylvia ist gut im Netz. Menschen wie Sylvia und mir, Menschen, die in ihrer Jugend viel durchgemacht haben, mangelt es häufig an sozialen Fähigkeiten. Sie litt an einer Art Autismus und hat's wirklich schwer gehabt. Aber jetzt hat man sie neu zusammengesetzt, und innen drin ist alles wieder in Ordnung.«

»Mann, es ist dir ja *wirklich* ernst«, sagte Jane.

»Wie geht's Jerry? Wie kommt ihr miteinander aus?«

»Möchtest du das wirklich wissen?«

»Ja, wirklich.«

»Er ist anders geworden. Ich bin anders geworden. Wir sind ganz andere Menschen als vor einem Jahr.« Sie blickte ihn durchdringend an, und er sah, daß hinter ihren Augen etwas darauf wartete, herausgelassen zu werden.

»Erzähl's mir«, sagte er.

»Na ja, das kommt durch das Baby … Alex, er kann wirklich gut mit dem Kind umgehen. Das Kind ist wirklich zu ihm durchgedrungen, er versteht sich gut mit seinem kleinen Sohn. Das kommt daher … also, wenn es nicht über den Verstand läuft, dann kommt er richtig gut klar. Er ist so geduldig und umgänglich mit dem Kleinen, es ist schon erstaunlich.«

»Und was ist mit euch?«

»Mit uns? Wir verstehen uns. Wir brauchen uns nicht mal anzustrengen. Wir hocken hier in dieser winzigen Bude, aber man merkt es gar nicht. Er hat sein eigenes Büro mit all den VR-Geräten und der Netzverbindung zur Universität, und ich habe meine Netzausrüstung hinten im Kinderzimmer, und er kümmert sich um seine Sachen, und ich um meine, und wir kümmern uns um unsere Beziehung, und es funktioniert, es funktioniert einfach.«

»Womit beschäftigst du dich im Moment eigentlich?«

»Mit Netzarbeiten. Das übliche. Nein, nicht das übliche. Mit Mami-Kram. Die Art Sachen, die man mit einer Hand erledigen kann, während man sich mit der anderen warmen Speichel vom Unterarm wischt.« Jane lachte und stocherte mit einem Holzlöffel im Taco-Teig. »Und die Daten – das Zeug, das du aufgezeichnet hast, als das Unwetter über uns hereingebrochen ist, weißt du noch? Das haben wir auf drei Disketten rausgebracht! Dafür haben wir eine ganze Menge Geld bekommen. Wir haben das Haus damit gekauft.«

»Oh.«

»Alex, ich weiß, das ist kein großes Haus, aber es ist freistehend, und die Gegend ist wirklich erstklassig. Hinten haben wir sogar einen richtigen Garten, den solltest du dir mal ansehen. Du kannst dir gar nicht vorstellen, wie scharf die Sicherheitsvorkehrungen hier sind. Man kann zu Fuß zum Campus gehen und mit seinem Kind zu jeder Tages- und Nachtzeit im Park spielen, die Gegend ist wirklich hübsch und außerdem völlig sicher. Die Kriminalitätsrate ist ausgesprochen niedrig, und Anschläge gibt es hier nicht, niemals. Das ist eine richtige Enklave, für ein Baby einfach ein optimaler Ort zum Leben.«

»Kann ich das Kind mal *sehen?*«

»Oh! Aber sicher! Warte, ich stell das mal gerade ab.«

Sie schaltete den Herd aus und führte Alex ins Hinterzimmer. Ins Kinderzimmer. Das Kinderzimmer war der erste Raum im Haus, dem man ansah, daß Juanita darin wohnte. Das Kinderzimmer sah aus, als hätte sich eine intelligente und hyperaktive Frau mit Designausbildung lange Zeit Gedanken über die Einrichtung gemacht. Es war ein großes Schmuckkästchen für ein Baby, es war die Wiege eines Monsters, in verschwommenem Mitternachtsblau. Es war die Art Zimmer, die bei Alex einen sofortigen Fluchtreflex auslöste.

Juanita beugte sich über das alte, von Hand abgebeizte Kinderbettchen aus Holz und schaute auf ihr Kind hinunter. Alex hatte diesen Gesichtsausdruck bei ihr noch nie gesehen, trotzdem begriff er gleich, was das bedeutete. Ihm wurde klar, daß Juanitas ganze rohe Wildheit da hinein verschwunden war. Ihre ganze Energie war von diesem Madonnenblick aufgesaugt worden.

Sie unterhielt sich mit dem Kind tatsächlich in Babysprache. Mit schmatzenden Koselauten und *Di-di-di-di* und *Da-da-da-da-da.* Sie hob den Säugling in seinem bauschigen Kinderkleidchen hoch und reichte ihn Alex.

Das haarlose, graue Köpfchen des Kindes erinnerte an einen gefüllten gebackenen Champignon. Alex war nicht gerade ein Experte, was Kinder anging, doch selbst er konnte erkennen, daß sein kleiner Neffe – Michael Gregory Mulcahey – kein hübsches Kind war. Obwohl es anhand des zerknautschten, schrumpligen Gesichtchens schwer zu sagen war, schien der Junge doch die schlimmsten Merkmale seiner beiden Elternteile geerbt zu haben: Juanitas breiten Kiefer und Mulcaheys seltsame, bullige Stirn.

»Mann, der ist ja wirklich niedlich«, sagte Alex. Das Kind reagierte mit einem unsteten Blick und heftigem Treten. Mit den Beinen war alles in Ordnung. Das Kind hatte Beine wie ein Zentaur.

»Du kannst es einfach nicht glauben, wie?« fragte Jane und lächelte.

»Nein. Eigentlich nicht. Das heißt, bis jetzt nicht.«

»Ich auch nicht. Weißt du, ich muß dauernd daran denken, daß ich beinahe abgetrieben hätte. Einmal hatte ich die Pille sogar schon im Mund. Ich hätte sie bloß zu schlucken brauchen; nichts hätte sich zwischen Jerry und mir verändert, das Leben wäre genauso weitergegangen wie vorher. Mir war klar, daß ich mit unvorhersehbaren und äußerst ernsten Konsequenzen zu rechnen hätte, wenn ich sie nicht schluckte! Aber ich habe mich für die Konsequenzen entschieden, Alex, mit voller Absicht, als wüßte ich genau, was ich tue. Und jetzt ist dieser kleine Fremde da. Bloß daß er gar kein kleiner Fremder ist. Er ist mein Baby.«

»Ich verstehe.«

»Ich liebe mein Baby, Alex. Ich liebe es nicht bloß, ich liebe es wirklich, ich liebe es wahnsinnig, und Jerry auch. Wir vergöttern es. Ich möchte noch ein Kind haben.«

»Na so was.«

»Das Kinderkriegen ist gar nicht so schlimm. Es ist wirklich interessant. Irgendwie hat mir die Geburt sogar gefallen. Das war eine intensive, wichtige Erfahrung.«

»Kann ich mir vorstellen«, sagte Alex. »Ich möchte Sylvia mal meinen kleinen Neffen zeigen.«

Jane folgte ihm ins Wohnzimmer. Er trug das Kind, als wäre Michael Gregory ein Sack voll lebender Frösche. Das seltsame Mädchen riß seinen Reptilienblick vom Fernseher los und schaute das Baby an, dann Alex, Jane, wieder das Baby und schließlich wieder Jane, mit soviel dunklem, geronnenem Neid und Haß, daß es Jane überraschte.

»Der ist wirklich süß«, sagte das Mädchen.

»Danke.«

»Er hat auch eine nette Mütze auf.«

»Danke, Sylvia.«

»Schon gut.« Sie wandte sich wieder dem Fernseher zu.

Jane trug das Baby wieder ins Kinderzimmer und legte es hin. Es war gerade erst gestillt worden. Jetzt war es brav. Das schlimmste Gebrüll sparte es sich für drei Uhr morgens auf.

»Ich nehme an, ihre Reaktion kommt dir seltsam vor«, sagte Alex. »Aber Babies sind ein heikles Thema für Frauen mit genetischen Defekten.«

»Oh.«

»Aber sie wollte das Baby wirklich sehen. Das hat sie mir gesagt.«

»Ist schon gut. Sylvia ist in Ordnung.«

»Hast du das Kind auf genetische Defekte untersuchen lassen?«

»Alex...« Sie zögerte. »Das ist eine ziemlich kostspielige Angelegenheit.«

»Nicht für mich. Ich kenne da Mittel und Wege, ich

habe meine Beziehungen. Das ist überhaupt kein Problem; gib mir einfach eine kleine Probe, weißt du, ein tiefgefrorenes Abschabsel von der Innenseite der Wange, dann lasse ich das Genom scannen und auf mögliche Defekte analysieren. Zu einem vernünftigen Preis. Du solltest ihn wirklich untersuchen lassen, Jane. Sein Onkel ist genetisch vorbelastet.«

»Wir sind nicht besonders glücklich dran, was, Alex?«

»Wir sind am Leben. Das ist schon ein Glück.«

»Wir sind nicht glücklich dran, Alex. Das ist nicht die Zeit zum Glücklichsein. Wir sind am Leben, und darüber bin ich froh, aber wir sind Menschen des Untergangs. Wir werden niemals wirklich glücklich und niemals sicher sein. Nie.«

»Nein«, sagte er. Er atmete tief durch. Tief und mühelos. »Jane. Ich bin hierher nach Austin gekommen, weil ich dir etwas sagen muß. Ich wollte dir danken, Jane. Dafür, daß du mir das Leben gerettet hast.«

»De nada.«

»Nein, Jane. Laß mich in Ruhe, habe ich zu dir gesagt, aber du hast dich den Teufel darum geschert, stur, wie du bist. Die Quacksalber in dieser Schwarzmarkt-*clínica* umgebracht. Aber du hast mich rausgeholt, du hast mich mit zu dir genommen und dich um mich gekümmert. Und obwohl wir dem Tod nahe waren, umgeben von Tod und auf der Jagd nach tödlichen Stürmen, sind wir lebend davongekommen. Wir sind Überlebende, und jetzt sind wir sogar noch einer mehr.«

Sie packte ihn beim Arm. »Du willst mir was sagen, Alejandro? Also gut. Dann sag mir etwas, das ich wirklich hören will.« Sie zog ihn zum Kinderbettchen. »Sag mir, daß das deine Familie ist, Alex. Sag mir, daß du mir helfen wirst, für ihn zu sorgen, als gehörte er zu deiner Familie.«

»Klar tut er das. Er ist mein Neffe. Ich bin stolz auf ihn.«

»Nein, nicht so. Ich meine, ganz *ernsthaft*. Ich meine, daß du *für ihn sorgst*, Alex, daß du dich um ihn kümmerst, wenn ich und Jerry tot wären, wenn diese Stadt zerstört wäre und alle krank wären und im Sterben lägen, und das, obwohl du dir persönlich gar nicht so viel aus ihm machst. Aber du kümmerst dich trotzdem um ihn und rettest ihn.«

»Okay, Janey«, meinte Alex bedächtig. »Das ist nur fair. Das bin ich dir schuldig.«

»Nein! Kein Geschäft, bitte nein. Mit Geschäft hat das nichts zu tun. Ich will ein wirkliches Versprechen von dir haben, ich möchte, daß du schwörst, damit ich niemals Zweifel zu haben brauche.«

Er sah sie an. Ihr Gesichtsausdruck war verkniffen, und ihre Augen waren umwölkt, und die Erkenntnis, daß seine Schwester Angst hatte, wirklich Angst hatte, versetzte ihm einen jähen Stich. Juanita hatte richtige Angst kennengelernt und begriff nun, was sie bedeutete. Sie hatte mehr Angst um dieses kleine Bündel im Bettchen, als sie jemals um sich selbst gehabt hatte. Oder um ihre Freunde, ihren Mann oder sonst jemanden. Jetzt war sie eine Geisel des Schicksals. Die verschwitzten kleinen Affenhändchen des Kindes hatten sich um ihre Seele gelegt.

»Ist gut«, sagte er. Er hob feierlich die rechte Hand. »Juanita Unger Mulcahey, ich verspreche dir, daß ich mich um deinen Sohn und alle deine Kinder kümmern werde. Ich schwöre es beim Grab unserer Mutter. *Pe lo juro la tumba de avestra madre*.«

»Das ist gut, Alex.« Sie entspannte sich ein wenig. »So, wie du es gesagt hast, kann ich dir glauben.«

Von der Vorderseite des Hauses vernahm man Stimmen. Jerry war zurückgekommen.

Alex ging ins Vorderzimmer, um ihn zu begrüßen.

»Das ist ja eine nette Überraschung«, dröhnte Jerry. Er schüttelte Alex die Hand.

Jerry hatte abgenommen. Die Muskelberge an den

Schultern waren verschwunden, seine Arme und Beine hatten wieder normalen Umfang, und sein Bauch sah aus wie der Bauch eines Familienvaters in den Dreißigern. Sein Haar war noch schütterer geworden, und an den Wangen war der Bart verschwunden; er hatte jetzt einen professoralen Spitzbart und eine richtige Frisur. Er war mit Hemd, Jackett und Krawatte bekleidet und hatte ein Lederköfferchen in der Hand.

»Sieht so aus, als hielte man dich ganz schön auf Trab, Jerry.«

»O ja. Und du?«

»Ich beschäftige mich jetzt mit Genetik.«

»Ach. Das ist ja interessant, Alex.«

»Ich hatte das Gefühl, ich müßte es tun.« Er blickte Jerry fest in die Augen. Vielleicht konnte er jetzt zum erstenmal einen persönlichen Kontakt herstellen. »Weißt du, Jerry, die Genbehandlung hat mich so tiefgreifend verändert, daß ich das einfach verstehen wollte. Ich meine, wirklich begreifen, nicht bloß ein bißchen an der Oberfläche herumkratzen, sondern die Wissenschaft wirklich verstehen. Das ist ein schwieriges Gebiet, aber ich glaube, ich werde die Herausforderung annehmen. Wenn ich hart arbeite, kann ich's auch schaffen.« Er zuckte die Achseln. »Natürlich muß ich erst noch den ganzen Prüfungskram hinter mich bringen.«

»Stimmt«, sagte Jerry mit klarem Blick und einem mitfühlenden Kopfnicken, »die akademischen Anstandsregeln.« Alles stimmte, und niemand fehlte, es waren keine Gespenster bei diesem Bankett zugegen, keine tiefen, dunklen Geheimnisse, und für den guten alten Schwiegersohn Jerry war das Leben wie es eben ist.

»Hast du dich in letzter Zeit noch mit Stürmen beschäftigt, Jerry?«

»Aber sicher doch! Mit dem F-6! Wurde hervorragend dokumentiert. Genug Material für ein ganzes Leben.«

Jane mischte sich ein. »Niemand hat geglaubt, daß es soweit kommen könnte, obwohl er es immer gesagt hat. Und jetzt versucht er zu erklären, warum es wieder aufgehört hat.«

»Das ist das eigentliche Problem«, meinte Jerry voller Genugtuung. »Ein ganzer Nexus von Problemen. Nicht trivial.«

»Der beste Problemnexus, da bin ich mir sicher.«

Jerry lachte. Nur kurz. »Es freut mich, daß du so guter Dinge bist, Alex. Du solltest mit deiner Freundin zum Essen bleiben.«

»Es gibt Tacos«, sagte Jane.

»Gut! Mein Lieblingsessen.« Jerrys Blick wurde glasig. »Bloß noch einen Moment, ich hab erst noch was zu erledigen.« Er verschwand in seinem Büro.

Aus der geschlossenen Tür von Jerrys Büro drang Musik hervor, das hartnäckige Jaulen und Rattern thailändischer Popmusik. Sie war laut.

»Gefällt ihm das Thai-Zeug etwa?« fragte Alex.

Juanita zuckte die Achseln. »Eigentlich nicht«, antwortete sie laut. »Die Musik hab ich damals auf dem College gehört, aber wenn Jerry arbeitet, schaltet er einfach irgendwas ein … Er übertönt damit den Stadtlärm. Das ständige Rauschen, weißt du. Damit er nachdenken kann.«

Die Musik blendete nahtlos in einen kunstvollen asiatischen Cha-Cha-Cha über. Sylvia schnitt eine Grimasse.

»Gehen wir hinaus, dann zeige ich dir meinen Garten. Die Tacos halten sich solange.«

Hinter dem Haus war es still. Es war ein wunderschöner Frühlingstag. Die Sonne schien, und im Garten gab es Geißblatt und ein Vogelbad. »Jerry ist immer so, wenn er sich mit Polynomen beschäftigen muß«, sagte Jane entschuldigend.

»Was meinst du damit? Jerry war doch schon immer so.«

»Nein, nicht ganz so, aber … na ja, du kennst ihn nicht so gut wie ich.« Sie seufzte. »Die Laborkittel haben ihn jetzt wirklich soweit gebracht, wie sie ihn haben wollten. Seminare, Vortragsreisen, Fakultätssitzungen … Wenn er fest angestellt wird und man ihm den Vorsitz anbietet, dann kriegen wir ein paar richtige Probleme.«

»Was für Probleme?«

»Erspar mir die Einzelheiten. Ich will's mal so ausdrücken – wenn Mommy wieder ein bißchen richtiges Geld in die Finger kriegt, dann kauft sie Daddy einen hübschen, mit Stiftungsgeldern finanzierten Stuhl, auf dem er sitzen und in aller Ruhe nachdenken kann, ganz für sich allein.« Jane zuckte die Achseln. »Wir waren ein paarmal in Oklahoma, um Vorträge zu halten und wegen der Medien – Jerry ist dort richtig beliebt … Das ist schon seltsam, die ganze Stadt wurde eingeebnet, und alles war ganz tragisch, alle waren völlig pleite und verzweifelt, und daher haben sie einfach … na ja, alle Regeln über Bord geworfen. Und jetzt bauen sie die seltsamste Architektur, die du dir vorstellen kannst! Alles wird von Grund auf neu aufgebaut, buchstäblich aus dem *Nichts*, aus Papier, Software und Schaumstoff. Das neue Oklahoma City ist ein einziges großes, intelligentes Wespennest. Warst du schon mal da?«

»Nein! Scheint mir aber eine Reise wert zu sein«, sagte Alex.

»Ja. Glaub schon. Offen gesagt, glaube ich, das ist die Zukunft. Man merkt auch, daß es die Zukunft ist, denn die Wasser- und Gasversorgung funktioniert kaum, es ist eng, und es stinkt. Und wenn da ein Feuer ausbricht, kann man nur noch beten.« Sie schaute den Garten an: Bohnen, Tomaten. »Bei Jerrys letzter Vortragstour hab ich von einem Agrotechniker aus Oklahoma was ganz Besonderes bekommen. War eine Art Bekanntheitsbonus.«

Jane baute auf dem Hof zwei Reihen Mais an. *Zea mays,* aber mit verbessertem Chlorophyll. Die Menschheit hatte eine ganze Weile gebraucht, um die Photosynthese zu begreifen, die chemische Methode, mit der die Pflanzen Licht in Nahrung verwandelten, und als das uralte Geheimnis endlich gelüftet wurde, hatte es sich als ein ziemlicher Pfusch erwiesen. Noch nach zwei Milliarden Jahren Training zeigten sich die Pflanzen höchst widerspenstig, wenn es darum ging, Licht in Nahrung zu verwandeln. Pflanzen waren im Grunde beinahe so dumm wie Steine, und ihr Einfall, das Sonnenlicht zu nutzen, war die verrückteste Vorgehensweise, die man sich nur vorstellen konnte.

Nun beschäftigten sich ernsthafte Menschen mit dem Chlorophyllproblem, und viel weiter gebracht hatten sie es auch nicht, aber sie hatten die Ausbeute mittlerweile um fünfzehn Prozent gesteigert, und das war eigentlich gar nicht so schlecht. Und sie würden noch mehr erreichen, wenn es ihnen gelang, das Getreide so zu konditionieren, daß es die furchtbare Wucht derart konzentrierten menschlichen Erfindungsreichtums aushielt. Und wenn sie gleichzeitig das Ökosystem dazu brachten, die furchtbaren Konsequenzen auszuhalten, sollte diese Technik jemals außer Kontrolle geraten. Alex interessierte sich sehr für die Chlorophyllverstärkung. Er hatte eine Menge darüber gelesen und verfolgte die größeren Netzdiskussionen zu dem Thema. Bloß von der schlauesten Erfindung hatte er noch nichts gehört.

Janes Maispflanzen waren klein, faserig und häßlich, und die Kolben waren etwa so groß wie Bowling-Pins und auch so geformt. Sie waren fleckig und reptiliengrün.

»Wow, die sind aber hübsch«, sagte Sylvia.

»Möchtet ihr ein paar mitnehmen? Einen Moment.« Jane ging zu einem Schuppen am Ende des Gartens und holte einen Beutel mit Zugbandverschluß heraus. »Ihr könnt ein paar Körner haben, wenn ihr möchtet.« Sie schüttete Sylvia ein paar Maiskörner in die ausgestreckte Hand. Die verunstalteten Körner waren halb so groß wie Gewehrkugeln.

»Danke, Jane«, meinte Sylvia überschwenglich. »Die sind megasüß, die gefallen mir wirklich.«

»Bedien dich nur«, sagte Jane. »Auf einen lebenden Organismus gibt es schließlich kein Copyright.«

Sylvia wickelte die Körner behutsam in ihr seidenes Taschentuch und stopfte sie sich unbewußt unter das Schenkelband ihres gestreiften Strumpfes.

»Jane, komm doch mal einen Moment mit auf die Straße«, sagte Alex und öffnete das Tor, das zum Vorgarten führte.

Sie folgte ihm. »Was hast du vor?«

»Ich möchte dir meinen neuen Wagen zeigen.«

»Okay. Prima.«

»Ich hab ihn hinter der nächsten Straßenecke geparkt, weil ich nicht wollte, daß man ihn mit deinem Haus in Verbindung bringt.«

»Oh.«

Der Wagen stand noch da, wo er ihn geparkt hatte. Er hatte der Universitätspolizei eine stolze Gebühr bezahlen müssen, um auf das Gelände gelassen zu werden.

»Ach du grüne Neune«, sagte Jane, »der sieht ja aus, als hätte man nicht mal die Geschützlafetten entfernt.«

»Das sind Geräte zur städtischen Diebstahlabwehr. Ich hab sogar eine Lizenz dafür, ist das nicht Wahnsinn? Technisch unterhalb der Tötungsschwelle.«

Janes Augen funkelten. »Hast du ihn schon auf Herz und Nieren geprüft?«

»Yeah. Könnte man so sagen.«

»Mit was für einem Interface läuft er?«

»Mit einem megahundsgemeinen Militärinterface. deshalb wollte ich, daß du ihn eine Weile behältst.«

»Wirklich?«

»Ja, ich möchte, daß du den Wagen solange behältst, wie du willst. Er gehört dir, du fährst ihn. Ich würde ihn sogar überschreiben lassen, aber ich glaube, das ist keine so gute Idee, juristisch betrachtet.«

»Ach?«

»Ja, und ich ... äh ... würde damit auch nicht nach Hidalgo, Starr oder Zapa County fahren oder über die Grenze nach Reynosa, denn da könnte es heiß hergehen.«

Sylvia zupfte ihn am Ärmel und flüsterte: *»He. Wir brauchen den Wagen! Laß ihr nicht den Wagen!«*

»Schon gut, vertrau mir«, versicherte ihr Alex, »mit Autos kennt Jane sich aus, meines Wissens hat sie noch nie auch nur eine Delle in den Kotflügel gefahren.« Er lächelte.

»Du kannst mir doch nicht einfach so einen Verfolgungswagen schenken, Alex.«

»Klar kann ich das. Ich hab's eben getan. Wer sollte mich daran hindern? Außerdem möchte ich mal sehen, wie du eine Spritztour damit machst. Jetzt gleich. Sylvia und ich machen derweil das Essen fertig und kümmern uns um meinen Neffen, und du fährst mit diesem Schlitten zum Zauberfelsen raus und nimmst ihn mal richtig hart ran.«

»Ich glaube, das geht nicht. Ich muß mich ums Kind kümmern.«

»Hör mal, Jane, so geht's aber nicht. Du hast mich eben hoch und heilig versprechen lassen, über das Schicksal deines Sohnes zu wachen; jetzt mußt du ihn mir halt für ein paar Stunden anvertrauen.«

»Also ... reizen tut's mich schon. Wirklich, Alex.«

Er beugte sich zu ihr hin und lächelte sie an. »Gib nach.«

»Also gut!« Plötzlich umarmte sie ihn.

Es war eine feste Umarmung. Es fühlte sich erstaunlich gut an, von der eigenen Schwester umarmt zu werden. Es war wirklich ein Geschenk, eine Schwester zu haben. Keine Ehefrau, keine Geliebte, sondern eine Frau, die eine tiefe Zuneigung für einen empfand. Ein Freund, ein guter Freund, eine mächtige Verbündete. Eine Verbündete wogegen? Gegen nichts, einfach so. Gegen den Tod, gegen das große, leere Dunkel.

Er hauchte seiner Schwester einen Kuß aufs Ohr. »Fahr schon los, Schwester«, flüsterte er. »Fahr los!«